JN078515

酔醒漫録

suiseimanroku

5

2010.1▶2012.6

書いておかないと
消えてしまうから

作家の井上ひさしさんが亡くなったのは2010年4月9日。享年75。井上さんとはさまざまな縁がありました。「週刊金曜日」の編集委員を辞任したとき、喫茶店でその理由を聞いたことがあります。ある編集委員の名前をあげ、分厚い手紙が届いたけれど開けていないというのです。どうしてですか。そう聞くと、いまでもよく覚えている作家らしい言葉が戻ってきました。「だって、あの人は笑って握手をして、背中を向けたらいきなり斬りつけてくるような人ですから」。井上さんは楽しそうに笑ってそう言うのです。

井上さんが座付きの「こまつ座」の第一回公演は1984年4月。作品は「頭痛肩こり樋口一葉」。もちろん新宿の紀伊國屋ホールに行きました。

僕は1977年に東京に出てきて新日本出版社に就職します。この出版社は共産党の外局のような位置づけで、公明党と潮出版のような関係でした。社員はすべて共産党員です。最初は書籍編集、次に営業を経験して、さらに「文化評論」という月刊総合誌に配属されました。その名前のとおり「文化」を軸にしながらも、政治、経済、社会、文化の総合誌です。組織系統からいうと共産党本部の書記局の指導のもとにありました。その編集者としてまったく自由に企画をたてて実現した楽しい時代です。

さまざまな想い出がありますが、大竹しのぶさんに渋谷のロシア料理店「ロゴスキー」で取材したことも懐かしい。大竹さんはひとりでやってきて、僕声をかけられていました。淡谷のり子さんにお話を伺ったときも面白かった。取材が終わって歩いていると、通行人から「大竹さんですよね」ともひとり。

1982年に作家の小田実さんと共産党副委員長だった上田耕一郎さんの対談を企画、それが大ヒットしたものの、のちに組織問題となって、結局、査問（簡単にいうと取り調べです）され、新日本出版社を退社することになります。フリーランスで小豆相場のパンフレットを書いたり、「着物」雑誌で対談の司会や原稿を書いたりする生活がはじまります。そして知人の紹介で「朝日ジャーナル」の常連執筆者として新しい暮らしを開始します。それだけで一冊の単行本になる波瀾万丈の日々がはじまり、やがて統一教会問題、オウム事件報道にもかかわり、テレビのコメンテーターを通算で14年半ほど務めることになります。

ある大きな映画の試写会に招待されて、レッドカーペットを歩いていると、主人公を演じた大竹しのぶさんが立っていました。「覚えていますか」と声をかけると「もちろん、覚えていますよー」と笑っていました。人生そのものだと信じ込んでいた組織から排除されたことで、じつに豊かな人生を送ることができたことは皮肉ですが、楽しかった。こんな想い出がいっぱいあるのです。

そして井上ひさしさんです。高校時代からその自由で広大な人格を感じさせた上田耕一郎さんには理論家というだけではない憧れを覚えていました。新日本出版社に入ってから党本部でお会いし、とくに「文化評論」で仕事をするようになってからは、よく副委員長室に行って、雑談に付き合ってもらうことがしばしばでした。大江健三郎さんの面白さ、加藤周一さんのすごさ、そして井上ひさしさんの作品の話題です。

そのころからです、政治は広く豊かな文化のなかに位置づけなければならないと思うようになったのです。イタリアのアントニオ・グラムシが強調したように「文化的・道徳的ヘゲモニー」が先進国では決定的に重要なのです。その視点からみれば、いま２０２１年に入っても、日本の政治勢力は、与党も野党も、まだまだ狭い政治の世界から抜け出そうとしていません。暮らしと政治の乖離です。

井上ひさしさんが亡くなって10年が経った２０２０年11月15日。井上さんが生まれ、14歳まで育った山形県川西町（当時は東置賜郡小松町）で吉里吉里忌が行われました。会場になったフレンドリープラザには「遅筆堂文庫」があります。「遅筆堂」とは、原稿締め切りに遅れることがしばしばだったために井上さんが自分のことをそう呼んでいたのです。もっとも井上さんは原稿を書きはじめると早かったそうです。書くまでの資料分析やプロットの作成などに時間が必要だったのです。

その「遅筆堂文庫」には、井上さんの蔵書約22万冊が来館者に公開されています。五木寛之さんたちの記念講演の前に図書館を歩きました。井上さんがメモを書いた付箋の数々。書き込みもあります。ふと思いたち、僕の著作があるかどうかを検索しました。ありました。10冊です。

うれしかったので列挙しておきます。『メディアに心を蝕まれる子どもたち』、『酔醒漫録①』（2冊）、『酔醒漫録②』、『私の家は山の向こう　テレサ・テン十年目の真実』、『コメント力を鍛える』、『私の取材ノート』、『追いつめるオウム真理教』、『日本共産党への手紙』、『現代公明党論』。「遅筆堂文庫」は図書館と同じで貸し出しができます。ただし井上さんが書き込みをしたり、付箋を貼った本は貸りることができません。僕の本では3冊が該当しました。『酔醒漫録』と『追いつめるオウム真理教』です。前者は井上ひさしさんについて触れた部分に多くの付箋が貼ってあります。後者は鉛筆で何か所か文章を囲ってありました。どんなところに注意したのだろうか。そう思って、たまたま松本清張に関する著作を手にしてページを繰るといくつかの文章に赤いマーカーが引いてありました。どう見ても1冊全部を読んだ形跡はありません。井上流読書術なのです。

井上ひさしさんの『本の運命』（文藝春秋）には「本の読み方十箇条」が紹介されています。「その一」が「オッと思ったら赤鉛筆」です。そのまま引用します。

「つまり、とにかく面白いと思ったら赤鉛筆で、線を引く。僕の場合は本を読みながら、赤鉛筆かマーカーで、面白いとか『オヤッ』と思ったところに、どんどん線を引いていきます。わざわざ色分けなんかしなくてもいい。『これは自分が知らなかった』というところ、『この人はこれが言いたいのか』という勘どころ。とにかく読んでいるときに気持ちがちょっとでも動けば、それを全部丁寧に、いや乱暴でもいいんですが、とにかく印を付けておきます。そうすると、読み終わった途端、自然に、いわばその本のダイジェスト版ができあがるわけですね。もう一度その本を読むときに、線を引いたところを読むだけで、大事なところがわかる」。

歴史が人物の評価を定めます。井上ひさしさんは小説だけでなく、演劇においても豊かな作品を残してくれました。「現代のシェークスピアやチェーホフ」だと思います。井上さんと同時代を共有できたことは幸せなことでした。「汲めども尽きない宝庫」である井上作品を、これからも読み、観劇していきたいと思います。

※※※

『酔醒漫録』は、これまで4冊まとめてきました。第1巻は2000年6月

13日から書きはじめ、第4巻は２００４年6月30日で終わっています。こんどの5巻目は２０１０年1月3日から２０１２年6月20日までの日録を収録しています。第4巻以降も書いてきて、詳細はもうすっかり忘れていますが、２００７年に新党日本から参議院選挙（全国比例区。約16万人に個人名を書いていただきましたが、ミニ政党ゆえに落選）に出たこと、２００９年の政権交代選挙では東京11区（板橋）から、やはり新党日本公認、民主党推薦で立候補し、約３０００票の差で敗北した時期が入ります。この5巻は参議院選挙で当選するまでと国会議員になってからの記録を収録しています。

なぜ日記を書くのか。渡辺京二さんはこう書いています。

「日記は書いておかないと不安なんだよ。忘れてしまうと消えてしまうから、じぶんが生きていて、あのころはどうだったというのを忘れるのが不安なんだよ」（『幻のえにし』弦書房、２０２０年）。

そのとおりです。「忘れてしまうと消えてしまう」。そもそもネットで公開日記を書きはじめた動機は、20世紀から21世紀へと時代が大きく転換するときにあって、これから１００年もしたときに、誰だかわからないが、かつてこんな日常を記録していた日本人がいたという痕跡を残したかったからです。『酔醒漫録』は、ひとまず5巻で一区切りになるでしょう。２００４年から２０１０年の日記は、ネット空間に漂ったままです。ネットで検索すると

２０１５年の日記は出てきますから、いずれ何らかの単行本に収録するかもしれません。その時期がいつになるかはわかりませんので、フェイスブックに書いた大事な原稿だけ、最後に収録しておきます。

それは２０２０年６月５日に87歳で亡くなった横田滋さんのことです。横田滋さん、早紀江さんと数年間にわたって集中的にお会いしていたときのことは、いずれ単行本にするつもりです。書けないことの方が多いのですが、歴史の証言は残しておかなくてはなりません。その予備作業としての原稿です。

※※※

横田滋さんが６月５日にお亡くなりになりました。87歳。２年前に入院されたときから覚悟はしていました。とくに胃瘻をされたときには、時間がないなと思っていました。いくつかの取材にお答えしたものの、どうにも気持ちが整理されません。滋さん、早紀江さんの本音を知っていただきたいので、これまで書いていたものを中途半端ですが公開し、いずれ続きを綴ろうと思います。（２０２０年６月６日　沖縄県議選の最終日に、６月７日加筆）

北朝鮮が拉致を認め、横田めぐみさんたち「８人死亡」と「５人生存」が明らかなった２０１２年９月17日。私は日本テレビ系のニュースショー「ザ・ワイド」のコメンテーターとして番組に出演していました。日本中が「熱狂」

という言葉がふさわしい大騒ぎだったことをいまでも覚えています。めぐみさんは13歳で拉致されました。スタジオでコメントをする合間も自分の娘と重ね合わせて絶対に許せない犯罪行為だと怒りがわいていました。何ができるのか。ふと思ったのが国際的にも影響力がある「ニューヨークタイムズ」に拉致問題で意見広告を出すことでした。

どんなメンバーがいいのか。すぐに浮かびました。この問題を先駆的に取材してきた高世仁さん、思想的には遠いけれど勝谷誠彦さん、朝鮮半島に詳しい重村智計さん、番組でご一緒している湯川れい子さん、政治学者の加藤哲郎さん、ジャーナリストの日垣隆さん。この7人です。誰もが快諾してくれました。資金は国民に呼びかけてのカンパです。記憶では「ニューヨークタイムズ」への全面意見広告には600万円ほど必要だとわかりました。事務局体制をになってくれる「同志」も参加してくれて、詳細はいずれ書きますが、募金はすぐに集まりました。拉致問題への関心の高さに驚かされたものです。時期は違いますが、さらにフランスの「ル・モンド」、韓国各紙、読売新聞にも意見広告は掲載されました。

横田夫妻とのひんぱんな交流がこうしてはじまりました。とくに国会で仕事をするようになり、とくにある2年ほどの期間は定期的にお会いするようになったのです。その会話のなかで、集会などの公的発言とは違い、当たり前のことですが、言えない本音のあることを知りました。2012年には石高健次さんが聞き手となり、『めぐみへの遺言』が出版されました。ここまで気持ちの奥を語った本は最初だったでしょう。お二人にサインをしていただいたとき、「遺言」というタイトルはどうかと思いますとお伝えしたことを覚えています。しかしそれから8年。残念なことに、まさに遺言として小さな本が残ってしまいました。（未完）

2020年12月23日　　新型コロナ年　　有田芳生

本書は、ジャーナリスト有田芳生のウェブ日記「酔醒漫録」の2010年1月～2012年6月までの2年半分を採録しました。

公開当時に本文中に記されていたURL（httpから始まるインターネットのアドレス）や著者撮影のプライベート写真は割愛しました。
また、人名・店名などの情報は公開当時のものです。

酔醒漫録

酒を飲むこと能はざるも、賓客交遊を好む。
終日獻酬して、其の酔醒を同にす。（梁書）

人が事実を用いて科学を作るのは、
石を用いて家を造るようなものである。
事実の集積が科学でないことは、
石の集積が家でないのと同様である。

これはフランスの数学者ポアンカレ（1854〜1912）が『科学と仮説』で述べた言葉です。ジャーナリズムの方法もこの発想に近いのかも知れません。慌ただしく過ぎ去ってゆく日々の生活。しかし物の見方を研ぎ澄まし、じっと目を凝らして見つめれば、その断片にも20世紀末から21世紀にかけての時代の陰翳が見え隠れしています。歴史とは本来あらゆる人間の営為が創りだすもの。いま世界で暮らす無数の〈私〉。ここではその一人である〈わたし〉を通じて見えるものを記録していくつもりです。題して「酔醒漫録」。「酔醒」とは酔ったり醒めたりという意味で、中国の梁書に記述されています。「漫録」とは宋の時代から使われている言葉で随筆ということ。「酔ったり醒めたり」とはまさしく私の日常ですが、そこにはただ酒に酔うというだけではない意味を与えているつもりです。人生これまた「酔ったり醒めたり」ですから。

目次 *suiseimanroku*-5 2010.1▶2012.6

目次

2010年

2011年

2012年

索引●

suiseimanroku—❺ **2010.1▸2012.6**

2010年1月
JANUARY

傍観者でなく実践者として

1月3日(日)

そのCDジャケットには、タートルネック姿の座った男性に立ったままの若い男性が少し腰をかがめて話しかけている写真が使われている。

ときは1957年5月、場所はベルリン。座っているのはヘルベルト・フォン・カラヤン49歳。ジャケット姿の男性はグレン・グールド25歳。コンサートではベートーベンのピアノ協奏曲第3番ハ短調作品37やシベリウスの交響曲第5番変ホ長調作品82が演奏された。数少ない共演。音として残されているたった一つの「信じがたい共演」の記録。2人とも鬼籍に入って久しい。このリアルな写真を見ていて「歴史」を思った。

古在由重さんと丸山眞男さんの対談『一哲学徒の苦難の道』(岩波現代文庫)を本棚から取り出す。古在さんは「現在を過去として見る」という習慣を持っていると語る。「歴史としての現在」という言い方には、今日がいちばんてっぺんであって、過去はそのためにあるとの「無意識なうぬぼれ」を感じるという。「いまの現実というものもやがて10年たち、20年たてば必ず過去になる」「現実を未来からの過去として見るという見方」である。丸山さんは「歴史への想像力の問題」と賛同している。

そうした歴史観から2010年を見ればどうなるのだろうか。政治も経済も過渡期にあることは間違いない。ならば「渡った」先にはなにがあるのか。たんなる政策の羅列は構想ではない。ムダを省くことは当り前。それが出来なかったからこその政権交代である。しかし「富の分配」を公平に行うだけでは「道半ば」にすぎない。「富の創造」こそが求められている。そのためには産業構造を成熟社会に対応したものに大きく転換しなければならない。医療・福祉・教育、環境を中心とした社会の建設である。7月に行われる参議院選挙になぜ立候補するのか。それは21世紀の日本に緊急に求められている「成熟社会に対応した居住モデル」を実現し、北朝鮮による拉致問題にさらに積極的にかかわっていくためである。いま求められているのは歴史の傍観者ではなく、実践者だ。そのために全国各地で行動していく。

1月4日(月)

昨日は年末年始のいささか食べ過ぎを克服すべくプチ断食。朝はジュース。昼食時もジュースと梅干し。3時に生姜湯を一杯。黒砂糖を口にする。夜は新春の「獺祭」を味わう。年末の断食で自覚したことは日ごろの食生活を簡素なものにするということ。病気になるよりも予防に注意する。それが断食の精神。フリーランスの仕事は何よりも健康第一。誰も助けてはくれないのが宿命だ。ましてや7月には参議院選挙が控えている。デルタビーチェの万年筆にウォーターマンのインクを入れてひたすら年賀状を書く。面倒ではあるが、あくまでも手書きで住所と一言を書くことを続けたい。

NHKスペシャルで100歳になった詩人まどみちおさんを取り上げていた。いつまでも好奇心旺盛で柔軟な姿に、俳句や文学などに共通の「こころ」を見た。生命の大切さが基本なのだ。政治もまた同じ地平にある。なぜ新党日本だったのか、どうして離脱したのか、そしてなぜ民主党を選択したのか。簡潔な文章を準備している。日本の現状認識だ。

1月5日(火)

小沢一郎さんの4年前の書き下ろし著作が文庫本になった。『小沢主義』(集英社文庫)。サブタイトルには「志を持て、日本人」とある。「どぶいた選挙」がなぜ大切なのか、農業の戸別補償問題など、小沢イズムがよくわかる。この1年に4回ほどお会いしただけだが、そこでアドバイスされたことを詳しく説明されているようで、あまりほかの候補者には読ませたくないほどセコイ気持ちにさせる内容だ。昨日は永田町で民主党本部のKさんと打ち合わせ。参議院選挙をいかに闘うのか。そのイメージが鮮明になってきた。思いつきではない「ホンモノ」のプロの蓄積は貴重なもの。情勢の変化や候補者はそれぞれでも、一般的な選挙ノウハウはいくらでもこれからに応用できる。

銀座の伊東屋、教文館。プレスセンターへ。坂上遼さんの『消えた警官　ドキュメント菅生事件』（講談社）出版を記念してのシンポジウム開催の打ち合わせ。「朝日ジャーナル」の先輩だった藤森研さん、二木啓孝さん、山下一行さん、坂上さんと相談、雑談あれこれ。開催は1月30日午後1時半から文京区民センター。二木さんと神保町「家康」で政界四方山話。再びブログをしばらく休ませていただく。

1月14日(木)

長女の卒業式に出席するためアメリカに行っていた。ニューヨークに滞在していて思ったことは、フリー（無料）ネット環境が東京に比べて遅れていること、公共トイレの整備がないに等しい（スターバックスなどが補完している）こと、タイムズスクエアの深夜までの煌々たる電飾を持続しているなら温暖化対策など無理があること、地下鉄車内で見たパフォーマンスでカンパを求める黒人ホームレスの逞しさなどなどである。

この間に思案していたことは「政治家」ということ。ある会合で自民党議員と立ち話をしていたとき「（国会には）いろんな人がいていいんです」と言われた。そんな関心から石川真澄さんの『人物戦後政治』（岩波現代文庫、サブタイトルは「私の出会った政治家たち」）を読んでいる。たしかに多様な政治家がいる。求められているのは理想や「志」を抽象的なものに終わらせず、「行動の指針」とする具体的構想を主張し、実現していくことだ。春には出版する予定の書籍（共著）のタイトルを『新・都市の論理』、サブタイトルを「成熟社会の居住モデル構想」にしようかと考えている。7月の参議院選挙は、このテーマと拉致問題の解決を前面に訴えていく。

1月14日（木）

大山の事務所で実務。ある方からハッピーロード商店街の今後について相談を受ける。RAOXが閉店、ドーナツ屋が開店など、ここしばらくにも消長がある。医療・福祉中心の産業構造に転換するにも新しい都市づくりが密接につながっている。この課題は新著でも明らかにするつもり。

「あおい珈琲店」で「選挙用手帳」に予定を記入。新宿で竹村文近さんに鍼を打ってもらう。田中健さんと奥様に遭遇。池袋「リブロ」で大江健三郎さんの『水死』（講談社）発売を記念してのサイン会に並ぶ。10代からいままで読んできた作家の「後期の仕事」に深い思い入れがある。ペリカンの万年筆で丁寧にサインをする大江さんとしばし会話。

そもそも「出会い」は雑誌編集者をしていた20代後半のこと。大江さんとその愛読者だった上田耕一郎さんの対談を依頼したことがある。「これは大江の国家論なんだよ」と上田さんに言われたのは『同時代ゲーム』が出版されたころのこと。いま本棚から取り出してみると、読み終えた「1979、12、23」という日付と70年代の最後に読んだ小説だと感想が書いてある。大江さんからは葉書で対談は難しいとの返事があった。荷が重いという理由である。そこには上田さんの国会質問に注目しているとの記述があり、「テレヴィ」という表記がとても新鮮だった。その大江さんとの会話メモ。

「選挙はどうするんですか」
「まだやります」
「繰り上げ当選を断ったものですから」
「ああ、そうでしたね」
「あなたが政治にかかわるとは思いませんでした」
「この国を何とかしなければ」
「そうですね」

「あなたとは九州のホテルで会ったことがありましたね」

「ロビーでした」

「おっ、有田ホーセー（芳生をあえてこう読む方がいる）だって」

「そうでしたか」

「あのときは痛風がひどいときでね」……。


このホテルは大江さんの勘違いで神戸のオリエンタルホテルのこと。いまから16年前のことで、お互いに挨拶をしたわけでもない。大江さんがロビーのソファーに座ったことを覚えているが、それが痛風の痛さからだったとは知る由もなかった。「ご健闘を！」と参議院選挙への励ましの言葉をもらったので「10代からいままで読んできました。ありがとうございました」とお伝えして会場をあとにした。『水死』が大江さん最後の小説になる予感が強いからだった。「おもろ」で泡盛を飲みながらあれこれと思いにふける。

1月16日(土)

3時間の睡眠で起きていくつかの文章を書く。そのひとつは「なぜ新党日本だったのか」「なぜ離脱したのか」「なぜ民主党か」というテーマ。新しく作成する名刺の裏に入る字数でまとめるには凝縮とわかりやすさが必要。第1稿を終える。

新宿の東京合同法律事務所へ。浅見定雄さん、山口広弁護士、宮村峻さんと座談会。テーマは統一教会とその応援団が「拉致・監禁」と呼んでいる家族問題について。歴史を振り返りつつ、統一教会のキャンペーンがいかに欺瞞に満ちたものかが明らかになった。

地下鉄で日比谷。民主党大会に出席。まず各党代表の挨拶。社民党の福島瑞穂さんは午後にもかかわらず「みなさん、おはようございます」。会場から失笑。国民新党の亀井静香さんは、いつものように右後ろの髪の毛がピンと立っていた。新党日本の田中康夫さんには「短くていいよ」「わかった、わかった」の野次。ベーシックインカムが必要との政策提示。国会議員の大きな声での私語をふくめ行儀の悪い党大会だ。新党大地の鈴木宗男さんの検察批判に会場の反応は盛り上がる。鳩山由紀夫代表に続いて小沢一郎幹事長が登壇。メモなしの力強い訴えは検察との闘争宣言。疑惑となっている4億円の原資について、遺産であり金融機関や口座も検察に教え、確認の連絡もあったと発言。そもそも石川知裕議員に証拠隠滅や逃亡の恐れなどなかったのに逮捕とは横暴だ。検察当局は、マスコミへの情報リークで雰囲気を作り、権力を行使する手法が世間の感覚とズレていることに気付いていない。「政治と金」の問題とは次元を異にして、自民党政権を終わらせた民意に大きな変動は見られない。生活現場のさまざまな声を聞いていればわかることだが、いまの最大の関心事は暮らしの問題なのだ。最高検が石川逮捕に反対していたのも、「日本経済がガタガタなときに政権与党を揺るがしていいのか」という経済界の声をすくい取っていたからである。大会が終り、岡崎友紀さんと立ち話。いくつかのメディア取材を受けて麹町。霊感商法対策の会議に出席。

大山に向かい、「丸亀」で新年会。北海道、静岡、愛知、石川からの参加者も。テレビ朝日「スーパーモーニング」の取材が入った。放送は18日予定。

1月17日(日)

阪神大震災から15年、お孫さんを亡くした女性が涙ながらに「いまでもつらい」とテレビで語っていた。時間感覚は当事者であるかどうかで違うのだろう。地下鉄サリン事件も同じこと。ついこの間のことにしか思えない。

成増で長瀬達也区議、井上航区議と懇談。いずれも30代の若い政治家。駅頭や街頭での宣伝方法など、いくつもの興味深い話を聞いた。候補者の「本人」タスキや電車の始発から最終まで駅に立って宣伝する手法などにも、当たり前のことだが、起源があったことを知る。

1月18日(月)

大山のハッピーロード商店街の長老たちから訴えを聞いた。ここでも全国のダム建設と同じで、64年前の道路計画が再び動き出そうとしている。この計画が実現すれば、日本でも有数の商店街であるハッピーロードは20メートル幅の道路で縦断されてしまう。東京都の計画はほぼ10年おきに動き出しては消えていったが、いままた板橋区の行政主導で進められている。「㊙」の判が押された東京都都市計画地方審議会の第10回議事録（昭和53年5月10日）にはこういう基準が示されている。

「小学校区、日常買物圏等の動向と居住環境区域との関係については、その外郭の道路が主要幹線道路、幹線道路である場合は、原則として、これらの近隣生活圏を分断しないよう配慮するものとする」。

この原則からしても大山の道路計画には問題がある。ましてや新しい道路計画の必要性を訴える区民の声など聞こえてこない。大山駅の高架化をふくめて400億円もかかる事業はムダなのだ。もちろん大山駅近くの踏み切り（8か所）を高架にして渋滞を解決する課題はある。しかし財政難の時代に東武鉄道の判断もふくめて、当面は実現が難しいのが現状だ。

戦前からこの土地に暮らすOさんの話が興味深かった。敗戦の年の4月13日には「遊座」商店街のあたりが空襲で焼けたそうだ。昭和30年代、40年代の商店街はいまよりもっと繁昌していたともいう。歴史の証言は貴重だ。

新橋で長女と待ち合わせて買い物に付き合う。夕食時にたまたま隣にいたのは宮崎から当選した道休誠一郎さん。参議院選挙での対応を相談。

1月19日(火)

どうしたものか。電車のなかでも街中でも、あるいは飲食店のカウンターでも。ドンと身体が当たっても知らん顔。先日のニューヨークで感じ入ったのは、少しでも身体が触れると「Sorry」（すみません）の言葉がすぐに返ってくる。これまたコミュニケーション能力の水準だ。ネット世界でも同じこと。面識もない相手に対して罵倒は論外だが、何かを教えて欲しいときにでも名前さえ名乗らない者があまりにも多い。世間の常識がないからそれをたしなめる返信をしてきたが、もはや時間のムダ。日本人はどうしてここまでギスギスするようになったのだろうか。

新宿の民主党都連、神保町で選挙の打ち合わせ。今年はじめてのジムで泳ぐ。断食から1か月。食事を意識して制限していたら4キロ減量していた。快調。

1月20日(水)

参議院選挙を闘うための準備作業。新党日本時代の簡潔な総括を書く。この3年間を400字にまとめる困難。民主党参議院比例区第61支部の代表者になったので、支部設立の書類を作成。都連、本部で確認を経て東京都選管に書類を提出することになる。区役所支所に出かけて住民票を入手。神田小川町で民主党本部のKさんと合流。教育団体責任者と打ち合わせ。昼食は淡路町の「やぶそば」。30代に「晩聲社」に勤めていたときに顔を出して以来のこと。近所には鶏料理の「ぼたん」やアンコウ鍋の「いせ源」がある。雰囲気としては江戸情緒。

六本木で所用を終えて神保町。書店を回り、今年初めての「萱（かや）」。帰るべく歩いていたらカメラマン矢口に遭遇、「Jティップルバー」へ。「早くポスターを」とYさんに言われる。3年前も、昨年も店内に貼ってくれたのだ。

1月21日(木)

午後まで異変のなかった机上のMac。いきなり画面にピンクと白の横線が入っている異常事態。寿命が来たのかもしれない。減量が進んでいるため、ときどき立ちどまってベルトを引き上げる日々。

夕方に文藝春秋。有楽町から銀座まで歩き「伊東屋」。カップ麺が出来上がるまでにめくり上がるフタを押さえる「Cupmen」とコーネル大学で開発されたノートを購入。教文館で新刊を物色。『作家の酒』（平凡社・コロナブックス）と堤未果著、松枝尚嗣画の『コミック貧困大国アメリカ』(PHP研究所)を買うのに迷いはなかった。しばし悩んだのは中国共産党の趙紫陽総書記の『極秘回想録』(光文社)だった。安い本ではない(2600円)。天安門事件で失脚、16年間も幽閉され、2005年に亡くなった「不思議なほどに静かな男」趙紫陽は、2年間にわたって1時間テープを約30本収録、孫のおもちゃ箱などに残していた。私にとってはテレサ・テンの思いにつらなる人物だ。趙紫陽の歴史への責任感に共感して購入、地下鉄で読み出す。歴史の証言として第1級資料のリアリティに驚かされるばかり。学生たちを弾圧することを決めた鄧小平の自宅会議室の写真は公表された唯一のもの。歴史に隠された事実もいずれ明らかにされるものと信じたい。

1月22日(金)

『酔醒漫録』のタイトルで身辺雑記をネット上で書きはじめたのは2000年7月(実際には試験的に6月から書いていた)。もう11年目に入っている。

あらためて説明するほどでもないことだが、ここに書くことは「商品としての原稿」ではない。文字を連ねることで雑誌や新聞の商品としての価値を生むには、それなりの取材、分析、執筆、何度かの推敲、編集者とのやり取り、ゲラ段階でのチェックなどを経て、読者へ届く。単行本にしても同じこと。それに対してこのブログに書いていることは、あくまでも「極私的身辺雑記」の域を出ない。これからもその基本を変えるつもりはない。「商品としての原稿」と雑記には自ずから内容が異なるのは、当たり前のこと。そもそもの動機は子どもたちに私の足跡を残すためであった。もちろんそれだけではないが、いまだその思いはある。『酔醒漫録』は4冊が単行本として発売されている(にんげん出版)。続編は6冊分あるが、出版不況のため、準備は整っているものの、いまだ公刊されていない。今年末あたりから出せるように準備をしている。

1月24日(日)

断食で伊東市に滞在したとき、散歩中にたまたま見つけた「OLD BOY」という理髪店に入った。その技術が気に入り、生まれてはじめてひげ剃りのためだけにもう一度訪れた。そのとき聞いた練馬区でのお薦めの店に行った。石神井公園のその店は独身時代にしばしば通ったいまはなき酒場「升一」のすぐ横にあった。

雑談で、石神井公園に白鳥ではなく黒鳥がいるというので探してみた。道行く人に「今日はあっち」と聞いて急ぐ。いた。何でもオーストラリアなどの南半球にいる鳥だというのだが、なぜ日本の練馬にと不思議な思い。「誰かが捨てたんでしょうか」と詳しい人に聞けば「そうではないだろう」という。ではどこから?

やはり独身時代に通った「珈路(こみち)」へ。選挙用の宣伝物を持ってくるように言われるが、まだ思案中。ネットでもツイッターでも気になることは組織言葉。経験者として思うことは、ある空間にいると無意識に言葉が身体に同化すること。何か批判されるとすぐに「攻撃」されたと思う心性。定型言葉としての「ユーモアをまじえて語りました」という文章などなど。読者には伝わらない。「商品としての原稿」で失格なのは、具体性がまったくないからだ。しかし言い回しだけならばまだいい。思考回路が定型化したならば、「またか」と思われ、広がりに自ら制限を設けることになる。無意識の浸透だから悲しい。「安楽への全体主義」(藤田省三)はいまなお進行中だ。定型言葉に囚われないこと。それは精神の自由を獲得することでもある。

1月25日(月)

大学卒業から33年ぶりに同窓生に会った。岡山で小学校校長をしているNとは1年生のときに同じクラスだった。何でも円山公園で行われた小選挙区制反対集会を途中で抜け出してビヤホールに行ったらしい。「らしい」というのはまったく記憶にないからだ。私が普通のビールに黒ビールを混ぜて飲み、そういう方法がはじめてのことで強い印象として残っているという。最後に出会ったのは卒業式の日だというが、それも記憶になし。そもそも前夜から朝まで飲んでいてSの下宿で眠ったが、起きればすでに卒業式は終わっていた。閑散としたキャンパスを歩いたことは覚えている。そのSもとうに自裁した。
新宿「鼎（かなえ）」から「ESPA」へ。遠い記憶はおぼろ。参議院選挙に向けての短い文章を書く。

1月26日(火)

新宿御苑の東京共同法律事務所で山口広弁護士と打ち合わせ。統一教会指導部は私が総選挙で敗北したことに安堵したという。霊感商法の追及だけでなく、宗教法人の認証が問われることや幹部の国会喚問が不安なのだ。文鮮明教祖の家族が教会から分離したグループに接触しているとの情報あり。日本の統一教会も分裂がらみだ。詳細は3月に岐阜で行われる霊感商法被害弁連の大会で報告する予定。
赤坂のホテルニューオータニで行われた「ティグレ」新春の集いに出席。参議院議長の江田五月さん、社民党の辻元清美さんなどと久しぶりにお会いした。列席の国会議員とともに壇上に上がり、短い挨拶。二木啓孝さんと神保町まで移動。「小沢問題」で情報交換。「北京亭」で元「週刊文春」記者と懇談。

1月27日(水)

参議院選挙用の文書を作成。気分を変えようと京橋で1947年にフランスで制作された「海の沈黙」を見る。ナチス占領下のフランスを舞台にしたレジスタンス映画。部屋を占拠したナチの将校。老人と姪は、そこに誰もいないかのようにいっさい語らない。「徹底した沈黙の抵抗」。フランスを愛する将校はパリに出かけて愕然とする。そしてある決断をする……。「アバター」などの3D映画が話題の映画界にあってモノクロが新鮮だった。
今年2回目のジム。泳いでから神保町「萱」。帰るべく路上を歩いていたら朝日新書編集長の岩田一平さんに遭遇。マスコミ志望の学生たちが集う「ペンの森」に顔を出し、しばし雑談。

1月28日(木)

国会の衆議院議員会館で横粂勝仁議員と打ち合わせ。さらに参議院の議員会館へ行き、石井一議員の部屋へ。

不思議なのは受付で面会証を書いて窓口に出したときの対応。議員の部屋に連絡をすべく受話器を手にした係員女性は、相手と会話をしてはいない。衆議院も参議院も受話器を上げて下ろすだけ。それともこの動作で相手先と何らかの連絡が取れているのだろうか。

有楽町から銀座へ歩き、「鳩居堂」で寒中見舞いの葉書を購入。昼食は「平田牧場」で豚カツを食べてしまった。昨年末の断食からはじめての豚カツ。4キロ減量のままなので、たまにはいいかと誘惑に負けた。新橋のクリニックに行ってから31日の講演準備。新宿の竹村治療院で鍼を打ってもらい、喫茶「凡」で講演準備。

1月29日(金)

一橋大学で渡辺治教授の最終講義を聞いた。テーマは「民主党政権と日本の行方」。サブタイトルは「利益誘導政治の存続か新自由主義か、新福祉国家か」。政権交代が起きた要因を構造改革反対の運動と世論と分析、この10年間の企業社会の解体、利益誘導政治の縮小、貧弱な社会保障によって、社会統合が破綻したためとする。その結果として、総選挙で「反構造改革と平和への期待が民主党のみに流れ込んだ」。

興味深かったのは、民主党に3つの構成部分があるとの見方。「悩みながらの構造改革派」(指導部)、「民主党による利益誘導型政治」(小沢グループ)、「個々の福祉政治実現型」(長妻、山井など)と腑分けする。渡辺さんの表現では「頭部」「胴体」「手足」である。私がこれまでも主張し、これからも取っていくスタンスは「福祉政治実現型」だ。福祉や介護の「公務労働」をこれからの社会で重視し、産業構造を転換すること。そこでのポイントは「都市の輸出」。その構想は春頃には公刊できるはず。世論と結びつく「手足」部分に「独自の国家構想」がないことが問題なのだ。

講義が終わったのは午後6時半前。懇親会に出ずに新宿経由池袋。民主党秘書のSさん2人と選挙準備の打ち合わせ。ときわ台に移動して「大和」で板橋区の民主党支援者の会合に参加。空腹を感じ、深夜に上板橋の「お多幸支店」でおでん。選挙で支援してくれた方々に偶然出会う。

1月30日(土)

文京区民センターで坂上遼さんが出した『消えた警官　ドキュメント菅生事件』(講談社)のシンポジウムに出席。長々と発言するパネラー。言いたいことがあるのは誰でも同じ。発言のバランスが悪く1回しか回ってこなかった。準備がムダに。出席する他者への配慮があるべき。ブログやツイッターを見て来場された方々に声をかけられる。出版労連で打ち上げ。二木啓孝さん、辺真一さんと検察の動きなどについて情報交換。携帯電話の電池が2時間ほどで切れてしまう状態。池袋へ行って修理に出す。

「おもろ」で泡盛。31日に東松山でおこなう講演準備。再び国会議員から、嫌がらせとしか思えない電話あり。前回は「できたら講演をやめて欲しい」。言論弾圧だと気づかない鈍感。

1月31日(日)

東松山市で医療問題の講演。隣の人に声をかけるなど聴衆に動きがあったのは、国際医療都市を全国に展開し、そこで重粒子治療を行うことによってがん撲滅が可能と語ったところ。産業構造転換の具体的イメージが必要だ。

東武東上線で成増に向かう。医療から離れて平山郁夫さんの『ぶれない』(三笠書房)を読む。平山さんの最後の著作だ。〈「底辺」を広げると「高さ」が生まれる〉〈壁は「壊して進む」〉などの体験的人生論。とくに「そうだ」と思ったのはこんなくだり。

毎日を生きていく上で、さまざまな選択肢が目の前に現れる。そんなとき、何を基準にものごとを判断し、自分の行動を決めたらいいか。私の基

準は「美しいかどうか」だ。

生き方としての「美しさ」。そんなスタイルが欲しい。成増でヒルトップホテルのＫ専務と雑談。「小沢問題もありますが、経済を何とかして欲しいんです。仲間は毎月毎月、従業員に給料を払うことで精一杯。自民党政治がよかったという人はいませんよ。だから民主党政権に期待しているんです」。

2010年2月
FEBRUARY

いまだ終わらぬ BC級戦犯問題

2月2日(火)

お茶の水で中国語通訳案内士から陳情を受ける。政府は2020年はじめには海外からの観光客を2500万人にすると昨年末に閣議決定。680万人(2009年)にまで落ち込んだ現実を成長戦略として実現するには、国際医療都市などの構築などを通じての「メディカルツーリズム」を活用することも必要だ。こうした課題を抱える日本にあって、国家資格を得た中国語通訳案内士は1000人ほど。実際の稼働が100人ほどなのは、この仕事だけでは年収が100万円ほどにしかならないから。なぜこんな事態にあるかといえば、無許可の通訳が横行しているからだ。通訳が100人いればライセンスのある者は1人。旅行会社も無許可通訳を「タダ」で雇って、その代わりに健康食品などを土産物屋で買わせてキックバックを受け取ることを黙認。はとバスで案内をして日給2万円ほどだが、無許可通訳は5日で100万円ほどの収入を得ることもある。日本でしか売っていない健康食品を大量に売れば、それだけ儲かるからだ。ノーライセンスには罰則もあるが、現実に適応されることはない。フランスのように観光ポリスを作ることが必要。さらに調べていく。

さまざまな打ち合わせを終えて六本木。映画「コンサート」にかろうじて間に合う。旧ソ連ブレジネフ時代の演奏家弾圧を暗くせずに描いた秀作。クラシック演奏場面に驚嘆。「イングロリアス・バスターズ」のメラニー・ロランが美しい。映画公開時にはマイケル・ジャクソン「THIS IS IT」を上回る動員数だったという。

2月3日(水)

「週刊朝日」の山口一臣編集長が「捜査妨害だ」と東京地検に出頭を要請された。その事実をツイッターで流したところ、地検は要請がなかったように糊塗すべく、記者クラブなどを利用。何が「捜査妨害」かといえば、石川知裕議員の女性秘書を保育園への連絡もさせずに10時間も事情聴取したのが民野健治という検事だったと明記したことだという。朝日新聞社内でも「抗議はあったが、出頭要請はない」との線で対応、事実を隠蔽しようとの動きがあった。

麻布台のラジオ日本へ。宮前ユキさんの「ミッドナイト・カーボーイ」の収録。オウム事件、テレサ・テン、参議院の繰り上げ当選を断り今年の参議院選挙に出ること、ちあきなおみさんのことなどを語る。好きな曲を2曲持ってくるように言われたので、都はるみさんの「散華」、坂本冬美さんの「また君に恋してる」を選んだ。放送は2月22日夜中の12時半から。お茶の水でハロー通訳アカデミーの植山源一郎学院長から話を聞く。粉雪舞うなかを神保町まで歩き「萱」。

2月4日(木)

大山の事務所で民主党国会議員秘書のSさん2人と戦略会議。「有田芳生を応援する地方議員の会」「女性の会」「ジャーナリストの会」などを設立することになった。3年前の参議院選挙ではまったくといって手つかずだった沖縄（那覇滞在は4時間ほど）でも講演会を行う。

感覚とは不思議なもので、毎年1月は瞬く間に過ぎていってしまう。そして2月も。情報の波にさらされる現代社会にあって、その大波、小波に流されないためにも確固とした原理が必要。平山郁夫さんが「古典を読め」と遺した意味でもある。そんな思いから藤田省三さんの『全体主義の時代経験』（みすず書房）を再読開始。現代の古典だ。

2月5日(金)

国会で民主党S秘書2人と陳情打ち合わせ。議員食堂で吉田公一議員と懇談。吉田さんは参議院選挙の比例区に出たこともある。そのときの経験からのアドバイスがあった。吉田さんは練馬で2万8000票ほど、出身大学のある宇都宮など東京以外で5万票ほどだった。「もっと地元で動くべきだった」という。

新橋まで歩き、クリニック、そして書店で「新産業構造づくりへ、新成長戦略を」という神野直彦・東大名誉教授のインタビューを読むために『財界』を購入。時間ができたので数年ぶりにある飲食店に顔を出す。よくテレビ局の友人やいまはなき中村一好さんと出かけたものだ。ところが値段がどんどんと高くなったので足が遠のいた。その店主から電話があったのは、新規開店したという数か月前。結論。「富すれば鈍する」。

2月6日(土)

池袋「ジュンク堂」で坂上遼さんの『消えた警官ドキュメント菅生事件』(講談社)のトークショー。坂上、有田、二木啓孝の3人で2時間。話題は権力犯罪から「小沢問題」での「検察の敗北」まで。

司法記者経験の長い坂上さんの分析は「内憂外患」にも寄稿。語りながら会場を見渡すと、アーレフ(元オウム)広報部長の荒木浩さん、共産党国会議員元秘書のSさん、民主党都連のHさん、私の新年会に来てくださった方々の顔も。荒木さんはこのブログを見て来場したそうだ。二次会は近くの居酒屋。東京で伝統工芸を守る田代隆久さん(大島紬)、藤原照康さん(包丁、刀)にもお話を伺う。二次会を終えて最終電車で帰宅。坂上さん、二木さんたちはさらに三次会へ。

2月7日(日)

新しいリーフレットのために思案する。これまでは少子高齢時代にあっては「右肩上がりの経済成長」を求めるのではなく、「成熟社会」が必要だと書き、語ってきた。最近これまでの主張でいいのだろうかと思い出している。設問の「入り口」と「出口」は対応しているのだろうか。どちらも間違いではない。では「正解か」といえばそうではないような思いが深まっている。

ムダを省くのは当り前のこと。「事業仕分けも」必要だ。しかし「富の分配」だけでは限界がある。「富の創造」がこれからも必要だとすれば、経済成長を実現する新しい産業構造を創っていかなければならない。産業連関表による総波及効果は、医療や社会福祉分野は全産業平均よりも高い。雇用誘発係数も介護が1位、社会福祉が3位、医療も15位。これからの産業構造を医療、福祉、介護、教育中心にシフトしていかなければならないとの主張は、したがって正しい。「成熟社会の居住モデル」を創ること、全国に「がん撲滅」治療を目玉とする国際医療都市を創る課題は具体的だ。

神野直彦・東大名誉教授は、スウェーデンを参考にしつつも「日本型経済モデル」の実現を提唱している。これからの日本は、経済成長、雇用の確保、社会的正義で貧困のない社会が求められている。この3つを達成するためにも教育投資が必要だ。

浅草「むぎとろ」で吉田類さん主宰の「舟　天空句会」。坂崎重盛さんと「志ぶや」へ。選挙の激励を受ける。さらに句会二次会の「Barley ASAKUSA」。

2月9日(火)

大山の事務所を出てハッピーロードに向かっていた。自転車誘導整理業務の男性から声をかけられた。「こんども日本新党から出るの?」(しばしば「国民新党」とも言われてきた)

「いいえ民主党で比例区です」

「よかったね。こんどは大丈夫だよ」

「いえ、そうは甘くないですから」。

そう本気で思うのは、参議院選挙の投票制度がやっかいだからだ。「非拘束名簿式」は候補者に順位はつかない。個人得票の多い者から当選が決まっていく。つまり投票用紙に個人名を書いてもらわなければならないのだ。選挙区とは異なり、比例区(全国)は有権者から遠い存在として見られる傾向がある。その条件をどう克服するか。「機動戦」でなく「陣地戦」が必要なのだ。

成増のアクトホールで「板橋区朝・日友好親善新春の集い」に出席。民主党、自民党、公明党、共産党のみなさんにご挨拶。

2月10日（水）

新しい名刺とリーフレットに思案。あわただしい日々が容赦なくやってきている。12日の金曜日には朝から横浜で支援要請、国会から新宿、さらに夕刻から新橋駅前で拉致問題の街頭行動に参加、13日には幡ヶ谷で芦沢一明・渋谷区議の集会に参加などどなどスケジュールはどんどん埋まっていく。3月1日には森ビル社長の森稔さんと対談をして、夜は埼玉で「韓国併合」100年をテーマに語る。そのためにアマゾンで吉岡吉典さんの最後の著作『「韓国併合」100年と日本』（新日本出版社）を注文。

クミコさんに招かれて渋谷Bunkamuraのオーチャードホールで行われた「届かなかったラブレター」コンサートに。圧倒的に女性の観客が多かったのは、クミコファンに加えて井上芳雄さんが歌ったからだろう。自宅に戻れば宅急便で吉岡さんの本が届いて驚いた。

2月12日（金）

横浜関内にあるローカルパーティ（地域政党）「神奈川ネットワーク運動」へ。神奈川県内で県議、市議、町議31人の女性議員を擁している。共同代表の若林智子さん、永島順子さんと懇談。新橋で下車してクリニック。国会でアスベスト問題の陳情を受ける。新宿で竹村文近さんに鍼を打ってもらい、再び新橋。拉致問題解決を求める街頭行動に参加。某所で元内閣安全保障室長の佐々淳行さんから政策アドバイスなどを聞く。坂上遼さんの『消えた警官』が追った権力犯罪の主人公T氏。潜伏中に使っていた名前が「佐々淳一」だった。佐々さんがのちに本人に聞いたところ「インテリの雰囲気があったから」と答えたという。

2月13日（土）

新しい名刺のラフ原稿を井荻で受け取り、田園調布へ移動。村山大島紬、刃物、陶器の伝統工芸展へ。田代隆久さんからは大島紬について、藤原照康さんからは包丁作りの工程などを聞いた。それぞれ「三代目」「四代目」。「親が楽しそうに仕事をしていれば子どもにも伝わるんじゃないでしょうか」とは田代さん。藤原さんの包丁は日本で唯一の総手作り。「鍛冶屋」の伝統がここにある。

再び渋谷から新宿、さらに幡ヶ谷。駅前の「ぽえむ」で珈琲を飲んでスピーチ用のメモ。「あしざわ一明２０１０新春の集い」に出席。参議院選挙で訴える３つの課題（新しい経済成長、雇用の確保、社会的公正とくに貧困の克服）について具体的に語る。参加者と懇談。駅前の商店街は20年ほど前には人込みで歩きにくいほど賑わっていたという。大型店が出来てからさびれていった商店街。小泉政権時がいちばんひどい変化だったと聞いた。破壊されたものを再生させるのは大変なこと。その「負の遺産」から出発した新政権。もっと建設的な視点でとらえなければならない。

会の終了後に池袋へ向かう。新宿に出たところで気が変わり、大江戸線で練馬。今年初めての「金ちゃん」。「（ポスターを）どんどん貼って～」とご機嫌の萬田金太郎さん。リーフレットを完成させたら、次はようやくポスターに取りかかれる。

2月14日（日）

知人の娘さんの結婚式への祝電を吟味して書き、リーフレット原稿に取りかかる。かつての言葉をなるべく使いたくないのは、少しでも「進化」したいから。とはいえ「亀の歩み」でなかなか進まず。

麹町の都市センターホテルで山口県の酒蔵「獺祭新酒の会」に出席。櫻井博志社長は、このご時世に新蔵を３月末に完成、６０００石に増産と公表。このブログも見てくださっている。勝谷誠彦さん、吉田類さんたちと懇談。参議院選挙の支援体制を吉田さんと相談。銀座「はら田」夫妻も出席。会が終り、類さんと４人で食事。最近は医療や韓国問題などの「仕事」の読書ばかりだった。世界を広げるべく読み出したのは『埴谷雄高　政治論集1』（講談社文芸文庫）。政治的文学者の人間観察は鋭い。たとえばこんな記述だ。

彼は不安につつまれれば、なお威圧する声で話す。しかも、彼の不安は消えることもない。何故なら、支配者とはそれ自身だけでは、殆ど無だからである。

無表情な顔の背後にすら、触れれば不意に飛びあがるほどの凄まじい精神の緊張が秘められている。

この評論文の背景にも必ず具体的人物がいるはずだ。埴谷さんにとっての「支配者」とは、いったい誰だったんだろうか。

2月15日（月）

新しいリーフレット用原稿を書く。内容と方向性ははっきりしているが、それを凝縮してスローガン化するのが難しい。総選挙時には「とことん現場主義」と訴えてきた。その精神に何も変わりはないものの、言葉を変更したい。

新宿で名刺の変更原稿を渡し、某銀行支店長と相談。銀座「壹眞（かづま）珈琲店」で雑務。教文館で同世代としてもっとも注目している外岡秀俊さんの『アジアへ　傍観者からの手紙2』（みすず書房）と坂野潤治・大野健一さんの『明治維新　1858－1881』（講談社現代新書）を購入。電車のなかで後者を読みはじめる。史実としての明治維新をなぞるのではなく、各藩の「柔構造」を分析、指導者がなぜそのとき、そのような行動を取ったのかを分析、しかも台湾や韓国などの「開発独裁」ではなかったことなど現代との比較も刺激的かつユニーク。

大井町で舟木稔さんと待ち合わせ、没後15年になるテレサ・テンの企画について相談。

2月17日（水）

朝8時からホテルニューオータニで石井一選対委員長の朝食会に出席。野党時代の3倍の参加者だという。途中で比例区予定候補者として紹介された。終了後は国会議員会館の石井部屋へ。麹町まで歩き文藝春秋。四ツ谷まで歩き、中央線で新宿。雑用を済ませ、大山の事務所へ。「あおい珈琲店」で休憩して事務所で実務。上板橋で参議院選挙を支援してくれる自民党員、共産党員、立正佼成会幹部たちと懇談。駅前のコンビニが「餃子の王将」に変わっていたので入ってみた。若い従業員たちがてきぱきと行動、気持ちがいい。京都の学生時代から「餃子の王将」には通っているが、これほど感じのいい雰囲気ははじめて。大山のケーキ屋が洋服屋に、スナックが閉店などなど、この半年でも街の「顔」が変化していく。

2月18日(木)

文藝春秋で打ち合わせの後、歩いて民主党本部に。国会から向かっても、紀尾井町から向かっても、必ず警察官に用件を聞かれ、身分証明書の提示を求められる。そんなものはないので名刺で済ますのだが、異常なほどの警備体制だ。なぜここまでかと聞いてみれば、狭い道路に面しているので、何度か暴漢が入ってきたからだという。神保町経由で小川町。中国語通訳案内士のYさんたちと懇談。免許ある通訳案内士がガイドをしているのは、100人に1人の実態。春節で10万人ほどが来日しているが、ほとんどが無資格ガイド。しかも高額商品を売りつける「土産物屋」とつるんでいるケースも多い。フランス、イタリア、ギリシャなどのように「観光ポリス」を創設することは現実的課題だ。池袋で某市市議たちと懇談。

2月19日(金)

『医道の日本』800号記念のための原稿執筆、推敲。鍼灸世界との出会いと問題点を簡潔に。大山の事務所へ。「あおい珈琲店」で休憩。3月1日に行う森ビル社長との対談準備。

池袋「リブロ」で『戦争体験　朝日新聞への手紙』(朝日新聞出版)を購入。単行本『X』のための資料だ。ここに収録された証言者に取材をしたのは、もう3年も前のこと。あれから政治へ没入しているので執筆ままならず。7月の参議院選挙が終わったところで執筆を再開する。「特定連合国裁判被拘禁者等に対する特別給付金の支給に関する法律案」が衆議院に提出されたのは08年。翌年には審議未了となっている。「BC級戦犯」に対する戦後処理は、いまだ終わっていない。再び大山で民主党本部Nさんと打ち合わせ。

2月20日(土)

誕生日。ゆっくり過ごそうと成増のサウナ、石神井公園で散髪。区民交流センターで開かれた川島智太郎議員「新春の集い」に出席。参議院選挙予定候補者として挨拶。すでに乾杯のあとなので、会場はざわついている。どこの集会でも食事がはじまったあとの挨拶ほど「聞いていない」から、発言者は苦労する。小川敏夫参院議員、円より子参院議員が語ったあとでどう切り出すか。「今日は何の日ですか」とはじめ、長嶋茂雄さんの誕生日だとつなげ、実は「私も誕生日」とつなげた。拍手が起こり遠くのざわめきも収まった。そこで練馬区の高齢化の具体的情況を語ることにした。先日の成増での集会で鈴木宗男さんは、マイクを手にすると演壇から離れ、聴衆の近くまでやってきて語った。人数など会場の雰囲気を見て判断したのだろう。臨機応変は難しいが試みは面白い。浅野克彦都議、Hさん、Gさんと練馬高野台で懇談。献本何冊か。本来なら読んだうえで感想とともに紹介すべきなのだが、いまその時間がない。くちやまだとも『グーグルは「本音」を語る』(PHP研究所)、三浦佑之『平城京の家族たち』(角川ソフィア文庫)、三浦佑之『日本霊異記の世界』(角川選書)、姜尚中・森達也『戦争の世紀を超えて』(集英社文庫)、木村晋介『キムラ弁護士、小説と闘う』(本の雑誌社)。

2月22日(月)

誕生日を迎えた父と都はるみさんに電話。家族全員で静岡西焼津へ。98歳を超えた義母のお見舞い。明治44年生まれは1911年。韓国併合された翌年の生まれということになる。このころの人口は約5000万人。少子高齢時代の日本がこのまま進めば約100年後に4495万人になるとの予測もある。この人口ならまったく異なる風景となるだろう。「成熟社会」の都市モデルをどう構想するのか。取材を予定している。

2月23日(火)

3月からの全国行脚計画が決まりつつある。4月18日には、中学校の同窓生Mさんが茨木市（大阪府）の福祉文化会館で集会を開いてくれる。茨木市は小学校後半、中学時代を過ごした土地。オウム事件当時に同窓会を開いてくれた。3年前の参議院選挙時にも集まってくれたが、こんどは規模が違う。楽しみ。5月25日には巣鴨（東京）で自民党員、共産党員などが呉越同舟で集会を開くことが決まり、そこに招かれた。新しい名刺も金曜日には搬入。ますます忙しくなる。

電車を乗り継いで、千葉市稲毛にある放射線医学総合研究所へ向かった。がん治療に有効な重粒子線治療について辻井博彦理事に話を伺う。その後「HIMAC」（ハイマック）施設を見学。全国に国際医療都市を展開、この治療法をさらに確立すれば保険適用も可能となり、国民の安心も広がっていく。治療施設や人材育成などをシステム輸出すれば、「産業としての医療」も進むはずだ。必要なことは「富の分配」から「富の創造」への視野。詳細はいずれ週刊誌で書くことになるだろう。

2月24日(水)

新宿で雑用を済ませて四ツ谷。歩いて文藝春秋。松井清人さんと企画の打ち合わせ。市ケ谷アルカディアで行われた学校設置会社連盟の理事会で挨拶、懇談。岡山にある朝日学園学園長の鳥海十児さんから株式会社立学校の課題を伺う。学校法人なら無税でも株式会社学校には、法人税、不動産取得税、固定資産税、事業所得税が賦課される。学校法人なら生徒1人当り年額30万円ほどの私学助成があるが、株式会社学校には助成がない。特区で設立された学校にもそこに子どもがいる以上対等の対応をすべきだ。熊本の勇志国際高校が新年度から学校法人となることが決まった。株式会社高校の学校法人への移行は全国ではじめて。自治体レベルの判断で可能なのだ。横浜へ。神奈川県保険医協会で読売新聞の大津和夫記者の講演「アメリカ医療・介護地獄」を聞く。

2月25日(木)

新宿某所で伊武雅刀さんにご挨拶。新橋の共同通信。受付で「ザ・ワイド」の「同志」だったOさんに出会う。「モッチー」こと用瀬朋美リポーターが入籍したことを知る。

不安定研究会。時間になっても迎えがない。客員論説委員の岡田充さんに「今日ですよね」と電話をすると「昨日!」。手帳への記入ミスだった。新橋の「いけだ」にいるというので合流。法政大学教授の趙宏偉さんとともに懇談。中国と北朝鮮の関係についての視点が面白かった。「北」のミサイル発射はアメリカ向けというよりも中国への牽制だというのだ。中華思想に批判的な「北」にとって、「6か国協議」も中国がホスト国。その枠組みで国の進路が議論されることへの反発があるという。そうだとすれば、中国を介しての拉致問題解決への道は徒労ということになる。ベトナムが、長い歴史のなかで中国の大国主義に批判的であり、「中越戦争」まで起きたことを振り返れば、「中北関係」もまた然りかも。

2月26日(金)

お茶の水で日本教育者セミナー理事長の岡村寛三郎さん、龍澤学館(岩手県)理事長の龍澤正美さん、朝日学園(岡山県)学園長の鳥海十児さんと懇談、打ち合わせ。民主党政権が打ち出した高校授業料無償化を私立高校や専門学校に拡大するための具体策を話し合う。

早坂紗知さんの定例バースデーコンサートは午後8時から。1時間遅れで江古田Buddyへ。ニューヨークから来日したドラムスのフェローン・アクラフの力強く、繊細な演奏に感動。山下洋輔ファミリー席で堪能。終了後に帰宅するつもりが、余韻が去らず、駅前の「樽平」に入る。カウンター席には音楽ユニット「呑娘」（てんむす）がいた。

2月27日(土)

民主党国会政策秘書のSさんたちと川越市駅で待ち合わせ、比企郡川島町へ。放置されたままのパイプからアスベストが飛散する可能性のある土地2か所を調査。かつては危険性を訴える看板があったというが、いまはそれもなし。子どもたちがそこで遊ぶ可能性も十分にある場所だ。私有地とはいえ、行政の怠慢は明らか。さらに産廃施設予定地に行って驚いた。民家や塗装工場のすぐ横だからだ。８０００万円で工場跡を競売にかけたというが、きっと現場を見ていないのだろう。

銀座の「ふる里料理　山猿」で行われた「第2回福島呑みの市」に出席。福島県地域づくりの支援事業で矢吹町の産業振興課の職員も参加。参議院選挙予定候補者として挨拶を求められたので、簡潔にスピーチ、主張は名刺の裏に印刷してあるので読んでいただきたいとみなさんにお渡しする。「壱眞珈琲店」で子ども手当についての衆院予算委員会の速記録を読む。

2月28日(日)

マンションの理事会で総会準備。1年間の理事長職もようやく終了する。1月16日に行った統一教会問題の座談会原稿の最終整理に取り組む。出席者は浅見定雄・東北学院大学名誉教授、山口広弁護士、宮村峻、そして私。「拉致」だ「監禁」だと騒いでいる錯乱都議、信者弁護士、バランス失調ルポライター「3人組」の支援を受けている統一教会の実態と真相を徹底的に明らかにした。ただ「隠し球」はそのうちのお楽しみ。成増で雑用。池袋リブロで城山三郎さんの『男子の本懐』（新潮文庫）を購入。帰宅して明日の対談、講演の準備に没頭。バックミュージックはチェット・ベーカーの「SINGS AND PLAYS」。

2010年3月
MARCH

「火中に栗をひろう冒険」（鶴見俊輔）

3月1日（月）

森ビルの森稔社長と対談。森さんの「垂直の庭園都市構想」に私の「成熟社会の居住モデル」「国際医療都市」構想を合わせればどんな都市ができるのか。「21世紀モデル」提示のデッサン。対談終了後に1000分の1の東京模型を見せていただいた。一つ一つの建物を忠実に再現したものだ。「街の文脈がよくわかる」とは『ヒルズ　挑戦する都市』（朝日新書）で森さんが述べたとおりだ。一戸建て信仰は土地所有幻想から生まれたのだろう。

3月3日（水）

ある集会で名刺をいただいたものの手持ちが切れた。13人の方に新しい名刺をお送りするため短い手紙を書く。緊急に出版する単行本の構成を検討すべく八幡山の大宅文庫へ。忘れていた対談やエッセイなどを発見。新宿の喫茶「凡」で構想を練る。しかし静かな空間に珍しく大声の関西弁会社員たち。うるさいので退散。原宿竹下通りの喫茶店へ。板橋在住の店主で、衆議院選挙でも家族そろって投票してくださった。新リーフレットも置いてくれるという。

クレストホールへ。イッセー尾形さんと小松政夫さんの「おやじ二人の雛祭り」。言葉をどう伝えるのかは政治においても重要な課題。いくつものヒントをもらう。高田文夫さんと久しぶりにお会いする。民主党国会秘書から連絡。参議院選挙の全国比例区公認候補が発表された。石井一選対委員長からも電話をいただく。

3月4日(木)

出版社で打ち合わせ。渋谷で袴田事件を描いた高橋伴明監督の「BOX」を見る。どう判断しても冤罪だろう。死刑囚・袴田巌さんは73歳。いま第二次再審請求が行われている。池袋でフジテレビ関係者のYさん、Tさんとテレサ・テン企画の打ち合わせ。

3月5日(金)

参議院選挙の公認候補として発表されたことを理由に、ある週刊誌で予定していた原稿執筆(がんの重粒子線治療と国際医療都市構想)が取りやめになった。森ビル社長の森稔さんとの対談は「週刊朝日」に掲載されるから、事情はあろうが自主規制というよりも覚悟の問題だとしか思えない。鶴見俊輔さんの言葉を噛み締める。

思想が創造的な思想であるためには、火中に栗をひろう冒険を辞することができない。身を捨てなければ浮かぶことができない。(「近代の超克」)

民主党本部で打ち合わせ。時間ができたので久々にジムで泳ぐ。銀座に出て山野楽器店でクミコさんの「INORI〜祈り〜」を入手。「壱眞珈琲店」で単行本の構想を練る。大山の事務所へ。雑務をこなして赤羽。民主党から埼玉選挙区で立候補予定の大野元裕さんと戦略・戦術会議。大野さんにはイラク戦争当時に日本テレビ「ザ・ワイド」にしばしば出演していただいた。

3月6日(土)

代々木の全理連ビルで行われた「山川暁夫＝川端治さん没後10年のつどい」に出席。高野孟さんや長谷川慶太郎さん、板橋で選挙支援をしてくれた方々とお会いする。没後10年で100人ほどが参加したことにも山川さんの影響力が現れている。没後1年に『国権と民権』(緑風出版)がまとめられたときに行われた集会から9年。こうした催しがおこなわれることはもはやないだろう。私は10分ほどの挨拶の最後に、晩年の山川さんが読んでいた『ハイネ詩集』を引用した。赤線が引かれた詩にはどこか世の中に対する焦りが見られた。会の終わりに奥様の山田聡子さんが挨拶、そのなかで「亡くなる1年ほど前から焦燥感が見られた」というくだりがあった。「そうだったんだな」と思う。若い時代から全エネルギーを社会変革に注いできたものの、「右」からも「左」からも批判を受けた山川さんは、諦めのようなものを感じていたのではなかったか。

引用したハイネの詩は「かしこへ此処へ」。赤線が引かれたのはこんなフレーズだ。

されど時の歩みは、のろき群衆のごとし
この群衆、気がるにのろし
あくびしてゆるやかに往く
いざ急げ、のろき群衆よ！

しかし「のろく」はあっても政権交代の事実を実りあるものに育てていかなければならない。「のろく」とも確実なものに。会が行われた全理連ビルは29年前に結婚式の祝う会を行った場所。語った演壇の場所に座っていた。右手前テーブルには上田耕一郎さんや吉岡吉典さんもいた。山川さんも上田さんも吉岡さんも、もはやいない。人生は短い。この会を準備してくれた大内要三さんと斉藤邦泰さんに感謝。

3月7日(日)

午前中は単行本と新リーフレットの構想。参議院選挙は北海道、大阪、栃木など、支援してくださる方々の地元を回りながら、東京（板橋・練馬中心）、埼玉、神奈川が拠点になることだろう。午後から浅草で吉田類さん主宰の「舟　天空」句会へ。兼題は「春愁」。

短世の　春愁深く　天城越え

昨日の山川暁夫さん没後10年の集いに刺激されて作った句だ。吉田さんに促され、これからの活動予定についてみなさんにお知らせする。「神谷バー」で二次会。わざわざ挨拶に来てくださるお客さんに名刺をお渡しする。

3月8日(月)

最近はツイッターにときどき書いているとと、ブログがおろそかになってきている。昨日のツイッターから。

やっと机から離れられる。民主党に出す原稿を完成させ、雑誌のゲラに手を入れ、大江健三郎さんに葉書を書き、吉田類さん、加藤タキさんと電話で話をして、大山倍達17回忌懇親会に出席の返事をしたため、日本酒を送るぞという知人にいそいそとメール返信する。「ハート・ロッカー」すごい映画だった。

140文字に「すべて」を書くには文章を削いでいかなければならない。その試みが面白い。ここに書いたアカデミー作品賞獲得の「ハート・ロッカー」。推薦コメントを求められ、こう書いた。「イラク戦争の悲惨な実体を描いた秀作は必見。スクリーンに流れる世界はまさにこの瞬間にも続く現実だ。恐怖、不安、孤独。地獄の底で光る精神の気高さは、人間の根源を鮮やかに照らし出す」。言葉が作品にまったく追いついていない。認識の難問だ。夕方は池袋で雑用。板橋本町「カミヤ」で事務所スタッフと懇親、打ち合わせ。

3月9日(火)

紀尾井町の草野事務所で草野仁、裕さんと懇談。テレビ界の厳しい現状を伺う。都市センターホテルでツイッター活用の拉致問題キャンペーンの実務打ち合わせ。水道橋の教育史料出版会で単行本の打ち合わせ。長女と待ち合わせて日比谷シアタークリエで田中健さんのケーナ演奏を聴く。なんと5000年前と同じ音色だそうだ。

さかはらあつしさんの『サリンとおはぎ』（講談社）を読み終える。「扉は開くまで叩き続けろ」とサブタイトルにある。人生の難問に立ちどまり、戸惑う方々にお薦めの本。友人の自殺、ドライブ時に自分と同じ誕生日の女性が事故死。さらに誕生日に遭遇した交通事故、地下鉄サリン事件で被害を受け、のちに偶然出会い結婚したオウム信者……。4年浪人ののちに京都大学に合格、電通に入るもすぐに退職、映画「おはぎ」にも関わる波瀾万丈の人生に驚くばかりだ。さかはらさんからは京都の乙訓高校の後輩だと連絡をいただいた。

3月10日(水)

朝からずっとリーフレット原稿を書く。ツイッターのように1項目100文字ちょうどに削ぐ作業に時間がかかる。岡崎友紀さんのアドバイザーに電話、選挙準備状況について聞く。組合などの支援を受ける比例区候補と異なり、私たちは常に財政難。岡崎さんもようやくリーフレット原稿を完成させたようだ。神田で服部真澄さんたちと懇談。

3月11日(木)

新宿3丁目で降りて「あと8分!間に合うか」と慌てていた。竹村文近さんに鍼を打ってもらう時間に遅れそうだった。ケータイを見て時間を確認。あれっと気付いた。1時間早かった。Uターンして紀伊國屋書店へ。読みたい本はあまたあれどもいまはガマン。鍼治療を終えて赤坂へ。政治記者Kさんと懇談。参議院選挙情勢、普天間問題などなどで情報交換。沖縄では「鳩山首相のおかげで県内がまとまった」という。自民党から共産党まで「県外・海外移転」で一致したからだ。4月には7万人規模の集会が開かれる予定だ。国民新党の下地幹郎議員は5月までに解決しなければ6月1日に議員辞職するという。内実は11月に行われる沖縄県知事選に出るための布石だという。

3月12日(金)

リーフレットも単行本も緊急作業。ある問題に没頭していると二次的なスケジュールを失念してしまう。アメリカでも取材した性犯罪者の更生についての映画「SCOPE」。3時からだった。3時半からと思い込んでいた試写会が3時からだった。チケットを買っている「おとうと」も、見たい「アバター」や「インビクタス」も足を運ぶ時間がない。久しぶりのジムで1時間水の中に。体重は5キロ減を維持。

東京堂書店で佐野衛店長と相談。『闘争記』（教育史料出版会）が5月末に出る。それをきっかけに6月4日15時から17時まで吉田類さんとトークショーを行うことにした。タイトルは「酒と人生と闘いと」（仮題）にする。類さんの書籍は東京堂書店ではすべて売りきれていた。

3月13日（土）

6月に発売予定の単行本『闘争記』の構想を練る。原稿枚数を絞っていくほどに思案するばかり。結局人物ルポを掲載しないことにした。宇崎竜童、阿木燿子、木村佳乃、服部真澄、伊藤正孝、古在由重、石堂清倫、上田耕一郎、花田凱紀さんについては、いずれどこかでまとめることになるだろう。最初の予定ではフリーランスになったころにインタビューした宇野千代、赤塚不二夫、小沢昭一、松本零士、野坂昭如、藤本義一、北杜夫、淡谷のり子、栗原小巻さんなどなどの「貧乏物語」を収録しようかとも計画した。しかしある定価に抑えるには原稿枚数にも限度がある。ほぼ構成を確定しつつある。

大山の事務所で民主党本部Nさんと打ち合わせ。事務所を覗いて「頑張ってね」とある女性。時間ができたので4か月ぶりに「鏑屋」。何人ものお客さんから声をかけられる。ここ板橋にはつい半年前に名前を書いてくださった11万3998人の方々がいる。私の「陣地」はここにある。

3月14日（日）

川口市で埼玉選挙区から立候補予定の大野もとひろさんの事務所開きに出席。集まった400人あまりの支援者に挨拶。最近はひさびさに野坂昭如さんが1974年の参議院選挙東京選挙区（当時は東京地方区と呼んでいた）に立候補（結果は次点）、最終日に新宿駅前で行った演説（CD「辻説法」）を聴いている。野坂さんにしても応援団の小沢昭一さんにしても、実にユニークな内容を聴衆に語りかけている。ところがいまにはじまらないが、旧来の政治家のスピーチは、声がやたら大きいこともふくめて言語選択のあるパターンから抜け出ることがない。だから政治家なのだろうか。まだ43歳の野坂さんの演説は早口で挑発的だ。それが野坂さんだからだ。「その人らしさ」を失うことなく、政治言語を異化させていく二重の課題。だから面白い。

3月15日(月)

がん治療の最先端技術＝重粒子線治療の患者さんから取材。心臓カテーテル手術など、日本が世界に誇る医療技術を完備した国際医療都市構想については、6月発売の『闘争記』に書き下ろす。「富の分配」とともに「富の創造」が求められている日本にあって、新しい産業構造が必要だ。「産業としての医療」を患者の立場でいかに推進していくかが課題。

銀座に出て教文館で『ヘミングウエイ短編集』(ちくま文庫)購入。「壱眞珈琲店」で読書。新橋でクリニック。北海道遠征で現地スタッフのOさんと電話でやりとり。安売りチケットを買ったものの、時間がなくて見ることができなかった山田洋次監督の「おとうと」。ようやく劇場に行くことができた。ツイッターから。

上映終了間近と知って昨夜最終回で「おとうと」を見た。山田洋次監督の「新しい寅さん」＝笑福亭鶴瓶がすごい。吉永小百合は優しくも毅然とした「日本の母」を演じる。世間から困った存在と排除される人間の哀しさと孤独。その心奥にまで降りていくことのできないせちがらい渡世。心震わせる秀作だ。

3月17日(水)

北区十条にある東京朝鮮中高級学校を取材。学校に入ると生徒たちがどこでも親しげに挨拶をしてきた。昨年の総選挙時に交流した民団青年会の若者たちにも感じた爽やかさを思い出す。家庭の「しつけ」なのだろう。「道徳」という言葉がここに生きている。

校長の愼吉雄さんに話を伺う。1949年12月から55年3月まで都立だったと聞いて驚いた。拉致問題や核開発については反対だという。しかし私が強い違和感を感じたのは、小中学校ではすでに廃止された金日成・金正日親子の写真が教室に掲示されていることだ。民族教育が必要だとはわかるが、個人崇拝の象徴は誤解を再生産するだけではないか。しかも現代史の教科書を見せてもらったが、そこにも多くの金正日総書記の写真が掲載されていた。独特の「チュチェ（主体）思想」が教えられていることも他者が批判すべきことではないのかもしれないが、これも「儒教社会主義」を支えるものと思えば、違和感を覚えるばかりだ。

そういった問題を残しながらも、高校授業料を無償化するのは当然の施策である。韓国学園などの各種学校が無償化適用されるのに、朝鮮学校だけが差別されるのは排外主義にほかならない。朝鮮学校に在籍する生徒の56パーセントは韓国籍、朝鮮籍は43パーセント、日本籍が1パーセント。しかも貧困を理由にした授業料滞納者も東京朝鮮中高級学校の場合は5パーセントいる。こうした生徒を支援するためにも朝鮮高校への高校無償化法案を適用すべきである。税金を払っているのだからその配分は公平でなければならない。鳩山由紀夫首相は1月29日の施政方針演説でこう語っていた。「差別や偏見とは無縁に、人権が守られ基礎的な教育が受けられる、そんな暮らしを、国際社会の責任として、すべての子どもたちに保障していかなければなりません」。当然のことだ。

渋谷で『サリンとおはぎ』（講談社）を書いたさかはらあつしさんと会う。ユニークな高校時代の後輩だ。雑用を済ませてジムで泳ぐ。神保町に出て「家康」。

3月18日(木)

農林水産省の政務官室で佐々木隆博政務官と懇談。国会で松木謙公議員の部屋へ。麹町まで歩き、池袋。「フラミンゴ」でNさん、Oさんと集会打ち合わせ。大山の事務所へ。新しいリーフレットを持って中野。「らんまん」で福田ますみさん、筆坂秀世さん、新潮社の正田幹さんと懇談。カウンターに小林秀雄賞を獲得した水村美苗さんがいた。19日からは全国遊説開始。オウム事件15年で日本テレビ系「情報ライブミヤネ屋」への出演、来週発売の「週刊朝日」に掲載される森ビル社長の森稔さんとの対談原稿確認など、慌ただしい数日がやってくる。喫茶店に行くというみなさんと別れて帰宅する。

ある民主党幹部と話をした。政権交代をしたことでいまだ与党なれしていないことと、浮かれぎみの議員が多いと嘆いていた。そうだと思う。政策を確定しその実現のために全力を尽す。政権交代の実りを獲得するためには「鉄の規律」が必要な局面だと理解する。年上議員に「ため口」で話す新人議員の多いこと。世間というものを知らずに議員になったからだろう。国民はスピード感ある改革を期待していたのだ。大山の事務所でYさん、Kさん、D君と打ち合わせ、実務をこなす。大山のハッピーロード商店街で挨拶周り。参議院選挙比例区の投票方法を知らない方々があまりにも多い。候補者からすれば得票が多い順に当選が決まるから個人名でなければ困るのだ。10年前の「改革」。どうしてこんな分かりにくい制度にしたのだろうか。

3月24日(火)

午後から秋葉原でイルカ漁の実態を撮影した話題作「ザ・コーヴ」を見る。大山の事務所に戻り、夜は文化会館で岩手県旧沢内村の先駆的福祉政策を推進した深沢晟雄（まさお）村長を描いた「いのちの山河」を見る。板橋社会保障推進協議会主催の催しで、朝昼の会に700人、夜の会にはざっと300人ほどが参加。配られたチラシには、私が昨年「週刊朝日」に書いたルポが全文収録されていた。とてもいい映画だが、啓蒙作品ゆえに面白くないジレンマ。時代考証にも疑問があったのは、たとえば深沢の妻（とよた真帆）がかけていた眼鏡。1950年代末から60年代にあんなセンスのいい商品はなかったはずだ。歴史の事実を作品にする難しさは、ドキュメンタリーの方が訴求力があるからなのだろう。

3月24日(水)

終日机のパソコンに向って『闘争記』のための作業。最後まで迷ったのは「私の大学『上田耕一郎』」を入れるかどうかだった。タイトルを「邂逅と別離――追想・上田耕一郎」と変更し、加筆をして「第2章」（政治的軌跡の章）に入れることにした。かつて書き下ろした文章には「横田早紀江さんの思想的体験」とタイトルを付けた。大学時代の何とも甘い時代について書いた原稿には「わが幸せな『政治時代』」、ロシア革命時代のレーニンとトロツキーについて書いた原稿には「構想力と実行力――短くとも豊かな人生――」と付ける。なかなか楽しい作業なのだ。参議院選挙向けの単行本という発想から出発したが、こうして構成していくと、自分なりのささやかな人生行路をまとめていることに気付いた。「人生後期の仕事」に向けての区切りになるだろう。表紙には辺見庸さんの詩文集『生首』の表紙に使われた梅田恭子さんの銅版画を使うことにした。

3月25日（木）

参議院選挙と単行本の準備作業。銀座「シネパトス」で「インビクタス／負けざる者たち」を見る。クリント・イーストウッドの爛熟した作品には驚くばかりだ。ネルソン・マンデラの指導者としての判断力は、獄中27年に熟成したものだろう。長い獄中にあって猜疑心が肥大化する者とそうでない者の違いはどこから生じるのだろうか。いずれにしても人間の深みは、どう時代に向き合うかで生まれるものだ。

87歳になった鶴見俊輔さんの『思い出袋』（岩波新書）を読んでいて、この柔軟な思考は、ご本人がいつも語っている「不良精神」から育ったものではないかと思えてくる。「ぼんやりしているが、自分にとってしっかりした思想というものは、あると思う」と鶴見さんは書いている。古在由重さんも語っていたように、思想とはその人の行動に現れるものだ。自分でも充分に把握できていない「ぼんやり」した判断で行動しても後悔がないもの。それが思想だと鶴見さんはいう。死刑判決を受けた22歳の金子ふみ子が天皇の恩赦を拒否して自殺したのも、そこに思想があったからである。

3月26日（金）

すごい映画があったものだ。出張準備を終えて虎ノ門へ向った。「クロッシング」。端的な感想をツイッターにこう書いた。

すすり泣きが広がった。一般試写会で異例の拍手が起きたのは脱北者を描いた「クロッシング」。収容所国家・北朝鮮の実態がここにある。昨年末に政府主催で行われた拉致問題集会よりも多い観客。盧武鉉政権では公開できなかった映画がようやく日の目を見た。必見！。

4年前に完成していた作品を私たちはようやく見ることができる。映画を公開できない国とははたして民主主義国家なのか。そこで描かれた北朝鮮も、脱北者100人からの証言に基づいた真実。あまりにも悲しい結末は、そこに救いを描けるような現実ではないからだ。果たして日本でこのような水準の映画は作れるのか。現実との緊張感である。ここで描かれた世界は拉致問題とつながっている。31日に「意見広告7人の会」はツイッターを活用した運動を世界に発信する。

3月28日(日)

冷たい雨が降る金沢市。旧県庁舎（NPO支援センター）でミニ集会。はじまる前に集会の音頭を取ってくれたAさんに案内され、旧制第四高等学校の記念館に。まだ日本の学問世界に自由の気風が溢れていた時代。ある写真にはバンカラ姿で街を闊歩する学生たちがいた。撮影は1939年。あの何人かの中で学徒出陣で還らぬ人たちもきっといただろう。理屈などいらない。戦争は絶対悪だ。新入生中野重治のしっかりした墨書き署名もあった。集会では民主党指導者に対する厳しい意見とともに、絶対に自民党政権に戻してはならないとの意見も。3時間の充実した懇談を終え、金沢から大阪へ。

3月29日(月)

京橋のホテルで読書。駅前の立ち食いうどんで朝昼食。読売テレビ「情報ライブ　ミヤネ屋」に出演。15年前に起きた國松孝次元警察庁長官銃撃事件が時効を迎える。はたして犯行はオウム真理教によるものか、それともスナイパー中村泰によるものか。事件当時からいままで警視庁公安部幹部たちは「120パーセントオウムの犯行だ」と断言してきた。しかしK元巡査長のブレまくる供述に振り回されてきたのが、捜査の実態だった。

一方で、銀行強盗など銃器犯罪を行った中村は、みずから「長官を撃った」と供述し、警視庁刑事部の捜査によって犯行に使われたコルト・パイソンやホローポイント系357マグナム・ナイクラッド弾を所有していたことも明らかになっている。オウム捜査の無理と中村の高い可能性については鹿島圭介『警察庁長官を撃った男』（新潮社）が、中村による「秘密の暴露」をふくめて、きわめて詳細な事実をつまびらかにしている。新聞記者だと推測される筆者のすぐれた取材が、紙面に充分には反映されないことにメディアの深い問題がある。この中村の「自白」をもとに捜査を進めるなら、偽造パスポートによる海外渡航時間は時効の停止となるので、まだ10か月ほどある。警察幹部がこれまでの面子にとらわれずに真相を明らかにする立場を取ることを期待する。

大阪駅近くの立ち食い串揚げ「松葉」で一休み、東京へ。六本木の森タワーにある「J-WAVE」で「JAM THE WORLD」に出演して、竹橋の毎日新聞。二木啓孝さんと落ち合って10時半から情報交換。

3月30日（火）

東京新聞から警察庁長官銃撃事件の時効についてコメントを求められる。警視庁がオウム真理教の犯行だとする文書を公表したからだ。ツイッターに感想を書いた。

「警察庁長官銃撃事件の捜査結果概要」。麻原彰晃指示で「教団信者グループにより敢行された計画的、組織的なテロであったと認めた」と結論。「認めた」のは警視庁。疑われた信者は誰も「認めていない」。最難点は実行犯の不特定と特殊な拳銃・銃弾の入手ルートが全く未解明なこと。

どこで方向を転換すべきだったのか。初期段階では平成8年にそれまで実行犯と推測されていた平田信逃走犯や元自衛隊員信者の関与がほぼ否定されたときであり、最終的にはK元巡査長の変転供述に振り回されたあと平成16年に4人を逮捕、不起訴処分となったときである。それからでも6年の時間があった。麹町で雑用を済ませて神保町「萱」。K社長から興味深いネット新兵器「ポーケン」を紹介される。

3月31日(水)

ツイッターを活用した「意見広告7人の会」の拉致問題新キャンペーン。横田滋、早紀江さんにも来ていただき、有楽町の外国人記者クラブで会見をおこなった。

読売新聞、毎日新聞、時事通信も報じてくれたツイッター活用の拉致問題キャンペーン。朝日新聞は取材に来てくれなかったけど、ぜひよろしく！運動はこれからです。@tadaimajp

ツイッターにこう書いた。日本人たちの拉致を解放させ、北朝鮮の人権問題を解決する世論を高めるには、報道が大きな影響を持っている。不思議なことに2002年に私たちが運動をはじめた当初は、朝日新聞がいちばん熱心に報じてくれていた。ところが韓国3紙、「ル・モンド」に意見広告を掲載するころからは取材にも来なくなった。そこに社会部担当者たちの価値観が現れているのだろう。この問題を追い続けていたK記者が本社に戻ってくる。さてどうするだろうか。記者の属性なのか、それとも組織体質か。どうにも理解できない朝日新聞の対応である。

残って打ち合わせをするスタッフと別れてお茶の水。参議院選挙を支援してくれる教育関係者と懇談。「家康」にリーフレットを渡して常連と雑談。4月1日からの北海道遊説準備のため、早めに帰宅。選挙本番並のスケジュール。4日に羽田に着いてそのまま横浜での集会。翌朝から沖縄。したがってブログ更新はきっととても短いものになる。

2010年4月
APRIL

普天間飛行場はグアムに移転せよ

4月1日(木)

旭川へ。民主党の佐々木隆博衆院議員の松家哲宏秘書の案内で、旭川空港ビルの菅原功一社長、三井あき子道議、北口雄幸道議、西川将人市長などと懇談。士別市会議員候補者の事務所に挨拶回り。「山頭火ラーメン」本店を発見。居酒屋チェーン「つぼ八」は、はじめ8坪から始めたところから名付けられたと聞いた。夜は国忠たかしさんの市政報告会に出席。終了後紋別へ。午後11時30分にようやく夕食。

4月3日(土)

女満別から札幌。ホテルに荷物を置いてカフェ「ランバン」。諏訪滋弁護士、中村美彦キャスターと「若竹」で懇談。北海道選挙区候補者の徳永エリさんが合流して打ち合わせ。バー「山崎」で90歳になる山崎達郎さんに激励される。味噌ラーメンを食べてホテル。

4月4日(日)

いまツイッターにこう書いた。

昨日札幌から東京へと向うも重篤者搬送のため緊急着陸で仙台。再び羽田へ。横浜・磯子区の杉田劇場で演説会。深夜帰宅して今から沖縄。普天間基地の調査と関係者への取材。「調査なくして発言権なし」と主張する以上は、現場に立つ。機内での読書は吉田健正『沖縄の海兵隊はグアムへ行く』(高文研)。

出張にパソコンを持っていかないので、ケータイでブログを書くか、ツイッターに適宜書き込んでいる昨今。北海道でのさまざまな印象についてはいずれ書くことにする。一言でいうならば、とても多くの方々に支えられているということ。昨夜の演説会は横浜市議の太田正孝さんの御尽力で、鈴木宗男さん、野球解説者の平松政次さん、元WBA世界ミドル級王者の竹原慎二さん、横粂勝仁さんたちの応援をいただいた。ひとつひとつの集会もそれを準備してくれる多くのスタッフがいてのこと。いまはただただ前に進むのみ。カバンに辺見庸さんの詩文集『生首』（毎日新聞社）を入れた。

4月5日(月)

東京から沖縄へ。ツイッターから。

暑い！那覇市の喫茶店で休憩。沖縄は日本の国土面積の0・6％。ところが米軍専用施設・区域の74・2パーセントが集中。普天間基地移転問題もこの基本的事実から出発しなければと自己確認。

またまた遅い夕食。国際通り裏の「おもろ」。女将は3年前に亡くなっていた。しばし耽溺もっとも古い「沖縄第一ホテル」。筑紫哲也さんや大江健三郎さんが好んだ宿舎。近くの「はな家」に入れば「ブログ読んでます」。テレビには吉田類さん。電話して雑談。

深夜2時に留守電が入っていた。「オカドメです。沖縄にいるんですって。会いたいなあ」『噂の真相』の岡留安則さんだった。私が那覇に入ったことだけでなく、知るはずのないケータイ番号を入手した情報力はさすが。「1行情報」で私がかつてゴルフをしたことを批判したのに「明日ゴルフなんで」だって（笑）。

4月6日(火)

「沖縄第一ホテル」でサザンの「希望の轍」を聴きながら。ツイッターより。

政府の普天間基地移転案は3段階。海兵隊ヘリ部隊をまず鹿児島県・徳之島に移し、その後、キャンプ・シュワブ沿岸部陸上にヘリ離着陸帯を建設、将来的に勝連半島沖埋め立てによる人口島移設というもの。沖縄県市長会は「国外・県外」を決議、漁協長会は勝連沖反対へ。

日米安保条約に基づく日本駐留米軍。全体の63・9％、海兵隊員の86・3％（1万２４０２人）が沖縄に。アメリカ国外で米軍基地がこれほど集中している所はない。海兵隊による「抑止力」とは何か。本質論抜きの移転計画は皮相。

雨が上がった曇天の「沖縄第一ホテル」。ジャーナリストでアメリカの軍事戦略に詳しい吉田健正さんを取材。普天間移転問題での判断が固まりつつある。「瓦家」で「噂の真相」岡留安則さんと飲む。フリーになったばかりに原稿を書かせていただいたのは24年前。店のビデオではテレサとちあきなおみを流してくれた。「はな家」で沖縄そば。

4月7日(水)

「沖縄第一ホテル」は沖縄でいちばん古い。１９５０年から営業していたが、地権者がマンションを建設するので移転せざるをえなくなった。来年1月には国際通りの近くで中庭のある4室か5室の小さなホテルとして新築される。普天間基地を抱える宜野湾市の伊波（いは）洋一市長に話を伺う。

酒処「はな家」の宜野座隆さんの案内で、２００４年にヘリが墜落した沖縄国際大学へ。正門で女子学生に墜落地点のモニュメントを聞いたところ「私たち新入生でわかりません」。すぐ近くにある墜落地点には黒焦げの木が残っていた。嘉数高台に向かい、普天間基地を見渡す。まさに市街地に囲まれて基地がある。「世界一危険」と評価される所以だ。「はな家」で名物の「煮込み」。小学校に入学する日向子ちゃんがかわいい。那覇から羽田へ。ツイッターから。

筑紫哲也さんやスタッフがよく顔をだした嶺吉

食堂には時間がなくて結局行くことができなかった。しかし、米軍基地再編のなかで普天間移転問題が「閉鎖・返還」で解決できる道があることを確認。本土のマスコミはなぜ報じないのだろう。おそらく防衛省情報で書いているからだろう。

4月9日(金)

今夏の参議院選挙は、政権交代が実現して最初の国政選挙だ。民主党の立場からすれば、これまでにない取り組みが求められている。にもかかわらず、その体制は旧態依然としたものが多いようにみえる。各地の実状を垣間みれば、あいも変わらずの組合頼りであって、自力更生で新しい分野を開拓するという志がみられない。ある選挙区候補の幹部などは、支持者を新規開拓するという能動的姿勢はなく、依頼があればそこに行くという受動的な対応しかしない。これでは与党の選挙ではない。政権交代を実らせるには参院選挙に勝つだけの体制を構築しなければならない。

4月10日(土)

平沼・与謝野新党「たちあがれ日本」結党宣言(『文藝春秋』5月号)を読んでがっかりした。民主党への批判と自民党への繰り言が書かれているものの、この日本をどうするのかという「魂」の部分は抽象的にわずか11行あるだけ。平沼さんたちの「保守」とは保守リベラルではなく、復古的思想に基づいたイデオロギー偏重の狭いもの。シュテファン・ツヴァイクの『ジョゼフ・フーシェ』(みすず書房)を若いときに読んで政治をめざした与謝野さんの柔軟性とは、政策的にだけでなく思想的にあいいれない。参院選挙で1議席も獲得できなければ「国会議員5人」の政党要件は失われる。おそらく「賞味期限3か月」の短期政党で終わることだろう。

埼玉県の新越谷駅、新三郷駅、川口駅で大野もとひろさんと行ったストリート討論会では、日本の未来構想とともに「たちあがれ日本」や「みんなの党」の限界についても語った。

久々に池袋「おもろ」で沖縄に行ったときの報告。

リブロで吉村昭さんの『わたしの取材余話』（河出書房新社）を入手。単行本未収録と宣伝するが、たいていどこかで読んだ内容だ。井上ひさしさんが亡くなった衝撃は、あのわかりやすく深い内容の井上さんの新作を読むことも、見ることもできないことだ。吉村さんも同じこと。書かれた未発表作品が発掘されたなら別だが、落ち穂拾いのような単行本発売は、ファンとしてはうれしくもあるが、いかがなものかとも思えてしまう。

4月11日（日）

移動時間が多かったことに加えてしばらく泳いでいないからだろう。腰部がずしんと重い。民主党本部に提出する報告書を作成。要望もふくめていくらでも書くことがある。総務省自治行政局選挙部が作成した「参議院議員通常選挙結果調」（平成19年7月29日執行）を入手。各候補者が都道府県でどれだけ得票したかという資料はこれまでも目にしていた。驚いたのは選挙運動費用にどれだけかけたかが明らかにされていることだ。3年前は新党日本から立候補。私たちは主として政党助成金で政治活動をまかなっていた。しかし、総務省の資料を見て予想していたとはいえ、驚くしかない。知らない方がいいこともある。

井上ひさしさんが75歳で亡くなった。小田実さん、加藤周一さん……。日本の知性が失われていく時代の変化。明治から大正さらに昭和に生まれた「大粒」の知性の根底には「教養の時代」と「時代の激動」の結びつきがあった。鶴見俊輔さんの柔軟で強靭な知性を見続けているとそう思わざるをえない。井上さんを偲びながら鶴見さんの『ちいさな理想』（SURE）を読みはじめる。

4月12日（月）

暑くなったり寒くなったり。冷たい雨の降る一日。大山の事務所でスタッフと打ち合わせ。定年退職した小幡利夫さんと「あおい珈琲店」で雑談。金沢のAさんが送ってくれた『新編　濱口國雄詩集』（土曜美術社出版販売）を持ってジムへ。濱口の詩は「便所掃除」がよく知られている。

朝風が壺から顔をなぜ上げます
心も糞になれて来ます
水を流します
心に　しみた臭みを流すほど　流します
雑巾でふきます
キンカクシのうらまで丁寧にふきます
社会悪をふきとる思いで力いっぱいふきます
（中略）
便所を美しくする娘は
美しい子供をうむ　といった母を思い出します
僕は男です
美しい妻に会えるかも知れません

電車のなかで読んでいて「闘争」と題した詩が気に入った。その一節。

君らよ
ゆがんだ顔で　この言葉を　なんと分析したか
俺らは　君らの冷笑に　固い　俺の決意をなげつける

久々に泳ぐ。体重は少し増えたが、昨年末に比べて4キロ以上減量確保を確認。落合で降りて今月末で閉店する「多幸兵衛」。明石焼におでんで「明石鯛」を飲む。

4月13日(火)

大山の事務所。読売新聞の候補者写真撮影を終えて、引き続き朝日新聞の撮影。すでにNHKの撮影は終わっている。報道各社からは「調査票」という経歴書の提出を求められている。3年前も昨年も同じ繰り返しだ。各社で協議して写真撮影と「調査書」を共有できないものか。それぞれのメディアの労力を一元化できるだけでなく、候補者（事務所）の合理化にもなる。経歴書はこれまでほとんど自分で書いてきたから、その繰り返しにはイヤになる。
「あおい珈琲店」でフレンチブレンドを飲みながらマスターと雑談。新橋のクリニックに向かったものの、麹町で下車して文藝春秋。資料室で井上ひさしさん関連の記事をコピー。松井清人さんとサロンで情報交換。池袋経由成増。「兼祥」で餃子を食べながら支持者と懇談。帰宅して井上ひさしさん、大江健三郎さんが好きなベートーベンのピアノソナタ第32番ハ短調作品111を聴きながら普天間基地移転問題の原稿を書く。

4月14日(水)

大山の事務所でポスターやキャッチコピーなどの打ち合わせ。6月12日に参議院選挙の「決起集会」を大山でおこなうことにした。5月31日には憲政記念館で『闘争記』(教育史料出版会)の出版記念会をおこなうこともすでに決定。予想される公示日まで72日。全国行脚第2弾も近づいてきた。

京橋でベトナム戦争50年を機会に公開される「ハーツ・アンド・マインズ」を見る。わたしの原点としてのベトナム戦争。実写フィルムは歴史の証言者だ。射殺される「ベトコン」、爆撃で亡くなった子どもたち。よく知られるシーンが、まるでいまのように再現されていく。ウェストモーランドが、アジア人の生命は西欧よりも軽いなどと公言していた。こんな奴等がのうのうと戦争を指導していたのかと思えば、アメリカの野蛮にあらためて怒りが込み上げてくる。その愚劣が湾岸戦争、アフガン戦争、イラク戦争へとつながっていった。建国の一時期にアメリカは戦争と無縁だった。オバマの思想と行動が問われている。神保町「萱」。小幡利夫さん、某出版社のKさんと戦略会議。「ジェイティップルバー」で菅直人さんの御子息、源太郎さんと出会う。

4月15日(木)

民主党本部で石井一選対委員長と打ち合わせ。比例区の現状と見通しを伺い、これからのことを相談。小沢一郎幹事長の「読み」とも一致するのだが、比例区ではこれまでになく個人票を獲得できる候補者が有利という。ここでいう「個人票」とは連合や宗教団体(にわか「信者」でも)の支援を受けている候補者ということである。私や岡崎友紀さんなどは、個人票といっても蜃気楼のようにこちらからはなかなか見えない。それをいかに形あるものとして確認していけるのか。選挙戦のポイントはそこにかかっている。小沢幹事長や石井選対委員長からは「20万票は必要だ」と発破をかけられている。新橋のクリニックで血液検査などの体調管理。六本木ヒルズへ。ヒルズクラブで森ビルの河野雄一郎常務、「朝日新書」の岩田一平編集長と懇談。「週刊朝日」で森ビルの森稔社長と対談した打ち上げである。成熟社会の居住モデルと国際医療都市を作ることが政治的目標だと再確認。

4月16日(金)

綾瀬の「ナチュラルカフェ・コンポステラ」で『闘争記』装幀の打ち合わせ。辺見庸さんの詩文集『生首』の装幀に使用された梅田恭子さんの作品から使わせてもらうことにした。梅田さん、デザイナーの渡辺美知子さん、教育史料出版会の中村早苗さんとあれこれ相談。銅版画10作品から1点を選定。

一足先に店を出て千代田線に乗った。ふと思うところがあり、千駄木で下車。フリーランスになり生活のために某業界紙の記事を書いていた時期がある。月に一回校正のために通っていた毎夕新聞印刷に立ち寄った。街の様相が変わっているのでしばらく迷う。会社を探している路上で「私のこと覚えている?」と女性から声をかけられた。「すみません」といえば、有楽町のキオスクで新聞などを販売していた方だった。かつて「AERA」の「現代の肖像」を書くときに取材したのだった。

毎夕新聞印刷では社長の川島毅さんと16年ぶりに再会。当時はまだ活版印刷が残っていた。もちろんいまやパソコン処理で、男性がほとんどいなくなり、女性の職場になっていた。出張校正に行ったとき、必ず顔を出した谷中の「一寸亭(ちょっとてい)」。味噌ラーメンの味は変わっていなかった。店主に「久しぶりですね」といわれ、短い会話。渋谷でテレサ・テンの新しいアルバム「デュエット&ベスト新生」普及のための打ち合わせ。銀座の山野楽器でグレン・グールド演奏によるベートーベン・ピアノソナタ第30番、第31番、第32番を入手。壹眞珈琲店で単行本ゲラに手を入れる作業。

4月17日(土)

雪から雨へ。新宿御苑で行われた鳩山首相主催のお花見会に出席。多くの方に声をかけられたものの、「比例区で出ます」といっても「えっ、そうなんですか」との反応にがっかり。情報過多時代の過疎克服が課題。池尻大橋でミニ集会。打ち上げ会を途中で切り上げて横浜へ。「アリタさん」との声に振り向けば、日本テレビ「ザ・ワイド」でご一緒した久能靖さんだった。屏風ケ浦で長瀬達也区議の御尊父の通夜に出席。渡辺浩一郎衆院議員とビールを飲みながら情報交換。会場の近くのコンビニに入れば、「STABILO」のサインペンを発見。フランスで買って気に入っていたものが日本でも売られていることを知ってさっそく購入。ブログ「誰も通らない裏道」で、私の組織なき参院選挙について触れられていた。

4月18日(日)

品川から新大阪、そして茨木市へ。午後2時からメディアと人間をテーマに講演。養精中学の同級生たちと地元の民主党が準備してくれた催し。終了後、夜は同窓会。300人ほど、600人ほどの同級生、住所がわかるのは300人ほど、参加者は50人ぐらい。卒業から43年。みんなどうしているんだろうか。消息を聞けば、すでに亡くなった者もいれば、自ら命を断った者もいる。他者は己の鏡。みなさんの顔を見ながら、ここまで歩いて来たことを、いささかの驚きとともに再認識。4人の先生方も出席。何だか年齢差をあまり感じないほどの時間の不思議。駅前のカラオケには30人ほどが流れ、青春の歌を熱唱。最後に参議院選挙を激励される。茨木泊。

4月19日(月)

ホテルを出て養精中学校から道路を隔てたところにある大黒屋へ。あのころと味が変わらないというホットドッグなどを購入。ハンドボールクラブの練習を終えたあとでときどき買っていたものだ。JR

で山崎。両親の住む下植野へ。弟の運転で長男とども新福菜館へ。再び戻ってしばらく雑談。新幹線で東京へ。車内ではベートーベンを聴きながら『闘争記』のゲラ刷りを点検。この4月は移動の連続で身体がこわばっていると自覚。新橋のサウナでゆっくりして村上春樹『1Q84』の続きを読む。

4月20日(火)

朝から午後まで集中して『闘争記』の校正作業。いくつかの手直しを考えたが、それぞれの時期に書いたものは、そのときの認識や感情が反映されているので、あえて大幅な変更や削除はしないことにした。32歳のとき映画雑誌に書いた〈『伽椰子のために』と現代の不安〉を読んでいると、当時の生活状況などを思い出すのだった。

池袋から行田へ。午後4時から「行田文化センターみらい」で大野もとひろさんを激励する会に出席。大野さんと1時間ほど討論。会場は平日の夕刻というのに定員500人が満席。ロビーでも50人の方がモニターで聞いてくださった。会場を後にする方々に挨拶をしていると、統一教会問題の「同志」である清水与志雄牧師がいらした。ホームページを見て来てくれたそうだ。集会が終わったところで、明治時代には存在が確認されている行田名物の「ゼリーフライ」をいただいて池袋へ。大山の事務所に立ち寄り、再びの関西出張準備。

4月21日(水)

姫路でおこなわれている日本教育者セミナー姫路大会で挨拶。懇親会で挨拶した民主党の若い参議院議員が、集会の名前を間違え、参加者から正しい名称がささやかれ、訂正をしていた。ところが最後で再び間違えた。今度は誰も何もいわなかった。他山の石。注意したい。

4月22日(木)

姫路から東京へ。夕方から新宿で竹村文近さんに鍼を打ってもらう。「立花」に立ち寄り、さらに「桂花ラーメン」を食べて帰宅。ツイッターで普天間移転問題を書くと「日の丸アイコン」グループがすぐにやってくる。不可思議なことに、彼らが建設的対案を語ることはない。すでにアメリカの軍事戦略では海兵隊のグアム移転は既定の路線。多国籍訓練もテニアンをふくめた地域でおこなうことが決まっている。全世界での米軍再編のなかで普天間問題を考えなければ「答え」など出てこない。日本の基地問題。沖縄の負担軽減という立場なき偏狭ナショナリズムがいかに無責任かがよくわかる。もちろん政権の迷走も困ったものだ。

4月23日(金)

5月末に発売する『闘争記』(教育史料出版会)の「序章」を書き進める。フリーランスになったころは構想をメモしてから原稿を書いていたが、いまでは思うがままに執筆している。面白いことに自由な発想がわき起こり、意外な方向に向っていく。文字にすることでわかることもある。だから書くことは楽しい。新橋のクリニックで血液検査の結果を聞く。次回は参議院選挙が終わってからの検査だ。銀座「なまはげ」で朝日新聞政治部(いまでは政治グループと呼んでいる)の記者3人と懇談。そのひとりMさんは3年前には仙台勤務。参議院選挙で街宣をしていたときに取材をしてくれた。そのとき私がマイクを持つ前で民主党の運動員たちがチラシを配るという、なかば妨害をおこなった。Mさんとは路上でテレサ・テンの話をしたという。まったくの組織なき選挙運動は懐しい。7月11日投票は延びて25日になるのではないか。普天間問題だけでなく、もう一波乱の政局があるはずだ。

4月24日(土)

『闘争記』の序章。第1稿を完成。泳ぎに行こうと渋谷に着いたところで、約束の時間に間に合わなくなると判断。Uターンして池袋。リブロで松本聡香さんの『私はなぜ麻原彰晃の娘に生まれてしまったのか』(徳間書店)を購入。4女の証言だ。08年に接見したとき、「寒いですね」というと「今日、結構寒いね」と語ったという。本当なら麻原彰晃は詐病ということになる。上祐史浩の「脱麻原」のウソ、教団内部の見聞、後見人との軋轢など、「さもありなん」と理解できるリアリティあふれる逸話に驚くばかり。大山の「あおい珈琲店」で読書、事務所へ。民主党本部のNさんと懇談。参議院選挙までのイメージを修正、構想。

4月25日(日)

沖縄の普天間飛行場移転集会を気にしながらお台場。吉田類さんの「昼呑み」イベントにゲスト出演。異様な盛り上がりに驚いた。子ども連れもいて、福島、新潟、愛知などからも参加者がいた。終了後に関係者と二次会。池袋で降りてひとりで「ふくろ」。カウンターに座れば「お久しぶり」と店員にいわれ、未知の客たちにも声をかけられ雑談。今日だけで名刺を100枚ほど配ったことになる。30代のころ、代々木「千代竹」の主人に「どんなに貧乏してもホッピーを飲むようになったらおしまいだぞ」とアドバイスされたことがある。そんな時代はもはや遠い昔。いまやホッピーブームだ。

普天間基地移転問題。解決への道は複雑だが、基地問題がこれほどまで国民的話題となったことは政権交代の効果である。鳩山首相は昨夏の総選挙で自ら語ったように「国外・県外」移設と地位協定の改定を堂々と主張すべきだ。マスコミの政権批判と連動しての普天間基地報道は低劣で、建設的提案をふくめた報道をしないところに問題がある。沖縄の吉田健正さんからメール。NHK教育特集「普天間基地問題・沖縄から本土への問いかけ　全国を奔走する元沖縄県知事・大田昌秀」は、鳩山内閣・民主党議員のすべて、全国民に見て欲しいすばらしい内容だったという。大田さんはグアム移転についても詳しく伝え、政府はなぜ堂々とグアム移転について国民に伝え、米と交渉しないかと怒っていたという。

4月26日(月)

『闘争記』の「序章」=「構想力宣言」を完成させ、編集者に送信。「琉球新報」に電話。「論壇」に書いた普天間飛行場問題の原稿がすでに掲載されていることを知る。

普天間移転問題で、本土のマスコミ論調は異常だ。テニアン議会が日米政府に移転要望を決議したことをいちばん報じたのは「沖縄タイムス」だった。グアム移転が既定の戦略であることもほとんど触れない。世論操作の背景に何があるのか。少なくとも外務官僚のサボタージュがあることは明らか。いちど調査しなければならないと思う。大山の事務所で雑務。民主党本部のNさんと諸事打ち合わせ。「あおい珈琲店」で読書。予定変更で時間ができたので、ジムへ行き、泳ぐ。毎日新聞から鳩山首相の検察審査会不起訴決定のコメントを求められた。夏の参議院選挙までには、新党のスキャンダルふくめて、もう一波乱がありそうだ。

【琉球新報「論壇」4月18日掲載原稿】

嘉数高台公園から普天間飛行場を遠望する。視界の左には東シナ海の波頭が踊っている。飛び立つヘリの低音が耳に響く。たまたま隣にいた男子小学生が「あれ、コブラなんだよ」と飛行場に駐機するAH-1攻撃用ヘリコプターを指さして教えてくれた。「世界一危険な基地」とは活字で読んでいた。まさに市街地のど真ん中に位置することに驚いた。

普天間基地移転問題。本土で報道を見ていても実感として捉えられないもどかしさがあった。現場に立ち、この眼で確かめ、考えよう。そう思った私は沖縄に向った。いきなりの発見。本土では「国外・県外」とワンパターンで報じられている沖縄の「意思」。ところが四月二五日に読谷で行われる県民大会の名称を見て、眼からうろこが落ちた。「米軍普天間飛行場の早期閉鎖・返還と県内移設に反対し、国外・県外移設を求める県民集会」。文字通り「早期閉鎖・返還」を求め「県内移設に反対」することが出発点である。その結果としての「国外・県外」だ。騒音被害などアメリカ国内でも認められない運用が行われている普天間飛行場。沖縄県民の決意の根拠は、どこまで日本全体の認識になっているのか。

沖縄県民多数の固い意思を受けて「国外・県外」を決断し、交渉することこそが政府の重い責任だ。本土マスコミではなぜかほとんど報じられていないが、二〇一四年までのグアム移転は国防総省の既定路線だとも知った。伊波洋一・宜野湾市長に聞くと「沖縄海兵隊の定員は一万八千人だが、実数は一万一千人程度。グアムに八千人移るから、残りは三千人ほど。おそらく米本土に行くでしょう」という。

ジェイムズ・コーンウェイ米海兵隊総司令官も昨年六月四日の上院軍事委員会で「普天間代替施設は完全な能力を備えるべきだが、沖縄では得られそうもない。グアムや周辺の島々、他のアジア太平洋地域で訓練にふさわしい場所を検討している」と語っている。政府は「グアム統合軍事開発計画」などアメリカ軍事戦略の内在的論理を前提に毅然とした交渉をするべきだ。

「沖縄よ／傷はひどく深いときいているのだが／元気になって帰ってくることだ」――「沖縄よどこへ行く」とかつて謳った山之口貘の思いはいまにつらなる。普天間をはじめとする基地の「早期閉鎖・返還」こそ現実的かつ緊急の課題なのである。沖縄の歴史と意思を本土に暮らす私たちも共有しなければならない。「砥石としての沖縄」(井上ひさし)である。

4月27日(火)

池袋で雑務いくつか。麹町で降りて文藝春秋。夜遅くに落合の「多幸兵衛」。今月で閉店して神戸に戻る青木浅雄さん、ヒロミさんのおでんと明石焼を注文。

神戸で5年ほど営んでいたときに震災が襲った。東京に出てきてから15年だから、ずっと長いことになる。カウンター席は若い客でいっぱい。ある女性など茨城県からやってきたそうだ。そう人通りの多いわけでもない場所でこれだけお客がついたのは、味のよさや高くないことももちろんだが、ご夫婦の人柄によるものだろう。神戸に戻っても再開するわけではない。誰か神戸でこの味を守ってくれる人はいないものか。残念だ。しかし惜しまれて去ることの大切さを教えられた。

4月28日(水)

雨の永田町。参議院、衆議院の主として民主党議員の部屋を歩く。5月31日に憲政会館でおこなう『闘争記』(教育史料出版会)出版記念会の案内状を渡すことが目的だ。何人かの旧知の議員からはありがたい申し出をいただいた。石井登志郎議員からは5月5日に神戸で行う「辻説法」へのお誘いを受けた。朝から夜まである場所でおこなう予定だ。東京での予定を変更して伺うことにした。スタッフと麹町で食事。新橋で雑用いくつか。「壹眞珈琲店」で資料を読む。某所で朝日新聞にいた川村二郎さんと出会い、政治マスコミについての厳しい批判を伺う。近く『学はあってもバカはバカ』(かまくら春秋社)の第2弾を出すそうだ。ジムで泳ぎ、神保町「萱」。いくつかの店に室内用ポスターを貼ってもらえることになった。

紫綬褒章を受けた都はるみさんに電話。どうやらご本人の気持ちでは記念パーティなどを開くつもりはないようだ。中村一好さんが存命ならまた違ったことだろう。いまだ削除していないケータイ番号とメールアドレスに、架空の報告をおこなった。

4月29日(木)

テレビ出演の準備を途中で終えて大山の事務所へ。世間は休みでもスタッフは遊説や出版記念会の諸事実務。池袋で民主党関係者と懇談。私が昨年から主張を続けてきた重粒子線による「がん治療」が、政府の政策に入ることがほぼ決まった。国際医療都市を全国12か所に建設し、国内がん患者50万人のみならず、海外からも患者を呼べば、宿泊だけでなく、観光振興にもなる。開腹手術はしないから、治療をふくめた約1か月は、じっとしているわけにもいかないだろう。「医療の産業化」といえば誤解を生むかもしれないが、「富の創造」には新しい発想と仕組みが必要だ。1年間にタイを訪れる人たちは1500万人。その1割が治療目的だという。そこで生まれた「富」で公立病院の医療費がほぼ無料になったと聞いた。高世仁(たかせひとし)さんによれば、タイで出産した日本人の医療費は30バーツ(90円!)だったという。これからの日本は医療・福祉・介護・

教育・環境中心の産業構造に転換しなければならない。その一環としての国際医療都市構想だ。

4月30日(金)

愛知県の伊良湖にいる。新年会にわざわざ来てくれた清田明さんの肝いりで行われた「講演とイタリアンの夕べ」。盛会かつ楽しい時間を過ごすことができた。ケータイでの記念撮影。「待ち受け画面にしますから」と何人かの女性にいわれて照れるばかり。作家の杉浦民平さんのご子息とも対面。豊橋からの移動中に紫陽花の施設園芸、プチトマトやキャベツ農家でお話を伺う。現場主義を掲げながら、まだまだ知らない現実があることを痛感。若い世代が農業を継ぐことに希望を見た。清田さんが語った言葉にハッとした。

嵐は必ず去る。だから慌ててはいけない

文革末期の中国体験から生まれた真実だ。

2010年5月
MAY

『闘争記』

5月1日(土)

愛知県田原市、豊橋市での集会で語ったあと、名古屋経由で新大阪。宝塚の中山寺で落語の前座。場を考えてテレサ・テンの話にしぼる。大阪に戻って鶴橋。

5月2日(日)

大阪から東京へ。浅草「むぎとろ」で吉田類さん主宰の句会に出席。石井謙一郎さんの作品が最高点を獲得。

天空に虹は七色人十色

「舟　天空句会」にかけたもの。私の駄句は「虹三時四児護持六次質通い」という駄洒落。宝塚から大阪へ向かう電車のなかで新聞紙に書いた。川柳と俳句はそう遠くないようだ。4月から5月にかけて移動が激しくなってきたからだろう。いささか身体が重く疲れがとれない。5月31日の『闘争記』出版記念会まではとりあえず突っ走らなければと覚悟を固めている。

愛知県で開いてくれた3つの集会はとても印象深いものだった。それぞれの集会参加者の温かさも印象に残るものだが、合間を縫って見学した場所がよかった。菊や紫陽花を栽培している施設園芸。酪農家や路地農家。家業を継承する若い世代や中国から研修生として働きに来ている若者たちなどの姿は爽やかで、農業や林業をいかに育てるかを考えさせられるいい機会だった。民主党は今夏に発表する成長・地域戦略で「6次産業化で農産漁村を再生する」政策を打ち出す。1次産業（生産）を中核として、2次産業（加工）、3次産業（直売、外食、観光、宿泊）を融合し、農工商の連携を強化し、雇用と所得を確保する。政策を提示するときには、具体的イメージが浮かぶようなものにしなければならない。その課題を考えるうえで、集会の合間に駆け足でも「現場」を見ることができたことは貴重な経験だった。清田明さんや林春美さんたちに感謝したい。

5月3日(月)

身体と心のメンテナンス日。成増のサウナに行ってから池袋。リブロで「民主党よ、政権交代に託した夢を手放すな」と特集する『大澤真幸 THINKING「O」』(左右社)を購入。A級戦犯容疑者だった岸信介の「新保守党論　二大政党への道」(『改造』1953年)がとても面白く示唆的だ。岸は保守、革新いずれも国民政党になるように提唱。保守は革新よりも左を、革新は保守よりも右を取り入れよという趣旨は、二大政党への志向があったからだ。おそらく岸の内心には「反米」があったと姜尚中さんは指摘する。国民の政治力を結集するのが政党の役割。政権交代で国民主権が「構成的権力」(ネグリ)として疑似的ではあるが力を得たのが現在の局面だ。それをいかに実あるものにするのか。本格的な政治変革はまだまだこれからだ。ツイッターをはじめとして巷に横行する評論家的な物言いは傍観者的でほとんど意味がない。もより駅前の書店で大江健三郎さんの『「伝える言葉」プラス』(朝日文庫)と浅川芳裕さんの『日本は世界5位の農業大国』(講談社+α新書)を入手。喫茶店でポケットに入れて持ち歩いている『魯迅評論集』(岩波文庫)を読む。

5月4日(火)

もはや夏日。埼玉県の大宮公園駅、さいたま新都心駅、大宮駅西口、東口で大野もとひろさんとストリート討論会。大宮公園駅では哲学者の三木清の「指導者論」に触れたところ、じっと聞いていてくれた高齢女性から「私は三木の親戚です」と声をかけられた。大宮駅では先日お台場で開かれた吉田類さんの催しでお会いした男性もいた。人との出会いあれこれ。大山の事務所に立ち寄ってから新宿。いくつかの打ち合わせ。帰宅深夜。いささか疲れた。

5月5日（水）

神戸元町の大丸前で夜8時まで街宣。兵庫選挙区から立候補予定の三橋真記さんとのコラボ。多くの方々から声をかけられた。有難いことに中学校の同級生4人が駆けつけてくれた。書きたいことは多いが「たかじんのそこまで言って委員会」出演準備に集中するため、ここまで。

5月10日（月）

3年前の6月4日に参議院選挙に出ると記者会見。投票日はそれから2か月ほどあとの7月29日。あれからの時間密度は衆院選を挟んで濃厚だった。コメンテーター時代に比べて、時間速度と深度はどうしてかくも異なるものか。現実への緊張感の方向性が異次元だからだろう。東武練馬駅前で早朝にそんなことをふと思った。

いままた同じ時間距離のなかにいる。参院選挙まであと2か月。

5月14日（金）

言葉への不信がある。誰が発しても同じ「言葉」はいかにして相手の心に届くのか。街頭でマイクを持って「思い」＝言葉を語る「辻説法」。

言葉は揮発していないか。

「同じ言葉」に質量の違いはあるか。

「ない」ならば誰が語っても同じではないか。

嘘っぽい言葉、口先だけの言葉……。山崎ハコさんのバースデーコンサートで気づいた。子ども時代の経験を歌うハコさん。住まいもない時代を乗り越えたハコさん。本質は言葉に実感があるかどうかだ。聴衆は言葉の背後に存在する事実と経験を通して認識する。やはり国会で聞いた横田早紀江さんの訴えを聞いていてもそう思った。届く言葉は確実にある。

5月15日（土）

懐しい街を歩き、未知あるいは旧知の人たちと短い会話を続けた1日。なぜか普天間問題はいっさい聞かず。子ども手当てについては現金よりも給食費などを無料にすべしとの意見と荒れた子どもの現状を伺う。同感。あるカバン屋主人と立ち話。がく然とした。昨夏はあった隣接店4軒がすべて消えていた。お茶屋、魚屋、豆腐屋、「99円ショップ」。駅前には安売りの野菜、果物屋が大繁盛。「大量に仕入れて安く売っているから儲けは少ない」と店員の声。近所の八百屋を歩けば低価格に合わせねばならないことは値札を見れば一目瞭然。不動産屋は「商売をはじめて50年でいちばん酷い」と嘆く。事務所近くの「田中屋」（つけ麺）がいつの間にか閉店し、「和歌山ラーメン」もなくなっている。巷で聞くのは景気高揚への期待と不安ばかり。理想や希望を現実的政策にまとめあげ、まず乾坤一擲、政治は見捨ててはいけないとのモデル政策を断固実行すべきだ。かつての浜口雄幸や井上準之助のように。

5月20日（木）

統一教会＝勝共連合[*1]が「有田対策」「有田退治」の方針を出した。内部文書を公開する。関連組織である勝共連合の青津和代[*2]本部長が、自民党の山谷えり子参院議員を支援するよう指示、その末尾にこう書かれている。

有田対策ですが、くれぐれも宜しくお願いします。相対的に有田退治になります　全国足並み統一行動を取ってください。

山谷えり子参院議員は統一教会とは密接な関係で、選挙時の応援を受けている。この文書でもっとも注目すべきは、「山谷先生、安倍先生なくして私たちのみ旨は成就できません」とのくだりだ。ここからは山谷えり子参院議員、安倍晋三元首相が統一教会の目的を理解していることが読み取れる。ちなみに「み旨」とは文鮮明教祖の思いを実現させることで、具体的には伝道、霊感商法、文教祖の入国実現[*3]などを意味している。

もうひとつ注目すべきは「青津さんも自民党の先生方を集めた全国教育問題協議会の事務をしている関係上名前を変えています。勝共の青津は使ってい

栄光在天
聖恩心から感謝申し上げます。

日頃は激しい摂理の中、聖業ごくろうさまです。

さて、来る7月の参議院選挙でございますが、勝共本部青津和代本部長より資料等届いているかと思いますが、山谷えり子先生の必勝のためご尽力宜しくお願いいたします。6年前の選挙では西日本の食口の皆様にお願いしましたが、このたびは全国あげてお願いする形になるかと思います。ご存じのように昨年8月の総選挙において自民党は大敗いたしました。民主党も厳しいとは言え、自民党けして楽観できません。前回以上の票数が必要になると思います。青津部長の話では25万から30万票と読んでおります。ジェンダーフリー問題、青少年問題にとってなくてはならない先生でありますし、ここで男女共同参画社会5ヵ年計画が新に内閣府から示され、民主党政権下でさらなる厳しい状況が予想されます。山谷先生、安倍先生なくして私たちのみ旨は成就できません。

山谷事務所も30万票必勝態勢で臨んでおります。ここにきて日本会議、仏所御念も票がばらけるようでございます。なおさら私たち食口が一人5票、二、三家庭を固めていただくことがみ旨成就にとって必至でございます。どうか教区長を先頭に名簿づくり、声がけ下さいますようお願いいたします。又一番重要なことですがくれぐれも個人名「山谷えり子」と二枚目の投票用紙に記入することを何度も何度も徹底して下さい。自民党、党名ではだめです。

なお資料等足りない場合は本部青津部長まで連絡下さい。対策上直接山谷事務所に連絡することはやめて下さい。又青津さんも自民党の先生方を集めた全国教育問題協議会の事務をしている関係上名前を変えています。勝共の青津は使ってません。本部に連絡して選挙と言って下さい。青津部長に必ず伝わります。地区名を伝えて下さい。

有田対策ですが、くれぐれも宜しくお願いします。相対的に有田退治になります全国足並み統一行動を取って下さい。

選挙直前に指示が届きます。


ません」という部分だ。統一教会＝勝共連合の謀略（マヌーバー）体質がここにも現れている。

「食口」（しっく）とは統一教会信者のこと。信者ひとりが5票を集めること、教区長が名簿作りをすることが指示されているように、比例区に出馬する山谷えり子参院議員が統一教会推薦候補であることが明らかとなった。

＊1　国際勝共連合は共産主義に勝利することを目的に1968年に結成された組織。統一教会の文鮮明教祖が笹川良一氏（初代名誉会長）らと話し合って設立された。冷戦終了後も信者が勝共連合メンバーとして政治家などに接触している。かつては100人を超える「勝共推進議員」がいた。

＊2　青津和代氏は1975年に行われた合同結婚式に参加。相手は韓国人。江利川安栄統一教会会長（第7代）の側近。現在は社団法人全国教育問題協議会で事務の仕事をしている。

＊3　文鮮明教祖はアメリカで脱税のために収監されたことがある。そのため入管法の規定（第5条4項「日本国又は日本国以外の国の法令に違反して、一年以上の懲役若しくは禁錮又はこれらに相当する刑に処せられたことのある者」）により日本入国が認められない。統一教会は国会議員に働きかけ、超法規的に教祖入国を実現させようとしてきた。

5月28日（金）

慌ただしい日々が続いている。「楽観もせず悲観ろにかぶっている一人としては、民主党指導部に「現場感覚」がどこまであるのかとの疑問が強くなっている。

たとえば普天間問題。何があっても総理をやめないのが「原則」なら、沖縄の基地問題でも「原則」＝「県外、国外移転」をあくまでも主張すべきだった。小沢一郎幹事長が更迭された福島瑞穂さんに電話して「あんたたちが言っていることが正しいよ」と語ったという。小沢さんは「沖縄の美しい海を護らなければならない」というのが持論だ。間接的に辺野古移転には反対の立場だろう。首相が総選挙で「最低でも県外」と語ったことは公約だとやんわり批判を語ってきたこととも符合する。昨朝の成増駅駅頭でも私は日米合意および米軍再編計画に基づいて「海外移転」を原則としてアメリカと交渉すべきだと語り続けた。与党国会議員180人もその立場であることをマスコミはどれだけ報じたか。自民党時代の「産報複合体」はいまなお巧妙に世論を形成している。

板橋、練馬を歩き、各所で会話をしつつポスターを貼ってもらった。先日は赤塚の商店街で驚いた。昨夏にあったお茶屋、魚屋、豆腐屋、「99円ショップ」が消えていたからだ。氷川町ではついこの間、銭湯が消えた。昨年ポスターを貼ってくれた場所だ。理髪店で店主がぼやいていた。「この50年でいちばんひどいよ。今日は午前中に2人客が来たけれど、たいてい1日に1人」。総菜屋では見込み違いの仕入れをした夫と夫婦げんかになったとも聞いた。雛祭りの売れ行きがよかったので子供の日にも多くの仕入れをしたが、さっぱりだったからだ。どこに行っても景気への不満。自民党政権の負の遺産がいまだ継続している。しかし国民は「民主党政権になってから」と実感する。それは指導者が国民に希望を実感させ得ていないからだ。指導者の資質は原則に基づく決断だ。7月の参院選を前にして民主党参院議員のなかから「これでは闘えない」との声が大きくなりつつある。1人区、2人区で闘う候補者にとっては切実な思いだ。6月政局をめぐって激闘が起きつつある。

5月31日(月)

憲政記念館で開いた『闘争記』(教育史料出版会)の出版記念会が終わった。どれほどの参加者があるだろうかと不安もあったが、事前申し込みをしていない方々が多く駆けつけてくださった。人数を確保するための「ばらまき」ではなく、旧交を温めるような意味合いを持たせていたので、実質的な集まりだったと思っている。しかし事務上の不備もあり、案内状が届いていない方たちもいた。申し訳ないかぎりだ。出版記念会は『歌屋　都はるみ』を出した1993年以来のこと。そのとき挨拶をしてくれたひとりが『朝日ジャーナル』元編集長の伊藤正孝さんだ。伊藤さんの命日が5月31日だと、会場にいらした伊藤一三子さんから教えられた。いまから15年前。オウム事件が起き、テレサ・テンが亡くなった年でもある。

2010年6月
JUNE

鳩山首相辞任表明から一夜

6月3日(木)

「批判覚悟で街頭へ　民主・参院選予定者　反応に手応え」(「毎日」6月3日夕刊)から。

比例代表で立候補を予定している民主党の有田芳生氏(58)は午前7時から、地元東京都練馬区の地下鉄駅前でマイクを握った。有田氏は鳩山首相の辞任表明を「遅すぎたぐらいだ」と説明し、頭を下げた。1カ月ほど前から各地の駅頭に立ってきたが、「民主党はうそつきだ」と言われたりしてきたといい、「今朝はそういうことが全くない」と語った。一方、「鳩山さんにもう少し頑張ってほしかった」という声も。演説を聴いていた地元の会社員(50)は「首相がすぐ辞めてしまうのでは自民党と同じ。衆院選では期待を込めて民主党に投票した。参院選でどうするかは、まだ決めていません」と話していた。

ここに書かれているように、まれにではあるが「うそつき」と叫んだり、親指を下に向けて拒否の意思を表わす人たちがいた。「うそつき」といった捨てゼリフは、まるで唾を吐くようなもの。政権担当政党の責任の重さを感じたものだ。世相が荒れていることを鳩山由紀夫首相などはどこまで実感していただろうか。公用車で移動するのもいいが、街頭に立てば、社会の雰囲気はいやでも伝わってくるのにとも心に思った。鳩山辞任で民主党への支持は一夜にして10ポイントほど上昇した。新内閣誕生でさらに上るだろう。世論とはかくも流動するものだ。ちょっとした出来事をきっかけにいつまた下降するかはわからない。嵐にも消えることないたいまつを燃えたぎらせるには、根を張った行動を続けるしかない。

余談だが、記事には〈有田氏は鳩山首相の辞任表明を「遅すぎたぐらいだ」と説明し、頭を下げた〉とあるが、頭は下げていない。パターン化された用語法だ。通勤途上にもかかわらず、足をとめて「頑張って」と握手を求めてくる人たちが6人いたことも記録しておく。

6月23日(水)

統一教会が「有田対策ですが、くれぐれも宜しくお願いします。相対的に有田退治になります　全国足並み統一行動を取ってください」と内部文書で指示したことはすでに明らかにしたことだ（ブログ5月20日）。この指示通り、統一教会員が6月19日ごろから全国各地（東京・板橋、練馬、渋谷、埼玉・大宮、長野・松本、大阪・堺、茨木、吹田、東大阪、愛知・名古屋、兵庫・神戸――以上は6月23日現在で確認できた場所）で私を誹謗・中傷するビラを撒いている。

「表現の自由」を逸脱した違法なビラ配布に対して、統一教会会長および配布責任者である後藤徹氏に対してとりあえず通知文を送付した。特定個人を名指しして、全国レベルで誹謗ビラを配布するのは、1980年代後半に霊感商法批判が高まったとき以来ではないか。私が与党から参議院選挙に立候補することを何としてでも阻止したいとの焦りの表明であるとともに、彼らがいう「拉致・監禁」問題でしか結束を図れない組織内部の現状を示している。

2010年7月
JULY

「正論をもって暴れてください」(菅原文太)

7月12日(月)

比例区で37万3834票を獲得してトップ当選することができた。身辺の変化は外からやってくる。今月末に議員会館に入るが、階数などの希望を提出、所属委員会希望届けも出さなければならない。特別委員会はもちろん拉致問題。ハッピーロードを歩いていても電車に乗っていても多くの人に「おめでとう」と声をかけられる。菅原文太さんから電話。「正論をもって暴れてください」と励まされる。大地屋書店でスラヴォイ・ジジェクの『ポストモダンの共産主義　はじめは悲劇として、二度目は笑劇として』(ちくま新書)を入手。これからはどうしても現実＝政策主義に傾くだろうから、理念や文化とのバランスを欠くことがないように意識していく。

表参道。本当に久々にジムで泳ぐ。体重を計ると昨年末に比べて5キロ減、選挙前からは2キロ減っていた。上杉隆さんから「家康で『第1回政策会議を開いている』から」と留守電。神保町「家康」に電話をしたら、当選を祝ってくれる大きな拍手が聞こえてきた。映画を見ていた長女と合流して「はら田」で遅い夕食。某商社の方々からもいきなり握手を求められる。古在由重さんから教えられた「着眼大局　着手小局」を肝に銘じる。

組織なき候補者としての参議院選挙当選は「ひとつの道程」の終りであり、出発点にすぎない。2回の落選(3年前の参院選、昨年の衆院選)時の方が、当然なのだろうが、精神の錘が深く沈潜していく経験だった。いずれ選挙総括を書く。

期間中のことを記憶によってメモ風にたどると、オウム事件当時「子どもを誘拐する」とオウム関係者の動きがあったときに学校などと協力して対応をしてくれた警視庁のSTさんや「BC級戦犯」木村久夫さんと交流のあった近藤道生さん（博報堂代表取締役）が逝去されたことに愕然とした。候補者や「ウグイス嬢」の言葉が、他人事ではなく、パターン化していることへの違和感を強く感じたことも大きな印象として残っている。ブログやツイッターで反論できないことをいいことに、ありもしないデマを吹聴した勢力にはあきれもした。選挙に当選しても「お礼」を記すことさえ公選法で禁止されていることには、苦笑どころか、世間との著しい乖離だと怒りさえ感じる。

これからのスケジュールは月末に議席確定の議会が2日ほど開かれ、9月から臨時国会がはじまるようだ。議員会館への引っ越しなども必要になってくる。「創造と文化」の根拠地にするつもりだ。中村一好さんや米原万理さんなど存命なら大いに喜んでくれた方々の笑顔と声の記憶が心に届いている。

7月13日（火）

所属委員会希望届けを出した。がん治療に有効な重粒子線治療施設を創設することと教育問題にかかわるために「第1種常任委員会」は文教科学委員会、「第2種常任委員会」は予算委員会、特別委員会はもちろん拉致問題委員会を、調査会では少子共生を第1希望にした。その重粒子線治療を先駆的に行ってきた放射線医学総合研究所に連絡。中央選挙管理会から速達で「当選の告知及び当選証書の付与について」という書類が届く。20日午前11時から総務省講堂で付与されるという。はじめは代理人に頼もうと思っていたが、足を運ぶことにした。何でも見ておくべきだと判断したからだ。

麹町「みやび」で整体。身体がまだ強ばっているようだ。神保町で東京堂書店、「家康」、「ボン・ヴィバン」と挨拶。電車で立ったまま居眠り。もより駅と気がつき、あわててホームへ。お気に入りの緑の傘を忘れてしまった！

7月14日（水）

霊感商法を行っているかぎり統一教会は反社会的宗教団体だ。発言もしていない「発言」を捏造され、謀略ビラを全国に撒かれた候補者としては、参議院選挙でも「まくらことば」でオウム真理教と並べてこの組織の問題点にあえて触れざるをえなかった。警視庁や東京地検も否定する「拉致監禁」事件を統一教会の立場に立って腰の引けた「なまくら刀」で参議院で質問した現職議員が落選したのは、御同慶の至りだ。当選した私は、北朝鮮による拉致問題の解決やがん治療に有効な重粒子線治療などを行う国際医療都市創設のために行動するが、フリーランスで仕事をするようになった原点である統一教会問題はこれからも徹底して追及していく。

２００７年秋から統一教会の信者が全国で12件、39人が逮捕されている。特定商取引法違反だ。６月末には東京・町田市で「ポラリス」を拠点に霊感商法をしていた女性信者Tが逮捕された。全国霊感商法被害対策弁護士連絡会によると、被害女性は夫ががんを患い、不安をかかえた状態でT容疑者から町田の商店街で声をかけられた。被害者は「ご主人のがんは先祖の因縁が原因」など執拗に畏怖され、08年９月に４００万円、50万４０００円、２５０万円、11月にはさらに90万円を支払わされた。

「キリスト教」を名乗る統一教会信者が「先祖の因縁」などを使って霊感商法を行うのは、まさに詐欺である。逮捕されたのは末端信者のTのみ。この事件では幹部信者I（町田教会婦人部長）が偽名を使って大金の預かり証を被害者に書かせている。本件は統一教会町田支部が組織をあげて行ったものだ。警視庁町田警察署は幹部信者を逮捕し、この件を詐欺罪で立件すべきである。告訴状を提出した山口広弁護士と大神周一弁護士は警察署長にTだけでなくIらを立件すべきだと上申書を提出している。私もそう主張する。

民主党の「大敗」の責任はどこにあるのか。議席数は民主党が10減らし、自民党が13増やした。政治が結果である以上、敗北の責任は菅直人執行部にある。しかしクイズ番組のような二者択一では現実の複雑さは見えてこない。比例区得票は民主党は1845万票で自民党の1407万票より438万票多い。

一方、1人区で民主党は8勝20敗。この勝敗が決定的だった。その理由が唐突な消費税論議にあったことは、現場を歩いて有権者の声を聞いていれば実感でわかることだ。ましてや農村部の多い1人区は、小泉「構造改革」によって疲弊したままだから、不安感は大きく広がったはずだ。

あるシーンを思い出す。6月17日に民主党本部で公認証書の授与式が行われた。挨拶した菅直人首相は、1998年の参院選挙直前に橋本龍太郎首相(当時)が「恒久減税」について肯定から否定発言にトーンダウン、選挙で敗北したエピソードを語った。「選挙は最後までわからないんです」といった発言を聞きながら「そうだな」と思ったものだ。驚いたのは、それからわずか4日後に、菅さんが消費税をふくむ税制の抜本改革を提唱し、「消費税10パーセント」の自民党案を参考にすると語ったことだ。ここで一挙に潮目が変わった。私が主として行動した都市圏でも賛否両論だった。現場感覚からいえば商社勤務などの知人などは「必要」というが、私が出会った大山ハッピーロードの商店や主婦などは多くが「不要」だという。実感的には反対の方が多かった。税制改革を提言することは必要だが、どこまで周到に準備された発言だったのか。多段階売上税にはヨーロッパのようにインボイスの導入が必須だが、設計図はデッサン程度の代物だった。

しかし朝日新聞や読売新聞の論調は、明らかに消費税増税に傾いていた。いまでもそうだ。たとえば14日の「読売」は社説で「税制抜本改革　ひるまず消費税論議を進めよ」、15日の「朝日」は1面で「消費税論議　気迫込めよ」と書いた。両紙とも世論調査で消費税増税は「必要」が「不要」より多いということを根拠としている。「朝日」は前者が49パーセント、後者が42パーセントで、「投票者の2人に1人が『10%もやむなし』の立場だった」と書いた。消費税増税を誘導する世論操作だ。財政再建を税制改革と合わせて議論をすることは大きな課題だ。そのときにも不公平感を少なくする制度設計が必要である。

7月15日(木)

近所の知人から「おめでとうございます」と挨拶されたあとでこういわれた。「投票方法がわからなくて、『民主党　有田芳生』って書きました」。比例区は個人名か政党名を書くから、これが有効票にカウントされたかどうか気になった。民主党本部のNさんに調べてもらうと有効票だという。ホッとした。「民主党　ヤワラちゃん」でも有効だという。市ケ谷で岩見隆夫さんのインタビューを受ける。最初にこんな会話。

「取材が殺到したでしょう」

「いえ全然」

「おかしいねえ」

岩見さんは私がトップ当選したことを政治の現状のなかで肯定的に意味付けたいという。知名度があるだけの「有名人」を候補者とする時代は終わったというのが岩見さんの見解だ。17日の毎日新聞「近聞遠見」に掲載される。選挙の敗因については消費税問題の唐突な提案とともに政治家への有権者の「眼」についても語った。鳩山由紀夫前首相は「政治とカネ」や普天間飛行場移転問題で発言がブレにブレた。菅直人首相もまた税制改革発言で言い訳をせざるをえなかった。政治家にとって一貫性はもっとも大切な資質ではないか。マックス・ヴェーバーのいう「情熱と判断力の二つを駆使しながら、堅い板に力をこめてじわっじわっと穴をくり貫いていく作業」(『職業としての政治』、岩波文庫版)だ。

政権交代後の変化を有権者は大いに期待した。日本が「かつてない民族的閉塞感」(岩見隆夫『政治家』、毎日新聞社)に陥っているからだ。ところが有権者にすれば鳩山前首相も菅首相も「堅い板に力をこめてじわっじわっと穴をくり貫いていく作業」をしているようには見えない。かくて失望感が広がり、それが投票行動に現れた。比例区では16議席に留まったが、菅内閣が誕生したときには20から21議席まで届くだけの支持率があったにもかかわらずだ。わずか1か月でも世論＝投票傾向は大きく変わる。

7月16日(金)

「おめでとうございます」と、未知の方々から声をかけられる。「当選記念」にと銀座の山野楽器でジョン・コルトレーンの「ブルー・トレイン」を、教文館で半藤一利さんの『いま戦争と平和を語る』(日本経済新聞出版社)を入手。

新橋を歩いていたら「アリガさんだっけ、おめでとう」と男性から声をかけられる。「いまから飲みに行くの?」と聞くので「いえ仕事です」。「テレビ局に連れていってよ」とずっとついてくる。その間しゃべりっぱなしで、選挙運動中の三原順子さんとのツーショット写真などをケータイで見せてくれる。本当かどうかは知らないが「おれはみんなの党の党員でね」などとも語っていた。スタッフの車に乗って日本テレビ。「太田光の私が総理大臣だったら…秘書田中」に出演。この番組が生放送するのははじめてのこと。池谷幸雄さんの選挙中の逆立ちが話題になり、「そこばかり報道する」メディアを少しばかり批判したら、「だったらやらなければいいじゃない」と「田中総理」。その直後に別室にいる池谷さんが逆立ちをしていた。いくら頼まれたからって仕方ないなと思ったものの、あくまでもタレント路線で行くのならご本人の自由だ。

当選議員や落選議員が「時間がもう少しあれば」と発言していたことに違和感を覚えた。候補者にはすべて「17日」という時間が平等に与えられていたのだから。福島瑞穂さんから普天間問題でいっしょにアメリカに行かないかと誘われる。石破茂さんと雑談。「みんな無所属で立候補して、政策で一致できる議員がいっしょになればいいんです」という。方向としては賛同する。もともと参議院が「良識の府」と呼ばれたのは、羽仁五郎さんなどの「知識人」が無所属で当選して活躍してきたからだ。

大山に戻り、長男と酒を飲む。目下の思案どころは事務所体制の構築だ。

7月17日(土)

岩見隆夫さんとは雑誌編集者時代からのつきあい。3年前に落選したときに「これから」を相談したことがある。今度も「何を読んでおけばいいですか」との問いに、「これはと思う議員と話をすることだ」とのアドバイスされたが、いまのところいないのが残念だ。羽仁五郎さんたちのような魅力ある議員がいまは見えない。20日に当選証書の授与式があり、いよいよ本格的始動だ。

【有田芳生「37万票」の意味　朝日新聞　2010年7月17日　岩見隆夫「近聞遠見」より抜粋】

どの政党に、どの候補者に、と最後まで迷った有権者が少なくなかったという。一週間前の参院選だ。迷った結果はご承知の通りだが、その中でも意表をついたのが、民主党比例代表のトップ当選を飾った有田芳生（ジャーナリスト・58歳）の37万3834票だった。（中略）

しかし、派手さがなく、認知度が低い。顔は知られているが〈有田〉の名前と結びつかない。〈オウム真理教と徹底的に闘い、拉致問題でも行動した元祖・現場主義〉とチラシに刷り、全国まんべんなくコツコツと歩いた。（中略）そんな気張らない、きまじめなコツコツ派を有権者は見逃さない。知名度だけではなく、役に立つかどうかを見分けようとしている。好ましい流れだ。

だが、民主党は敗れた。敗因について有田はこう言った。「政治家の信念のブレです。貫かないと。（リーダーのブレで）私も『うそつき』と怒鳴られたり、チラシを破られたり、しましたから」

7月20日(火)

「長い時間でしたね」。当選証書授与式が行われた総務省講堂。座っている私の肩に手を置いて声をかけてきたのは、新党改革の荒井広幸さんだった。3年前に比例区で落選したときに唯一慰労会を開いてくれたのが、荒井さんと滝まことさんだった。「長い時間」か。当選してもさしたる感動がなかったのは、この3年で2回落選したからだろう。「感動」よりもずっと落ち着いた感情がある。それを「責任感」などという言葉でくくりたくない。どこか違うのだ。「何なのだろう」とずっと思っていた。

それが荒井さんの短い言葉で実感となってきた。そう、「長い時間」だったのだ。そこにはこの3年間歩き続けた現場から見えてきた課題や、多くの人びととの交流や私の思いなども、すべて含まれている。時間が空いたので、表参道のジムで泳ぐ。体重を計れば昨年末より6キロ減量。ズボンの裾をときどき踏んで歩く根拠はここにあった。

銀座に出て教文館で竹中治堅『参議院とは何か　1947〜2010』（中公叢書）を入手。新橋の喫茶店で半藤一利さんの『いま戦争と平和を語る』読了。ツイッターにこう書いた。

日本は昭和8年に国際連盟を脱退するが、政府が逡巡しているとき、日本中132の新聞社が「早く脱退すべし」と共同声明を出している。軍の機密費で買収された歴史は形を変えていまに続いている。

新宿で山口広、紀藤正樹弁護士と打ち合わせ。大山の事務所へ。議員会館の部屋が416号室と決まった。

7月21日(水)

神保町の松島清光堂で新しい名刺を依頼して、「伊峡」で野菜炒め定食。新橋の共同通信で不安定研究会。山崎博康・共同通信論説委員から「スパイ団摘発は『近代化』へのエール?」という話を聞く。ロシアが資源輸出依存経済からハイテク立国へと向うことができるのか、アメリカとの「リセット」（09年7月の首脳会談）がいかに進むのかなどが気になるところだった。会議では私が拉致問題に取り組むために関係者が何人か集まってくれた。意外な、しかし的確なアドバイスを聞いたうえで金賢姫元死刑囚について話し合った。

鳩山由紀夫前首相の別荘で被害者家族と会うこと

には、警備上の問題というだけでは済まない。北朝鮮にすれば金元死刑囚は「暗殺対象」だ。それを守るために民主党前代表の別荘を使うことは、北朝鮮に「挑発的」なメッセージを伝えることになったのではないか。情報では22日には軽井沢から帝国ホテルに移動するとも聞いている。ならばそもそも滞在先は最初から都内でもよかったはずだ。さらに問題は「機密情報」がメディアに漏れていること。招請に1億円かかり、金元死刑囚には3000万円の謝礼が払われるとも報じられた（4月の黄元朝鮮労働党書記来日のときは2000万円の予算）。機密費はこうしたときに使われるのだろう。真偽のほどはわからない。しかし韓国紙でもすでに「事実」として報じられている。

問題は、金賢姫元死刑囚を日本に呼んで何をするかだ。被害者家族に会うことは必要だ。しかし横田滋、早紀江さんは「新しいことはなかった」と語っている。横田めぐみさんの消息についても一度だけ会ったことなどはすでに明らかになっていることであり、「特定失踪者」についても「見たような気がする」だけでは、意味がない。国会に呼んで詳しく話を聞くことなどをしなければ、いったい何のための訪日なのかと、あえていわざるをえない。飲食店経営に失敗し、韓国でも孤立している金元死刑囚がいくら「真摯」であっても、ビジネスとして拉致問題が扱われるならば、まったくもって本末転倒だ。

7月22日(木)

金賢姫元死刑囚に2000万円から3000万円が支払われると報じたのは「日刊ゲンダイ」だった。その根拠を調べると、韓国在住日本人ジャーナリストのようだ。「韓国でそう言われている」というのだ。

ところが日本でその噂が報じられると、韓国の「中央日報」が報じた。「日本の日刊ゲンダイによると」と書いて根拠とした。高世仁さんに伝えると、北朝鮮問題ではよくあることだという。噂のキャッチボールが「事実」として確定していく。チャーター機も2000万円説から1000万円説もあったが、実際は後者だと朝日新聞は報じた。金賢姫元死刑囚招請の詳細について調査する方法を国会関係者に聞くことにした。それにしても「大山鳴動してネズミ一匹」も出なかった金元死刑囚招請騒ぎ。政府はどんな想定をしていたのだろうか。パフォーマンスと揶揄されても仕方がない。

「週刊女性」の取材で、はじめて議員会館の自室(416号)に入った。狭い会館が広くなったことへの批判がある。しかし現実は国際標準になったということではないか。これまでの会館には何度も入ったことがあるが、資料であふれ返っている部屋が多かった。仕事場として狭すぎたと思う。しかしこんどの会館で違和感を覚えるのは、机、椅子、ソファー、本棚までが完備されていることだ。衆参すべての部屋が画一化。まるで官給弁当のようだ。トッピングさえできない。最初に持ち込んだのは弘兼憲史さんに描いてもらった似顔絵。自分らしい部屋に改装するつもりだ。表参道のジムで泳ぎ、あれこれと電話連絡。弘兼さんとも久しぶりに会話。

7月23日(金)

韓国政府関係者に会った。金賢姫元死刑囚来日について韓国では「どうして日本政府は国賓待遇したのか」という疑問がいちばん大きいという。全体主義国家で工作員に抜擢されたことに同情の余地はあるものの、元テロリストの滞在に前首相の別荘を使ったことの違和感は日本にあるだけではない。移動時のリムジンは中国の胡錦涛国家主席来日時に使ったものだ。中井洽拉致問題担当相が招請を進めてきたが、当初は5月の予定だったという。

金賢姫元死刑囚について、北朝鮮はこれまで存在そのものを否定あるいは韓国生まれなどとしてきた。事件そのものも「でっちあげ」といってきた。ところがハノイで行われているASEAN地域フォーラムに出席した北朝鮮代表団のひとりが「国と家族を裏切った者」と語ってしまった。先日の不安定研究会でもある出席者が、「金賢姫は韓国生まれじゃないか」「(遺体が発見されていないので)事件はなかったのでは」と言い古されてきた疑問を語った。北朝鮮当局が(失言とはいえ)事件そのものをはじめて認めたことは歴史的出来事だ。

暑い中を白金にある土屋鞄に行ってきた。「ダレス鞄」（アメリカのダレス国務長官が使っていた鞄がモデル）を見たが、「いいな」と思ったものの、購入を保留。広尾まで歩いて喫茶店で水分補給。暑い日々が続く。

7月25日(日)

26日から参議院議員としての任期がはじまる。拉致問題でのアプローチもこれまでとは異なる立場を求められている。田口八重子さんの生存情報が北朝鮮筋から伝えられている。平壌の万景台区域にある統一戦線部が管理しているアパートに韓国人拉致被害者と暮らしているという。この情報源が北朝鮮関係者だと公表したのは韓国の「拉北者家族会」代表だ。ハノイで行われたＡＳＥＡＮ地域フォーラムに出席した北朝鮮代表団のひとりが金賢姫元死刑囚について「国と家族を裏切った者」と語ったことは、大失言かと思ったが、もしかしたら戦略的意味合いがあるのかもしれない。大韓航空機爆破事件は「でっちあげ」で、金賢姫など北朝鮮にはいないと主張し続けてきたのに、ここにきて田口さんの生存情報を流すとは、「6か国協議」への復帰表明とともに、日本との対話をうながすメッセージだからだ。情報の信憑性は9月になればわかるだろう。北朝鮮では大使もふくめた大きな人事移動が行われるからだ。ＡＳＥＡＮ地域フォーラムでの金関連発言が「失言」なら、団長である朴宜春外務大臣の責任も問われる。

7月28日(水)

ホテルオークラ東京の「平安の間」へ。近藤道生さんの「お別れ会」に出席。近藤さんは大正9年生まれで、6月30日に90歳で亡くなった。昭和17年に大蔵省在籍のまま、海軍主計大尉に。戦後は国税庁長官から博報堂社長などを歴任、最高顧問を務めた。近藤さんからお話を伺ったのは昨年のこと。いずれ書くことになる単行本『X』の主人公である木村久夫さんと、ゲーテの「ファウスト」についてインド洋のカーニコバル島で語り合っている。お元気だった近藤さんの凛々しい遺影に献花。

7月30日(金)

参議院総会、両院議員総会があったのが29日。国会のなかは複雑で、どこに行けばよいのかがまったくもってわからない。総会では名前が貼られた最前列に座る。新人は13人。紹介があり、いきなり挨拶を求められた。「アリちゃん」と声を飛ばしたのは蓮舫さん。テレビでご一緒していたときから「アリちゃん」と呼ばれていた。

夕方からの両院議員総会は憲政記念館の講堂でおこなわれた。菅執行部に対する批判が続々。29人の発言者のうちの7割だ。あるグループが50人ほど集まって打ち合わせをしているとの情報は総会前から流れていた。改選54議席に対して当選44議席は敗北だ。しかしその原因を菅総理の「唐突な消費税発言」にだけ求めるのは無理がある。昨夏の政権交代に期待した有権者は、普天間飛行場の移転問題、「政治とカネ」をめぐる混迷に厳しい批判をおこない、同時に日々の暮らし(経済状況)がいっこうに好転しないことにも苛立ちを見せていた。そんなことは「現場」を歩いていれば、たやすく実感として理解できることだ。政権交代への期待と現実との乖離が選挙敗北の理由だった。その原因は菅執行部だけではなく、政権交代後の執行部全体にあると私は思っている。かといって、自民党政治に戻れという声が高まっていないことは、参院選挙の比例区票約1800万からもわかることである。「権力闘争」は世間から見れば「自民党といっしょじゃないか」と映る。

30日は初登院。テレビ朝日の「やじうまプラス」に出演して国会正門へ。NHKをはじめとした取材の連続。でも結果的にはタレント議員優先の報道だったようだ。9時からは参議院総会。知人の新人議員と2列目に座ろうとしたら「新人は前に」と声をかけてくる幹部あり。しきたりなんだろうが強い違和感を感じる。お隣は右手に社民党の又市征治さん、石井一さんと喫茶室で雑談。10時から本会議。

左手に民主党の金子洋一さん。「アリタさん仲良くしてね」の声に後ろの席を振り向けば、福島瑞穂さんだった。会館に戻り暇もなく書類整理。「紙との闘い」だ。午後3時から参議院で衆院議員をふくめた開会式。民主党「政調」説明会議、都連会議に出席して再び自室。ジャズを流してホッとする。

2010年8月

AUGUST

映画「日本のいちばん長い夏」

8月8日(日)

板橋区弥生町の竹山本店で「暑気」ならぬ「暑炎払い」。まるで「炎」のような暑さのこの夏。まだ1か月前には選挙の最終盤を駆け抜けていた。6日午前中は09年マニフェストを守れという集会に参加。昼食は総理官邸で輿石東参院会長などの御招待で新人議員が勢ぞろい。カレーライスを食べて官邸を見学。輿石さんはテレビで見てきたのと違って楽しい人だ。総務委員会では隣席が蓮舫さん。いくつか相談事。夕方に本会議。臨時国会が閉会。身体いっぱいに解放感が広がった。

考えてみれば2007年6月4日に参院選挙に出ると記者会見をしてから3年2か月。参院選、衆院選をめぐる不条理の数々を経験しての時間軸からようやく解放された。「石(=意志)の上にも3年」を実感。ここで沈思した結果を宣言しておきたい。さまざまなグループからのお誘いに対してしばらく静観することに決めた。「飲み会」も自粛する。なぜならそれが「グループ」として認識されるからだ。新人議員13人の懇親会はもちろん最年長の呼びかけ人として参加するが、それ以外は「勉強期間」として「この眼」で党内外の動きを見つめていきたい。9月14日の代表選挙も、あらゆるグループの動向に依拠することなく、自分の判断で選択をする。「独航宣言」だ。

政策論議の背後に透けて見える政局動向は、有権者の眼には疑問に思われている。まずは政権交代をしたこの1年間を、政策を機軸に総括すべきだ。「日替わり」ならぬ「1年替わり」首相は、もし菅総理が変われば4年連続ということになる。それでは国際社会から見れば政治後進国ではないか。予算成立と引き換えに解散、総選挙もありうる国会状況であることはよくわかる。しかし国会議員が依拠すべきは、当たり前のことであるが、あくまでも有権者の生活に根ざした思いである。

一人の個人が、意志的な単独者へと自己を止揚するとき、その単独者に向きあうもの、それが敵である

（石原吉郎）

8月9日（月）

国会の議員会館は閑散としている。議員が週末から地元に戻っていることに加えて閉会中ゆえである。名古屋から後援会長の樋者正昭さんが来訪。打ち合わせの後、雑務。夕方になり銀座「教文館」へ。「新潮」9月号とカール・マルクスの『ルイ・ボナパルトのブリュメール18日「初版」』（平凡社ライブラリー）を入手。壹眞珈琲店で「新潮」掲載の丸谷才一「竹田出雲よりも黙阿弥よりも――井上ひさしを偲ぶ会で」を読む。

「わたしたちは井上ひさしの芝居の、初演や再演や三演の小屋に足を運んで見物し、拍手喝采したことを、後世の日本人に対して自慢することになるでせう」という締めくくりに共感。井上ユリさんによれば、シベリア抑留を井上流に描いた『一週間』は、最初の連載2回ほどは米原万理さんも眼を通していたという。今年暮れか来初には江戸時代を舞台にした短編連作が単行本になるとも聞いた。「『一週間』は劇化できませんかねぇ」と訊ねると、「ひさしさんは書きはじめるときに小説か脚本かを決めていたから、それはないですね」とのこと。しかし映画にしたいという話はあるという。時間を見るとギリギリだった。急いで東映へ。

半藤一利さんが編集者として昭和38年に『文藝春秋』で行った座談会（『日本のいちばん長い夏』文春新書）を文士劇として再現した「日本のいちばん長い夏」を見る。政治家、官僚、作家など28人が集まって行われた座談会は、ポツダム宣言受諾の背景、原爆投下、ソ連参戦などをリアルに明らかにしていく。市川森一さんは村上兵衛、田原総一朗さんは志賀義雄、山本益博さんは人間魚雷回天に乗るはずだった上山春平さんを好演。迫水久常は誰だろうと疑問だったが、何と「ザ・ワイド」でも一時だがご一緒した湯浅卓さんだった。映画の前に金券ショップに行ったが扱っていなかった。上映も1日に2回。

今、この日を思い起こすのは、今度の戦争で死んだ『310万人』以上の同胞のことを忘れないためなのであります。

こうした趣旨の映画を多くの人たちに見てもらいたい。

8月13日(金)

夏休みで閑散とした議員会館で実務および来客対応。参議院選挙が終わってからもう1か月が過ぎた。12日には新宿の紀伊國屋シアターで井上ひさしさんの「黙阿弥オペラ」を観た。熊谷真美さんの老婆と若い女性の二役にはビックリ。藤原竜也さんのスピード感あふれるセリフにも驚いた。江戸から明治に至る社会の変化のなかで、人間までもが変わっていってしまう。それに抗う狂言作者の河竹新七＝黙阿弥。これは現代の物語でもある。

昨日はある報道機関から取材があった。しきりに「センセー」と呼ぶので、最後に「これからはやめてくださいね」と伝える。「そう言わないと不機嫌になる議員がいるので」と申し訳なさそうだった。医師と教師の「センセー」はわかる。12日夜に新橋の「いけだ」で不安定研究会の有志飲み会のとき、中国某新聞記者のGさんがみんなを「センセー」と呼んだのは、社会の文化になっているから違和感は感じなかった。ところが日本では尊敬の意味合いを覚えての「センセー」ではなく、悪しき政治文化としての「センセー」が横行しているとしか思えない。銀座の商いが長い「てつ」の主人は、「名前を忘れることもあるから、この街ではセンセー、会長、社長って言っていればいいんだよ。楽だからね」と教えてくれたことがある。

事業仕分けメンバーの公募があったが、申し込まなかった。ただちに拉致問題と重粒子線治療施設建設促進のために動かなければならないからだ。16日からの鳩山由紀夫前首相の訪中団に、重粒子線治療関係者が同行する。海外からの注目度は日本よりも大きい。臨時国会冒頭で新人は総務、国家基本、政治倫理の各委員会に「あいうえお」順に自動的に振り分けられた。私が希望しているのは文教科学、予算、拉致問題だ。おそらく9月第4週に開かれる国会前には所属委員会が決定となる。拉致特別委員会に所属することを強く希望している。

昨夜たまたま必要があって3年前の「ザ・ワイド」録画を見た。参議院選挙が終わった翌日の放送で、私の選挙を追った記録が30分ほど流れた。スタジオで草野仁さんが「さて、これからはどうしますか」と訊ねてきた。私は「社会貢献します」といった趣旨を語っている。あのときからこの記録を封印していた。不安定な心境で見たくなかったのだろう。「振り返る」ゆとりもなかった。いま、相当に違った思いで生きている、夏。

8月20日(金)

議員会館に前畑博さんとお孫さんの拓海君がやってきた。前畑さんは3年前に参議院選挙に落選してから昨年の総選挙で敗北するまで、事務所の「番頭」を務めてくれていた。練馬に事務所を構えて民主党推薦で東京9区から立候補する準備を進め、突然に11区（板橋）から立候補の要請を受け、大山に事務所を構え、昨年8月30日の投票日後まで、精力的に支えてくれた。今度の参院選挙でも地元で小集会を開いてくれるなど、これまでとは違った形で支援をしてくれたのだ。いっしょに食堂に行ってからお送りをした。人生の時でいちばん大切なことは人間関係である。前畑さんだけでなく、旧知未知の多くの人びとに支えられて「いま」がある。

あるテレビ番組からアンケートと出演依頼（録

画）が来た。結局収録はなくなったのだが、アンケートがいかにも意図的だった。民主党の代表選挙で菅直人さんを「支持する」「しない」を二者択一で答えろというのだ。対立候補が出るのかどうか、出るならば両者の政策は何が打ち出されるのか。それがはっきりしない時点では答えられないと書いて回答した。選挙になれば私も責任を持って投票する。しかしそのプロセスにおいていくつもの条件が明らかにならない段階で「どちらかで答えよ」との発想はいかにも短絡にすぎる。番組を面白くするのは「菅vs.小沢」だ。その結論を前提に番組作りをするから単純化が行われる。本当に大切なことは、いまの日本をどうするかであって、菅直人さんが再選されるかどうかは結果である。

代々木上原の「いしはら」で湯川れい子さん、市川森一さん、杉本純子さんと会食。前回は敗戦慰労会、今度は「つるし上げ会」（湯川れい子さんの表現）。民主党政権への期待と現実の落差への批判は深い。

8月31日（火）

埼玉にある須崎哲哉さんの自宅を訪れた。須崎さんが65歳で亡くなったのは6月24日午後4時45分。警視庁幹部から連絡があったのは翌日のことだった。「こんなときですから、お知らせだけしておきます」というのは参院選挙が公示されたときだったからだ。須崎さんと最後に電話で話したのは3月後半だった。警察庁長官銃撃事件で意見を伺ったのが最後になってしまった。

オウム事件当時、ときどき帝国ホテル地下にある迷路のような喫茶店で情報交換をしただけではない。オウムの危うい行動が予想されたときには――私はまったく知らなかったが――1日にのべ50人が身辺を警護してくれた。多いときには10人がフォーメーションを組んで周辺を監視したという。あの慌ただしい当時でも酒場に行くことはあった。そのときにも客を装って警護が行われたそうだ。近くの席ではなく、少し離れたところで、周囲の客に怪しいものがいないかを監視していたそうだ。それを知ったのは事件から10年後のことだ。「子どもを誘拐する」といったオウム関係者の情報が流れたときには、私が住んでいた公団から通学路を調べ、学校とも協議し秘密裏に対策を取ってくれた。「これは注意した方がいい」と判断したときには、家族への身辺警護まで行っていた。どうしてそこまでしたかといえば、私がオウム真理教と厳しく対峙していたからだ。もし身辺に何かがあれば、「対決の構図」が崩れるという判断だったと聞いた。

須崎さんは、そして同席したNさんも家庭では仕事の話をいっさいしなかったという。「私は何も知りませんでした」とは奥様の言葉だ。退職してからは農作業や趣味の油絵にも取り組み、私の選挙をいつも気にしていたという須崎さん。私は霊前に新しい名刺を置き、笑顔の遺影を眼に焼き付けてからご自宅を後にした。

2010年9月
SEPTEMBER

民主党代表選挙
――私の投票基準

9月1日(水)

ホテルニューオータニで行われた民主党代表選挙の共同記者会見に行ってきた。テレビで見ることもできるのだが、現場の雰囲気のなかで考えたかった。やや緊張した面持ちで会場に入ってきた菅直人さん。座ったところに小沢一郎さんが登壇。「やー、昨日はどうも」と笑顔で握手をする小沢さん。会見が終わってテレビニュースでダイジェストを見たが、ところどころで笑顔になる小沢さんの顔はほとんど報じられることなく、いつものことだが渋面のときの顔だけが印象付けられた。菅さんは終始緊張した面持ちに見えた。冒頭の5分間はそれぞれが発言。小沢さんはまず時代認識を語った。大変な経済状況のなかで、就職難、親の子殺し、子どもの親殺しなど、社会が崩壊しつつあること、それを建て直さなければならないというのだ。菅さんは現職総理として全国を視察していることを語り、「一にも雇用、二にも雇用、三にも雇用」と強調した。この冒頭の発言にも両者の政治家としての現実へのアプローチの差異が明らかとなった。この会見に限っていえば時代を大づかみで捉えるところから出発した小沢さんの方に共感を持った。

私がとくに注目したのは普天間問題だ。小沢さんはアメリカ政府、沖縄県民ともが納得できる腹案があると語り、菅さんは日米合意のもとで沖縄県民の負担軽減を行うと語った。ここでも海外移転をすべきだと考える私は小沢意見に留保付きで賛同する。なぜ留保かといえば「腹案」の内容がわからないからだ。

共同会見とは別に、両者が公表した文書がある。小沢さんは「『国民の生活が第一。』の政権政策」。菅さんは「元気な日本の復活を目指して」。普天間問題についてはこう書かれている。小沢さんは「米軍普天間基地移設問題は、沖縄県民と米国政府がともに理解し、納得し得る解決策を目指して、沖縄県、米政府と改めて話し合いを行う」。「責任ある外交の確立」のためには「日本国憲法の理念に基づき、国連を中心とする平和活動に積極的に参加する」という。菅さんは「『平和創造国家』を標榜する外交」のなかで「普天間基地移設問題については、日米合意を踏まえて取り組むと同時に、沖縄の負担軽減に全力を挙げます」とある。小沢さんの「腹案」が不明なのと同じように菅さんの負担軽減の内容は明らかではない。なお両者とも北朝鮮による拉致問題についての発言はなかった。発表文書を見てもまったく言及はない。拉致問題の解決を公約の一つとして参院選で訴えた私としては不満だ。

9月8日(水)

【菅直人首相及び小沢一郎前幹事長に対する公開質問状】

北朝鮮による拉致問題解決について

参議院議員　有田芳生

私は参議院選挙で北朝鮮による拉致問題の解決のために行動することを公約に据えてきました。なかには「争点ではない」などと言い捨てる候補者もいましたが、私の認識では「常に争点」でなければなりません。この課題は普遍的な人権問題だからです。13歳の横田めぐみさんが拉致されて今年の11月15日で33年。横田滋、早紀江さんは「私たちにはもう時間がない」といつも語っています。横田さんだけではありません。多くの日本人が一刻も早い救出をいまこの瞬間にも待ち望んでいるのです。

9月4日に神奈川で行われた集会で「民主党の

代表選挙で総理大臣が変わるかもしれないがご家族の思いはいかがですか」と問われ、早紀江さんは要旨こう答えています。

「橋本龍太郎さんの時に初めてこの拉致問題が浮上しました。表現のしようもない絶望的な思いですぐに橋本さんにお手紙を書いて一生懸命にお願いをしたのを思い出します。それから9人目で、今度で10人目の総理になります。私はもう政治家という方の心がまったく分からなくなっています。みんな信じてきたのです。自民党であれ民主党であれ、この方は本当にやってくださるだろうと思ってお願いをし続けてきたのです。けれどもいつも何とも言えない不思議な黒々とした波間の中に、渦の中に巻き込まれて、何が何だか分からなくなってしまって、結局は子どもたちの姿が見えない、どういうことなんだろうと、そういう思いで今はおります」

この被害者家族の深い嘆きに対して私たちは具体的かつ果敢な行動で応えなければなりません。

そこで拉致問題解決に向けての方針について伺います。

1、新総理になれば、これまでどおり「拉致問題対策本部」の本部長に就任されますか。

2、被害者は「全員生きている」との前提で「拉致問題の解決なしに国交回復なし」の方針を維持されますか。

3、対北朝鮮外交の枠組みをいかにお考えになり、拉致問題をどのように位置付けられますか。

4、「拉致問題解決のための総合的施策」の予算は約12億円（２０１０年度）。その使途のなかには「安否情報及びその関連情報の収集」とありますが、中朝国境付近あるいは韓国や日本にたどり着いた脱北者からの情報収集をさらに強化していただけますか。

5、かつて担当大臣が口にした拉致問題対策本部への民間人登用を実現していただけますか。

6、政府認定の拉致被害者だけではなく、北朝鮮によって拉致された可能性がある「特定失踪者」について、積極的に情報開示をしていただけますか。

超ご多忙な時期に誠に恐縮ですが、以上の6点について具体的にお答えいただけると幸いです。

9月9日(木)

民主党代表選挙に向けて私のところにもさまざまな働きかけがある。現職大臣、最高幹部などに留まらず、なぜか超有名俳優の奥様からも長い電話があった。「新聞を見たら菅さんと懇談したって書いてあったけど本当なの?普天間問題を解決するには菅さんじゃだめよ」というのがいちばん言いたかったことのようだ。原宿の喫茶店に行けばマスターから「アリタさんの投票は小沢さんですよね」とも言われた。いちど小沢一郎さんに首相になってもらいたいという声は、世論とは異なり私の周辺では意外に多い。

何をもって民主党代表選挙の投票基準にするのか。そこには複合的な基準がある。私は選挙が予定通りに行われるなら9月14日の代表選挙投票日のぎりぎりまで判断の結論を留保するだろう。「せざるをえない」というのが本音でもある。ここに現状での思いを真偽不確かな情報レベルではなく記録する。

1、私にとっての菅直人と小沢一郎

菅直人さんは私が1977年に上京したとき、高野孟さんが案内してくれた新宿ゴールデン街の酒場でよくいっしょになった。とはいえ挨拶するぐらいで親しく会話をかわしたことはない。その菅さんが東京都連の代表だった関係で09年の総選挙時に東京11区(板橋)から民主党推薦で立候補する私の応援に来てくれた。選挙戦を通じて民主党幹部で駆けつけてくれたのは菅さんだけだった。一度目は大山の事務所で打ち合わせをして、駅前で訴え、さらにハッピーロードを歩いた。そのとき商店や通行人の反応がとてもよく、菅さんの大衆的人気の大きさに驚いたものだった。最終盤には常盤台駅前での街頭宣伝にも来てくれた。民主党職員に聞けば400人集まったのはこれまでにないことだという。それだけ政権交代ムードが高まっていたのだ。東京など都市部では菅さんの人気は高いのだろう。そう思った。

小沢一郎さんとの出会いは、赤坂の個人事務所が最初だった。総選挙で民主党推薦候補として東京11区から立候補することが決まってからのことだ。独自調査による選挙分析結果を示してくれ、いかに行動すればいいかを具体的にアドバイスしてくれた。それから適宜大山の事務所や携帯電話に連絡をいただき、調査結果に基づくアドバイスがあった。その内容については『闘争記』（教育史料出版会）に記録した通りだ。総選挙に敗北し民主党に移籍する経緯はこうだ。石井一選対委員長（当時）と議員会館で話しあった。私と会った直後に石井さんは小沢一郎幹事長と会談。民主党に移籍し比例区から立候補することに「いいんじゃないか」と小沢さんは語ったという。11月18日に国会内の幹事長室で小沢さんにお会いし、私の要望を改めて申し入れると「小選挙区は大変だっただろう。比例でいいんだね。わかった」との回答があった。翌日の手帳に私はこう書いている。「一つの夢がこれで終わった。あと7か月すればまた選挙だ。うしろがないことを自覚して、悔いなき闘いを組んでいこう」（一部）。

小沢さんとの再会はこの8月19日に軽井沢で行われた鳩山別荘での懇親会の場である。私を見た小沢さんは「おーっ」と声に出し、破顔一笑「よかったねー」と言った。いつも感じてきたことだが、小沢さんには政治家としての安定感がある。それは人間的包容力でもある。それから6日後の25日に私は議員会館の菅直人室で総理との懇談会に出席した。3年前の参院選で民主党の新人当選者は33人。しかし2010年は13人という結果に終わった。そのうち懇談会に欠席したのは2人。いずれも「小沢グループ」に属していると見られる議員だ。菅さんからは全員がサイン入りで『90年代の証言　菅直人　市民運動から政治闘争へ』（朝日新聞社）をいただいた。

その後、小沢一郎さんが代表選挙に出馬することを表明する。

このように私にとっては菅直人さん、小沢一郎さんには個人的には大変お世話になってきた。しかし、民主党の代表選挙はそのまま日本を率いていく総理大臣を選ぶことでもある。そのお二人の周囲にいる人たちとも交流がある。私に投票してくれた37万3834人の有権者もそれぞれの思いがある。有田に投票したからこの候補者にすべきだといったメールもいただくが、最後は二者択一だ。しかも私の全責任で私情を断ち切って判断しなければならない。ならば何を基準にすべきなのか。それは理念、政策、指導力（実行力）を前提にした総合的人間力である。

2、菅直人総理に私が求めた4つの課題

8月25日の午後2時から3時すぎまで衆議院議員会館の菅直人室で懇談が行われた。選挙後いささか体調がすぐれなかった私は伊東で断食する予定を入れていた。そのため当初は懇談に欠席するつもりだった。しかし日帰りで出席することに決めたのは、何本かの電話があったからだ。ある衆議院議員は「アリタさんは小沢さん（支持）だから出席しないですよね」と遠慮がちに言った。会合への出欠を確認する電話もあった。いずれも「小沢派」に属する議員からだった。そう働き掛けられれば出席せざるをえない。なぜなら欠席したならそうした電話が有効だったと判断されかねないからだ。あくまでも自由で独立した議員でありたい。最初からどこかのグループに属すれば行動は先験的に決まってしまう。それが「グループ」＝派閥というものだとはわかる。逡巡がたとえあったとしても私見を押さえ込んでしまう。ある意味で楽な場合が多いだろうと推測する。政治が力である以上は安楽への所属は課題遂行に効果絶大であることでもあるだろう。そんなことども現実政治のなかでは観念にすぎるのかも知れない。

とにもかくにも「何でも見てやろう」。私は議員会館に向った。午後2時から3時まで菅さんの部屋で行われた懇談で私は最初に意見を述べた。第1にメディアは「官僚に屈服した菅直人vs.09年マニフェストを実行する小沢一郎」という構図で動いているが、官僚支配との真偽はいかに。第2に鳩山内閣で公約とした「新しい公共」について――この言葉では国民に説明しなければわからないのでもっと違う表現にすべきだと思うが――異常な諸事件の背景を見るにつけ日本社会が崩壊しつつあるいま、菅政権でも積極的に引き継ぐべきであること。第3に「強い経済、強い財政、強い社会保障」というが、神野直彦さんの提案を具体化し「第三の道」を進めるのは賛成だが、そのヴィジョンが明らかではないと述べた。

それに対して菅さんは政治主導であること、「新しい公共」については社会再建のためのキーワードであること、さらには「ある程度の負担をしても安心した社会が必要」だと語った。正直な感想は、返答に多くの言葉はあるが、残念ながらイメージとして立ち上がってこなかった。

私からは拉致問題解決の決定的アプローチがあると提案し、その具体的方法はその場で語ることが出来ないので、改めて関係者と打ち合わせることになった。もっとも小沢一郎さんが代表選挙に立候補することが翌日に明らかとなり、拉致問題での打ち合わせは行われていない。

9月12日(日)

「民主党代表選――私の基準」を書きはじめてから、いささか慌ただしい日々が続いている。何年前からだろう。日常的にはパソコンを持ち歩くこともやめ、国会議員になってからも執務室にパソコンは置いていなかった(もちろん秘書の方々は国会貸与のパソコンを設置している)。ようやくノートパソコンを置いたのは2日前。蓮舫さんから13日に仙谷由人官房長官が私の事務所に来ると連絡があった。そのあと小沢一郎さんと会う。そこで拉致問題への公開質問状への回答をいただく。

昨日の名古屋と大阪。そして東京と移動するときにも、いかなる判断を下すかを考え続けてきた。ここで9日に参議院選挙で当選した議員と小沢一郎さんとの懇談で印象に残ったことを記録しておく。まず代表選への立候補について「私にできるのだろうかと自問しながら判断した」ことと周辺の支持者に押されたことが大きかったという趣旨を語っていた。

いちばん驚いたのは時代認識であった。「この閉塞感のなかにあって、このままではかつてのようにナショナリズムが高まることで、日本はさらに危険な情況になる」と小沢さんは言った。何人かの議員から質問があり、それに答えたものの時間切れ。私も司会者に「短時間でも」とお願いしたのだが、その後の予定があり叶わなかった。しかし拉致問題などの公開質問状は、そのあと小沢室に呼ばれ直接受け取ってくれた。その回答が13日だ。

私の公開質問は、拉致被害者家族と「特定失踪者」家族の意志を最小限でも反映しているはずだ。菅直人さん、小沢一郎さんはいかに答えるのか。参議院選挙で支援を表明してくださり、街頭でマイクを持ち、チラシも配ってくれた横田滋さんたちの思いを実現していくことは、拉致問題解決を公約の中心に据えた私の重い責任にほかならない。

9月14日(火)

永田町で地下鉄を降り、エスカレーターに乗って地上に上ったところで、テレビ東京、TBSの取材を受けた。電車のなかでは昨日両者から受け取った公開質問状への回答を繰り返し熟読していた。「どちらに投票ですか」との問いに、最後の演説まで表明しないと語った。私の「ちっぽけな美学」だった。それは投票先が決まっているのにさも「中間派」であるかのように装って、公開討論会を組織してきた議員たちへの違和感やいささかの反発でもあった。沈思し最後に決然と判断を下す。擬態に身を隠すようなことはせず、あくまでも独立した議員であるべきだと思っていた。会館事務所でいくつかの取材をこなし、臨時党大会の会場へ向う。そのとき心のなかで小沢一郎さんに投票することをほぼ決めていた。なぜなら昼過ぎに小沢さんからこんな内容の電話をいただいていたからだ。「小沢一郎です。挨拶文に拉致問題のことはきちっと入れることにしておりますのでよろしくお願いいたします」。小沢さんは最後の演説のなかで拉致問題対策本部の本部長に就任すると決意を語った。菅さんは外交問題にはいっさい触れることはなかった。そうした経緯のなかで私は小沢一郎さんに投票した。経済政策などに対する総合的判断を前提に拉致問題をいかに解決するかで小沢さんの回答により具体性を見いだしたからだ。

私は投票が終わるまで自らの選択を明らかにしなかった。それは国会議員とはあくまでも有権者との関係において、自分が公約として主張してきた課題を基本に、具体的情況を具体的に判断すべきだと考えているからだ。経済問題や普天間問題についての両者の主張について私なりに判断はしていた。しかし拉致問題の解決を公約として当選した私としては、どうしても両者の考えを聞き出さなければならなかった。その手段としての公開質問状であった。8日に提出した質問状に回答が戻ってきたのが選挙前日の13日。そこから最終的判断をせざるをえなかった。横田滋さん、高世仁さん、西岡力さん、増元照明さんに回答文を送り、それぞれの意見を伺った。

私が悩んだのは横田さんの意見だった。その根拠は回答文に「私は菅さんです」と言われたからだ。その根拠は回答文にこういう記述があるからだ。「後日、是非とも貴議員より拉致問題について詳しいお話を伺いたいと思います」。横田さんにすれば現職の首相が私を媒介にして拉致問題について聞きたいというところに打開への現実的可能性を見出したかったからだ。菅さんは拉致問題対策本部長に就任することも約束していた。しかし私は回答文で「特定失踪者」の「拉致認定もある程度進める」などとした小沢さんの方に傾いていた。

しかし「それでいいのか」との思いもあった。それは菅さんと普天間問題についてこんな会話をしていたからだ。北海道にいたある夜、菅さんから電話があった。普天間移転問題で日米合意を守り、沖縄県民の負担軽減を行うという方針に私が批判的だったからだ。「それでは自民党政権と同じではないか」と私は言った。菅さんは「現職（総理）の立場からはそこから出発するしかない」と本音を語ってくれた。残念ながらその内容をここで書くわけにはいかない。現職総理の難しさは私にも理解できた。それでも「ニュアンスでも語らないと伝わりませんよ」と私は言ったのだが、菅さんは11月に来日するオバマ大統領との会談などを通じて「時間」を味方にしたいようであった。その立場からいえば拉致問題で踏み込んだ回答がなかったのも現職ゆえの限界であるのかもしれない。そうは思ったものの、私はあくまでも回答文と最後の挨拶で判断を固めた。念のために付言しておくと今度の代表選挙で小沢さんに投票したからといって、そのグループに属することはしない。

代表選挙の結果が出て国会に戻り、本当に久々にジムで泳いだ。16日には参議院の重要事項調査でインドとインドネシアに向かう。環境問題が主要テーマだ。

9月15日(水)

一転して静かな1日。事務所にもとりたてて気になるような電話もなかった。不思議なのは代表選当日の電話だ。「アリタさんは菅さんに投票することになったんですね」という電話が午前中に多かったという。「テレビでそんな報道があったんですか」と秘書に問われたが、そんなはずもない。菅さん支持者たちが「未定」であると報じられた私に電話してきたのではなかっただろうか。代表選に入ってからの総体では小沢一郎さんに入れるべきだという電話が比較的多かった。しかしそんなことで影響されることはいっさいなかった。

私にとって苦慮したのは、旧知の蓮舫さんや仙谷由人官房長官がわざわざ事務所までやってきて支持を求めてきたことだった。急用が入ったためにキャンセルせざるをえなかった江田五月さんとの昼食会など、人間的タイプからいえば、そうした人たちとの親和感がより強かった。菅さんからも3回、伸子さんからも3回、小沢さんからも1回電話をいただいた。そうしたことどもへの感情をすべて封印し、あくまでも政策、理念、指導力を基本に判断せざるをえなかった。私が小沢さんに投票したことを知って仙谷さんが「えーっ」と声に出して絶句したと聞いたときも、ただ恐縮するしかなかった。真意を伝えるべきかとも思ったが、弁明じみたことはやめようと判断した。

私の本音は管政権が継続し、緊急事態に備えて小沢さんがいつでも登板できるという政治布陣だった。そのときには検察審査会の結論も出ているはずだ。しかし両雄は激突しなければならなくなった。ならばどちらかを選ばなければならない。その経緯については昨日のブログで書いたとおりだ。

この間のさまざまな会話で印象に残る言葉があった。「アリちゃん、参議院議員はあえていえばワンイシューでいいと思う」とは蓮舫さんのアドバイスだ。私がさまざまな課題に取り組むにしても、その中心に拉致問題を据えるのでいいというのだ。議員であると同時に取材者であることにも変わりはない。それゆえにどこのグループにも所属しない。その私の立ち位置については蓮舫さんも小沢グループの知人も「それでいい」と言ってくれた。いずれにしても結果は出た。

当選してから2か月。ようやく個別課題に取り組むことができる。インド、インドネシアへの調査旅行のなかでも、自分が責任を負っている課題について沈思したい。

9月16日(木)

インドのムンバイ(ボンベイ)に向かう機内で書いている。成田から乗るべき飛行機を見て「小さいな」と思った。航空会社の関係者に聞いたところ、客席は36だという。日本国内では130人ほどの座席で運行しているそうだ。ムンバイに到着すれば、そこから首都のデリーに向かい、到着は23時55分。私たち参議院議員(民主党3人、自民党2人)の目的は「インド及びインドネシア共和国における環境・気候変動政策等に関する実情調査」である。

その資料を読み疲れたいま、激しかった代表選挙を振り返っている。興味深かったのは、菅直人、小沢一郎というリーダーの素顔を間近で垣間みたことだ。昨年の総選挙時に選挙アドバイスでは小沢さん、街頭演説では菅さんの優れた資質を実感した。小沢さんは長年の政治家として、あるいは田中角栄側近として培った選挙ノウハウを体現していた。

「一日に50回演説することを目標にしてください。1か所は3分から長くて5分。誰も聞いていないと思っても、どこかで聞いていますから」と最初に言われた。まさしくその通りだった。さらに選挙戦に入ってからは独自の調査に基づいて私の活動の現状と課題を指摘してくれた。

菅さんはいっしょに街頭に立ってくれた。大山のハッピーロード商店街を歩いたときには、その人気ぶりに驚いたものだった。しかしこんどの代表選挙で何度かお会いした2人からは、その政治観を知ることとなった。公開質問状の回答を官邸で受け取ったとき、菅さんは「私はどちらかというとテーマ主義なんです」と語った。

薬害エイズ問題に象徴されるように、菅さんの政治家としての歴史は、そのときどきの課題に果敢に立ち向かうものであった。何度かいただいた電話では「現職総理としての発言の難しさ」も具体的に聞かされた。小沢さんからは時代を大づかみに捉える「政治的握力」を見た。政策実現のためには自民党や公明党はおろか共産党との協力まで言及したときには驚いてしまった。懇談で聞いた「このままでは日本がどんどん壊れていってしまう。閉塞感からナショナリズムがさらに高まれば、危険だ」との認識にも納得したものだった。

選挙の結果は菅さんが勝利した。しかし時代が求める深刻な課題の解決はこれからだ。私の課題である拉致問題の解決についても、すでにして「書けない」ことがある。こう書くこともこれで終わりにする。日本の再生と新生のために、私たち政治に携わる者は「いま」を駆け抜けなければならない。

9月17日(金)

昨夜デリーのホテルに着いたのは午前0時を過ぎていた。「もてなしでクーラーを強くする傾向がある」と聞いていたが、まさにその通り。震えるほどの寒さにスイッチを切り、ホッとして缶ビールを飲む。

朝は8時半から堂道秀明大使から政治、経済、環境などインド情勢を聞いた。12億を超える人口で8％の成長を続けるインドは、アジア3位の経済国だ。携帯電話の増加は月に1500から2000万で、加入者は6億台で世界第2位。「中間層」が増えているといっても年収20万ルピーから100万ルピー（日本円にして40万円から200万円）。それでも携帯電話、自動車、家電製品などの売り上げは20％、30％と伸びている。食糧自給率も94％。このインドと日本はすでに地下鉄建設などで協力関係にあるが、このたびEPA（経済連携協定）を結び、10年以内に往復貿易額の約94％の関税を撤廃する。

大使に話を聞いたあと、移動してジャイラム・ラメシュ環境森林大臣と懇談。驚くほど老朽化したビルにある環境森林省にはびっくり。一階では古すぎて工事中の部分もあった。立派なのは、首相官邸、防衛省、財務省だという。人口13億に近いインドは、毎年1000万人の人口増だ。今後は教育、都市化、経済成長でいずれ落ち着くとの見通しだという。「牛を食べない」など「食糧安全保障」が必要との発言に、最初は冗談かと思ったが、そうではなかった。牛を飼育するには穀物が人間の7倍は必要だという。CO_2の排出量は日本が4・3％に対してインドは4・7％。ちなみに世界1は中国で21％、2位がアメリカで20％、3位はロシアで5・4％。4位がインドで、日本が5位だ。13億近い人口の半分が25歳以下。貧困層も2億人を超えているという現実がある。

昨夜到着したムンバイの人口は約1500万人。飛行機が空港に着く直前にはスラム群が眼に入った。今日もITCグリーンセンター、ヤダフ合同組合（ネルー元首相も参加していた）などの視察途中にスラムを間近に見ることができた。ここで暮らす子どもたちの夢は何だろうか。夜に大使公邸で行われた現地邦人との食事会で聞いてみた。堂道大使がかつてスラムの子供たちを公邸に招いて話を聞いたとき、子どもたちは眼をキラキラと輝かせながら看護師や教師になる夢を語ったという。「現実が厳しいから夢に逃げるしかない」のか「現実が厳しくても夢があるのか」。私は後者だと思っている。かつてベトナムの子どもたちの輝く瞳を見たときと同じである。インドはいずれ世界一の成長を達成するだろう。

9月20日(月)

サザンの「真夏の果実」などを聴きながらデリーからクアランプールに向う機内で書いている。ゴールドマン・サックスの予測によれば、インドは2032年までに日本を越える経済大国になり、50年には5％以上の経済成長を続ける世界で唯一の国になるという。そのときインド経済はアメリカの4分の3の規模になるというのだ。垣間見ただけでもそうしたエネルギッシュな息吹を感じることはできた。「マルチ　スズキ　インディア」を視察したときにもそう思ったのは、インド人の勤勉さだ。

7846人のインド人が働く工場を見学すると、そこには大部屋食堂、ユニフォームなどに象徴される「日本的経営」が息づいていた。昨年は100万台、今年は120万台の製造で、日本国内での台数を超える。ラインで働くインド人を見ていると、きびきびと働いているだけではない。視力や聴力がすぐれているのだろう。点検時に問題を発見する比率が日本よりも高い。人口が多ければそれだけすぐれた能力を潜在的に持っている人間が多いということだ。

三菱製の地下鉄を降りてオールドデリーを歩くと、そこはまさしく「人間の海」。1988年にはじめてベトナムを歩いたときよりも驚いた。藤原新也さんが撮影した「逆立ちした男」のような、どこか「哲学している」ような人物があちこちにいるのだ。気だるい動きをする犬までもが、何があっても動じることない哲学者のような挙措振る舞いに見えてくる。どこでも工事が行われ、車のクラクションは途切れることがない。きっと高度経済成長期の日本の街並みのフィルムの回転速度を速くしたようなものではないか。ならば矛盾もさらに深まるはずだ。貧困を克服する「包括的成長」とはいうものの、都市と農村の格差をはたして解決できるのか。都市部でもスラムをなくすというのだが、それは可能なのか。日本大使館のある方は「もっと無償援助を」と個人的意見を語っていたが、そうだとは思う。しかし日本の経済事情がそれを許さない。

物質的豊かさという「パンドラの箱」を開けてしまえば、そこに待っているのは、さらなる欲望の向上である。だからこそインドでも建国の父である「偉大な魂」マハトマ・ガンジーの「たとえ物質的に貧しくとも精神的に豊かに生きることが重要だ」と説いた思想がいまでもインド人を刺激するのだろう。

インドは農村が8割だ。１９９1年ぐらいから市場が開放されたため、綿花栽培農家は中国やアメリカからの輸入によって大打撃を受けた。遺伝子組み換え種子が入ってきたものの、肥料代が高くつき、収穫したものの、市場価格には追いつかない。デカン高原から車で4時間の距離にあるビダルバ地区では1年間に１０００人の自殺者が出るほどだった。そうした農村の実状については『インドの衝撃』（NHKスペシャル取材班、文春文庫）に詳しい。インドの非識字率は国民の3分の1。日本人全体よりも多い。こうした現実を見つめたとき、スラムの子どもたちの輝く瞳と希望の根底には、貧困からの脱出と「家族を楽にさせたい」という現実的な願望があるように思えてきた。深夜、クアランプール経由でジャカルタに到着。

9月23日(木)

インド、インドネシアから戻ってきた。16日からの旅は、参議院重要事項調査第1班による環境調査が目的だった。団長には民主党の広野ただしさん（比例区）、団員は牧山ひろえ（神奈川選挙区）さん、自民党から山田俊男さん（比例区）、末松信介さん（兵庫選挙区）、そして私だ。参議院からは環境委員会調査員の金子和裕さん、委員部から持永和将さんが同行、総勢7人の調査団だった。地球温暖化などについてのインド、インドネシアの取り組みは、年内に国会に報告書が提出されるので、このブログでも紹介する。私にとってはこれまでに書いたように「そこに生きる人たち」の印象が残っている。

インドではいまでも脳裏に蘇るように、どこでも車のクラクションがまったく途切れることがなかった。ところがジャカルタでは、車の往来は多くとも、ほとんどクラクションは聞かなかった。都心に続くハイウェイでも高層ビルの林立など「成長のインド」に遜色ない、いやむしろ発展しているようなジャカルタ市内であった。アジアでの経済発展も、こうして見れば、それぞれの風土に対応した進み方をするのだろうと思えた。日本型経済成長が「お手本」ではないのだ。私にとって新鮮な経験は、外務省の大使、公使、書記官たちとの交流だった。「官僚」の仕事ぶりは見事なまでに献身的で、気持ちのいいものだった。政治家が主導して政治を進めるということは、官僚のすぐれた資質を充分に引き出すことだと実感した。

たとえば財務省の筋書きで「仕分け」を行うだけでなく、いずれ警察組織などの裏金などにも切り込むには、政治家のイニシアチブがなければならない。それが本当の政治主導なのだ。ジャカルタでは偶然だがスズキの鈴木修会長兼社長にお会いした。「民主党を応援していたのに、これではダメだ」と言われた。それには理由がある。

鈴木さんはいまでも中小企業時代の精神を経営に活かしている。たとえばカラーコピーをやめ、ホッチキスも共有することで何億円もの無駄を省くことができた。日本もぞうきんを絞るように徹底して無駄を省けば、もっともっと財源はあるということだろう。またぞろ消費税論議が全面に出てきそうな政治は、菅直人首相がつい先日語ったように「前のめり」なのだ。

9月25日(土)

ジムで体重を計ると1・7キロも増えていた。インド・インドネシアへの旅では移動時間が長いため、飛行機や車に座りつつ、食事だけは3食きちんと取っていたからだろう。意識的に歩かなければ大変だ。尖閣列島で逮捕された中国船船長が釈放されたことについてツイッターにこう書いた。

中国船長釈放が本当に那覇地検だけの判断だというなら、政府は国家主権の侵害を放置、容認し

たことになる。政治判断があったなら、それを明らかにすべきだ。逮捕に覚悟とヴィジョンはあったのか。露呈したのは「なかった」ことだ。藤原新也さんいうところの「無政府」である。

いま明らかになってきていることは、船長の逮捕や釈放に政治が関わっていたであろうことである。毎日新聞は首相官邸筋の話としてこう書いている。「尖閣諸島問題では危機対応マニュアルで何通りものシュミレーションができている。このケースは現行犯逮捕だったが、仙谷由人官房長官が渋った」。危機対応マニュアル通りではなく、中途半端な対応だったというのだ。外務省や法務省も「検察の責任にするのはどうか」と政府に批判的だ。

海上保安庁が違法行為を行った中国船船長を逮捕したことは当然である。すかさずビデオを公開すべきであった。さらには起訴して法に基づいて裁判を進めなければならなかった。政府筋はしかしそれでは日本製品の不買運動や国交断絶までありえたとする。拘束されたフジタ社員も最悪の場合は死刑になり、レアアース輸出措置も滞ったままで事実上の禁輸だというコメントを流した。そうした危惧を解決することこそが外交力だ。ここで大切なことは原則である。尖閣列島は日本領土であるから、中国船の違法行為は日本の法律に基づいて厳正に対処する。日本にとっての領土問題とは北方領土と竹島だけだ。これが基本原則である。そこに中国が圧力を行使してきたなら、主権国家として外交努力をしつつ、福沢諭吉が唱えたように「痩我慢の説」による「抵抗の精神」を毅然として発揮しなければならない。

9月26日(日)

一気に秋が来たかのような爽やかな一日。石神井公園でも歩くかなと思ったものの、時間切れ。石川知裕議員が主催し佐藤優さんを講師に月1回議員会館で行われる勉強会の準備。テキストはマルクスの『ルイ・ボナパルトのブリュメール18日』(平凡社ライブラリー)。20代に読んだのは大月文庫版で「第2版」。平凡社版(もともとは太田出版刊)は「初版」で、マルクスの辛辣で巧みな形容詞や風刺が削除されず残されている。とはいえ1848年前後のフランスの歴史を知らないから理解するにはなかなか難解だ。2月革命で第2共和制が生まれ、ルイ・ボナパルトが選挙で74%の支持を得て大統領に就任。さらに2年後にクーデターを起こし、議会を解散、戒厳令を敷いた。それでもクーデターの是非を問う国民投票では92%もの支持を獲得する。「大衆の熱狂」の源泉はどこにあるのか。これは現代日本政治を理解するうえでも必要な普遍的テーマだ。マルクスがいまでも有効なのは、偏狭なイデオロギーではなく、そこに歴史政治哲学があるからだ。

インドの旅は調査が目的ゆえに自由に街を歩くことができなかった。その「不満」を解消すべく「スラムドッグ$ミリオネア」を見る。公開時に見たかったものの、選挙準備で叶わなかった。スラムで育った子供たちの「夢の行方」がどこにあるのかが見事に描かれている。過酷な現実をテーマとしたゆえにラストシーンはこれでよし。

9月27日(月)

冷たい雨。猛暑から一転、すでに秋か。4時から議員総会。輿石東会長の挨拶で「所属委員会の通知があるので今晩から明日にかけて連絡が取れるようにしておくように」とのこと。「いつかけても留守電の人がいる」との話に笑いが広がる。ある衆院議員から拉致問題、脱北者問題で相談あり。午後7時から草加市文化会館で「埼玉3区」の集会。50分ほどの講演をおこなう。インド、インドネシアなどの人口増大社会との対比で日本の少子・高齢時代の行方を語る。ここは厚生労働大臣に就任した細川律夫さんの選挙区だ。会場がぎっしりなのは、大臣に就任した細川さんに会えることを期待してのことだろう。残念ながら多忙で出席できず。長男の運転で大山に戻り、10時ごろから遅い夕食。

9月28日(火)

所属委員会が決まった。参議院選挙が終わったとき、民主党参議院執行部から所属委員会の希望を求められた。そのとき、文教科学、予算、拉致問題特別委員会と書いて出した。厚生労働委員会は希望者が多いことや、決定は参議院3役によって行われ、最終的には輿石東会長が決済すると聞いていた。文教科学を希望したのは、重粒子線治療施設の普及や教育問題を深めたいと思ったからだ。議員会館に森ゆう子さんから電話があったとの知らせを受け、国対に電話をすると、所属委員会が知らされた。法務委員会、予算委員会、拉致問題特別委員会だという。法務委員会とは意外だった。予想もしなかった。しかし決まった以上は全力を尽して取り組むつもりだ。

拉致問題対策本部から組織と取り組みの現状などを聞き取り。「可視化議連」で郷原信郎さんの「検察官による証拠改ざん事件と特捜検察の構造的問題、取調べ可視化問題」と題した講演を聞く。前田恒彦検事のいう「時限爆弾」とは、弁護人が「検察の構図とFDデータの矛盾」を主張することを封じる目的だったのではないかと分析。新橋で雑用を済ませ、家族と劇団四季「海」で「55Steps」を観る。

9月29日(水)

東京ブルーリボンの会が主催して議員会館会議室で行った拉致問題の集会に出席。横田滋さん、早紀江さんがそれぞれ10分ほど語った。いつも思うことだが、重い苦渋の経験から発せられる言葉には圧倒的な説得力がある。国会議員は平沼赳夫さん、原口一博さん、衛藤晟一さん。私は民主党代表選挙で拉致問題についての公開質問状を菅直人、小沢一郎両氏に提出し、回答を得たことを報告。集会後には北朝鮮向けに流されている短波ラジオ「しおかぜ」で拉致被害者に向けて「思い」を語った。そのあと佐藤優さんが講師を務めるマルクス「ルイ・ボナパルトのブリュメール18日」の勉強会に出席。マルクスによるフランス2月革命当時の議会分析を日本の現状分析と対比して解説する佐藤さんの視点は新鮮だ。終了後は赤坂に移動。韓国大使館Cさんと懇談。韓国の官僚は定年が55歳だと聞いて驚いた。一部官僚でも60歳まで。やはり天下りはあるようだ。北朝鮮情勢について意見を伺う。

9月30日(木)

もう10月か。会館事務所で事務を終えていくつかの所用。神保町に出て「萱」で夕食。常連の重森ゲーテさんが23日に亡くなったことを知らされていたけれど、顔を出すことができなかった。

重森さんは作庭家・庭園史家の重森三玲さんの三男で、名前は執氏（ゲーテ）。長男は完途（カント）、次男は弘淹（コーエン）、三男が執氏（ゲーテ）、四男は貝崙（バイロン）長女は由郷（ユーゴ）だった。「こんな名前やからいじめられたよ」というゲーテさんの京都弁が懐しい。奇才の三男があっという間に去っていった。享年74。残念でならないが、人間の別れはこんなものかもしれない。勢いで「家康」。名古屋市長の評価が分かれる。市長は現代の「極小ボナパルト」ではないか。そんな疑問もあるが、しばし注視したい。時間ができたので「十三人の刺客」を見る。「義」のために生きることに共感。

2010年10月
OCTOBER

横田早紀江さん北朝鮮向けラジオ放送「しおかぜ」での訴え

10月3日(日)

福岡から戻ってきた。金曜日には議員総会のあと本会議と拉致問題特別委員会に出席。午後は四ツ谷で行われた霊感商法被害弁連全国集会で挨拶。統一教会が「拉致だ」「監禁だ」などと騒ぎ立てている問題についても、結論だけ語った。「12年も監禁された」などと告訴がおこなわれ、政治家などの圧力などもあったため、警視庁は捜査本部を設置。東京だけでなく全国の関係者を徹底して捜査した結果、「拉致や監禁には当たらない」との結論を出した。検察も同じ判断を下し、不起訴処分となったのである。捜査関係者は私にこう語った。「警視庁や東京検察がどれほど徹底した捜査を行ったかを統一教会は知らない。だからいまでも不当だと言い続けているんですよ」。それに加えていえば、霊感商法に当局が厳しい対応をとるようになり、信者のなかでも動揺が続いていた。そこで組織固めを必要として持ち出していたのが、「拉致・監禁」キャンペーンなのだ。

集会から国会に戻り、3時からの本会議で菅首相の所信表明演説を聞いた。驚いたのは最初から最後まで汚い言葉の野次が続いたことだ。テレビ中継ではそれはわからない。声が裏返った野次を飛ばしたのは旧知の女性議員。国会に来て挨拶をしたとき、人相が変わったなと思ったが、精神がどこかで転換したのだろう。「じゃねーかよー」などという言葉使いを聞くほどに、政治家以前に人間としての未成熟を感じた。はじめて本会議に出たときもそうだが、10時の開会時間になっても、私語を交えながらぞろぞろと入ってくるのは自民党議員。まるで崩壊学級の様相なのだ。羽田空港の待合室で民主党の先輩議員に野次について聞いたところ、「前はもっとひどかった」と言われた。その核心は相手を打倒するということなのだろう。これが政党間闘争の現実だ。2日には博多、黒崎、小倉で街頭演説。小倉では多くの方が立ちどまってくれた。夜遅くに中洲の餃子屋「武ちゃん」でホッと一息。

10月4日(月)

議員会館事務所で資料を読み、夕方おこなう海事振興連盟での講演準備をしていると、共同通信記者から連絡があった。小沢一郎元幹事長に対する検察審査会の議決が公表されるからコメントをという。しばらくして記者が来訪。結論は「起訴されて裁判となるがすぐに無罪で終わるだろう」に尽きる。根拠は検察が「小沢＝金権＝悪」の作られた世論を背景に1年半にわたって徹底捜査したにも関わらず、2度も不起訴とせざるをえなかったからだ。強制起訴とはいえ、何も新しい証拠があったわけではない。検察審査会は小沢さんが手持ち資金4億円を政治資金収支報告書に記載しなかったことを容疑に追加した。1回目の審査内容を超えて議決したことは起訴の有効性を損なう。問題は「ここぞ」とばかりに離党や辞職勧告を狙う議員たちだ。「現場を歩け」と忠告したい。小沢問題は裁判になる。そこで証拠も明らかとなり、不起訴とされた理由がはっきりする。ならばそれを待てばよい。いま権力闘争をしようとの意志ある者は、日本の窮状に目をつむることになる。札幌のタクシー運転手たちは「誰でもいいんです。いまの経済を良くしてくれれば」と一様に語っていた。

永田町の論理が内向きになり、日本の現状から乖離するほどに、閉塞感は増していく。街場を歩いて感じることは、世相があまりにもギスギスとしてきたことだ。3年前といまとでは大きく違う。「捨てゼリフ」が多用される短絡社会が広がりつつある。「いまのままではナショナリズムが高まり、日本は危険だ」(代表選時の懇談での発言)という小沢一郎さんの危惧を私は共有する。

先日も福岡の三越前で街頭宣伝をしたとき、自転車に乗った男性が語りかけてきた。「あなたは帰化人なんですか」。それからしばし差別用語で中国を罵倒しはじめた。小倉でも同じような差別発言を繰り返す男性がいた。閉塞を開放しなければならない。それが政治の役割である。

ところが世論＝空気は特定の「敵」を作り上げ、そこに向って旗を振る。マスコミがそれを煽り続ける。「小沢氏　強制起訴へ」「地に落ちた『剛腕』」との大きな見出しの号外を出した「産経新聞」は、まるで田中角栄元首相が逮捕されたときのようなはしゃぎぶりだ。政治家がこうした空気に影響を受けて蠢動し、野卑な感情を覆い隠すために「論理」が利用される。いま日本の総合的精神の在り処が問われているのだ。

10月5日(火)

小沢一郎元幹事長に対する検察審査会の「強制起訴」議決をきっかけに、同会のあり方を根本に戻って検討すべきだ。私は「小沢派」でも「反小沢派」でもない。いま語れば「小沢擁護と言われる」と躊躇する議員がいるので、あえて書いておく。

09年5月の改正検察審査会法によって、同じ事件で「起訴相当」が2回議決されれば、容疑者は自動的に起訴されるようになった。小沢元幹事長に対して検察審査会に訴えたのは、強固な特定イデオロギーを持った人物。つまりは検察審査会の仕組みそのものが政治的に利用された。しかも議事録さえ公開されないのだから、いかなる議論があったのかを国民は誰も知ることができない。政治的利用が事実として明らかとなったからには、「強制起訴」が正しいのか、もともと業務上過失などを念頭に置いていた審査会の対象が限定されなくていいのかを改めて議論すべきだ。「不起訴不当」議決で検察が起訴あるいは不起訴を決めるということでいいのではないか。明日は朝の8時から民主党法務部会がある。身体がなまってきたので、いまからジムに行ってくる。

10月6日(水)

朝7時半に議員会館へ。8時から衆議院第2議員会館多目的会議室で第1回の法務部門会議。法務省の担当者から臨時国会提出予定法案について説明があった。その後、大阪地検特捜部による証拠改ざん問題について議論。私は前田恒彦検事の個人的犯罪でなく、上司にまで逮捕者が出たことは、背景にある体質にまで鋭いメスを入れるべきと語った。なぜなら前田検事は書き込みソフトの銘柄を具体的に説明するなど、同僚検事に証拠改ざんを誇っていたからだ。

そうした背景を見れば、前田検事がこれまで扱ってきた裁判、そこで得られた供述にまで再検討が求められている。そうした体質を検証するのに最高裁だけで可能なのか。第三者委員会の検証が必須だ。

会議が終わって国会図書館の議員閲覧室へ。国会周辺をしばし散歩。午前中だけでも5000歩ほど歩いた。

国会内で西川きよしさんとばったり遭遇、短い立ち話。テレビクルーがいたので何かの撮影なのだろう。衆議院議員会館の会議室で鈴木宗男さん、佐藤優さんの対談「検察と外交」を聞く。会場は民主党だけではなく、自民党、社民党の国会議員やメディアも出席して満席。いくつもの新しい視点が出されたが、鈴木さんが主張するように、検査審査会も可視化すべきという提案に同意する。尖閣諸島問題での対応では、「政争の具とすべきではなく、領土という国家主権に関する世論を形成すべき」というのが両者共通の主張だった。平成10年の沖縄県知事選挙時に官房機密費が3億円出されたことも鈴木さんは暴露、野中広務官房長官（当時）との会話も披露したが、このテーマは時間切れ、次回となった。会場には『酔醒漫録』の版元「にんげん出版」の小林健治さんや解放出版の多井みゆきさんの姿も。小林さんからは新刊の筆坂秀世・宮崎学『日本共産党vs.部落解放同盟』、大窪一志『アナキズムの再生』（いずれもモナド新書）を献本していただいた。地下鉄で帰るというお2人と別れて参議院に戻るところで、再び遭遇。慣れないと道を間違えるほどわかりにくい構造なのだ。

10月7日(木)

9時半からの議員総会に続いて参議院本会議が開かれた。菅首相の所信表明演説に対する質問のトップバッターは自民党の小坂憲次さん。「参院選挙の結果、直近の民意は自民党にある」と事実無根の自画自賛からはじまった。小坂演説に呼応して閣僚席に対する野次が続く。さまざまな政策テーマについて質問が続くが、いずれも予想内のもので意外性がまったくない。言葉の深度が浅く、表面的だから面白くない。「検察の暴走とばかりいえない」と昨今の情況を評価したのは、「小沢問題」に持っていきたいから。閣僚のなかにも代表選で小沢一郎元幹事長に投票した者がいるとの指摘。そのあとに続いた言葉は、「機会があればお聞きしたい」で終わり。これが原稿ならば編集者はこの部分はばっさり削除する。まさに蛇足。

菅首相は答弁のはじめ、グラスに水を入れた。すかさず「早く飲め！」「早く読め！」の野次。しばし罵声の発生源を観察した。眼を三角にして吠え続ける者。両手をだらりと左右に下げてだらしない姿勢で叫んでいる者。その顔姿が固定化してしまうのではないかと心配になるほどの形相だ。これが「良識の府」の現実である。

本会議の雰囲気を思い返しつつ歩いていて、丸谷才一さんの『あいさつは一仕事』のなかの「趣味のよさと論理的な思考」を読み直した。丸谷さんが旧制新潟高校時代の友人を偲んだ挨拶だ。美術史学者の中山公男さんに触れてこう語っている。戦後の日本が基本的人権や言論の自由など「すばらしい」ものを手に入れた一方で、失ったものがあるというくだりだ。

しかしそれと引き換へにしてのやうに、日本は趣味のよさを失ってしまつた。上品で優雅な感覚が大事なものでなくなり、庶民的とか生命力とかキッチとかいろいろ称して、ガラの悪さが横行す

る世の中になつた。その時代に逆らつて悪趣味を嫌ひつづけた気品の高い批評家、志のある知識人が中山公男でありました。

参議院だけではない。いま日本に求められているのは「気品の高さ」の復権なのだ。

10月7日(木、夜版)

今年の参議院選挙で新人として当選したのは13人(3年前は33人。ここでも「惨敗」という事実がわかる)。その同期懇親会があった。「会長」は最年長だけの理由で私。会の名称を3つ提唱していたが「紅玉会」(ルビーの会)に決定。当選した13人。その数字は「ルビー」を意味して日本語にすると「紅玉」。多数決でそうなった。

夕方の新橋。駅の近くに個人経営の立ち食い蕎麦屋がある。そこでわかめ蕎麦を食べた。店主と会話。「タクシーの運転手さんもよく来てくれるんです。年金だけでは食べていけないから週に2、3日タクシーの仕事をして7万円から8万円を稼がなくてはいけない。ぼやいていますよ」。

蕎麦屋もチェーンでないからここ数年売り上げは3割り減ったという。「景気はよくなるんでしょうか。お願いしますよ」と言われ、厳粛な気持ちになった。権力闘争をしている時代ではないだろう。「救国」という言葉を現実のものにしなければならない。明日もまた本会議で「この国の行方」が議論される。

10月8日(金)

今日の本会議は午前中が公明党、みんなの党、民主党、午後から自民党2人の代表質問が行われる。さっき午前中の会議から戻ってきた。「ほら吹き」など相変わらずの野次ばかり。公明党代表が演説していても、自民党席からは閣僚に向って野次が飛ぶので、まるで代表質問者に対するものに聞こえてしまう。

「地域主権」の言葉に反応する議員からは「主権は国家にある!」などとの野次もあり、その認識に唖然とするばかりだ。拉致問題に対する菅首相の答弁は、私の公開質問状に対しての回答とまったく同じで、そこには「肉声」が込められていない。金太郎飴のような答弁を超克する必要を感じる。答弁の先で聞いているのは国民なのだから。私にとっての注目は最後に20分与えられた片山さつきさん。今朝の「朝日」では論戦について本人の弁がこう紹介されている。「キャンキャン言ってもダメ。女性は上品に言う方が通じるのよ」。さてどうなるか。

札幌に向かうANAの機内で書いている。午後の本会議では「キャンキャン言ってもダメ。女性は上品に言う方が通じるのよ」と語った片山さつきさんの演説を聞いた。

パープル色のジャケットを着た片山さんは「キャンキャン」でなく、微笑みながら、ときに両手を広げ、ときに人さし指を立ててジェスチャーたっぷりに語った。しかし口調はといえば、ご本人は「上品」と思っていたのだろうが、急に小声になったり、大声になったりと、芝居がかっていて、なかなか議場を楽しませた。やがて時間配分を間違ったことに気付いたのだろう。とても早口になって内容を追うのも大変だった。私はときどきだが、元夫の舛添要一さんの様子を観察した。壇上に立つ片山さんを見ようとはしていない。しかし片山さんが思い入れたっぷりに語り出し、議場がざわついたときには、頭を左右に振って恥ずかしそうにしていたことが印象的だった。

政治は政治哲学（理念）と政策を闘いの基本とする。その体現の場としての国会では、言葉を武器とした闘争がおこなわれる。「言うは易し、行うは難し」。私にとってはおそらく拉致問題特別委員会での質問が最初となるだろう。認識を深めつつ言葉の鮮度を研いでいかなければならない。3日間の本会議場でそんなことを思っていた。

10月9日(土)

札幌にいる。北海道5区補選の応援のためだ。参議院本会議の野次や演説の有り様についてもっぱら書いてきた。それは言葉＝精神であり、「演説の行方」が政治の質を典型的に表現しているとの問題関心からだ。菅首相の所信表明、各党代表による代表質問は、経済問題や尖閣諸島をめぐる中国との問題など多岐にわたっていた。しかし残念ながら私の感想では言葉に勢いと深みがない。同じ質問をほとんど同じ言葉で繰り返す野党議員。対する菅首相も用意された答弁書をそのまま読み続けるのだから、メリハリも肉声もほとんどない。肉声が聞こえるのは感情的に反発するときぐらいだ。これでは議論は深まらない。言葉が言葉に交わらない一方通行。「物語」としての演説は可能なのだと思う。聞いていて関心を引く内容と論理、そして言葉である。

10月11日(月)

わが地元である大山を歩いた。「そこの家賃は120万円なのよ、あそこは40万円」とハッピーロード商店街。「中国には弱腰だよね」とは喫茶店のマスター。ある電器店が近くパチンコ屋へ変貌。歩くほどにさまざまなご意見。すべからく「何とかせよ」。私の看板が選挙時の悪戯だけでなく当選後も破壊されたことについて相談。「犯行者」についてもだいたい目星がついてきた。「次の総選挙にも出てね」とは何人かからの要望。「多奈べ」で民主党のNさんと雑談。

今日は長女推薦の映画「ショーシャンクの空に」を見て感じ入ること多々。「希望」があれば現実を打破することができる。「希望とは生命なのだ」。北朝鮮によって拉致された横田めぐみさんたちも、数奇な許すことのできない人生を強いられながら、いまも「希望」の灯を絶やすことなく頑張っているのだろう。北朝鮮新体制はいかに変化していくのか。金正恩「後継者」の日本語家庭教師は誰だったのか。金正日の料理人だった藤本健二さんは横田めぐみさんだった可能性を語るが、闇は深いままだ。

10月12日(火)

衆議院予算委員会の昼休みに岡田克也幹事長と参院議員(10人)との懇談があった。幹事長室に入るのは昨年11月に小沢一郎さんと移籍を話しあったとき以来だ。岡田さんとの懇談では「陳情という言葉も変えた方がいいんじゃないか」という意見も出た。私は「質問主意書」を出すことはできないのかと聞いた。政府と一体化しているので、いまでは難しいのだ。しかし国会法で決められている議員の権利を行使できない現状は解決すべきことと思う。代表選時には菅さんにも同じことを訊ねた。菅さんも「検討する」と答えたが、いまだそのまま。岡田さんは「政府に批判的な主意書ばかり出るかもしれない」と答えたが、そこには一定のルールを設ければいい。国会に来て「永田町言葉」に違和感を感じていることも伝えたが、事務方が作成した文書（言葉）をそのまま使わない議員もいるという。政治文化を変えなければという岡田幹事長には賛同する。ならば言葉も変えていくことだろう。

国会横の星稜会館で民主党東京都連の15回大会。来春の統一地方選挙などでの方針が決まった。注目の都知事選は「都民の期待に応えうる候補者擁立をめざします」という抽象的な言葉にとどまった。長妻昭さんとしばし立ち話。私がコメンテーター、長妻さんがまだ議員ではなく候補者時代に池袋で飲んだ昔話。近くもろもろのことを話すことに。

人形町の「バーバーアリタ」。明治開業から3代目の有田芳男さんに散髪をしてもらう。「有田」で「芳男」と一字違い。80歳を超えた有田さんは、子供時代にお父さんが仕事をしているときのことを覚えている。「お客さんの話が江戸時代の想い出なんですよ」というのでびっくり。歌舞伎発祥の地であり、かつての吉原があった。子供時代の散髪をしてもらっているようで懐しかった。

10月14日(木)

チリの落盤事故からの救出シーン。69日ぶりの家族との再会を見ていて感動した。そしてすぐさま思ったことは、拉致被害者と家族のことだ。2か月どころか30年以上。当事者の失意は想像すらできない。できるはずがない。しかし「チリの奇跡的再会」が実現したように、何としてでも救出しなければならない。北朝鮮の後継者としての金正恩は外交などの任務にいまはつけないという。20代で出来るはずもないだろう。しかも「後継者」とはいえ、金正日が健在なうちは全実権を継承することはできない。後継体制は不安定。ならばいかに拉致問題解決のために動くのか。難問を解かなければならない。今日は参議院の予算委員会。朝9時から夕方5時までの7時間。これからやってくる質問の機会のために、すべてを吸収したい。さて委員会がはじまる。

午後5時半。7時間の予算委員会が終わった。ときに眠たくなったものの、しっかりと議論を聞かせていただいた。山本一太議員がノーベル平和賞を授章した劉暁波さんの釈放要求を菅首相に求めた。菅さんは「釈放されることが望ましい」というにとどまった。これまでの答弁に比べれば一歩前進。山本さんの質問を聞いていて、「こうした角度から質問すればいいのにな」と思うことがあった。全般的に汚い野次が続き、「ここが国会か。小学生にも見せられない」などと思わず言ってしまった。「覚えていろよ！」という野次もあれば、言葉尻をとらえた執拗な質問もあった。ある閣僚から「体質を変えるように頑張ってください」と言われるほどなのだ。予算委員会は明日もまた続く。いまから重要な会合がある。

10月15日(金)

予算委員会2日目。森ゆうこ議員の質問後半が興味深かった。テーマは検察審査会。当局の説明によると、10月15日までに市町村から400人（1から4類）がクジで選ばれる。そのなかから病気や70歳以上で辞退した人を除き、そこからさらにクジで審査員、補充員が22人選出される。このクジのときには検事と判事が立ち会うという。それでも疑問は平均年齢で30歳代が連続して選ばれる確率だ。「100万回のうち7回」とは普通に考えれば異常だ。そこに作為はないのか。しかも「強制起訴」されたとき、指定弁護士には検察と同じ権限が与えられる。それをチェックする機能も実際にはないことも明らかとなった。「小沢問題」の闇はまだまだ深い。午後は6時すぎまで委員会が続く。

午後5時45分。予算委員会が終わった。昼の休憩時に「ヤワラちゃん議員辞職情報」が駆け巡った。出所はある政党関係者。マスコミの知人たちに聞いても錯綜していた。「次の試合に出てから柔道を引退するらしい」「いや議員辞職ですよ」などなど。「次の大会に出てから議員を辞職する」といった意味不明の情報まであった。予算委員会が終わってみれば、実際には柔道の引退だった。わが「紅玉会」(ルビーの会)でも慰労会をすることになるだろう。委員会の感想いくつか。公明党男性議員の質問はこれまでの繰り返しが多くて深まらない。みんなの党の質問は、週刊誌記事の「関係者」コメントをそのまま読み上げるところもあり、情報認識に難点あり。共産党は閣僚席ではなく、しばしばテレビカメラの方を向いていることにいささか違和感。長時間これほど椅子に座っているのは、20代から30代にかけて編集者をしていたとき以来のこと。まさに「修業」だ。

10月16日(土)

六本木の「富ちゃん」を出てびっくりした。テレビをふくめて記者たち15人ほどが待っていたからだ。取り囲まれて聞かれたのはただひとつ。「菅さんとどんな話をしましたか」。菅直人首相と11時すぎまで飲んでいた。予算委員会が終わり、議員会館で雑務をこなしていたとき、秘書官から時間があるかと電話があった。2日間の委員会で疲れたのでジムで泳ごうかと思っていたときだった。とくに予定はなかったので快諾。店に先に着いて驚いたのは、道路などにすでにSPがいたこと。雑談3時間。総理の生活の大変さにしばし聞き入った。いちばん印象的だったことはさまざまな外交を進めるためにも1年程度で変わる政権であってはならないという菅さんの言葉だ。私の問題関心からいえば、たとえば拉致問題の進展も小泉政権という強い政治があってのこと。外交交渉相手の立場を考えればそのとおりなのだ。記者たちと別れると某記者から「長い時間でしたね」と電話。総理の情報はまたたくまに伝達する。どうせ朝刊の「首相動静欄」に書かれるだろうから、ここに記録しておく。

参議院予算委員会の質疑を聞いていて発見したことは、質問もまた「ジャーナリズム精神」が生きるということ。新聞や週刊誌の記事を読み上げて「これは本当ですか」と問うのは、ただの「御用聞き」質問だ。報道がある、それが本当かどうか、そこに隠されている事実を、自ら調査して、それを問う。それが当り前だと思うのだが、なかなかそうはなっていない。マスコミ受けを狙ったただ勇ましいだけの質問にそうした傾向がある。対照的なのは現場を歩いての実感ある質問だ。民主党でいえば森ゆうこさんの人工呼吸器についての質問、行田邦子さんの林業についての質問がよかった。予算委員会終了。菅直人首相との食事は2人だけの3時間。「何を話しましたか」と問われたとき、ある質問が来ることだけを恐れていた。同僚後輩記者たちを「ミスリード」するわけにはいかない。聞かれれば「そのことも話しましたよ」とだけは答えていただろう。ある文書を確認していれば気付いたはずでも、見ていなければ存在しないも同じこと。菅さんが恐縮していたのは、移動するにも20台ぐらいの車が動くということ。SPは万全の体制で総理を守る。店の外にも中にも待機する仕事は大変だ。「総理だからこそ言えないことがある」。私にとってもいい経験だった。

夕方まで原稿を書く。某テレビ局記者から電話。昨夜の菅首相との2人だけの会合への質問。事実ではないと返答。湯島の「岩手屋」で五十嵐茂さんと旧交を温める。こんどは茂木健一郎さんと謀議をしようと勝手に合意。ゆらゆらと池袋「おもろ」。店主のヒデキさん、同い年のクマさんとたわいない話でホッとする。北朝鮮関係の資料を読むが、問題は政治家の覚悟だと確信する。おそらく初質問は来週の拉致問題特別委員会。いま思うことは、国会でいくら質問しても事態はおそらく動かないこと。それでは自己満足だ。しかし問題の根源を追及する。行動はそこからだ。

10月17日(日)

成増の庶民的な「ヒルトップホテル」のサウナで汗を流す。「会長」から「板橋の民主党を一本化してくれよ」との注文。大山で板橋区民祭り。沖縄県人会で沖縄ソバの焼そばにオリオンビールで遅い昼食。民主党、自民党、社民党、みんなの党の区議にご挨拶。キムチとマッコリが美味しい「一力物産」で民団、朝鮮総連のメンバーと懇談。ハッピーロードを歩き、松屋甘味店で大学芋、大地屋書店で薮中三十次さんの『国家の命運』（新潮新書）を購入。

つい先日のこと。小沢一郎さんと日本酒を飲みながら食事をした。誰も知らないはずの小さな会合。ところが翌日に産経新聞記者から「何を話したんですか」と問い合わせがあった。小沢さんは誰と会っても公式のもの以外は否定をする。たとえ相手が「会いました」と答えた場合でもある。「ノーコメント」と答えれば暗黙に認めたことになる。それもできない。私の場合は取材者として取材者に「ウソ」は言えない。もちろん内容は言わない。のちに読売新聞記者にも情報が流れていたこともわかる。別の会合だが岡田克也幹事長が「どうして5人が会うことが流れているんだろう」とある新聞記事への疑問を呈していた。情報や取材とはそういうものだとは思う。しかし、不可解な経験であった。小沢さんが言っていたことをひとつだけ紹介する。

せっかく政権交代が出来たんだから、何があってもこれを続けなければならないんだ。

10月18日(月)

長妻昭さんの部屋で弁当を食べながら懇談をしてきた。長妻さんとはまだ彼が候補者だったときからの面識がある。池袋の居酒屋で政治についての四方山話をしたものだった。「ザ・ワイド」のコメンテーターとしても公務員改革などの企画についても相談したことがある。今日は国会議員の先輩として質問方法や党内での人脈、もろもろの対応について相談した。民主党内でも長妻―山井「福祉路線」がもっと大きな力にならなければと思う。「参加型社会保障」という哲学が図入りで紹介された平成22年版『厚生労働白書』はこれからの日本社会の見取り図でもある。

日本テレビ、「週刊文春」、北海道新聞、時事通信などの来訪あり。短い対応をしながら、午後は拉致問題の質問準備。20日午後に拉致問題特別委員会が開かれる。そこで初質問の予定だ。長妻さんから教えられたノウハウを実行してみる。「質問するときには質問が終わっている」という禅問答のような手法は、担当省庁に核心的な資料を請求することだ。しかも効果的に。質問ではある音声を使う予定だが、議事を担当する委員部では「前例がないからようだから検討する」と言われた。ところがいま返答があり、以前にも録音・録画を流したこともあるという。あとは理事間の話し合いだ。そこで広野ただし議員にお願いをした。

10月19日(火)

法務委員会で柳田稔法務大臣の挨拶などを聞いたあと、衆院議員会館で北朝鮮難民と人道問題に関する民主党議員会議員連盟総会に出席。北朝鮮の人権状況について「北朝鮮難民救援基金」の加藤博さんの話を伺う。加藤さんとは「週刊文春」などでご一緒したのだが、久々に再会。明日の拉致問題特別委員会の質問準備をしているが、外務省は「北朝鮮が相手だから」といった理由で組織体制さえ明らかにしない。拉致問題対策本部は公開するのに、外務省の対応はまったく理解できない。これでは本当に拉致問題に取り組んでいるのかさえわかりはしない。外務省の北東アジア課は瀋陽にある日本領事館に滞在する脱北者の人数さえ明らかにしない。人権問題にこれで取り組めるのだろうか。

午後5時。明日の質問のため、拉致対策本部、外務省、警察庁から来訪者7人。大筋の打ち合わせを行う。取材した事実を他者に語ればそれで終わったような思いになるのと同感覚。原稿を書くのが面倒になるように、自分のなかではすでに半ば解決したようでもある。もっとも質問の「すべて」をレクチャーしたわけではない。大臣からいくつかの確認を取ることが目的だが、さていかに。今晩は鈴木宗男さんとある問題について食事をしながら相談する予定だった。それが急きょ延期に。もう少ししたら気分転換にジムで泳ぐことにした。

午後11時。鈴木宗男さんとの打ち合わせが急きょ延期となったので泳ぎに行こうと思った。そこへ吉田類さんから「大山にいる」との電話。単行本の表紙の撮影で「多奈べ」に行くという。残念ながら委員会質問の準備があり断念。そこへ「週刊文春」の石井謙一郎さんから連絡。荻窪で宮村峻さん、韓国からの記者とともに雑談。みなさんと別れて「萬龍軒」で餃子を食べていたら朝日新聞記者に声をかけられる。

帰宅すると、まるで宝箱に包まれた中村稔さんサイン入りの限定300部の詩集『立ち去る者』(青土社)が届いていた。中村さんの存在を知ったのは辺見庸さんから。ひもを解いて上製本の詩集を開く。「後書」にはこうある。

この詩集は、世に問うというようなつもりではなく、私の作品に心をとめてくださっている少数の方々のために刊行することを決めたものである。

「少数の方々のために」という思いに共感する。中村稔さんは1927年生まれ。いま83歳だ。

10月20日(水)

昨夜からずっと質問内容を推敲している。電車のなかでも布団のなかでも。内容素材はそろったが、それを聞いている人が関心を持つように「物語」としなければならないと思っているからだ。他者の質問を聞いていて「もっとこうすればいいのに」と思っても、いざ自分のこととなると評論などできもしない。昨日、横田滋さん、早紀江さんに質問することをお知らせしておいた。すると今朝ほど電話があり、傍聴に来てくださるという。質問のための「最終稿」は昼前に完成したがいまから最終的点検を行う。

拉致問題特別委員会で30分の初質問。予定した項目はすべて語ったものの、最後の方は急いでの対応になってしまった。短波放送「しおかぜ」への財政支援の増強は、柳田稔大臣がきっぱりと認めてくれた。「特定失踪者」のひとりである木村かほるさんについての質問は、流れのなかで問題がどこにあるかを説明したつもりだが、本来ならもっと丁寧に時間をかけて行うべきだが、限られた時間では仕方がない。少人数の委員会でもブツブツと自民党席から大臣に野次が飛んでいた。「あれがない、これがない」式の質問は、仮にそうではあっても建設的ではない。たとえば大臣がブルーリボンを付けないのはけしからんといった批判も、半ばわかる。しかし拉致問題解決で実際に行動するために「あえて」つけないこともある。それが戦略であるときもある。アリバイとしてのブルーリボン、決意としてのブルーリボン。それぞれであって「踏み絵」としてのブルーリボンであってはならない。必要なのは行動なのだ。

【拉致問題特別委員会（10月20日）。委員会内のみで流された横田早紀江さんの訴え】

北朝鮮にいる横田めぐみちゃん、元気にしていますか？

お母さんですよ。

あなたがいなくなって長い間本当に捜しました。どんなにみんなが悲しんだかわかりません。けれども、あなたがそこにいるってことがわかって、わたしたちは必ずめぐみちゃんを日本に帰そうと一所懸命にがんばってきました。

ただ、身体を壊さないで欲しいのです。必ず逢えるから。

家族みんながあなたの帰ってくるのを待っていますし、たくさんの日本の方も一所懸命にそれを願っています。

めぐみちゃん、明るいあのめぐみちゃんが、あのままのめぐみちゃんが元気で帰ってくることを毎日、毎日たくさんの人と一緒に神様にお祈りしていますよ。

必ずそのことが実現することを、もうすぐだと。
お母さんは確信しています。
がんばってね！
元気でいてくださいよ！
お願いします！

２００５年12月
横田　早紀江
北朝鮮向け短波放送「しおかぜ」より

10月21日(木)

国会への電車で週刊誌を読んでいた。「週刊新潮」の記事に眼を通していてコメントについて思うところあり。〈庶民的「焼き鳥」より超高級「焼き肉」市民派「菅直人」美食日誌〉という記事だ。そこにこんな記述がある。〈直近では10月15日、有田芳生参院議員と『富ちゃん』で会食した菅首相、「芋焼酎の水割りを飲みながら、最後は一人前３０００円する『のどぐろ炊き込みご飯』に舌鼓を打った」〉。

「党関係者」によるコメントである。これがほぼ間違っている。焼酎の水割りなど飲んでいないし、炊き込みご飯は最後に出たが、少ない分量しか食べず、しかも「のどぐろ」ではない。どうでもいいことではあるが、コメントというものはこうした場合が往々にしてあるのだ。国会の予算委員会の質問で週刊誌の「関係者」コメントをそのまま読み上げている議員がいたので、あえてここに書いた次第だ。コメントもふくめて「すべて疑う」ところから調査（質問の前提）ははじまる。さて、いまから法務委員会。本館に向わなければ。

午後5時すぎ。来客多数の合間に書いている。午前、午後の法務委員会を挟んで、昼には参議院国対との会議。来週には法務委員会での質問の可能性が出てきた。土曜日には特定失踪者会の集会が都内で行われ、夕刻には仙台に向かい、日曜日に歌手の美波京子さんのショーでテレサ・テンについて語らなければならない。「調査なくして発言権なし」。その立場からいくつかのテーマを同時並行で調べつつ、原稿メモを完成させなければならない。どんなに短くとも数日間の時間は欲しい。ところが質問するかどうかが確定するのは25日だという。

事務所に李鶴来（イ・ハンネ）さんがいらした。「BC級戦犯」として死刑判決を受け、チャンギー刑務所で服役していたが、その後減刑された。わがライフワークである木村久夫さんと同じ場所で服役していたのだ。２００８年に「特定連合国裁判被拘禁者等に対する特別給付金の支給に関する法律案」が衆議院に提出された。ところが審議に入らないまま国会が解散となり廃案となる。65年経っても「戦後処理」が行われていないのだ。日本の政治の後進性はこんなところにも現れている。

10月22日（金）

参議院本会議が終わった。最初に自見庄三郎さんの在職25年の「永年在職」の表彰。まず輿石東議員の祝辞があり、自見議員の謝辞がなされた。壇上に自見さんが立ったとき、自民党席から「短く、短く！」と野次が飛んだ。すかさず「ひどいな」と批判の声。人生でも一入（ひとしお）の思いがある演説に対してこうした野次を飛ばす議員の品性を疑う。

20日の拉致問題特別委員会で、横田早紀江さんが短波放送「しおかぜ」を通じて北朝鮮にいるめぐみさんに訴えた音声を流してもらった。しかしそこで速記は止められ、院内放送でも放送されなかった。なぜなら自民党参院国対の反対があったからだ。早紀江さんのわが娘への呼びかけは真情深いもので、聞いていた柳田稔拉致担当大臣も涙ぐんでいた。こうした内容が国会放送で流されず、速記録にも残されない原因に大いに怒りを覚えている。

夜の11時前。表参道のインド料理店「ゴングル」で参議院重要事項調査第１班の「解団式」。9月のインド、インドネシア調査の打ち上げだ。民主党の牧山ひろえ議員の選んだ店は驚くほど廉価で美味しかった。団長の広野ただし議員、自民党の山田俊男議員、そして事務局の金子和裕さん、持永和将さんと2時間ほどの和気靄々。ひとり渋谷まで歩き、池袋「おもろ」で泡盛1杯飲んでいま。

今日の本会議のことをやはり書いておかねばならない。国民新党の自見庄三郎さんの永年在職記念の謝辞に自民党席から飛んだ「短く！」の野次。傍聴席には着物を着た奥様と子どもさん、親戚の方々が立ち上がって議場を見ていた。そこに放たれた汚い野次だ。品性を疑うというよりも「こんな程度か」と思うばかりだった。

たとえイデオロギーや世界観は違っても、人生の節目を迎えた先輩に敬意さえ表することもできない狭量。西岡武夫議長の祝いの言葉に共産党女性議員は拍手もしなかった。すべてが悪しき政治の毒にまみれているのだろう。一昨日の拉致問題特別委員会で、横田早紀江さんの愛するめぐみさんに訴える肉声を流すことに反対した自民党。昨日の法務委員会で東大阪署で行われた違法取調べの録音を流すことに反対した自民党。そこに政治的駆け引きはあれど、人間の尊厳への敬意はまったく見られない。明日朝には民主党女性衆議院議員の呆れた行為も書かざえるをえない。

10月23日(土)

秋晴れの爽やか。今日は「北朝鮮による拉致被害者救出のための集い～拉致被害者・特定失踪者問題へ理解と関心を～（仮称）」が東京都庁前の都民ステージなどで開かれる。式典は13時30分～16時30分。展示は10時00分頃～17時00分。主催は東京都、都議会拉致議連、特定失踪者問題調査会。

昨日のこと。参議院の議員会館の地下にはタリーズコーヒーが出店している。カフェラテを買おうと待っていると、みんなの党の松田公太さんが通った。私の姿を見ると店員に「ホイップ少しおまけしてあげてね」と声をかけた。しばらくしてのこと。店の横にあるテーブルに女性衆議院議員（民主党）が座って珈琲を飲みながらデニッシュを食べはじめた。その横で秘書は直立で立っている。いや他者から見れば立たされているといった方が正確だ。その感覚が理解できない。国会図書館に行き、議員閲覧室へ。著作を寄託してほしいと依頼されたので、国会図書館に所蔵されている私の著作を検索すると28冊だった。渡辺治さんの論文を読むため『憲法運動』『季論21』を取り寄せる。

中村稔さんの詩集『立ち去る者』（青土社）を繰り返し読んでいる。冒頭の詩は読むほどに横田早紀江さんとめぐみさんの苦難の人生とだぶってくる。

暗い哀しみに沈む母は
生から立ち去っていく受難の子を
とどめるかのように　子の背から胸に
いとしげに手をさしのべ　ついに
子をとどめられない嘆きにかきくれる

中村さんの詩はミケランジェロ・ブオナローティによる未完の遺作「ロンダニーのピエタ」と私たちの生を対照し、「私たちが立ち去るのは受難ではない」と綴る。母と子にあるのは「清浄な二つの精神の別れなのだ」。だからこそ「かれらの別れは永遠に未完なのだ」と結ぶ。早紀江さんとめぐみさんの強いられた「未完」の別れ。この受難を解決しなければならない。そろそろ拉致被害者と特定失踪者の奪還を求める新宿集会に行こう。

10月25日（月）

10月20日に拉致問題特別委員会で質問したことについての新聞報道を発見した。

【有田氏指摘　中国に足止めの脱北男性　母親が不明の木村かほるさんか】（２０１０年10月21日共同通信配信）

参議院拉致問題特別委員会で、中国国内の瀋陽日本領事館や北京大使館に現在も計十数人の脱北者が足止めされており、「母親が日本人拉致被害者」と話す男性がいるとの情報があるとして有田芳生参議院議員（民主党）が政府に情報を求めた。（以下略）

「週刊現代」のコラム「LOOK!」を読んでいて驚いた。タイトルは〈政治家引退〉の誤報に民主党議員が歓喜した谷亮子の不人気〉。「新人議員の一人がこの問いに答える」とコメントが続く。「10月6日に1年生議員を中心にした懇親会があったのですが、谷さんはそこには現れずに、別の場所で行われていた小沢さんの会合に顔を出していたのです。『やっぱり彼女は民主党には興味がないんだな』と思ってしまいます」。このコメントはまったくの捏造だ。まず懇親会が開かれたのは6日でなく7日。「1年生議員を中心にした懇親会」でなく「1年生」の懇親会。参議院議員の新人は13人。海外主張中の1人をのぞき全員が出席。谷さんは私の眼の前に最後までいた。「1年生議員」なら知っていることをこの「議員」はまったく知らない。したがって「週刊現代」コラムに登場する「新人議員」など存在しない。細かいことだが、こうした報道が積み重なることは信頼を自ら損なうものである。

10月26日(火)

法務委員会が終わった。質問冒頭にこんな趣旨を語った。

昨年5月からはじまった裁判員裁判ではじめての死刑求刑が行われ、司法への国民参加が大きな話題となっています。同じときからはじまり強化された検察審査会への関心も小沢一郎議員への起訴議決で高まっています。今日はこの検察審査会についてお訊ねします。まず前提としてお願いしたいのは、専門用語を多用した朗読でなく、だれにもわかりやすい言葉で説明していただきたいということです。作家の井上ひさしさんは「むずかしいことをやさしく　やさしいことをふかく　ふかいことをゆかいに　ゆかいなことをまじめに書くこと」をモットーとしていました。この委員会でも「むずかしいことをやさしく　やさしいことをふかく」説明していただくようお願いいたします。

ところが法務省の刑事局長などの答弁は、予想通りの専門用語の羅列ばかり。国会の政治文化を変えて行くのは並大抵のことではない。東京第5検察審査会で「小沢問題」を起訴議決した平均年齢は1回目も2回目もメンバーが変わっているのに、34・55

歳と同じだ。しかしこの組織は内閣からも独立しているため、内実はまったくわからない。会議の開催数、時間、内容なども会議録はあるのに公開する術がないのだ。当局は東京第5検察審査会の事務局が9人であること、コンピューターでクジを引く担当者は事務局長であることを明らかにした。しかし組織そのものの透明性、公平性を確保しなければ政治利用可能な余地が充分にあるということである。実体は内部告発や審査員を探し出して取材するしかない。

10月28日(木)

小雨の東京。地下鉄の入り口で若い区議候補がマイクで訴えていた。練馬、板橋で2年間こうした活動をしていたころを思い出す。

「週刊新潮」を読んでいてまいった。先週は菅直人首相と私が食事をしたときの事実誤認があった。2人とも「焼酎の水割り」など1杯も飲んでいないからだ。こんな小さなミスが今週もあった。ノンフィクションはディテールを大切にする。だからこそ細かい取材が必要だとあえて苦言を書いておく。「TEMPO」欄の「ケチな岡田幹事長だから『1年生昼食会』弁当の値段」という記事。岡田さんが昼食会を開いたのはそのとおり。記事にはこうある。

「なぜか、参加者は選挙区の当選者のみ。谷亮子議員は例外のようだが、比例単独の新人にはお呼びがかかっていない」。衆議院で昼食会が開かれたかどうかは知らない。参議院では今年の当選者を中心に開かれたのは事実だ。もし衆議院で昼食会が行われたのなら、この記事は「衆参」を混同している。谷さんは参議院で全国比例区の当選者。「比例単独の新人」といえば衆議院選挙のことだ。岡田さんとの懇談には、私だけでなく比例区当選者も日程は違えども参加しているから、谷さんが例外などではない。しかも「出席した議員」のコメントは「コンビニ弁当に毛の生えたような幕の内とペットボトルのお茶が出た」という。もしこの議員が実在するなら、「コンビニ弁当」を食べたことがないのだろう。しかも「ペットボトルのお茶」ではなく「缶入りのお茶」だ。参議院では弁当もお茶も毎回同じであった。「週刊新潮」とは長いお付き合いがあり、多くの記者といまでも面識がある。すぐれた記者とすぐれた記事も多い。だから惜しい。デスクが「ちょっと聞いてみたら」とアドバイスをしたり、あるいは校正担当がしっかりしていたら間違えないミスが気になった。さて、いまから法務委員会だ。

法務委員会が終わり議員会館に戻るとき、自民党の菅義偉さんに会った。菅さんとは昔ジムが同じで、それをきっかけに「オウム二法」の立法化で相談もしたものだった。午後からは「韓国・朝鮮人BC級戦犯」に対する戦後補償法案について打ち合わせ。会館に戻るとき、谷亮子さんから声をかけられた。週刊誌記事の誤りをブログで書いたことへのお礼を告げられた。新人議員では谷さんへの言及が多いが、横田早紀江さんの短波放送「しおかぜ」の北朝鮮向け音声を拉致問題特別委員会で再生したことについて（委員会では再生されたが院内放送では流されなかった）、ごく一部に「録音を流さないのは慣例だ」との意見がある。録音、映像の視聴事例を辿ると、古くは昭和39年7月31日の議院運営委員会で関西テレビのテープが「速記中止」された情況で流されている。最近では平成22年2月17日に国際・地球温暖化問題に関する調査会で画像が流された。ここでも「速記中止」だ。興味深いことに平成5年5月12日の決算委員会では「日本芸能史」というテープが流されたこともある。

このように録音や映像が委員会で流されるときには、速記を止めるのが慣例となっている。「速記中止」の場合は院内放送も行われない。委員会での録音や映像の使用は、昭和39年からいままで、少なくとも18例が確認されている。全委員会が放送で見ることができるようになったのは平成17年だ。衆院議員会館で佐藤優さん講師のマルクス「ルイ・ボナパルトのブリュメール18日」の勉強会に参加。

10月30日(土)

台風襲来予定の東京。ヨハネス・ブラームスを聴きながら「芸術百科」の原稿を書く。第1稿完成。至福の時間だ。夜は大山へ。来春の区議選や次期衆院選候補者の相談があるという。

今年もあと2か月。手帳で迷っている。ここ20年以上、人名簿が充実していて、紙質もいい「文化手帳」（潮出版社）を使ってきた。いまでもオウム事件当時の予定欄が真っ黒になるほど忙しかった手帳を手にすると、さまざまな想い出が蘇ってくる。野口悠紀雄さんの「新・『超』整理手帳」（現在は講談社）を使い、そのために特製のカバーを作ってもらったこともある。しかし２００６年の1年だけで使わなくなった。どうも相性が悪かった。とくに理由があるわけでもなく、感性的なものだ。今年も最初は「文化手帳」を使い出したが、すぐに「ティーズスリム」（高橋書店）に変えた。参議院選挙があるので、1か月の行動予定が一目でわかるものにしたかった。しかも財布を持たないので、紙幣が収まる大きさもよかった。黄色も好きな色だった。さて来年はどうするかと迷いつつ、昨日新宿の紀伊國屋書店で「ティーズスリム」の黒を購入した。ところが帰宅したら２０１１年版の「文化手帳」が届いていたのだ。今年のものは国会議員会館のデスクの上に置いてある。さてどうするか。手帳で惑うのもまた楽しい。

2010年11月
NOVEMBER

沖縄県知事選 伊波洋一さんを支持する

11月1日(月)

今日の午後3時以降あるいは明日に本会議が予定されていたが、いまだ決まらず。政治的かけひきとしての国会という次元ではなく、いま参議院のあり方が問われている。『日本国憲法』(童話屋)を開く。「第四章　国会」の冒頭は「第四十一条」だ。「国会は、国権の最高機関であって、国の唯一の立法機関である」とある。さらに「第四十五条」が衆議院、「第四十六条」が参議院についての規定だ。「参議院議員の任期は、六年とし、三年ごとに議員の半数を改選する」。衆議院議員の任期が四年であり、解散があることなど、憲法の規定で衆議院と参議院は明確に区別されている。しかし参議院は審議の有り様など、まさに「衆議院のカーボンコピー」と言われても仕方がない現状だ。ましてや「ねじれ」情況のもとで、「良識の府」どころか、政府・与党を攻撃することに一部野党の主眼が置かれているため、冷静かつ建設的な議論が行われているとはとても思えない。汚い野次は象徴的だ。「こんな参議院なら…」(朝日新聞10月22日付)を読む。「議員の顔ぶれ変え多様性を」(福元健太郎・学習院大学教授)、「『ねじれ』本来の姿戻す好機」(斉藤十朗・元参議院議員)、「党議拘束外し、党派超えよ」(筆坂秀世・元参議院議員)。いくつもの提言がある。衆議院を予算審議に、参議院を決算審議に特化してはどうかなど、制度的変更についてはさまざまな議論ができるだろう。しかし基本は憲法が参議院の任期を六年としたところにある。解散がないがゆえに大きな射程で建設的議論を進めることが期待されているのだ。参議院議員がその自覚を持って徹底した調査を行い、しっかり準備した質問をしていくことだ。もちろん多くのすぐれた質問がある。しかしそこから乖離している傾向も見える。週刊誌の「関係者」コメントを読み上げ「これは本当か」などというレベルの質問など問題外だ。わがこととして参議院議員のあり方を考えている。

ある問題で警察庁に問い合わせ。「何のため」と聞かれても、調査のためとしか答えようがない。「質問」を念頭に日常の諸事万端を見ていかなければ、「在庫切れ」になってしまうからだ。小沢一郎さんを国会招致することについて深い憂慮がある。なぜならいまの議論の情況では、事実に基づいて冷静で紳士的な議論ができるかといえば、大きな疑問があるからだ。菅直人首相に対しても、野次ではなく質問でも「空きカン」「すっからカン」などと平気で揶揄が行われる。これでは単なる権力闘争の域を出ない。政党間の国会運営上の取引になるのではこれまで通りの展開だ。ならば「強制起訴」が行われるなら司法の場で最終決着をつければいい。小沢一郎さんのことだけではない。週刊誌や新聞が報じた「疑惑」を自らの足と眼で確認することのないような議論でいいのか。同じ言葉とレッテル貼りの繰り返しでは議論の水準としても低すぎる。かつて「爆弾男」と呼ばれた論客が野党には何人もいた。語気の強さと質問内容の充実が共鳴するような国会審議を創造しなければと思う。

11月2日(火)

本会議で「平成22年度補正財政演説」が行われた。そののち会館事務所に読売巨人軍を引退した大道典良さんが来訪。18歳でプロ野球に入団し、23年間現役を続けてきた。石井浩郎議員(自民党)と渡辺周議員(民主党の野球議連)も部屋に来て、しばし雑談。プロ野球とアマチュアの交流が禁止されているので、たとえば母校の高校生に「がんばって」とさえ言えないという。プロ野球選手としての平均「寿命」は4、5年。その後の就職が保証されていないことが理由でプロ行きを諦める人もいるそうだ。母校のコーチなどになる選択肢もできれば、野球の技量向上だけでなく、生活不安の解消にもなる。そうした改革が必要だ。坂崎重盛さんから電話。『東京煮込み横丁評判記』が文庫になるので、私も登場するところについて「再録してもいいか。公人だから」とご配慮いただいた。浅草の「正ちゃん」で吉田類さんと3人で飲んだときのエッセイである。もちろん問題などない。警察庁から調査資料が届き、説明をいただく。さらに農林水産省大臣官房からは「TPP」（Trans-Pacific Partnership Agreement＝環太平洋連携協定）の説明があった。交渉参加の入り口で高いハードルが課されそうだ。2国間のFTAなどを広げることが農業などを守りつつ「開国」する道ではないか。今夜は「ニコニコ動画」に出演。いまから準備をはじめる。

夜9時からの「ニコニコ動画」出演の準備をしていて驚いた。10月26日の法務委員会で「検察審査会」について質問したときの速記録（未定稿）を読み返していたときのこと。私は「議事録はあるわけですよね」と問うた。それに対して最高裁判所長官代理者は「検察審査会議の会議録は、検察審査会議についてつくると承知をしておりますが、検察審査会議は非公開と法律で定められておりまして」と答えた。検察審査会法「第二十八条」にはこうある。「検察審査会の議事については、会議録を作らなければならない」。私は「議事について」の「会議録」だから、てっきり議事内容が記録されていると判断した。ところが、どうやらそうではないようだ。「週刊プレイボーイ」（11月15日号）の〈「検察審査会」メンバーはホントに存在するのか?〉という記事に東京第1検察審査会総務課課長へのインタビューがある。「議事録を見せてください」との質問への回答である。

「議事録といったものはつけておりません。会議の実施日時や参加者を記録する会議録ならありますが……」「議事録がない！てことは、審査員の誰が何をしゃべったか、一切記録に残っていないってこと?」とさらに問うと、「そうなります」と課長は答えている。

こんなバカなことはない。「議事について」の記録を作っていないならば、それは検察審査会法「第二十八条」に反している。ところが「第十章　罰則」には、審査員が「秘密を漏らした」ときなどの規定があるだけである。透明性も公平性もないどころか暗黒の検察審査会である。

11月3日(水)

昨日の議員総会で沖縄県知事選挙について「自主投票だが応援はしないこと。ただし観光はいい」と参議院幹事長から指示があった。民主党としての対応で、岡田克也幹事長は現地に入って応援をすれば処分すると発言している。「自主投票だが応援するな」という何とも解せない政治判断だ。

私は参議院選挙の前の4月に普天間基地移転問題を調査すべく、沖縄に行った。「語る」ためには現地を見ておかなければならないと判断したからだ。まず宜野湾市に向かい、伊波洋一市長から詳しく実状を伺った。そのあと普天間飛行場を見て、夜には「噂の真相」の岡留安則さんと泡盛を酌み交わした。大江健三郎さんや筑紫哲也さんが好んだ「沖縄第一ホテル」を拠点とした数日は参議院選挙の不安を抱えながらも豊かな時間であった。私は現地取材に基づいて「琉球新報」(4月18日付「論壇」)に〈「早期閉鎖」こそ緊急課題〉という原稿を書いた。あれから半年あまり。11月11日告示、28日投票で県知事選挙が行われ、現職知事に対抗して伊波洋一さんが立候補する。いま伊波さんの『普天間基地はあなたの隣にある。だから一緒になくしたい。』(かもがわ出版)を読みはじめている。私は基地問題で一貫した立場を取り、海外移転への建設的対案を持っている伊波洋一さんを支持する。

11月4日(木)

本会議が終わった。「官僚の書いた答弁書をそのまま読むな」との質問に菅直人首相は「私もそうしたいんです」と答えて議場がざわめく。答弁漏れがないように、しかも質問内容が遅くになってしかわからないからだと説明。TPPについての与野党の質問には歯切れの悪い答弁だった。菅首相の答弁時にはいつものように野次が飛び交う。「首相失格」

「あなたがやめる以外にないんだよ」「いいとこどりするなよ」「ボー読みするな」「中身のない答弁をするな」……。こんな国会を見ていれば、玉石混交ではあるのだが、既成政治への不満と批判としてアナーキーな心情が広がるばかりではないか。民主党の舟山康江議員が「決算重視の参議院」として与野党を超えて議論し、予算編成に決算結果を反映させるべきと述べたことは正論だ。「国会よ蘇れ」と思う議員もきっと多いことだろう。

11月9日(火)

衆議院の第二議員会館。民主党の北朝鮮難民と人道問題についての議連で、政治犯収容所で13歳から28年暮らしたキム・ヘスクさんの話を聞いた。大規模な収容所は6か所。そこに20万人が収容されているが、最近は脱北者が強制送還されているため、30万人ぐらいに増えているという。キムさんが収容されたのは連座制。収容所には学校もあり、そこでは国語と算数が教えられるが、あとは労働が課せられる。キムさんは17歳から31歳まで採炭工として働いた。トウモロコシの配給が減ったときには、向かいの収容所から盗んだ者が公開処刑されたそうだ。97年から2000年にかけては月に7回から8回もの処刑が行われたという。キムさんはいったん中国に脱出、しかし北朝鮮に戻ったとき逮捕。再び中国に脱出、09年3月に韓国へ。キムさんの話では飢餓がひどいときには、精神に異常をきたし、子どもを食べる母親まで出たそうだ。拉致もまたこの人権蹂躙思想が根っ子にある。北朝鮮の人権状態と拉致問題はつながっているのだ。集会では「ザ・ワイド」でもご一緒した「Daily NK」の高英起さんと再会。

11月11日(木)

法務委員会に出席。午後は行政監視委員会を傍聴。民主党の風間直樹議員が「文藝春秋」の足利事件キャンペーンを取り上げたからだ。この問題は同誌に書かれているようにいずれ委員会で質問するために私も現場取材や関係者からの調査を重ねてきた。はたして当局が何と答えるかという視点で傍聴。足利事件の菅家利和さんを有罪に導いたMCT118

型検査法。このＤＮＡ鑑定で有罪判決が確定したのは8人という法務副大臣の答弁が新しかった。さっそく事件の内容、量刑などを問い合わせることにした。警察庁の科学警察研究所によると、平成3年から15年までに地方をふくめて１４１件の鑑定が行われたとの答弁もあった。傍聴に来ていた日本テレビの清水潔さんと参議院議員会館の喫茶店で打ち合わせ。

明日は本会議。もう寝なくては。しかし記録すべきことがある。今晩は神保町に開店して8年目になる「人魚の嘆き」のお祝いが学士会館で行われた。元編集者の松本彩子さんが東京堂書店の近くに店を出してから、あっという間に文壇バーに育っていった。中上健次さんなどが通った文壇バーといえばたいてい新宿界隈だから「人魚の嘆き」は界隈では唯一といっていいだろう。私はもう1年以上顔を出していないが、御案内をいただいたので出席した。司会は丸山真男研究で知られる苅部直さん。久しぶりに茂木健一郎さんと握手したことには理由があった。われらが先輩の佐野眞一さん、素敵な表現者の髙山文彦さんとも久しぶりで、みなさんと不義理の数々。20代から交流ある「Insideline」編集長の歳川隆雄さんからは政界のディープ情報を教えてもらった。分子生物学者の福岡伸一さんとは四方山話。乾杯の音頭は「キョンキョン」こと小泉今日子さん。そのあとビックリは１９２8年の無声映画で活動弁士が実演。さらに小津安二郎さんの映画（「東京物語」だったか）を使っての「人魚の嘆き」物語。言葉で表現できないのがもどかしい。『酔醒漫録』を出してくれた「にんげん出版」の小林健治さん、解放出版の多井みゆきさんたちとも懇談。俳句の会で先日もご一緒した吉田類さん、坂崎重盛さんもいらした。そうして懐しい方々との交流から離れてひとり「ボン・ヴィバン」で食事。ちあきなおみの「紅い花」を流してもらう。こんな夜は心に染みる。どうやら店を出たあとに吉田類さんが来店したようだ。

11月13日（土）

昨日は本会後が終わってから政治改革推進本部の

総会に出た。テーマはインターネット選挙の解禁や議員歳費の1割削減など。賛否両論というよりも反対論が多かった。議員定数の削減が野党の反対などが強く難しいから、まずは歳費削減をという論理が施行部の提案だ。プロセスがおかしい。公約実現のために全力を尽し、その結果として新しい提案をすべきなのに、まずはマスコミ辞令で議員も知らないうちに新方針が報じられる。消費税しかりＴＰＰ（環太平洋戦略的経済連携協定）しかり。まずは民主的手続を経なければ反対論は高まるばかりだ。

この議論を報じた「朝日」記事は、「非公開の室内で思い思いに口を開いた議員の反論は外まで聞こえてきた」などとしらっと書いている。私は所用があり最後まで議論を聞くことなく部屋を出た。そこに見たのは、立ったまま、あるいはしゃがみこんで壁や空気孔のような隙間に耳を押し当てて内部の声を聞いている記者の姿だった。取材においてそれが普通のことだとは知っている。しかし「議員の反論は外まで聞こえてきた」という表現では現場の状況を正確に描いたことにはならない。厳しい反対論が続出したことを表わしたい気持ちはわかるが、表現としては違和感を感じた。「聞こえてきた」のではなく「聞き耳を立てた」のだから。そうは書けないから微笑ましくもあるのだが。

菅政権は大波の連続だ。普天間問題、尖閣問題、北方領土問題、検察問題などなど。これほどの難問がいっきょに押し寄せた政権は珍しいのではないか。政治が国民の運命を担っている以上批判は受忍しなければならない。しかし難問打開の課題はすべての政治家の仕事でもある。ただただ攻撃の舌鋒を鋭くするだけでは何も解決しない。

11月15日(月)

33年前の「この日」夕刻。新潟で13歳の中学生だった横田めぐみさんがバドミントン部のクラブ活動を終えて学校から帰るとき、自宅まであと50メートルという場所で北朝鮮工作員によって拉致された。めぐみさんはいま46歳。私が就職のために京都から上京したのも77年。それから33年のいままで紆余曲折さまざまな経験をしてきた。振り返れば短くもあるが長い時間の変転。しかしどんな環境にあろうと、自分の意志で行動することができた。めぐみさんは自由な人生を強制的に奪われ、思春期、青年期を経ていまなお北朝鮮のいずこかにいる。

13日に横浜市磯子区の杉田劇場で「横田夫妻を励ます会」があった。太田正孝市議の御尽力で、高世仁さんの講演も行われ、私も思いを語り、横田滋さん、早紀江さんも訴えた。早紀江さんの話で驚いた。めぐみさんが拉致され、招待所で暮らしていたとき、1年後に拉致された曽我ひとみさんが連れられてきた。2人は北朝鮮の歴史と国語、物理、算数などを教えられたという。2人はあるとき布団のなかで小声で拉致されたときのことを語りあう。めぐみさんは自宅まであと少しという曲がり角まで来たとき、物陰に隠れていた男に襲われた。それが北朝鮮の工作員だったのか、あるいは日本にいる支援者だったのかは不明だ。曽我さんはとてもそこまで聞けなかったと早紀江さんに語った。工作船に乗せられためぐみさんは爪がはがれるほど泣き叫び、救出を求めた……。早紀江さんは「そこに溺れている人がいればたとえ自分が泳げなくても必死で助けようとする」のが人間だと訴えた。拉致問題解決は人権の課題なのだ。北朝鮮はめぐみさんが自殺したと主張している。あとの7人も死亡というが、実はそうでもないだろうことを私は知っている。だからこそ政府が本気で交渉しなければならないのだ。菅直人首相や小沢一郎さんともこの課題の解決のための方向性を語り合った。横田滋さん、早紀江さんは「私たちには時間がないんです」と語る。そう、時間がないのだ。解決への道筋はある。

11月16日(火)

和歌山県知事選挙の応援から戻って議員会館。第5東京検察審査会の議決（小沢一郎ケース）について、法務委員会で質問したとき、2回とも平均年齢が34・55歳とは「統計的にはありえない」と質した。裁判員制度では辞退率が51・5%と公表されている。では検察審査会あるいは第5東京検察審査会の小沢ケースではどうかとも訊ねたのだが、「承知していない」と最高裁判所長官代理は答弁した。その疑問に対してさきほど回答が寄せられた。1回目の起訴議決に参加した11人は平成21年度2群（有権者から任意で選ばれた100人から審査員、補充員それぞれ6人を抽選。計12人）、平成22年度1群（同それぞれ5人の計10人）。辞退率は22％と40％。つまり78人と60人で抽選をしたという。2回目の議決は平成22年度2群と3群。辞退率はそれぞれ33％と29％だった。ここでは67人と71人で抽選したことになる。第5東京検察審査会の抽選は、これで明らかとなったが、はたして選ばれた審査員が会議に出席したかどうかはこれまた不明のままだ。正式に審査員に選ばれた者全員が審査会に出ているとは限らない。その場合には補充員が代わりに出席すると説明を受けたからだ。

　いったい何人で議決が行われたのか。やはり法律（検察審査会法第28条）に定められた議事録が公開されないと疑問は解決しない。ところが東京第1検察審査会の課長は、「議事録といったものはつけておりません。会議の実施日時や参加者を記録する会議録ならありますが……」と答えている（「週刊プレイボーイ」11月15日号）。しかも審査員の間で何が話し合われたかも残っていないというのだ。まずは議決時に何人の出席があったのかを改めて質問する。

11月19日（金）

　長い予算委員会が終わり、会館に戻ってきた。拉致問題の報告書を今夜中にまとめなければならないので「劉暁波さんのノーベル平和賞を祝う会」に出席することができなくなった。仕方なく「北朝鮮難民救援基金」の加藤博さんに電話をしてファクスで会場にメッセージをお送りした。

　東京第5検察審査会（小沢一郎ケース）の審査員について、最高裁判所から回答がきた。「起訴相当」とした第1回の議決（4月27日）の男女比は、男7人、女4人、第2回議決（9月14日）は男5人、女6人だったという。「本当にそうか」と再確認したところ、「改めて確認した」との返事だった。2回とも平均年齢が34・55歳。会議録を何とか公開させることはできないものか。しかし最高裁回答を仮に本当だとすれば、抽選ソフトに問題があったのではないかとの疑惑が出てくる。その課題は森ゆうこ議員が追及しているところだ。さらに調査する。

11月24日(水)

菅直人首相と日本酒を酌み交わしながら余人をまじえず3時間ほど話しあったとき、沖縄の普天間飛行場移転問題についても聞いた。菅さんは夏休みに大城立裕さんの小説『琉球処分』(講談社文庫)を読んだ。社民党の照屋寛徳議員は、10月13日の衆院予算委員会で「あの大著を最後まで読破しましたか」と質問、菅さんは「夏休み、少し時間がとれましたので、そのときに文庫本の上下巻を読み終えることができました」と答えている。

琉球処分とは、1879年に明治政府が巡査や歩兵など600人で首里城に乗り込み、473年も続いた琉球王国を消滅させたことをいう。照屋議員はこの歴史的事実を引いて、普天間飛行場を辺野古に移転する5月28日の日米合意を踏襲する菅政権を「平成の琉球処分」だと批判した。そのやりとりを私に紹介した菅さんは「平成の琉球処分という言い方にはまいったね」と真顔で語った。

民主党の代表選時、菅さんから普天間移転問題で何度か電話をいただいた。「総理という立場では言えないことがあるんです」と何度も語る菅さんに私は「ニュアンスでも語らなければ伝わりませんよ」と伝えた。普天間飛行場移転について「菅プログラム」があることを知った私はそう言わざるをえなかった。その「ニュアンス」を照屋寛徳議員の予算委員会での質問で語っていたので、ここに速記録を引用する。

この合意に多くの方が反対であることは承知をしておりますけれども、少なくとも、そこからスタートをした話し合いをしなければ、話し合いの立場があいまいなまま、混乱が一層継続するというふうに考えまして、私としては、五月二十八日の日米合意を踏まえて、そして同時に、負担の軽減に全力を挙げるということを申し上げたつもりです。

県民の皆さんの反対を踏みにじる形で強引に推し進めることは、やるべきとも思っておりませんし、そういう形でできるとも思ってはおりません。

菅さんはオバマ大統領との会談もふくめて「時間」を味方につけようとしている。沖縄県民の負担を軽減するための調査を行っていることも知らされた。県知事選挙が終われば沖縄を訪問し、そこで新知事に提案するのだろう。普天間飛行場の移転先は、アメリカの基地再編戦略に沿ったグアムにあると判断しているはずだ。私はそう判断している。だからこそアメリカの軍事戦略に詳しく、一貫してグアムあるいはテニアンへの移転を主張し、行動してきた伊波洋一候補が県知事選挙で勝たなければならない。菅首相が普天間飛行場移転問題で新たな方向性に踏み出すためにも伊波勝利がどうしても必要なのである。

11月27日(土)

明日は沖縄県知事選挙。激戦、接戦。決戦の帰趨は深夜までもつれこみそうだ。私は普天間基地のグアム移転を主張する伊波洋一候補を一貫して支持してきた。参議院選挙の候補者だったとき、沖縄に向かい、宜野湾市長だった伊波さんから基地の歴史、現状、将来構想を伺った。印象的だったことは、資料をいっさい見ることなく、詳細に説明してくれたことだった。基地の跡地利用についても具体的で、跡地の近くには私が公約の柱のひとつとして訴えた、がん治療に有効な重粒子線治療施設を作ることも盛り込まれていた。「県外移設」をいいながら、辺野古移転に反対しない現職候補とも違う。私はこれまでツイッターで、伊波さんの安全保障認識を毎日「つぶやいて」きた。現状を変える意志と構想力を持った伊波洋一さんが当選すれば、民主党政権も大きな影響を受ける。日本が変わらざるをえないということだ。日本が動けばアメリカも変わる。遠く離れた東京の地から伊波候補の支持を再度訴える。

2010年12月
DECEMBER

「正しさは道具じゃない」（中島みゆき）

12月7日(水)

国会内の蕎麦屋で昼食。鈴木宗男前議員のK秘書と雑談。某紙記者たちと懇談。昨夏の衆院選で政権交代（ホップ）を果たした民主党は、参院選で勝利（ステップ）し、さらに来年の統一地方選挙で勝利すること（ジャンプ）で、長期政権を目指し大胆な政策を実現するはずだった。ところが菅直人総理の唐突な消費税発言によって「ステップ」で敗北。このままでは地方選挙でも苦戦を強いられる。この情況にあって、年初にも小沢一郎元代表が「強制起訴」される。関係者によれば、裁判はすぐに無罪で終わるはず。通常国会が終わる6月ごろに大きな政治的山場が来るだろう。小沢一郎元代表が代表選挙で勝っていたら尖閣問題もロシア大統領の国後訪問もなかったのではないかとベテラン政治記者は「もうひとつの日本」を語る。井上ひさしさんが生前に語っていたように、「3年後の日本」から「いま」を見つめるべきだ。4時から某衆院議員と外交問題で打ち合わせ。そろそろ衆院議員会館に向う。

12月8日(水)

森ゆうこ議員たち参議院議員9人で岡田克也幹事長に諫言してきた。小沢一郎元代表を政倫審に出るよう首相が週内にも結論を出そうとしているからだ。世間はいわゆる「政治とカネ」問題などに関心があるのではなく、景気対策や尖閣問題などの外交問題に強い関心を持っている。そんなときに挙党体制を進めるのではなく、党内抗争を招くような党執行部の対応は大局を失った対応だ。それは政権交代を期待した国民の民主党離れを加速するだけである。マスコミの歪んだ報道も相変わらずだ。昨年の総選挙時に小沢一郎元代表から候補予定者に約4億5000万円が配布されたと報じられた。報道では新生党の政党交付金が原資だとあった。しかし新生党が活動していたとき、政党交付金などなかった。新生党が存在したのは93年6月から94年12月。政党助成法が施行されるのは95年1月1日からだ。資金の原資に旧新生党に国が会派に交付した立法事務費が使われたとの報道もあるが、これも確たる根拠のあるものではない。麻生政権が発足し、いつ総選挙が行われるか不明な情況で候補者は奔走していた。ところが総選挙はズルズルと先延ばし。選挙資金が不足したにもかかわらず、民主党から資金は出ない。政党は異なるとはいえ、総選挙時期の不透明さゆえ資金難に陥っていた私にも当時の苦境はよくわかる。そのとき小沢一郎サイドから予定候補者に資金が出されたというのが経過である。

新聞やテレビで億を超える金額が報道されれば、それだけで金権イメージは強められる。たとえ政倫審で説明をしても、メディアは「まだわからない」「ますます疑惑は深まった」と報道することは目に見えている。こうした情況にあっては日本の大局を見つめて判断していかなければならないのだ。

12月9日(木)

小沢国会招致についての党運営はおかしいと森ゆうこ議員たちとともに岡田克也幹事長に申し入れた。ところがメディアは「小沢一郎に近い」(「朝日」)議員と報じた。少なくとも私にとっては誤報である。小沢さんでも菅さんでもない。ようやく政権交代した民意を後退させるわけにはいかない。まさに気がせくほどの思いからの賛同であった。「小沢か菅か」、「あっちかこっちか」と分類する報道には違和感を感じる。「二項対立的思考」は現実を歪めて見せる。そうした発想からは岡田幹事長と「激論」(「毎日」)と書くことになる。だが事実はいたって静かな話し合いだった。

昨日は雑務を終えてから銀座へ。山野楽器でナナ・ムスクーリのCDを入手。教文館で斉藤博子

『北朝鮮に嫁いで四十年　ある脱北日本人妻の手記』（草思社）、荒木和博『日本が拉致問題を解決できない本当の理由』（草思社）を入手。拉致問題はすでに議論のときから行動のときにある。原宿へ。家人とクレストホールで「イッセー尾形のこれからの生活２０１０　総決算！」を観る。イッセーさんとは同い年。誕生日も2日違うだけだ。イッセーさんは都はるみさんと同じ2月22日生まれなのだ。新宿の「薩摩おごじょ」で遅い夕食。この鹿児島料理店は「特攻の母」と呼ばれた鳥濱とめさんの次女である礼子さんが営んでいた。まだ20代のころときどき店に来ると、元特攻隊員たちが焼酎を飲んでいたものだった。もはやそんな姿も見られない。時間はあっという間に過ぎ去っていく。最寄り駅で次女と待ち合わせて帰宅。

12月10日(金)

岡田克也幹事長に意見を述べたとき、報道各社に答えた姿がテレビで報じられた。そのとき小沢一郎さん支持で知られる議員といっしょに映っていたことで、「小沢チルドレンになったのか」などというメールが寄せられた。その方にお答えしたメールをここに紹介する。映像が作り上げるイメージは強烈だ。これからはそうしたことにも注意を払わなければならないと改めて自覚した次第だ。

メール拝見。ご意見ありがとうございました。まずはっきりしていることは、私は小沢派でも菅派でもありません。菅さんに拉致問題で直接に提言も行い、小沢さんからもご意見を伺う機会があるように、あくまでもこの停滞した日本をいかに建て直すかが私の仕事だと認識しています。その立場から岡田幹事長に物申したのは、いま政倫審問題を強行すれば党内闘争となり、結局は政権交代を果たした国民の期待をさらに失うことになるという趣旨でした。現場を歩けばほとんどの人たちが経済問題や将来不安を語ります。鳩山さんが首相をやめるとき、菅さんは国民と民主党員、支持者に挙党体制で日本の課題にあたると約束しました。ところが実際には「協力する」と申し出た鳩山さん、小沢さんを排除する体制になってしまっているのが現状です。小沢さんを「政治とカネ」問題で国会招致すれば支持率が上がると思い込んでいる執行部の現実認識は間違っていると思います。岡田幹事長は「国民の8割が小沢問題を明らかにせよと言っている」と私たちに語りました。電話による世論調査で「小沢さんは説明責任を果たしていると思いますか」と問えば、「いいえ」という答えが多いことは事実です。しかし街場の思いは圧倒的に暮らしの改善なのです。政治過程において優先課題を間違えてはなりません。しかも政倫審とは捜査の対象にはなっていないけれど説明をしなければならない問題が生じたときに開くものです。小沢問題は年初には強制起訴され、すでに法的にも手続きに入っています。ですから司法の場で決着すべきだと思います。なお4億5000万円もマスコミが報じたような新生党の金ではなく、小沢さんの強力な支援者からのお金です。その問題の背景はブログ（12月8日、9日）に書いたので下記に引用しておきます。ちなみに私は小沢資金をもらっていません。

12月11日（土）

茂木健一郎さんがツイッターでこう書いた。「有田芳生さんのご紹介で、小沢一郎さんと対談させていただきました。まっすぐな、あくまでもまっすぐな方でした」「小沢一郎さんに、身体に気をつけてくださいと、木村秋則さんのリンゴジュースを差し上げたら、とても喜んでくださった」「小沢一郎さんとの対談は、年末発売の週刊朝日新年号に掲載予定です」。小沢一郎さんと茂木健一郎さんの対談は27日発売だ。対談内容について時事通信はこう報じている。

民主党の小沢一郎元代表は10日、岡田克也幹事長が衆院政治倫理審査会での小沢氏の招致議決を目指していることについて「政倫審は事件にならないようなものを扱うところで、（私の）問題は法廷の場に移っている」と述べ、招致には応じられないとの考えを強調した。都内で行われた脳科学者の茂木健一郎氏との対談で語った。小沢氏が8日の鳩山由紀夫前首相らとの会合で、新党結成を視野に入れた発言をしたとの一部報道については「そんなことは言っていない」と否定した。

1時間半に及んだ対談内容は「週刊朝日」を読んでいただきたい。ただ2つの印象的だったことをここに書いておきたい。それは自民党も民主党もダメだったとなれば、日本人の心性から極端なナショナリズムに走る危険性があるという指摘と、いまのまま総選挙をやれば民主党がどれくらい敗北するかという具体的指摘だった。したがって小沢さんの姿が参議院の議員会館で目撃された。そのために「小沢一郎が参議院を回って協力要請を行った」という噂がマスコミに流れた。歩くだけで憶測を呼ぶのだからすごいものだ。茂木さんとは昔ご一緒した湯島の「岩手屋　奥様公認酒場」に行こうと約束した。

12月12日(日)

北朝鮮に拉致された蓮池薫さんが、いまから8年前に帰国できた背景を書いている。北朝鮮の「労働新聞」は、拉致が日本による捏造で謀略であると報じていたにもかかわらず、何が起きたのか。蓮池さんは自らの指針を子どもたちとともに「生き延びる」ことに定めていた。その眼で見た北の変化である。

北朝鮮指導部の態度の急変ぶりは、内部にのっぴきならぬ事情が生じたことを示唆していた。後で思うに北朝鮮経済の不振が極限に達し、指導部を不安にさせたことが動機だったようだ。

蓮池さんは新潮社のPR誌「波」5月号から「拉致と決断」という体験記を連載している。先に引用したのは6月号であり、あとの号でさらに北朝鮮経済の苦境を紹介している。その厳しい現状は蓮池さんが暮らしていたとき以上になっているようだ。昨日グランドアーク半蔵門で行われた政府の拉致問題対策本部と法務省主催のシンポジウムでそれが明らかとなった。「開かれた北韓放送」のハ・テギョン代表は、北朝鮮内部からの情報を交えて、金正恩体制への移行がうまくいっていないと分析。とくに昨年12月のデノミによって米価の上昇など経済が悪化していると紹介した。蓮池さんが解放の条件とした「北朝鮮経済の不振が」再び「極限に達し」つつあるのだ。このときを逃してはいけない。ところが政府主催の集会には仙谷由人拉致担当大臣、東祥三内閣府副大臣（拉致問題担当）は発言者としての参加だが、国会議員は私ともう1人だけしかいなかった。仙谷さんの長い挨拶のあとに国会議員が紹介された。そのときは私だけだ。代理出席が5人。集会のあとで事務局に聞いたところ、案内状を出した国会議員は100人ほどだという。拉致議連の役員34人にも案内を出したというが、出席者はいなかった。年末の地元活動も忙しいのだろう。拉致議連や家族会主催の国際シンポジウムが前日に行われたからそこに出席した議員が不参加なこともわかる。超党派で取り組まなければならない拉致問題。政府主催の集会だ。どうにも腑に落ちない現状なのだ。

12月13日（月）

岡田克也幹事長が小沢一郎元幹事長の国会招致を役員会決定で強行しようとしている。岡田さんがあくまでも原理主義であるならば、この演説に立ち戻るべきだ。

今日のこの民主党政権誕生まで、この党を率いていただいた歴代代表、幹事長、特に鳩山（由紀夫）代表、小沢（一郎）幹事長の指導力があったからこそ私たちが今、政権の場にいる。このことを皆さんとともに心から感謝を申し上げたいと思います。どうも、ありがとうございました。

今の難しい政治、そして目の前に迫っている参院選挙に一致結束して戦い抜く、そのノーサイド（注・試合が終われば敵も味方もなしの意味）の宣言をしたいと思いますが、いかがでしょうか。

（6月4日。代表選で勝利し、首相となることが決まったときの菅直人演説）

小沢（一郎前幹事長）さんには長い間、先輩として教えをいただいた。選挙が終わったので、約束したようにノーサイドだ。民主党全員が力をフルに発揮できる挙党態勢で頑張りぬく。

（9月14日の再選後のコメント）

まさに正論。日本の苦難を全議員で打開していくべきときに、党内闘争を最優先することは間違っている。世間の現場を歩いての原理主義でなければ現実は歪んで見える。

たとえば神保町。小学館や集英社など大手出版社があるとともに、中小の出版社、印刷会社、製本会社の街でもある。その多くがボーナスも出ないで頑張っている。居酒屋もまた同じ。1日に6人客が来ればいいほどと嘆く店主もいる。そんな異常事態が全国に蔓延している。自民党政権から民主党政権へと期待を込めた民意は、現状の克服にある。成長戦略など、為すべき課題を為さずして、党内闘争を激化させる道を選ぶならば、いまの執行部は自滅へ邁進するばかりだ。小沢一郎さんは茂木健一郎さんとの対談で、いま総選挙をすれば民主党の議席は激減する（具体的数字をあげたが、それは「週刊朝日」27日発売号に出るはずだ）と断言した。自民党も民主党もダメとなれば、政治への絶望感が蔓延し、日本の議会制民主主義は壊滅的打撃を被る。この国の行方を本当に憂えているならば、いまは民主党政権をもういちど確固としたものにするしかない。

12月14日(火)

朝日新聞による菅政権支持率は21パーセント。20パーセントを割ると予測されていたが、このままでは時間の問題。世間で意見を聞けば小沢一郎国会招致問題は「コップの中の嵐」。「こんな大事なときに何をやっているのか」との嘆きが多い。注目すべきは2つ。「政権交代で政治はよくなったか」との質問に、「よくなった」（8パーセント）、「悪くなった」（22パーセント）、「変わらない」（66パーセント）。政権交代で暮らしが変わると期待していたことが、この数字からもわかる。しかも「いまの自民党に政権を任せてもいいか」との質問には、「そうは思わない」（57パーセント）。

菅政権への期待はどんどんしぼみつつあるが、政権交代への期待はいまだ消えていない。小沢一郎さんが言っていた。「目標を掲げてそのために行動する。国民は本気で取り組んでいるかどうかを見ているのであって、約束したことを全部実現できるなどとは期待していない」。問題は政治家の覚悟だろう。尖閣問題や検察問題などなど。菅直人政権は大きな課題で存在感を示す機会があった。そのチャンスを乗り越えることができず自ら支持を減らしつつある。したがって菅政権がいまおこなうべきことは、挙党体制で時代の課題をこじ開けることなのだ。

漫画の表現を規制する東京都青少年健全育成条例改正案が都議会の総務委員会で可決された（賛成は民主党、自民党、公明党）。その直後から、いままで200人を超える名前と住所を明記する全国の人たちから反対の訴えが届いている。日曜日には「ニコニコ動画」に出演、この問題を語ってきた。漫画家などの表現者が条例に反対しているのに、行政が内面に侵入しようとする傲慢。小説を書かない評論家があれこれと難癖をつけることにも似ているが、日本の場合はすぐれた評論が小説の質を高めることがある。石原慎太郎知事の『太陽の季節』なども芥川賞選考では佐藤春夫などに「文芸としてもっとも低級」と酷評されたものだ。それでも表現の自由はあった。

問題ある表現はコミュニケーションを通じて社会的に解決すべきものであって、行政対応で行うものではない。東京で条例が通れば、いずれ全国へと広がっていくだろう。いちばん必要なことは、子どもたちが問題を乗り越える力を育てていくことだ。教育は隔離や管理の環境でおこなわれるべきではないのだ。社会教育や家庭教育を行政に委ねてはならない。

12月15日(水)

都議会本会議で東京都青少年健全育成条例改正案

が可決される。反対の陳情書が漫画家もふくめて怒濤のように送られてくる。ケータイに転送されるから、充電がなくなるほどの量である。

健全育成のためのルール作りは必要だが、規制するのは最小限でなければならず、しかも恣意的運用が為されない最大限の保障が必要である。ところが改正案はそうなっていない。現行条例と業界の自主的規制で、この10年でも「不健全図書指定」は大きく減っている。恣意的運用についていえば「みだらな性行為」とは何かが明確にはされていない。「慎重な運用を求める」との附帯決議も賛成議員によれば「意味のないこと」というのが本音である。しかも霊感商法などの反社会的行為をおこなっている統一教会が、「純潔運動」などと称して、「有害情報から子どもを守りましょう」などとPTAに浸透、条例改正に動いている事実も見逃すわけにはいかない。12月18日には秋葉原で、19日には吉祥寺でデモを行う予定だ。こうした統一教会「偽装団体」による運動は全国で展開されている。東京で条例改正が可決されれば、いずれ全国に広がっていくことだろう。「善魔」が通りて自由が束縛されていく。この危険に抗しなければならない。

昨日は参議院法務委員会のメンバーとして東京地検、最高検、検察審査会の視察を行った。東京地検では検事室や取調室も見せていただいた。録音・録画機器が設置された取調室では、被疑者からは装置が見えないので、威圧感などはまったく感じられないことがわかった。証拠品庫では押収された拳銃や覚せい剤1キログラムの袋もあった。足利事件を念頭に質問。DNA鑑定を行う証拠品のための部屋は本年度から設置されたという。概要説明は大鶴基成次席検事など。最高裁の説明が終わって退出すると き、伊藤鉄男次長検事にご挨拶。「足利事件のことをよろしく」と伝えれば「ハッ、ハッ、ハッ」と笑うのみ。真犯人の逮捕に関心を持っていた伊藤さんが、なぜかあるときから不熱心になった。ある問題を深めていけば重大な疑惑が浮上する。伊藤さんの心変わりは検察を守るためだと推測している。検察審査会では東京第5検察審査会「小沢ケース」での疑問を聞いたが、まったく要領をえない回答。会議録はあっても議事録はないようだ。つまり議論の経過が記録されていない。審査補助員である弁護士の誘導がなされても、外部からはいっさい見えない。いずれまた法務委員会で追及する。

12月16日(木)

漫画やアニメの表現の自由を恣意的に規制することができる「東京都青少年の健全な育成に関する条例の一部を改正する条例」が15日の都議会本会議で可決されました。私のもとには全国から反対の陳情書が1000通以上、メールであるいは書簡で届けられました。みなさんの訴え一人ひとりに返信することができませんでしたが、ここにお礼を述べるとともに、表現規制を行う動きを阻止できなかったことをお詫びいたします。みなさんのメールは名前、住所、電話などが明記されたもので(なかには親から承認が得られなかったので匿名にしたという未成年からのメールもありました)、とても丁寧な内容の訴えでした。自分の姿を隠したまま「銃眼から敵を撃つ」ことがしばしば見受けられる現代社会にあって、みなさんからの真摯な訴えは、緊張感あふれる内容にも関わらず、すがすがしいものでした。東京都が改正案を明らかにしたのは11月22日。それから1か月も経たない可決。表現者や出版社からの聞き取りも行わないのですから、まさに不意討ちです。改正案が明らかとされてから、漫画家などの表現者たち、日本ペンクラブ、日弁連など、さらには新聞各紙が社説やコラムで批判の声をあげました。そうした危惧の声を圧殺して条例改正案を可決した議員は、表現の自由を侵す道を切り拓くことに自ら手を染めたと言わざるをえません。石原慎太郎都知事が実行委員長を務める東京国際アニメフェアに漫画出版大手10社が協力と参加を拒否しました。それに対して都知事は「そんな連中はこれきり来ないんなら、来なくて結構だ」と語りました。先日の「ニコニコ動画」である表現者が「都知事ほど表現の自由を謳歌している作家はいない」と皮肉を語りました。そのとおりの傲慢さです。いまのままでは「源氏物語」さえ漫画化できなくなってしまいます。しかし古典の「吾妻鏡」などの作品で知られる竹宮惠子さんは「私は規制が拡大されても遠慮しません」と語っています。そう、表現の自由はそれを規制する勢力と自由を求める者たちとの闘いの歴史のなかで勝ち取られたものです。表現者は萎縮することなく、堂々と表現を続けていきましょう。それぞれの足場から小さな風穴を開けていくことです。2011年春には都知事選が行われます。どのような政党配置で候補者が名乗りをあげるかはいまのところ不明です。石原都知事が4選めざして立候補する動きもあります。都知事選で表現の自由を守るのか、規制するのかも争点にしようではありませんか。さらには東京都の決定が全国に広がることのないように監視を続けていきましょう。

12月17日(金)

昨夜は東京国際フォーラムで行われた中島みゆきコンサートに行ってきた。やはり同い年だなと思った。年齢が強いる感情が選曲に色濃く現れているからだ。聴いているとさまざまな想念がわき起こってくる。たとえば「Nobody Is Right」。岡田克也幹事長に聴かせたいなと思いながら、「正義」とは何かと考えていた。

もしもあなたが全て正しくて
とても正しくて　周りを見れば
世にある限りの全てのものは
あなた以外は間違いばかり
つらいだろうね　その1日は
嫌な人しか　出会えない

正しい人こそいないんじゃないか
カンペキ正しいってどういう人だ
争う人は正しさを説く
正しさゆえの争いを説く
その正しさは気分がいいか
正しさの勝利が気分いいんじゃないのか

中島みゆきは「正しさは道具じゃない」と歌い続

ける。そう、「正しさ」とは一方通行ではないのだ。小沢一郎さんを国会招致させようという「正義」に対して反対する党内意見が多い。私も「小沢派」ではないが、この問題では岡田幹事長の認識と行動に異論を唱えている。自分で信じた認識に反対意見が多いならば、どこかで均衡を取らなければならない。すぐれた政治家の資質はバランス感覚だ。岡田さんが幹事長のときマスコミ関係者と懇談したことがある。私にとってそのときの印象はまったく残っていない。強いて言えば「これがバレンタインデーのチョコレートさえ送り返す政治家か」と思ったぐらいだ。

代表に就任したときにおこなった懇談で、私はこう聞いた。「幹事長と代表は違いますか」。岡田さんは笑顔でこう答えた。「ずっと気が楽ですよ。幹事長のときには、あらゆることに判断をしなければなりませんでしたから」。いまの岡田さんは再びそうした思いにあるのだろう。しかし当時とまったく違うのは、政権与党の幹事長であるということだ。やはり中島みゆきがコンサートで歌った「顔のない街の中で」が心に浮かんでくる。

ああ今日も暮らしの雨の中
くたびれて無口になった人々が
すれ違う　まるで物と物のように
見知らぬ人のことならば
ならば見知れ　見知らぬ人の命を
思い知るまで見知れ

世相を身体で感じなければならない。政権交代に期待した人たちは党内抗争に閉塞するばかりの「顔のない国」を求めたのではない。この暮らしが大きく変化することを切望したのだ。

12月18日(土)

エンレイがいい。テレビではサントリー烏龍茶のCMを中国語で歌っている。彼女にはじめて会ったのはテレサ・テンが亡くなって10年。台湾で行われた墓参りのときだった。第一印象は小柄な人。その後日本で何度か歌を聴いたこともある。お会いしていても、どうしてもテレサと比較してしまうので、悪いなと思ったものだ。そのエンレイがすばらしい歌唱力を聴かせてくれた。「テレサの羽根／時の流れに身をまかせ〜パート２〜」というＣＤだ。三木たかしさんが作曲し、荒木とよひささんが作詞した「時の流れに身をまかせ」。テレサ・テンが歌い、２００万枚も売れた名曲の続きをエンレイが歌う。荒木さんは「時の流れに身をまかせ」の続編を書いてくれたのだ。テレサが生きていたら歌っていた曲でもある。エンレイの歌唱もすばらしい。曲が同じだから不思議な感覚にとらわれる。

あなたのことは　忘れはしない
今のわたしは　倖せだけど
若いあの頃　想いだすたび
心の隅が　切なくなるの
時の流れに身をまかせ……。

12月19日（日）

昨日のこと。師走の新宿を急いで歩いているときだった。ある集会で挨拶しなければならない。約束の時間までわずか。紀伊國屋書店の通路を急ぎ足で目的方向に向っているときのこと。名前を呼ばれた。振り返ると未知の高齢男性だった。「すみません、急いでいるもので」と断り、歩いていると、「ちょっと、ちょっと」と後をついてきた。しばし立ちどまり、もういちど急いでいることを伝える。男性はいった。「小沢一郎を頼むよ。いまの日本を変えるためには決断力がいるんだ」。男性が渡してくれた名刺を見ると、ある会社の会長だった。そういえば2日前もこんなことがあった。タクシーに乗って降りるときだった。運転手はいった。「小沢さんを支えてあげてください。頼みます」。

新宿での用件を終えて板橋区大山へ。ハッピーロード商店街を歩く。旧知の方々に挨拶をして歩いていると、未知の方からもときどき声をかけられる。やはり訴えられるのは暮らしの改善だ。自分の生活実感とともに、この国の行く末への不安と政権交代の成果が実らないことへの不満だろう。沖縄に行きながら住民との対話をしなかった菅直人首相。岡田幹事長たち執行部はどこまで街場の声を聞いているだろうか。恣意的に扱われている世論調査の数字を根拠に党内闘争を続けるならば、現実からさらに痛い仕打ちを受けることになる。それがコップのなかの嵐で終われば、勝手にしろと傍観していればいい。しかし祖国日本の明日に関わっている以上は、黙っているわけにもいかない。午後5時から池袋の居酒屋で「有田芳生井戸端忘年会」。京都、滋賀、愛知などからも駆けつけてくださった。挨拶をし、みなさんと懇談をしていると「責任」という文字がズシンと重く全身に浸透してくるのを感じた。

午後9時50分。首相官邸に仙谷由人官房長官などが入って協議中との情報。明日の朝に行われる小沢一郎元幹事長との会談の打ち合わせだ。「仙谷官房長官を辞任させることを条件に政倫審に出席するよう要請」との見方もあるが、どうだろう。菅さんの性格からいって正面突破。小沢さんはもちろん受け入れない。そこで「離党勧告するのでは」といわれている。「原理主義者」岡田幹事長とともに、闘う姿勢の総理は、それで政権浮揚ができると考えているようだ。完全なる錯覚だ。もしそんな対応をすれば、ただちに両院議員総会が開かれ、菅首相を交代させる動きになるだろう。もっと自分たちの置かれた情況を客観的に見つめるべきだ。街場を歩けば、当人たちが真剣に思い入れているテーマは、実は「コップのなかの嵐」もどきにすぎない。いま必要なことは日本再生のために挙党一致して事にあたるしかない。

12月20日(月)

「変わらないですね」。講演が終わったあとの控室。再会した辺見庸さんからこういわれた。

昨日は日比谷公会堂で行われた「死刑のない社会へ　地球が決めて20年」という集会に出席。その冒頭が辺見さんの「国家と人間のからだ――私が死刑をこばむ理由」という講演だった。その主張すべてに賛同したわけではない。しかし辺見さんの言動は自分の立つ位置をいつも確認させてくれる。ベトナムのハノイでいっしょに飲んでいたときとは異次元にあるようだ。講演というよりもまるで独白。言葉が拡散するのではなく、一人ひとりの参加者に届いていく語り方。石原吉郎を引用しつつ、死刑を執行した千葉景子元法相の言説を批判していく。

千葉さんがいまさら考察にあたいする人かどうかわからない。「アムネスティ議員連盟」事務局長をつとめ「死刑廃止を推進する議員連盟」にぞくしていたこともある千葉さんはかつて、杉浦正健法相が「信念として死刑執行命令書にはサインしない」と話したあとにコメントをとりさげたことにかみつき、死刑に疑問をもつなら死刑制度廃止の姿勢をつらぬくべきではなかったか、と国会で威勢よくなじったことがある。杉浦氏は発言を撤回しはしたけれど、黙って信念をつらぬき、法務官僚がつよくもとめる死刑執行命令書へのサインをこばみつづけた。他方、千葉さんはさんざ死刑廃止をいいながら翻然として執行命令書に署名し、おそらくなんにちも前から姿見と相談してその日のための服とアクセサリーをえらび、絞首刑に立ち会った。これは思想や転向といった上等な観念領域の問題だろうか。それとも政治家や権力者や政治運動家によくある「自己倒錯」という精神病理のひとつとしてかんがえるべきことがらなのか……。

（「共同通信」配信）

言葉＝思想への自己責任。「信念」を語り、表現することへの重み。石原吉郎はこう書いている。

ことばがさいげんもなく拡散し、かき消されて行くまったただなかで、私たちがなおことばをもちつづけようと思うなら、もはや沈黙によるしかない。

（「失語と沈黙のあいだ」『石原吉郎詩文集』講談社文芸文庫）

中山千夏さんにご挨拶して午後7時半まで続くという会場をあとにした。山野楽器でマウリツィオ・ポリーニ演奏のJ・Sバッハ「平均率クラヴィーア曲集」を入手。壹眞珈琲店で井上ひさしさんの新刊『この人から受け継ぐもの』（岩波書店）を読む。

12月21日(火)

昨日は菅直人首相のブレーンのひとり、後房雄(うしろふさお)名古屋大学大学院教授が来室。ジュリアン・ルグランの選択と競争による公共サービスである「準市場」や名古屋市の問題点などについて聞く。

夜は代々木「Roberts」で国会事務所の忘年会。菅首相と小沢一郎元幹事長の会談決裂は予想通り。菅首相が感情的になったと報じられている。根拠は小沢さんから鳩山由紀夫前首相にかけた電話内容だ。感情が前面に出てくれば認識はぶれる。会談の途中で首相はスタッフを呼び、10月7日の小沢発言をプリントして持ってこさせた。菅さんは「国会で決めた決定に私はいつでも従います」という部分を指してこういった。「小沢さん、政倫審に出なければうそをついたことになりますよ」(以上、朝日新聞から)。菅さんの激情は眼を曇らせている。小沢発言は正確にはこうだ。「国会で決めた決定にいつでも従う。ただ、法廷で事実関係を明らかにしろということなので、その場で事実関係を明らかにしたい」。都合のいい引用をしてはならない。こんなことで党内分裂が進めば、政権交代への幻滅がさらに増すだけである。あまり拳を振り上げない方がいい。

12月22日(水)

小沢一郎「強制起訴」を利用しての党内闘争を世間は苛立ちながら見つめている。「そんなことをしているときか」という声が圧倒的だ。毎日新聞の編集委員のように問題を拡大させる者は世間を歩いていない。あるいは「針小棒大」に都合よく世間を描いている。

小沢さんの真意はこうだ。10月に検察審査会が議決したとき、政倫審が出席を求めれば出席する。しかし同時に司法の場に移ればそこで堂々と無罪を主張するという構えである。国会は尖閣問題など執行部が右往左往したため、野党をふくめて政倫審開催などの議論にはならなかった。そうしているうちに強制起訴の法的手続きがはじまった。ならば「小沢問題」は司法の場で決着をつける。政治言語は生きている。状況の変化によって意味合いが変化することは当然である。2か月以上も放置してきた政倫審開催問題を、情況が変わってから「錦の御旗」のように持ち出すことは「周回遅れ」のランナーと同じである。具体的情況に基づいた具体的対応が必要なのだ。非公開で行われる政倫審よりも、公開の場で行われる裁判で明らかにすればいいだけのことである。経済と外交にしっかり取り組むことこそ民主党政権がいま為すべき課題である。

「いま選挙をやれば3分の1に減る」と小沢一郎さんは語った。菅直人執行部は自滅への道を避けなければならない。

福沢諭吉が『文明論之概略』でのべたように、責任ある公論(輿論)と世上の雰囲気(世論)を区別しなければならない。とくにメディアによる情報操作がおこなわれる現代にあっては、報道を批判的に見つめなければならないのだ。「リベラルタイム」の「『世論調査』の研究」(1月号)が興味深い。とくに「民意と異なる『新聞世論調査』の質問」に注目したい。

いまから20年前の1990年。1年間に行われた内閣・政党支持率の世論調査は、朝日新聞7回、読売新聞11回、毎日新聞5回だった。2010年は11月15日現在で、朝日新聞25回、読売新聞27回、毎日新聞13回である。かつてのように面接調査ではなく、「RDD」(ランダム・デジット・ダイヤリング)という電話調査を選択するようになったからだ。面接方式は数億円かかるが、電話調査なら150万円程度でできる。しかし固定電話にかけるから年齢層に偏りが出るため、補正が行われるものの、人数や回答率は明らかとされても、生データの詳細はわからない。問題は、質問内容が、政党・内閣支持率にかかわるものよりも「その他」が圧倒的に多いことだ。そのなかでいちばん多いのが小沢一郎さんに関する質問だ(「表1」を参照)。

ところが今年の参議院選挙前に読売新聞で行われた世論調査は、「参院選で重視する政策や争点」とい

●表1　2010年世論調査における質問項目の内訳比率

	朝日新聞	読売新聞	日経新聞
政党支持	8.5	7.4	8.0
内閣支持	7.7	7.0	8.7
支持理由・投票予定	3.4	4.4	7.6
その他	73.5	76.5	67.4
質問数（調査回数）	234（20）	272（20）	92（8）

●表2　「その他」に占める質問項目の割合

	朝日新聞	読売新聞	日経新聞
小沢氏関連	19	23	35
外交・安保	13	22	21
消費税	12	12	13
年金	1	5	8
雇用・失業	1	5	2

※「質問数（回答数）」以外の項目の単位は％

う質問に、次のような回答があった。「年金等の社会保障」（32パーセント）、「景気や雇用」（25パーセント）、「消費税等の財政再建」（21パーセント）。「政治とカネ」（6パーセント）は5番目。国民的関心が、日々の暮らしにあることはここでも明らかである。
ここでもういちど「表2」を見ていただきたい。朝日新聞社の世論調査で「年金」「雇用・失業」について聞いているのは、わずか1パーセントである。こうした偏りある世論調査を金科玉条のように振り回して、政権運営をしてはならないのだ。

12月23日(木)

議員会館で菅直人首相にあてて報告書を書いた。拉致問題について「何かあれば必ず情報をください。必ず読みますから」と頼まれてのことだ。改めていうまでもないが「菅派」でもなければ「小沢派」でもない。小沢一郎さんの政倫審問題については菅執行部に異論がある。しかし拉致問題の前進を実現しなければならない。根源的にいえば民主党がせっかく国民の付託を受けて実現した政権交代を元に戻してはならない。そうした立場でこれからも発言し行動していく。徒党を組んだり、狭いイデオロギーからも自由でありたい。そんなことを思案しているとこんなことを想い出した。

日本テレビ系「ザ・ワイド」にコメンテーターとして出演しているときだった。ある発言にいくつかの批判があったことを知る。内容を聞いて驚いた。コメントの一部だけを取り上げているからだった。言葉には流れがある。ところがテレビはある断面だけを聞いている人がいる。たまたまチャンネルを合わせることもあるからだ。批判をするためにこんな意見があると紹介することもある。極端な場合にはその欠片だけを聞いているものだから、真意とはまったく異なる意見を持っているかのように受け取る人もいる。すべて思い込みとテレビ機能によるものだ。ツイッターでも同じこと。この夏の断食中に毎日1冊の本を読んで、読了後に感想を書いた。『ここがおかしい、外国人参政権』の読後感を「つぶやいた」ときのこと。ある共産党員から「落ちるところまで落ちたのか」などと同党内の流行言葉で罵倒された。何のことはない。外国人参政権に反対する新書を読んでいたからケシカランというのだ。私は一貫して外国人参政権に賛成している。まったくの思い込み。文脈が読めない典型だった。

小沢一郎さんをめぐる問題でも同じこと。文脈が読めないだけでなく、言語が静物でなく、そのときの条件に応じたものであることが理解できないようだ。政治とは政党間の闘争であり、本質的には権力をめぐるものである。党内闘争もそれを反映する。闘争のスローガンは情勢の推移によって変化する。いや変化させなければならない。政治言語とは「生もの」であって「干物」ではないからだ。ロシア革命でも昨日のスローガンが一夜にして色あせたために変更されることもあった。小沢問題もまたしかり。10月の言葉が12月になって変更されるのも当り前のことだ。政倫審を開く動きはなかった。そうしているうちに強制起訴の法的手続きがはじまっているのだから、司法が立法に影響を与えるべきではない。

「事情変更の原則」でもある。流動する情況にあって、かつての言葉を固定的かつ恣意的に引用することは間違っている。いま必要なことは挙党体制で全力をあげて難局に当たることだ。

12月23日（木、夜版）

温かい昼下がり。夜は「アリとキリギリス」の忘年会。発起人は伊藤淳夫、藤本順一、上杉隆、森功、そして私。マスコミ人の年に1回の大集合。楽しみだ。坂崎重盛さんの『東京煮込み横丁評判記』（光文社文庫）が送られてきた。あれは2008年10月7日のことだ。吉田類さんから電話があった。手帳を見れば午後5時のところに「浅草　吉田」と書いてある。立ち飲み「安兵衛」に行くから来ないかという誘いだった。浅草で降りて六区のあたりで店を探した。「安兵衛」には坂崎さんもいた。初対面。そのときのことが年末に刊行された単行本に書かれていた。その文庫本だ。単行本にはなかった写真も掲載されている。

こんなキャプションがついていた。〈類さんとの飲み対談にフワーッと「安兵衛」に来店！合流したノンフィクション作家にして国会議員の有田芳生さん〉。写真を見ると黒い顔。そう、このころは街頭での訴えに明け暮れる日々だった。すでに板橋から総選挙に出ることが決まっていたときだ。手帳を見ると翌朝は蓮根駅での行動が予定されていた。朝のことを気にしながらも自由な精神が息づいていた。あれから2年。あの年の「アリとキリギリス」は選挙優先で欠席だった。

築地で行われた「アリとキリギリス」忘年会を途中で退席して、ひとり銀座「ささもと」。有楽町線でばったりと某テレビ局記者。政局について情報交換。某筋から拉致問題で連絡あり。重要情報をいかに処理すべきなのか。菅首相に報告しても、どこまで情報管理できているのかが不安だ。昨今の巷ネットは丸山眞男さんのいうところの「黒白判断」が横行している。

12月24日（金）

昨日の「スポーツ報知」に三原順子さん、松田公太さんとともに紹介された。三原さんが自民党議員に挨拶しても無視されているなどと発言していることにいささか驚いた。「有田芳生　信念貫いた」というのが見出し。自分で「信念」などという表現をするはずがないので、まず違和感を覚える。読んでびっくり。記事にこう書いてあった。

「9月の党代表選で菅首相を支持したが、小沢一郎元代表の国会招致問題では、小沢支持の議員らに同調。派閥に流されずに自身の信念を貫いてきた」。間違い3つ。いちばんの誤りは「党代表選で菅首相を支持」というところ。

私は北朝鮮による拉致問題への政策をどうするかを菅さん、小沢さんに質問した。両者から回答をいただいたのは、代表選前日。代表選の当日。昼過ぎにこういう電話をいただいた。「小沢一郎です。挨拶文に拉致問題のことはきっちり入れようと思っていますので、よろしくお願いします」。参議院選挙の私の公約の大きな柱が拉致問題の解決だった。その立場で代表選挙の選択を行った。質問状への回答でより具体性のある小沢さんに1票を投じた。しかし菅首相からは拉致問題の解決のための意見も求められている。「小沢派」でも「菅派」でもないスタンスで、この日本をよくするために実践する。私にとっては当たり前のこと。だから「小沢支持の議員らに同調」という記述も違う。「同調」ではなく、自らの判断で発言し、行動しているからだ。しかも「派閥に流されず」では、文章の構造上、「菅派」に属していることになる。

いま北朝鮮は日本政府との交渉再開を望んでいる。そうしたシグナルを政府がどこまでとらえているのか。心もとないのが現実だ。菅首相は1月13日の民主党大会から通常国会開会までの間の内閣改造に傾いている。具体的な官房長官人事も流れ出している。菅さんの盟友だ。いずれにせよ拉致問題をふくめた外交と内政を大きく進めることだ。小沢招致問題にこだわるならば日本の直面する課題のバランスを見誤ることになる。

午後2時。北朝鮮は菅直人政権時に拉致問題の進展を図りたいとの意図を持っている。「韓国併合100年」の談話で「日本の植民地支配」がもたらした「多大な損害と苦痛に対し、改めて痛切な反省と心からのおわびの気持ちを表明する」とあることなど、いくつかの施策を評価しているからだ。一方で民主党が設置する拉致対策本部の陣容についても批判的に注目している。「横田めぐみさんのニセ遺骨」返還など、いくつかの課題を乗り越えることができるならば、拉致問題は前進する。「6か国協議」が核・ミサイル問題をテーマとする以上、その場を利用しての交渉もあるが、原点に戻って独自に動き出すときだ。菅さんは私に言った。「外務省は放っておけば何もしませんよ」。そうだろう。しかし政治家が責任を取らなければ官僚も動かないことも事実だ。いまこそ本当の政治主導が必要なのだ。拉致問題解決への「見取り図」を描かなければならない。

12月26日(日)

穏やかな昼下がり。国会に行ってからはますます「紙との闘争」待ったなし。書類や郵便物等どんどん増え続ける紙の束。思い切って捨てるしかない。紙と格闘しながら当選後のことを振り返る。

昨日の岩見隆夫さんの「近聞遠見」は「言葉が貧しく、劣悪だ」と政治家の発言に厳しい。当然だ。「整理すると、言葉は饒舌でなく短く(中曽根)、しかし、短ければいいのではなく、信頼性がないと復讐される(梅原)、から、要は準備が肝心(丸谷)だ」。中曽根康弘、梅原猛、丸谷才一さんからの引用である。印象的だったのは、岩見さんが知っているかぎり、テレビ出演のときに細かいメモ書きを持ってスタジオに入っているのは、中曽根さんと後藤田正晴元副総理だったというところだ。「メモ書き」というところが大切だ。書くことで記憶され整理されるからだ。ここで「書く」のではなく「打つ」ことによる記録。

「たちあがれ日本」との連立打診報道。最初に報じたのはＮＨＫと時事通信。言葉がここでも大切だ。ところが平沼赳夫さんも与謝野馨さんも今回の連立打診について（いまのところ）コメントを出していない。27日の議員総会では与謝野さん以外が反対するだろう。連立打診スクープの背景にあるのは、与謝野馨さんが離党するための条件作りではないか。私が得ている情報通りに動くなら、その時期は年初だ。

菅民主党政権が「たちあがれ日本」に連立を打診したと報じられている。「たちあがれ日本」は平沼赳夫・与謝野馨共同代表のもと「打倒民主党」を旗印に結成された。「自主憲法制定」「２０１２年から消費税３％増」といった政策をかかげる保守政党だ。しかも同党では菅政権と親和性の強い与謝野さんと平沼さんの軋轢が高まっていた。与謝野さんが官邸を訪れ、菅さんに社会保障政策についてアドバイスを行ったからだ。与謝野さんは「安心社会実現会議」がまとめた「安心と活力の日本へ」がいまでも有効だと主張している。

「たちあがれ日本」の園田博之幹事長は、連立政権について「あり得ない。ふざけた話だ」と発言、平沼代表に近い参院議員も「大義名分のない連立はない。社民党と一緒にやっているところと組むわけがない」と否定。すんなりと連立とはいかないようだ。来年には舛添要一さんが代表を務める「新党改革」に与謝野さんが合流、民主党と連立政権を組むとの情報がある。年明けにも動き出す社会保障と消費税引き上げのための与野党協議会の座長に与謝野さんが就任する可能性もある。「たちあがれ日本」との連立打診リークは、別の動きの陽動作戦かもしれない。

12月27日（月）

銀座の山野楽器で買ったヘレン・メリルとクリフォード・ブラウンのジャズを聴きながら。ようやく行くことができたジム。身体を動かしたあとのいささか気だるい心地よさ。これまた久々に映画を見た。「英国王のスピーチ」は、ジョージ6世の物語。エリザベス女王の父親である。国王になるつもりもなく、吃音で悩んでいた男は、兄のエドワードが王室の認めない恋を選んで退位したため国王に。人前で語ることができるように治療をするが、いよいよ国民に語りかけなければならない局面が訪れた。ヒトラーが率いるドイツとの宣戦布告。国民や兵士に訴えなければならない……。この映画を見ていて人間の営為とは何かを思った。

政治家は言葉と行動がすべてだ。とくに首相はもっと国民に語りかけるべきだ。予算編成が行われれば、私たちの暮らしがどうなるのかを具体的に説明すべきだ。「ぶら下がり」などの細切れ言葉では真意が通じない。政治部記者と短い会話。「情けないですね」というのは政治の現況だ。「こんなことになるとは思わなかった」と言われれば、残念ながらうなずくしかない。

巨木も枯れる。枝葉だけを見ていてはいけない。
（大隈重信の言葉。海部俊樹『政治とカネ』、新潮新書）

参議院議員に当選して5か月あまり。6年間の任期とはいえ、「時間がない」との思いが強くなっている。何をしなければならないのか。これまでの人生航路を再構築すべく、さまざまな読書と先輩諸氏からのアドバイスを求める。中曽根康弘さんと梅原猛さんの対談『リーダーの力量』（PHP出版）を読む。憲法改正など国家観は異なるものの、戦争を超えて90年以上を生きてきた中曽根さんの危機感は深い。時代の閉塞感が人々の心を侵食し、少しずつ社会を蝕んでいると見るからだ。このままでは「失われた20年」が30年、40年になるのではないかという焦燥感である。

要は目標のなさゆえに人々は困惑し、混乱している。不安そのものが時代に蔓延しているのだ。

中曽根さんは指導者の条件として「目測力」「説得力」「統合力」をあげている。安倍、福田、麻生、鳩山首相などへの梅原さんの批判も厳しい。まさに憂国。民主党は党内闘争に内向＝自閉しているときではない。

12月29日(水)
もう30年以上も続いている高校時代の「仲良しグ

ループ」の同窓会のために京都へ。年始まで黙すので年内のブログはこれにて終わり。昨日は小沢一郎元代表の政倫審出席ニュースが流れた。弁護士と打ち合わせして、岡田克也幹事長に連絡してからの記者会見内容の根本的精神はタイトルにある。「挙党一致で『国民の生活が第一。』の政治を実現するために」。

「週刊朝日」で茂木健一郎さんの質問に答えて小沢さんはこう語っていた。「政倫審に出れば、果たして野党が国会運営に協力してくれるのか、ということですよ。もしもそうならば、党のため、国のために、法制度の建前は横において僕はどこへでも出ます」。こうした決意に対してあれこれと解釈を施すことで政治家の器量が露呈する。言葉を替えれば政治的動揺だ。記者の形式的質問も虚しい。条件はどうあれ政倫審に出席する意志を表明したからには、あとは国会対策をふくめて1月末からの通常国会をいかに運営し、予算案で合意を得ていくのか。民主党執行部の力量が問われている。そのためにも挙党体制が必要なのだ。中曽根康弘元首相や梅原猛さんがいうように、哲学があるかないか。俗っぽくいえば中曽根、梅原両氏があからさまに表現する「愚か」であるかどうかが問われている。

2011年1月
JANUARY

拉致問題解決と福祉充実——政治活動の私の基本

1月4日（火）

1935年から45年の敗戦までの10年間。日本の総理大臣は、岡田啓介（海軍）、広田弘毅（外交官）、林銑十郎（陸軍）、近衛文麿（華族）、平沼騏一郎（枢密院）、阿部信行（陸軍）、米内光政（海軍）、東条英機（陸軍）、小磯国昭（陸軍）、鈴木貫太郎（海軍）と10人を数えた。長くて東条の約2年9か月、短くは林の約4か月ほどだ。ときどきの大臣の名前を見ても、ほとんど聞いたこともない人物たちである。「戦争追従内閣」だ。

とくに44年7月22日から45年4月5日まで続いた小磯国昭内閣は、戦局が悪化するにも関わらず、無策に終始した。45年はじめには最高戦争指導会議で本土決戦体制を強化（1月18日）、アメリカの本土攻撃やソ連の対日参戦の可能性を認識（2月15日）したが、国民党政府との和平工作も閣内対立で頓挫。B29による東京空襲（3月9日〜10日）、硫黄島の玉砕（日本軍守備隊2万6000人、3月17日米軍による占領）、沖縄本島への上陸開始（4月1日）と敗戦への道を進むばかりであった。「鬼畜米英」「一億火の玉」という言葉をマスコミが流行させ、映画界も「加藤隼戦闘隊」（山本嘉次郎監督）、「陸軍」（木下恵介監督）など戦記物が公開されている。軍部、政治家、メディアの共演である。戦争経験ある中曽根康弘元首相は、この時期を「政治および国家統治の基本原則によらず、その場しのぎの対応に終始してしまいました」と総括している。

敗戦から65年あまり。とくに冷戦終了後の1991年からいままでの政治もまた不安定な状態が続いている。海部俊樹内閣から政権交代を果たした民主党政権の菅直人内閣まで数えれば13人である。とくに小泉純一郎政権が終わった２００６年9月以降は、わずか4年で４人も総理大臣が代わっている。まさしく「政治および国家統治の基本原則」どころか、「その場しのぎ」の連続である。歴史のエッセンスを応用し、5年から10年後の日本像から「いま」を捉えることが政治には必要なのだろう。ともすれば政局＝政争に影響される言動からもっと自由にならなければならない。古在由重さんがしばしば口にしていた「着眼大局　着手小局」である。２０１１年。現代史の関頭にあたって再びしばし沈思する。

1月8日(土)

「総理は内閣支持率が上らないのは小沢問題と自分がやろうとしている政策の広報宣伝が不十分だからと本気で思っている」(首相周辺)。菅直人首相が新年になって積極的にマスコミに出るようになったのはそうした認識があるからだ。5日には「報道ステーション」、7日には「ニコニコ動画」である。

政治記者から次のような話を聞いたのは6日のこと。「報道ステーション」は最低でも10パーセントの視聴率がある。ところが総理が出演するとグラフは8パーセントに落ち込み、さらに6パーセントまでになった……。たしかに視聴率は番組全体で6・9パーセントと「報道ステーション」では珍しい低水準を記録した。前4週間平均が14・7パーセントだから、なんと半分だ。しかし調べてみれば政治記者から聞いたことは大雑把な流れであって正確ではなかった。

「報道ステーション」がたいてい10パーセント以上の視聴率を獲得しているのは、基本的に「視聴習慣」があるからだ。その時間になれば「報道ステーション」を見るという生活習慣である。視聴率はグラフで1分ごとに表示される。私が「ザ・ワイド」に出ていたとき、前日の視聴率グラフを見て、どのコーナーの視聴率が高いかを見ることにしていた。VTR部分からスタジオトークに移ったところで視聴率が上がって行くならば、視聴者はそこで何が語られるかに関心があったということになる。「ときの人」が出演すればたいてい視聴率は上がる。典型的なケースはスキャンダルを起こした人物だ。特定の番組に独占的に出演すれば、視聴率が上るのは当り前でもある。では菅首相が出演した「報道ステーション」の「6・9パーセント」をどうとらえればいいのか。

21時54分に番組がはじまったとき、画面には司会者とともに首相の姿があった。そのときの視聴率は5・4パーセント。そもそも「入り」から低視聴率だったのだ。その原因はテレビがまだ正月体制にあったからである。日本テレビは午後7時から11時24分まで「ザ！世界仰天ニュース」、フジテレビは同時間に「超ホンマでっか!?」という特別編成だった。この2番組が高い視聴率をあげたことは翌日に明らかとなった。それに対抗した「報道ステーション」は、最初から苦戦を強いられていたのだ。菅首相の出演は2つのCMを挟んで22時40分まで続く。その間の最高視聴率は8・7パーセント、コーナー終了時は6・7パーセント。菅首相が出演したコーナーの平均は7・2パーセントである。

そこから次のコーナーに移り視聴率が下がった結果が6・9パーセントという数字となった。菅首相が出演したから視聴率が下がったのではないことが、この流れからも明らかである。菅首相が出ていた同時間帯の日本テレビの視聴率は19・7パーセント、フジテレビが20・8パーセント。多くの視聴者が総理の話を聞くよりも娯楽番組にチャンネルを合わせていたということである。安倍晋三元総理がかつて「報道ステーション」に出たときは16・7パーセントだったと報じた産経新聞は、放送時期などの比較条件を欠いたため、いささか単純にすぎる。菅首相の出演についていえば、チャンネルを合わせた人の多くはコーナーの最後まで見ていたということが視聴率グラフから見えてくる。ただし首相が語ることを聞きたいという新しい視聴者が増えなかったと評価することもできる。

私はかねてから、首相は予算編成など政治変化の時期に応じて国民に具体的かつわかりやすく語りかけるべきだと主張してきた。したがって菅首相がテレビやネットで語ることには賛成だ。しかし首相や幹事長が支持率が上がらない原因として小沢問題を前面に出すことは世間＝生活現場を知らないと断ぜざるをえない。

いま菅政権に何が必要なのか。2人の忠言を紹介する。

菅政権になると今度は冒険的な発言をまるでしなくなった。追われてばかりいて、押し返す力がない。あと1年くらい経てば、政権も3年目で、落ち着きと慣れが出てくる。そうすれば独自の戦略も生まれてくるかな。しかし首脳部の力量不足が目につく。

（中曽根康弘元首相、「週刊ポスト」1月14日、21日号）

菅さんと鳩山さん（由紀夫・前首相）の一番の共通点は、歴史を理解するセンスがないことだ。歴史的思考法の訓練を受けた痕跡はどうも感じられない。理科の人（理工系の大学卒）ということもあるのだろうか。

（山内昌之東大教授、「アジア時報」２０１１年1、2月合併号）

私は民主党政権が確固とした基盤を築くことをめざしつつも、いかなる執行部体制にあっても北朝鮮による拉致問題早期解決と少子高齢時代に見合った医療・福祉・介護の「人間らしい」充実のために引き続き行動することを政治活動の基本とする。

1月11日(火)

「大変な幕開けになりましたね」。ある参院議員からそう声をかけられた。今日から1週間は政治が動く。報道では内閣改造が話題となっているが、その情報の出方によっても、菅直人政権の行方が見えてくる。新しい官房長官には参議院からと新聞1面で報じられたのは、年初めのこと。情報源を探っていけば、「なりたい人物」からのものであった。

人事は漏れればつぶれる。この基本原則に基づいて、ある有力議員の名前が浮かんでは消えていった。情報戦だ。しかし内閣周辺から具体的人物名が流れるならば、それは麻生太郎内閣の教訓が生かされていないことになる。失言や政治的ブレの続いた麻生政権は、内閣改造で乗り切ろうとした。首相周辺から党三役人事が漏れることで、反対派が勢いづき、人事に失敗。政治決断ができなくなり、結果として解散、総選挙へと流れ込んでいった。その果実が政権交代だった。国会対策に長けた判断があるなら仙谷由人官房長官は続投させるという。そうなれば野党の猛反発で国会は冒頭から動かない。それも7日から10日だ。その間に辞任をカードで交渉、予算の通過を約束させて官房長官と国交大臣を辞任させる。しかしこれもまた政略にすぎない。歴史観や国家観が見えないからだ。

1月13日（木）

「連立打診スクープの背景にあるのは、与謝野馨さんが離党するための条件作りではないか。私が得ている情報通りに動くなら、その時期は年初だ」。こう書いたのは昨年12月26日のブログだ。くわしくは書けないが「確実な情報」だった。昨年後半に何度か菅首相と与謝野さんが会談を持った。当時の報道では政権運営の相談とされていた。実はそうではない。菅首相は税と社会保障の課題でアドバイスを受けたのだった。与謝野さんは麻生内閣当時にまとめた「安心社会実現会議」の報告書がいまでも必要だと説いた。座長代理の渡辺恒雄（読売新聞グループ本社代表取締役会長・主筆）は、厚生労働省を「医療・介護省」と「厚生・年金省」に分離すべきだと主張。しかし麻生首相は「社会保障省」という構想があったので実現の道筋には至らなかった。いまもなお与謝野さんは渡辺構想に賛同している。そうしたプランもふくめて菅首相に提言したのが会談の核心だった。その動きと連動したのが「たちあがれ日本」からの離党である。平沼赳夫共同代表と方向性が異なるために、年が明ければ離れることは既定路線だった。ならば「たちあがれ日本」との連立構想は、与謝野離党のための煙幕であったともいえよう。与謝野さんからすれば計算したうえでの離党だ。

「民主党打倒」を掲げた「たちあがれ日本」と民主党が連立できるはずもない。小党内部での対立が高じて、与謝野さんが離党する道筋だけが残り、実際にそうなった。あとに残る問題は、離党した与謝野さんが「新党改革」（舛添要一代表）に入党するかどうか。連立の「さざ波」のような枠組み変更の可能性はまだ残っている。

1月25日（火）

人間の苦悩のなかでもっとも醜悪なものは、おおくのことが理解できるのに何もなしえないということです。

（シモーヌ・ヴェーユ）

昨日第177回通常国会がはじまった。菅直人首相の施政方針演説を聞きながら、さまざまなことを考えていた。国会議員となったはじめての国会では、野次のひどさに心底あきれ果てたものだ。「これが国権の最高機関か」といった思いである。今度もまた低劣な野次が飛び交ったが、もはや雑音にしか聞こえないことにいささか驚いた。慣れなのだろう。もっと正確に言えば、エスプリの利かない野次をいくら放っても、この国の行方には何の影響もないという諦念でもある。民主党政権を支えつつ、菅政権の個々の政策にいかなる態度を表明するのか。ここしばらく自己の「立ち位置」に思案を巡らせている。消費税増税、ＴＰＰ（環太平洋パートナーシップ協定）などへの賛否である。白紙の状態から調査を続けている。

しかし一国会議員としてまず向かい合わなければならないのは有権者に語ってきた公約だ。その課題は拉致問題である。第177回通常国会での姿勢方針演説で菅首相はこう語った。

「我が国は、日朝平壌宣言に基づき、拉致、核、ミサイルといった諸懸案の包括的解決を図るとともに、不幸な過去を清算し、国交正常化を追求します。拉致問題については、国の責任において、すべての拉致被害者の一刻も早い帰国を実現するため、全力を尽します」。

菅内閣になってから、所信表明（2010年6月11日、10月1日）が2度、施政方針演説が1度（2011年1月24日）おこなわれた。そこで「北朝鮮」に触れたのは、それぞれ4行（151字）、4行（134字）、5行（182字）だ。

最初になくてあと2回の演説で付け加えられたのが「日朝平壌宣言に基づき」という部分である。あまり注目されていないが、菅民主党政権は2002年9月17日に小泉元首相が訪朝したときに結んだ「日朝平壌宣言」を原点にして国交正常化をめざすということだ。そのプロセスにおいて拉致問題の解決を図る。その具体的プランはいくつかある。拉致被害者を数人（これまで政府認定されていない日本人）でも奪還することができるなら、その交渉はすべきだと私は判断している。なぜなら、そこには拉致被害者や日本で待つ家族がいるからである。北朝鮮もそれで終わりになるような日本の世論でないことは充分に知っている。しかし被害者帰国が北朝鮮批判の大キャンペーンとなった2002年の情況が再燃することを恐れてもいる。あれから9年目。横田めぐみさんが北朝鮮によって拉致されたことが判明してから小泉訪朝まで5年。その時点からいまやそれ以上の歳月が過ぎ去ってしまった。日朝国交回復交渉を追求するなかで拉致問題解決のための具体的行動を起すべきだ。

1月31日（月）

小沢一郎元代表に対する「強制起訴」が今日にもおこなわれると報じられている。第5東京検察審査会が小沢一郎元代表に対して「起訴議決」したことについて、私は昨年10月の法務委員会で質問した。検察審査会の意義を認めつつ、改正された審査会法に問題があることを具体的に問うたのだ。審査員の平均年齢が2度の人選ですべて異なるはずなのに、なぜか34・55歳と発表されたことなど、統計上はありえないことも専門家からの取材で明らかにした。何よりも議事録がないことには驚いた。そこで何が議論されたかも不明だ。あえていえば審査補助員である弁護士の誘導があった可能性もある。それは当人が新聞記者の取材に暴力団と政治家が同じようなものとの趣旨を審査員に語っていたからだ。
　昨年から今年にかけては森ゆうこ議員の執拗な追及によって各種書類が明らかにされた。2度目の議決書に「切り貼り」が行われたのではないかという指摘もある。疑惑はさらに深まっている。私は法務委員会の質疑でさらにこの問題を取り上げていく。

　制度上何が問題なのか。それは検察審査会の構成、議事内容などの不透明さはもとより、そもそも「嫌疑不十分」なケースまで「強制起訴」できる仕組みである。

「週刊朝日」（2月4日号）は「小沢強制起訴やっぱりヘンだ！」という特集を組んだ。そこでは「事件」の重要証拠の信憑性が疑われているため、議決の根拠が崩れる可能性があることが明らかにされた。この特集のなかでは、強制起訴権限の制度設計にも携わった高井康行元特捜部検事・弁護士が〈「嫌疑不十分」の事件は強制起訴から外すべきだ〉と主張している。

　高井さんは「証拠があり有罪はほぼ間違いないが、情状などを勘案して不起訴とした」起訴猶予に対して「嫌疑不十分」についてこう語っている。「嫌疑不十分というのは、検察官が証拠を精査した上で『証拠が足りない』と判断したもの。検察官がそう判断したものを、プロでない審査員が証拠を精査しないで有罪だというのは不合理でしょう」。

　検察が1年以上も捜査をしたうえで2度も不起訴処分にした小沢ケースは、新しい証拠もないもとで、いくら強制起訴されても無罪になることは確実である。しかし頑迷固陋あるいは「小沢憎し」の本音を理屈で隠して権力闘争に利用する姑息な政治家たちは、詳しい事情を伝えない既成マスコミに影響された「世論」なる不確実な実体に依拠している。「酒を飲めば8割は小沢さんの悪口ばかり」の政治家が、小沢排除の急先鋒なのである。

　参議院の五車堂書房で青木理さんの『ルポ　拉致と人々』（岩波書店）を注文。外出までの時間に書いている。

小沢一郎元代表への「強制起訴」が今日行われないのは、時事通信と朝日新聞が「31日」と書いたことに指定弁護士が怒ったからだ。そもそも昨年9月14日の議決から、すでに4か月以上の時間が経過した。いずれ小沢「無罪」となれば、検察審査会のありようそのものが問われることになる。指定弁護士への懲戒請求も準備されているようだ。今朝のブログで〈「酒を飲めば8割は小沢さんの悪口ばかり」の政治家〉と書いた。もう少し正確に書いておけば、いま問題となっている小沢ケースが捜査の対象になるずっと以前の話である。そうした心性を持っている者が権力中枢にいるという意味である。そもそも心の深いところにある本音が「正論」にまぶされて主張されているのだ。

歴史のなかでナポレオンや西郷隆盛の評価はさまざまに行われてきた。たとえば西郷についていえば、国柱会という宗教右派だけでなく左翼の歴史家であった井上清もまた高く評価していた。人物評価が万華鏡のようになるのは、それだけ複雑な多面体だからである。いまの政界にあって小沢一郎とはそうした存在なのだ。

1月31日(月、夜版)

外出先から急いで戻ってきたのは、小沢一郎「強制起訴」に対する各種取材があったから。今日の強制起訴はすでにマスコミでも報じられていた。ところが昼をすぎても動きは見られなかった。そこでこの問題を取材している記者に聞いたところ「日にちが報じられたので指定弁護士が怒っている。どうも明日か明後日に延ばすらしい」という。しかし午後になって「強制起訴」が行われた。記者会見で「なぜ今日なのか」と問われた弁護士は「きりのいい日だから」と答えたそうだ。これもよくわからない。たとえば「2月1日」でもきりがいいからだ。「理屈はあとからついてくる」。そんな程度なのだ。取材では、この起訴が無理筋であること、そもそも東京第5検察審査会が不透明であることを語ったあとで、この問題を政争にする愚について強調した。野党は統一地方選挙や国会対策の道具として利用してくるだろう。そんなときに民主党内から分岐を激しくするような動きがあるならば、それこそ歴史によって断罪されることだろう。政治家のみならず、人間の出処進退は自らが行うものだ。こんどの「強制起訴」を受けて、離党勧告などを行うべきでない。

いまなお放送中の「ニュース23」。夕刻の小沢一郎元代表の「ぶらさがり」記者会見で松原キャスターは「起訴は起訴。離党するつもりはないか」などと聞いていた。これがキャスターかと唖然とした。これがキャスターなのだ。詳しいことは明日書く。

2011年2月
FEBRUARY

「日本を公正な、格差の少ない社会に」（小沢一郎）

2月1日（火）

ひとを罰しようという衝動の強い人間たちには、なべて信頼を置くな！

（ニーチェ『ツァラトゥストラはこう言った』）

小沢一郎元代表に対して「その時どきで都合のいい理屈」（朝日「社説」）、「居直り会見」（「赤旗」）と紋切り型の言葉遣い。無前提に「ひとを罰しようという衝動」の典型だ。「市民の判断に意義がある」と「朝日」。一般的「市民」などどこにもいない。ましてやすべて別人の「34・55歳」という、統計的にはありえない審査員＝「市民」の実体は疑惑に彩られたままだ。法務委員会で質問しても、検察審査会の視察時に質問しても、そこにいる「市民」は厚いベールで隠されたままである。明らかにしない。

昨夜「ニュース23」を見ていて唖然とした。会見する小沢元代表にキャスターが「起訴は起訴。離党しないんですか」と質問していたからだ。テレビの習性で自番組のキャスターやリポーターが会見で質問すると、たいていが「○○キャスター（リポーター）」と字幕を入れる。匿名性に隠れるよりはマシなのだが、そんな意識ではない。「うちもやってるぞ」という自意識の発露である。そこで気の利いたあるいは鋭い質問がなされれば「さすが」と思うのだが、「ニュース23」キャスターのものは、きわめて低水準。唖然という言葉では正確ではない。私の眼にはアリバイ質問にしか聞こえなかった。自己存在の証明である。何が問題なのか。結論を先に言えば「詭弁」（外見・形式をもっともらしく見せかけた虚偽の論法）の典型だからである。

冤罪であることが明らかとなった村木事件も足利事件もすべて起訴された。「起訴は起訴」が正しいならば、内容の吟味なしに思考停止のままで断罪だけが待っている。かくて冤罪が生まれたのではなかったか。マスコミ報道もここにおいて「共犯」である。

「強制起訴」の前提として「事件」の内実がある。そこが崩れつつあるのに、外形的（表面的）事実だけでモノを語ることの恐れをいささかも持っていないことに恥はないのか。「起訴」されたことと「離党」することの論理的説明もいっさいなされない。ここにおいては「強弁」の側面も持っている。ことの本質においてレッテル貼りである。

詩人の川崎洋さんは「気が滅入ったときの唄」でこう書いた。

にこにこやさしいお人はこわい
居丈高なお人は組みしやすい
悧巧（りこう）は死ななきゃ
なおらない

「悧巧な人」が多すぎる。


会館で予算委員会の質疑を聞きながら書いている。政権交代から1年5か月。いまを「開国」というならば、そこでは制度改革だけではなく、日本人の精神改革が同時に進められなければならない。福沢諭吉の『丁丑公論』を読んでいる。福沢がこの論述を書いたのは西南戦争が起きた明治10年。西郷隆盛を評価した福沢が、この原稿を公表するのは、それから24年もあと、亡くなる数日前のことだった。「明治14年の政変」までは新政府に協力的だった福沢は、制度改革よりも困難で持続的な努力の必要な「民心の改革」を自己の任務とした。いまも同じプロセスにある。制度改革の「生みの苦しみ」と同時に進行しているのは、「民心の改革」（福沢）でもある。そうした流れに小沢一郎「強制起訴」問題を置いてみるならば、既成マスコミの「起訴は起訴」的な論調に対してインターネット（ブログやツイッターなど）の論調は大きく分岐している。

かくて政権交代をきっかけに「精神革命」（萩原延

壽）が起きつつあるのである。

2月2日（水）

どうして君は他人の報告を信じるばかりで自分の眼で観察したり見たりしなかったのですか

（ガリレオ・ガリレイ、『天文対話』）

自らの言論（周辺）に依拠するばかりで「自分の眼」を特定の方向に固定してしまっているコラムを読んだ。知人でもある若宮啓文さんの「小沢氏の強制起訴」と題した「ザ・コラム」（「朝日」2日）だ。小沢一郎元代表は年末から週刊誌各誌に登場しているのに、なぜ新聞や国会で語らないのかと批判をしている。若宮さんの結論はこうだ。

「疑わしきは罰せずなのに、新聞報道は小沢氏に厳しすぎないか。そんな批判には自戒すべきだと思う。だが、議会人として当然の義務である国会での説明を避け続ける以上、その責めはご本人にきっちり負ってもらわなければなるまい」。

「自戒すべき」と書きながらも、それは「エクスキューズ」（言い訳）で、言いたいことの核心は後段の「責め」にある。辞職か離党かは知らないが、責任を取れと言外に求めているのである。

条件が整えば国会で説明するとは小沢元代表が何度も語り、文書でも公開してきたとおりではないか。そんなことは「他人の報告」でも明らかな事実だ。若宮さんは攻撃の嵐に見舞われたものの微妙な心根が想像できないようだ。私は小沢さんに会ったとき、「テレビや新聞は見ていますか」と聞いたことがある。答えは「ほとんど見ないね」。なぜかと訊ねると「一方的な報道ばかりなんだから」というのだ。私は思った。小沢一郎という政治家も、当り前だが、豊かな感情あふれる人間だ。鉄面皮な政治家もいないではないが、それは例外だろう。誰でも一方的な疑惑・批判報道を洪水のように、しかも数年にわたっておこなわれれば、正視するほどにまともな精神にも影響が及ぶ。朝日新聞で「王道」を歩いてきた若宮さんには、失礼ながら「人生の機微」がご理解できないのではないか。テレビ朝日の「スーパーモーニング」やネット報道、さらに週刊各誌に登場したのも、語ることがそのまま報じられるからだ。新聞は必ず方向性ある要約でしか報道しない。コラムを読んでの感想は「冷たい文章だな」という結論である。

国会関係者からメールと電話で「金正日死亡説が流れている」と連絡があったのは、昼前のこと。国会でも噂が広がっているようだった。まず韓国大使館に確認。先方によると「中国筋の情報です」という。政府の様子はどうかと問えば、「いたって穏やかです」。そこで辺真一さんに連絡。辺さんのところに確認の電話はいっさいなかった。そこで北朝鮮と太いパイプのある人物に連絡すると「ウソですよ」の一言。「いったいどこからそんな話が流れているんですか」というので、「中国筋らしい」と伝えたところ、声色が変わった。韓国で流れたのではなく、中国からの情報なら注目すべきだというのだ。やはり北に詳しい筋に聞くと、「ありえません」。金日成主席が死去したときにはその日に公表されたともいう。最終的には北朝鮮高官に否定されたことがわかった。金日成主席にも何度か「死亡説」が流れたことがあった。法則的なものがあるとすれば、南北対話が進みそうなときである。こんどもまた南北が秘密交渉をふくめて接近しているときの情報である。これまでと異なるのは「中国情報」だということだ。どんな意味があるのか。中朝が強い友好関係にあるいま、いったいどこから流されたのだろうか。

2月6日(日)

福井県民主党の「政治スクール」で話をしてきた。政治に関心があり、機会があれば将来議員に立候補するひとたちの勉強会だ。一般からの参加もあった。1時間ほどの講演では、政治に進んだ理由、政権交代の歴史的意味、歴史のなかの日本の位置、政治家にとって必要な歴史観と言葉のセンスなどを語った。質問を受け、スクール生との懇親では、多くの問題関心を共有していることがわかった。大きなくくりでは民主党内部の動向が世間からは「内輪もめ」にしか見えていないことなどだ。消費税増税やTPP参加問題、小沢一郎「強制起訴」に関するでも貴重な意見があった。たとえば消費税増税が既成事実であるかのような流れへの違和感。「宗教法人への課税はなぜしないいんですか」との質問もあった。

そう聞かれて思い出したのは、オウム事件当時のこと。宗教法人法の改正が問題となったが、日弁連主催のシンポジウムなどに出ても、多くの宗教団体は消極的だった。ましてや課税はタブーとさえいえる現状がある。為すべきことを徹底してから増税論議を進めるべきなのだ。検察審査会による「強制起訴」についても疑問が出された。鳩山由紀夫元代表もまた献金問題で問われ、自身も認めたのに党内処分はなかった。ならば小沢一郎元代表に処分を求めるのはどうか。人によって対応が違うのはおかしいとの意見も。福井をはじめとして政治＝社会を改善するために活動している人たちは多い。その心情を聞くことがとくに執行部には求められている。スタッフに小松駅まで送っていただき、10年前から顔を出している「有川」で「菊姫」を飲んで空港へ。機内では自民党参議院議員とばったり。握手を求められ「こんどぜひ飲みましょう」と声をかけられた。大山礼子さんの『日本の国会　審議する立法府へ』（岩波新書）を読む。

2月7日（月）

統一教会の現役信者がストーカー法違反で逮捕と報じられた。埼玉県越谷市に住む信者UT（42歳）だ。2007年2月22日に韓国・天宙清平修錬苑で行われた「4億双」（4億組という意味。当り前だが8億人が合同結婚式に参加するはずはない）「平和世界実現のための太平聖代平和交叉・交体祝福結婚式」）に参加したものの、相手の女性はのちに脱会。そこからストーカー行為がはじまった。女性がいた千葉県某所には教会の「部長」が姿を現すなど、組織的関与が疑われている。都内でもあるビルの階段を上ると、踊り場に座って相手を待っているなど、先回りをするなどの行為が続いていた。どうして相手の行動がわかったのか。それは携帯電話のGPS機能を使い、関係者の車下部に設置していたからだ。信者は少なくとも10の携帯電話を持っていた。ところがどうもそれ以外の方法で相手の動向を探っていた可能性がある。警視庁公安部が統一教会の組織的関与などをふくめて家宅捜索と逮捕に至ったのは、そうした疑問を解明するためでもある。山崎浩子さん脱会時にも、叔父のカバンの窃盗、関係者への尾行などなど、手段を選ばない行為が行われた。

2月8日(火)

読売新聞に消費税を10％以上にするという柳沢伯夫・元厚生労働相のインタビューが掲載されている。

政府の社会保障改革に関する集中検討会議の幹事委員を務める柳沢氏は、〈「国民は増税されたら、財政もそれなりに良くなることを期待する」と述べ、消費税率を引き上げる場合は社会保障の強化に加え、財政再建にも活用すべきだとの考えを表明した〉と語った。しかし経済上の問題として消費税増税が財政再建に資するかどうかは疑問だ。消費税を増税すれば、単年度の赤字は解消されるため、新規国債の発行は楽になるが、これまでに発行された国債残高はそのままで、既発債借り換え問題（各年度の国債の整理又は償還のための借換えに必要な資金を確保するために発行される国債）も残る。野口悠紀雄さんによれば、消費税増税が徐々に行われるなら、物価水準が高くなると予想されるから、名目金利が上昇するため、既発債の時価は下落するため、金融機関に多額の損失が生じると分析する。野口さんの持論だが、インフレも財政再建の一方法だ。戦時中に累積した国債を終戦直後にインフレで解消した歴史的経験があるからだ。最近のロシアで起きたことでもある。消費税増税が財政再建のためになるという見解は、ある側面にすぎないのだ。政治が消費税増税路線にのめり込むことは、別の道が見えなくなることでもある。

あしざわ一明・渋谷区議の「新春のつどい」。その挨拶メモを終えて書いている。練馬区長選挙は現職の区長に対抗して共産党系候補者、さらに民主党系候補者が立候補する予定だ。民主党候補者は党に属している区議だが、どうやら「無所属」で出馬するようだ。地方選挙でも民主党員でも無所属を掲げて立候補する傾向がある。現政権に向かい風が厳しく吹いているための防御策でもあるが、いったいこの「無所属」とは何か。特定の団体や党派に所属していないことをいう。

1947年4月の参議院選挙で108人も無所属議員が当選し「緑風会」と会派を名乗ったときから、党派に対抗する勢力として存在感を示してきた。正真正銘の「無所属」。真性「無所属」だ。

ところが4月の東京都知事選挙に出馬する予定の共産党前参議院議員なども、党に所属したまま無所属を名乗って出馬する。党員でありながら無所属とはいかに。言語矛盾の「無所属」は仮装「無所属」だ。民主党にしても、その支持者にとどまらない支持を得ようとするから、あえて「無所属」の看板を掲げるのだろう。それが現実であることは了解しつつ、腑に落ちないものがある。あえていえば「覚悟」の問題だ。

2月9日(水)

小雪降る永田町もいまはすっかり晴れた。朝から参議院議員総会、本会議、再び議員総会で参議院選挙制度改革についての議論があった。「参議院選挙制度改革対策チーム」(12人)に選ばれたため、とくにこの問題を調べなければならない。格差是正のために「選挙制度の仕組み自体の見直しが必要」と最高裁判決が出たのは2009年9月。民主党の政策集(2009年)では「参議院のあるべき姿を踏まえて、2013年をめどに選挙制度の抜本的改革を行います」。あと2年半後の参議院選挙までに抜本改革を行うというのだが、周知期間を考えれば、時間はない。西岡参議院議長や石井一議員の「ブロック制」案などがすでに出されているが、何しろ当事者の議員がプランを練るのだから、最大多数の合意を得るには困難が伴う。衆議院の選挙制度改革とセットで、しかも参議院の独自性をふまえた選挙制度改革でなければならないとの識者の意見もある。選挙制度改革を定数是正や削減と同時に議論して、一定の結論を出す。議員や会派の改革案を基本にしながら、第三者機関で議論していくことが必要ではないだろうか。いまから検察審査会の資料を読み込み、3時からは外交安全保障調査会で北朝鮮問題の報告を受ける。

2月12日（土）

新大久保の「大長今」で北朝鮮難民救援基金の新年会に出席した。代表理事の加藤博さんとは「週刊文春」の仕事をしているときに出会った関係だ。難民救援基金は政府認定の特定非営利活動法人。NGOは4万を超えたが、政府認定はまだ188（10年12月）。海外と比べて個人献金が少ない（事業収入約75％、寄附収入約4％）。日本に寄附文化がないのではなく、寄附のインフラが整っていないのだ。2011年度から政府は信託銀行に預けたお金を政府認定のNPO法人などに計画的に寄附できる信託商品を認めることになった。税金も優遇される。ちなみに日本の個人・法人の寄付額は1兆395億円（09年）で、個人献金は52・5％。アメリカは25兆4196億円（09年）で個人献金は82・7％だ。

懇親会では脱北者で日本に最初に来たIさん夫妻やこの1月に来日した脱北者にも会うことができた。Iさんは10歳の時に在日の両親に連れられて北朝鮮へ帰国。現地で結婚し、中国からロシアに出て、ハバロフスク空港でKGBに拘束された。当時生まれた娘さんもいまや中学生。ピアノをひく写真を見せていただいた。韓国では脱北者は2万人を超えた。ところが日本では外務省や入管は人数を把握しているにも関わらず、正確な数字を公表しない。中国の瀋陽領事館には脱北者がいるが、拉致特別委員会での私の質問に、外務省はその正確な人数さえ明らかにしなかった。もう3年も領事館に足止めされている人たちの人権侵害は、日本政府と中国政府の責任だ。

いま高校生になった脱北者（女性）の笑顔がうれしかった。都立高校に在籍していて数学ではいつも1番だという。日本から北朝鮮へ。人間の尊厳を守ることは普遍的な課題だ。

2月14日（月）

千駄ケ谷の日本青年館で行われた「小沢一郎政治

塾」に顔を出した。講演は約50分ほど。メモのなかからとくに印象に残った部分を紹介する。小沢さんは「日本が自立した日本人の集合体に変わらなければならない」というところから話をはじめた。以下メモ的に要約する（文責は有田）。

自立した日本と日本人がグローバル化した地球で何をすべきか。『日本改造計画』の続きを書いており、ほぼ書き上げたが、政権交代などもあったので、筆を入れ直している。

そのあと21世紀をどういう世界にしなければならないかというテーマに進んだ。

冷戦が終わったとき、世界は平和になるとマスコミも政治家も思った。現実には「当面の敵」はなくなったものの、世界はコントロールできなくなり、自国の利益を主張するようになった。その結果、政治や経済にいろいろな問題が生じ、後進国では紛争が表面化して冷戦以上になった。

では日本と人類が平和で豊かに暮らしていくにはどうすればいいのか。

それにはあるべき国家像、人類のありようを共有しなければならない。「共生」という言葉には二つの意味がある。まずは諸国民、民族の共生で、平和の問題。さらに自然との共生で環境問題だ。これは人類史的テーマであり、21世紀に理想を共有し、解決しなければならない。

小沢さんはさらに歴史のなかの日本について話を進めた。

世界中で日本は歴史的に豊かで平和な国家だった。大陸と違い島国の日本は国と呼ばれているなかでもいい地域だった。弥生時代に大陸や半島から200〜300万人が渡来人として移住したともいわれている。権力闘争はあったが、国民を巻き込んでの大きな戦争はあまり記録されていない。アメリカや中国と比べても。国家の形成からして発想が違う。徳川の260年はいまの日本人の性格を作り上げたのではないか。日本史のなかでも聖徳太子の「17条憲法」は象徴的で絶対にひとりでものごとを決めてはならないと述べている。「和を以て貴しとなす」も日本人社会の考え方の柱となってきた。

ここから現代政治にも触れ「55年体制」の意味を語った。（続く）

2月15日（火）

「ワタミ」の渡辺美樹氏が東京都知事選挙に立候補する。そもそも9日にみんなの党が擁立と報じられた。党幹部は「検討中」と発言。しかし渡辺氏は「多くの方から都知事選に出たらという出馬要請は過去にたくさんあった。ただ、みんなの党をふくめ、出馬に関して他人に相談したり、支援要請した事実は一切ございません」と否定。この発言には背景がある。擁立の話は進んでいたのだ。ところが情報が漏れた。渡辺氏にすればみんなの党サイドから流れたと判断。そこで否定コメントを発表。実はみんなの党の側にも問題が生じた。渡辺氏を擁立との情報が報じられてから、支援者から渡辺氏を擁立するならみんなの党を支持しないとの抗議が数多く寄せられたのだ。渡辺氏は「改革派」の首長に支援を要請している。大阪、名古屋などの「改革派」連合の一環として都知事選を闘おうという構図だ。しかし女性からの支持が厳しいとの見方がある。問題は民主党だ。蓮舫が都知事選挙に出ることはない。ならば誰か。不戦敗を避けるだけの候補者では有権者に見透かされる。もはや時間がない。

2月16日（水）

議員総会、本会議、参議院選挙制度改革会議に出席。小沢一郎元代表に対して民主党常任幹事会が「党員権停止処分」を強行採決したことに不満のマグマが蓄積されつつあることを実感。議論のなかで仙谷由人議員が「起訴猶予」と発言したという。正確には「不起訴処分」だ。事実認識さえ誤って処分する「見識」には驚くばかりだ。

私はマスコミがいうような「中間派」ではない。「単独者」としてあくまでも事実に基づいて、自主的に判断し、行動していく。14日に行われた小沢一郎講演メモから。

「55年体制」は、イデオロギーの対立ではなく、共産党をのぞいて全会一致の談合政治だった。政権交代したのだから、それぞれの自己主張、理念で丁々発止の議論をして国民の信を問うことだ。いまだ日本社会を支配している談合政治では、日本は自立していない。誰が決めたのかわからない仕組み、責任を問われない社会が今日まで及んでいる。

小沢さんはさらに「共生社会」「共生の地球」を作るのに日本人はむいていると話を進めた。（続く）

2月21日（月）

昨日は誕生日だった。かつて上田耕一郎さんと話をしているとき、誕生日の話になった。

大江が言っているだろう。人は死に向って年をとるんだよ。だから50歳を過ぎてから誕生祝いはしないいんだ。

そう教えてくれた上田さんもすでにいない。ここで言う「大江」とは大江健三郎さんのことだ。仕事に邁進しながらも日々を楽しく充実して暮らしていくことを意識する。

政局が動き出した。あれは1月23日のこと。板橋のある新年会で私の眼の前にいたのは渡辺浩一郎さんだった。さきごろ会派を別にすると表明した16人の民主党衆議院議員の代表である。ビールを飲みながら渡辺さんが何度か言った。「（統一地方選挙まで）まだ2か月ありますから、何かあるでしょう」。私は「そんな情況ではないでしょう」と否定したが、「そうですかね。やっぱりないですか」と笑っていた。もしかしたらそのころからいまに至る動きがあったのかも知れない。今週中に「第2弾」の行動があるとの情報もある。16人の行動はまぎれもない党内からの「倒閣運動」だ。それに対して「名前と顔が一致しません」と語った執行部がいたが、その認識は甘い。ここぞとばかりに蛸足のごとくにあちこちに売り込みをしている議員の姿も目撃する。恥ずかしいなと思うものの、そうした世界なのだろう。

覚えていることですな、へつらい者はみんな、いい気になる奴のおかげで暮らしていることを。
（ラ・フォンテーヌ）

2月21日(月)

テレビ東京の取材が終わり、午後6時からの「週刊文春」の取材前に。小沢一郎元代表の講演（2月14日。続き）をまとめる。「共生の社会」「共生の地球」を作らなければならないというところからだ。

欧米はキリスト教文化で一神教だ。このヨーロッパ文明は地球規模の問題解決に向いておらず、もはや限界にきている。日本人は自己主張がなく、何でも受け入れるところがある。宗教も八百万の神であり、神仏混交だ。他の宗教、たとえばユダヤ教に対して排斥もしない。この資質を活用すれば、21世紀のモデルケースとしての日本が生まれる。

小沢元代表はここで平和の問題に話を進めた。なぜビンラディンが捕まらないのか。

それは所得格差、貧困があるからだ。貧しい民衆が支えている。テロは宗教的対立が争いの背景ではあってもそれだけの問題ではないと思っている。イスラエルもパレスチナも好んで争いはしないだろう。

ここで日本の問題に進んだ。

日本は小泉改革で歪んだ社会になったが、日本を公正な、格差が少ない社会に変えることはできる。使命を与えられれば日本人は（そのように変革するための）技術、資本、能力を持っているからだ。

ここから「国連中心の平和維持」へと進むが、時間切れで次回へ。

2月22日(火)

今日は午後から参議院選挙制度改革の第2回会議に出席する。夜は共同通信でエジプトなどの中東情勢について「不安定研究会」。昨夜は議員会館を出て神保町に向かった。書店である書籍を探すがまだ入荷していなかった。「家康」へ。そこにいたのは上杉隆、藤本順一、畠山理仁さんたち。カウンターには身体の大きい男性もいた。あの「尖閣ビデオ」を公開した一色正春さんだった。「自由報道協会」の記者会見の流れで、富山商船高等専門学校の同級生もいた。

店を出てから一色さんたちはもう一軒行きたいというので、上杉さんたちと別れ、なじみのワインバー「ボン・ヴィヴァン」へ。15歳から20歳までいっしょに寮暮らしをしただけあって、まるで兄弟のようなやりとりだった。「アリタさんには会いたかったんですよ」というので「なぜ」と聞いた。一昨年に参議院議員に繰り上げ当選できたのに辞退したからだという。

一色さんと話をしてわかったこと。ビデオを流出させたのは「同じようなことが起きたら、同じことを繰り返すんですか」という思いからだった。どうなるかの想定もしていたので、あまり動揺はなかったという。流出させた翌朝、テレビなどで大きく報道されていた。そのとき「これオレがやった」と奥様に打ち明けたとき、泣かれたことは想定外だったそうだ。息子さんがしっかりしていたと聞いてホッとする。そんな会話をしているとき「あっ、言っちゃった」と言葉が出た。「sengoku38」について聞いたときだ。自転車に乗っているときに思いついたという。「関西人ですから、しゃれですよ」とも。同じ質問を何度も繰り返し聞かれたが、「想像してください」とだけ答えてきた。同級生によれば一色さんは意見が違うときなどに「ここに38度線がある」とよく語ったそうだ。その「38」かどうかはわからない。どれくらいの人がビデオを見たのかと訊ねると「50人から60人。理論的には1万2000人が見ることができました」という。中国漁船の蛮行を隠すのではなく、すぐに公開すべきとの思いが行動に導いたことはよくわかった。

2月22日(火)

参議院制度改革の会議を終えて会議室を出たところで、石井一選対委員長に声をかけられた。議員食堂で雑談。そのなかで都知事選の話題になった。ある新聞が石原都知事不出馬を書くと石井さん。実は昨夜のことだが、上杉隆さんが「石原さんは出ませんよ」と断定していた。その翌日に不出馬の情報だ。朝日新聞記者に問い合わせると、ネットで流しているころと聞く。石井さんの話していた新聞ではない。石原さんは自分の政策を継承してくれる候補者ならよかったのだ。ただし蓮舫参院議員が出るなら自分も出ると考えていたようだ。しかし参議院の情況や年齢からいって蓮舫出馬はない。そんな情報も加味しての決断だった。では都知事選はどのような構図で闘われるのか。それは渡辺美樹「ワタミ」会長と東国原英夫氏の対決が機軸となるようだ。そこに民主党候補が参戦することになるはずだ。石井選対委員長は「3、4人の目星はつけている」と記者懇談会でも語っている。

予定の合間に記録しておく。月に1回連載の辻井喬「過ぎてゆく光景」(東京新聞、夕刊)。2月15日は「英雄の不在」というタイトルだった。ギリシャのホーメロス作の「イーリアス」「オデュセイア」、イギリスの「アーサー王伝説」など、諸外国には英雄叙事詩がある。ところが日本には「万葉集」や「古事記」にも英雄が主役を演じていない。「平家物語」も悲劇の武将は語られても西洋的な英雄ではない。その理由を辻井さんは日本が島嶼国家であることや、文化の多元性などにあると分析。さらに帝国主義的な日本の歴史が「わが国の人々の性格を悪い方へねじ曲げてしまったのだろうか」と書く。そこでこう記している。

話は飛ぶけれども最近の国会での与野党の論戦を見たり聞いたりしていると、日本人の性格は悪い方へ変わってしまったのではないかと思われる光景にぶつかるのだ。党派や政党の大小を問わず、また男女の性別を問わず相手を口汚く罵り、机を叩いて挑発する議員の姿を見ると、とても選良などと言えないような気がする。

国会議員の一部は、自分たちがそのように見られていることをもっと自覚すべきだ。

2月23日（水）

衆院議員会館の多目的ホールで内田樹さんの講演を聞いた。テーマは「平成の攘夷論」。もちろん「平成の開国論」に対してのアンチテーゼだ。

〈開国って何なの〉と語り出した内田さんは、「経済的活況」や「元気」ということではなく、日本人のポテンシャルをいかに高めるかが重要だと語った。

近代日本の歴史で、日本人がホットになるのは攘夷マインドだった。幕末や戦争、戦後の60年安保、70年安保もマインドにおいては「攘夷」だ。日本は65年間アメリカに真っすぐに向きあっていなかった。抑圧された政治心情は崩壊させて、自己治癒した方がいい。

鳩山由紀夫首相の「方便」発言を沖縄現地は評価していたこと、なぜ海兵隊が必要なのか、韓国やフィリピンなど、縮小基調にある米軍基地の必要性について、太平洋戦略の説明がないと内田さん。

ＴＰＰに反対だという根拠は、ＦＴＡなどを進める韓国などと比べて日本は国情が違うからだという。階層社会化への国民的合意のある韓国と違い、日本は階層化圧力に抵抗してきた。華族制度も貴族を作ろうとしたが定着しなかった。

日本は伝統的に一元的に集中していく社会ではない。江戸時代には２７０の藩があり、幕府の大老や老中はいくらでも代えられた。勝海舟や坂本龍馬も日本を「国」に統一するのに悩んでいた。日本は特異な統治構造だ。アメリカは建国理念があって国ができた。日本と成り立ちが違う。

内田さんのＴＰＰ反対論は、日本人論でもある。

日本には日本の事情がある。超高齢化、超少子化の日本のなかで日本人のポテンシャルをいかに活気づけていくのか。いまの条件を受け入れて、そのなかでパフォーマンスをしていく。発想をそう変えた方がいい。

そのキーワードが「公民」だという。「私人」に対する「公民」だ。

身銭を切って日本を守ろうという日本人が必要で、自己利益の追求ばかりだと共同体がもっと壊れる。そうした提言を政治が用意していない。公民が15パーセントいればいいが、いまや10パーセントもいない。

「公民性」とは「痩我慢すること」でもあるという。「志操の高さ」が必要なのだ。

倫理性、知性を持った公民的覚悟を信じるべきだ。近代市民社会の原点に立ち戻って考えるとそうなる。アメリカ主導で行われる国際政治の再編は、最終的にアメリカが自己利益を得るためのもの。理念が先でリアルがあとから着いてくる。アメリカの生き残りが最優先されるのがＴＰＰだ。日本人は65年間、アメリカはそんな悪いことをしないと思ってきた。属国意識だ。もう少しエゴイスティックな戦略に警戒心を持つべきだ。

これが内田さんの講演のエッセンスである。

2月25日(金)

2時から行われる大川きょう子記者会見の前に、駆け足で小沢一郎講演（2月14日）を記録しておく。小沢元代表は国連中心の平和維持が必要だとする根拠をこう語った。

武力行使は、アメリカがベトナムやアフガンで行ったが、それでも勝てなかった。ここをよく考えないといけない。人を治めるのは力ではなく徳だ。それには安定した生活、一定レベルの生活を与えることだ。ODAはカネを使っているわりには効果がない。むしろ海外青年協力隊など、生活に密着した活動が高く評価されている。平和への貢献も民生の安定のための活動が重要だ。

小沢元代表はアフガンでボランティアの青年が殺害されたことに触れ、軍隊を何万、何十万送ってもダメで民生を安定させる活動をしなければならないとアメリカ大使に語ったことを紹介した。

そこにリスクがあるかないかではなく、自分たちが何を為すべきかという判断ができるようにならなければならない。このままでは日本は衰退していく。どのようなリスクを負おうとその人たちのために貢献する。世界への貢献が最大のものだ。日本人は意識の転換さえすれば大きな作業を成し遂げられる。

2月26日(土)

幸福の科学と大川隆法主宰を名誉棄損で訴えた大川きょう子さんは昨日、記者会見を行った。国会から近い都市センターホテルで。「霊をいまでも信じていますか」などと質問するテレビ局記者もいた。

私はこんな質問をした。

訴状には平成19年に2人の関係に亀裂が入ったが、平成21年に総選挙に出ることで緩和されたとあります。きょう子さんは幸福実現党の党首になり、すぐに解任されました。それはどういう経過で決まったのですか。そのことに関連してお聞きしたいのは、大川隆法さんの初期の著作で、いずれ政治に進出するとありました。どういうきっかけで2年前の幸福実現党結成だったのですか。

大川きょう子さんの答えは予想通りだった。幸福実現党の人事はすべて大川隆法主宰が決めたという。抜擢も解任もすべてである。幸福の科学として自民党のM代議士に接近していたときがあるという。ところが1996年ぐらいに創価学会のようになってはいけないと大川氏が言い出した。しばらくは政治進出の話は出なかった。しかし憲法改正は必要だと考えていたので、2008年夏の総選挙に向けて自民党に選挙協力することになっていたという。ところがある日突然に「やっぱりダメだ」と大川氏が言い出して選挙協力の話はなくなった。そして幸福実現党の結成である。

記者会見が終わり、会場を去る前に自民党との選挙協力の規模はどれほどだったのかを訊ねた。「100人以上でした。自民党幹部のKさん、Sさんはがっかりしていました」。「すごいですね」と言うと「いえ、せいぜい1000票ぐらいですから大したことはありません」と大川さんは語った。しかしそうでもないだろう。私は東京11区で自民党候補に3474票差で敗北したが、幸福実現党は6853票を獲得している。そのすべてが自民党に流れたとは思わないが、もし選挙協力が行われていれば、票差はもっと大きかったはずだ。大川きょう子さんは、おそらくこれからも教団の内幕を明らかにしていくのだろう。

2月28日(月)

北朝鮮問題の打ち合わせまでの時間に小沢一郎講演（2月14日）要旨を記録しておく。環境との共生、これからの日本についてこう語った。

温暖化や地球の変動について害を与えることのない水準は何か。それは議論すれば出しうる。中国がGDPで2位になったというが、砂漠化は進んでいる。日本のグローバルな貢献を考えるとき、主権国家論を乗り越えなければいけない。国連のガリ事務総長はかつて緊急部隊の創設を提案し、イギリスは賛成したがアメリカは反対した。アメリカは単独では行動できない。日本が率先して提唱する時代になるだろう。自衛隊を国連に差し出すこともありうる。主権国家論として問題だという者もいるが、それは政府が判断すればいい。旧来の主権国家論を乗り越えて人類史的課題に取り組まなくてはいけない。世界的テーマを解決するために、日本人の特性はもっとも適性がある。

小沢元代表は「気概と理想を持ってもらいたい」と締めくくった。

小沢一郎塾での講演要旨をこれまで5回にわたって紹介してきた。会場では講演後に「塾生」からの質問もあった。メモ風に記録しておく。

労働力としての移民には反対。単純作業では日本の労働力を補完するだけで、奴隷労働と同じだ。日本に対する恩を感じるような仕事でないとダメ。中国人は誠意を持って付き合えば信義は守る。原発は廃棄物の処理が出来ていない。過渡的なエネルギーとして仕方ないが、クリーンではない。太陽熱や風力など、クリーンなエネルギーを開発した方がいい。

「批判について」の質問には、〈会ったこともない人から批判をされても受け流すしかない。面と向かってのアドバイスは聞いた方がいい〉とも語っていた。国会に来て7か月。世界や日本を包括的に語る政治家の講演を聞く機会がなかったので、とても参考になったというのが率直な感想だ。菅直人首相やほかの政治家たちの歴史観にもとづいた情勢分析がもっと語られるべきだ。

2011年3月
MARCH

東日本大震災
——被災地
石巻を歩く

3月5日(土)

前原誠司外相が在日韓国人から献金を受けていた問題で、朝日新聞は1面左肩で「前原外相に進退論」と書いた。

実はずっと気になっていることがあった。今年になってこんな情報が寄せられた。〈拉致対策本部と警察関係者が、アフリカのある国から帰国しました。内閣官房機密費を持参して北朝鮮の人間と接触、要求額の半分を出したそうです。それでも機密費だから相当な金額だったといいます。〉

時期は昨年12月。情報の出所は外務省だから「厳秘」にしてくれという。真偽を確かめるのは困難だった。しかしいくつかの政府関係ルートで確認したところ、ニセ情報だとわかった。この情報を読めば「さもありなん」という具体性がある。私はこの情報を得る前に、ある場所で前原外相と拉致問題について短い会話をしたことがあった。アフリカまで情報を確認しに行ったがガセネタだったという。「コンゴでしょう」と尋ねると前原さんは口を濁した。拉致問題では玉石混交の情報が流れてくる。前原外相が指示してその信憑性を確かめるのは当然の仕事である。しかしその「玉」と「石」をきちんと判断する認識が問題なのだ。意図は何か。前原外相に対するイメージを悪くするためだというのだ。かつて代表を辞任した「ニセメール事件」が念頭にあるようだ。普通は確認しようがない真偽不明の情報でも週刊誌などで報じられれば、独り歩きをしていく。

問題の核心はニセ情報が外務省内部からNHK記者に流されたことである。「週刊文春」が報じた脱税者からの献金報道などもふくめ、前原外相への一斉攻撃の情報源は、いまのところ私にはわからない。しかし官僚サイドからの情報リークがあることは事実なのだ。

3月6日(日)

前原誠司外相のスキャンダルを朝日新聞が取材しているという情報が数日前から流れている。しかし少なくとも「スクープ」を追う部署では、そんな動きがないことがわかった。外国人や脱税者から政治献金をもらっていたのは、本人も求めている事実である。辞任すべきことがらではなくとも、参議院の現状では問責決議が出されれば通ってしまう。予算案審議どころではない政争になることは、初日の予算委員会を見ていれば容易にわかることだ。いずれ大局に立った判断がなされるだろう。だが前原外相を狙い撃つ構図があることには注意しておきたい。結論からいえば前原外相の存在を疎ましく思う勢力が官僚と組んでいることだ。何が疎ましいのか。拉致問題でいえば「京都人脈」であり、六本木ヒルズに暮らすT氏を通じてK氏などのルートだ。アメリカと韓国の反応を見て軌道修正したとはいえ、前原外相が昨年末に北朝鮮との2国間交渉を語ったときから、さまざまな動きが速度を早めていたことは事実だ。

前原誠司外相が辞任する意志を固め、総理官邸に入ったと情報が入った。新聞各社からコメントを求められたので、要旨次のように語った。

外国人から献金をもらうのは政治資金規正法で禁止されているから問題である。しかし在日韓国人が通名(日本名)で献金したならば、それを確認することなど容易ではない。いちいち相手に「日本人ですか」などと確認することなどできないからだ。ましてやインターネットをふくめた個人献金を主流にしようという時代にあって、特定政治家を陰謀的におとしめるための行為さえ可能になってくる。だから違法献金がわかった時点で相手に返却し、政治資金収支報告書を訂正すればいい。前原外相が在日韓国人の「おばちゃん」を知っていることと、献金したことを知っていたかは、いまのところ不明だ。しかし前原外相辞任しか政権の選択がないのは、国会とくに参議院の現状を見れば明らかである。明日もまた予算委員会が開かれる。辞任しなければ批判の渦はさらに高まる。いずれ問責決議案が出れば通るのが残念ながら参議院の実情だ。さらに次なる大臣の問責決議案提出などで政局運営は混とんとしてくる可能性がある。「参議院の優位性」への疑問が出て当然な政治情況だ。そんななかにあっても私は自分に与えられた課題を淡々とこなしていくしかない。

3月11日(金)

8日の予算委員会で、足利事件をふくむ北関東連続幼女誘拐・殺人事件について質問した。菅家利和さんの冤罪は晴れたが、真犯人は捕まっていない。5つの事件はすべて未解決のままなのである。住民の不安は残されたままなのである。しかし菅首相および中野寛成国家公安委員長の答弁で、事件解決への新たな展開が可能となりつつある。菅首相はこのような答弁を行った。「捜査そのものの一般的な在り方は一般的に一つのルールがあるかと思いますけれども、まさに冤罪事件であり、さらにその後も事件が、類似の事件が続いていることを考えますと、今後のこういう同一の、同種類の事件を防ぐという意味からも、必要なことについてはしっかり対応することが警察等においても必要ではないかと、今のお話を聞きながらそのように感じたところであります」。

この「必要なことについてはしっかり対応する」という発言が、国家公安委員長のはじめての答弁につながる。栃木県足利市で起きた3事件と群馬県太田市などの2事件が「同一犯人による犯行の可能性が否定できないものというふうに警察としても認識いたしております」。

これまで警察庁も最高検も、足利の3事件については連続事件の可能性が高いと判断してきた。ところが中野国家公安委員長は群馬の2事件もふくめて5事件が同一犯人である可能性があると判断したのである。実は官僚が用意していた答弁書は足利3事件のみを連続事件の可能性と指摘するものだった。

ところが質問を聞いていた中野国家公安委員長がご自身の判断で踏み込んだ答弁を行ったのである。これこそ政治主導である。96年に群馬県太田市で起きた横山ゆかりちゃん誘拐事件（未解決。時効はなし）の捜査をきっかけにしてほかの事件を解決する道筋が開かれたのである。

私は質問のなかで日本テレビ「action」や「文藝春秋」清水潔リポートで、足利事件現場で目撃された不審人物と被害者の真美ちゃんの半袖シャツから検出された体液のＤＮＡが完全に一致したと報じたことも紹介した。真相解明にはあと一歩のところまで来ているのだ。群馬県警では16日にゆかりちゃん事件をはじめとする長期未解決事件を捜査する専従捜査班が新設されることになった。

3月13日(日)

マグニチュード9・0（当初は8・8と発表）の地震が東日本を襲ったのは11日午後2時46分。会館のデスクにいたが、恐ろしいほどの揺れだった。テレビを見れば津波が次々に家屋を押し流していく。呆然とするばかりの映像だった。交通網は東京でも破綻。東京堂書店でアルバイトをしている由希は歩いて議員会館へ。夜9時前に大輔の運転で帰宅を試みるも、1時間半でたった1キロあまり。霞が関から国会へ戻り、会館に宿泊。12日は神保町まで由希を送り、「エリカ」で朝食。いったん会館に戻り、情報収集。議員は待機とのこと。為す術もない。東銀座へ。藤原新也さんの「死ぬな生きろ」の展示会に行った。その入り口で偶然に藤原さんとお会いした。停止したエレベーター。階段を上がり、展示を見る。この展示にあたって藤原さんはこんな言葉を寄せている。

展示作品は２０１０年7月に刊行された『死ぬな生きろ』（スイッチパブリッシング社）に掲載されている写真と書のオリジナル各88点。これらの作品群は藤原が四国88ヵ所を巡って撮った写真88点それぞれに独自の言葉による書（揮毫）を付す、というこれまで試みられたことのない方法によるものです。『死ぬな生きろ』の意は〝自殺するな〟ということではない。せっかく与えられた限られた命を全うに生きろ、という意である。生きた屍になるなということだ。それは何も〝頑張る〟ということではなく、肩の力を抜き、目の前にある世界を十分に感じ取り、この世に生を授かっていることの喜びを感じてほしい、ということだ。というのは私たちのこの世に滞在する時間は限られているからだ。

その意味で今回の写真や書が目の前の〝世界(この世)の感じ方〟のヒントになれば幸いだ。そしてまた単行本の印刷では十分に伝わらないオリジナルプリントと肉筆の風合いを楽しんでいただきたいと思う。

藤原さんに誘われて永井画廊の横にある小さな洋食屋で昼食。言葉がどのように浮かんでくるのかなどを聞いた。

3月15日(火)

たった一瞬で人生のすべてを奪ってしまう大震災が私たちの眼前で起きました。翌日に写真家の藤原新也さんと話をする機会がありましたが、「この事態をいくら分析しても虚しい」という言葉に共感しました。テレビを見るのさえ苦痛を覚えますが、被災者の想像を絶する深い悲しみを思えば、避けることなく直視しなければならない現実なのでしょう。阪神大震災を体験した精神科医の中井久夫さんの表現によれば「テレヴァイズド・カタストロフ」。テレビで見る「突然の大変動」です。阪神大震災のときもボランティアや大量の援助物資を動員したのがテレビの影響でした。いまではネットやツイッターの力も活用できます。被災地のみなさまからの御要望をメールあるいはファクス(03-6551-0416)で私にお寄せください。政府の対策本部に必ず届け、対処を行います。私で対応できることは被災地の行政に伝えています。これから長期にわたる闘いがはじまります。総力をあげて救出、復旧に立ち向かいましょう!

3月16日(水)

議員会館でみなさまからいただいたメールやファ

クスを拝見し、自分で出来ることは現地に連絡を取って情報を知らせ、大きな課題は政府の対策本部に届けています。すでに解決に向っている大きな課題もあります。なにしろ日本史上の大惨事。私も自分の持ち場で全力を尽してまいります。以下のように引き続き被災地からの御要望をお受けしています。

3月18日(金)

本会議が終わり、同期（昨夏初当選の13人）で救援などにいかに取り組むかを相談。それぞれの立場から行動報告。支援組織のある者、地元を持っている者、全国が選挙区の者など、行動形態は異なれど、この難局に当たる意志は堅固。現地へ入りたいものの、いまだ条件整わず。引き続き被災地からの切実な御要望を受付け、独自に改善、解決のために行動しています。

午後2時46分。記録に残る日本史上で最大の震災からちょうど1週間。それから10分ほどして襲った大津波で一瞬にして断たれたあまたの生命。かつて家族で夏を過ごした八戸の街に思いは馳せる。宿泊できるレストラン「洋望荘」を経営していた佐藤弘一さん、奥様、中学1年生で寿司職人の元重君の消息が不明のままだ。椎名誠さんも宿泊したことのある民宿。海岸から歩いて数分のところにあった。わかっていながら電話をしてもツーツーと虚しい音が聞こえてくるばかり。伝言ダイヤルにも録音はない。鮮明に浮かぶ3人の顔。私にとって「佐藤さん」は、被災地や全国にいる無数の人たちの思いに重なる。ブログで政府への御要望をお聞きしている。私にできることは独自解決し、できないことは政府に届け、事態の改善と解決を要望している。

毎日切実な知らせが届いている。宮城県亘理郡の亘理小学校では避難民600人。1つのおにぎりを4人でわけるのが1日の食料で、水もガスもないという。岩手県花巻からは養鶏場を営んでいる方から家畜飼料が不足で、このままだとブランド白金豚も消えてしまうという。お母様が不明という女性は、多くの方が遺体確認もできず、リストの公開もないと嘆いていらっしゃる。「両親が見つからないからあきらめた。でも顔がわかるうちに会いたい。何とかして欲しい」と悲しい子どもの声もある。「声なき声」ではない。悲痛な声は被災地に満ちている。政府は一刻も早く現地対策本部（青森、岩手、宮城、福島にそれぞれ）を設置すべきだ。

3月19日（土）

昨日のブログで八戸の知人「佐藤さん」一家の消息が不明だと書いた。電話は不通。伝言ダイヤルにも録音なし。念のためとメールを送ったところ、無事との返信があった。

津波は、家族以外私の全てを飲み込んでいきました。

ガソリンがないのでインターネットカフェにも行けないという。すぐれた料理の才能があり、『美味しんぼ』（青森編）にも紹介された佐藤さんだから、（私もふくめて）きっと多くの支援がある。被災状況を佐藤さんがブログに書いている。1週間経ってなお救助される人がいる。警視庁によれば避難所に到達できない避難民は1万6000人。まだまだ「救出」の局面だ。無数の「佐藤」さんに手をさしのべなければならない。こんどの東北関東大震災は阪神大震災に比べて範囲が広い。神戸が被災したとき、取材陣のなかには大阪で宿泊して取材に向かう者もいた。周辺地域は機能していたからだ。津波被害もふくめ、阪神大震災からの復旧の教訓が当てはまらないケースもある。だが被災した人間と社会の復興への普遍的教訓は多い。阪神大震災の経験には人間の気高い叡知があることを忘れてはならない。同期当選者の田城郁議員は今朝から被災地へと向った。それぞれが自分の責任で行動し、現場からの報告を受けてさらに被災地のために総力をあげる。

3月20日（日）

地下鉄サリン事件から16年。私が25年間追及してきた統一教会は、大震災を利用してまで信者から献金を求めている。内部文書で「ＫＹＫ」というのは

「教区」を意味する。「今週中に全家庭が40数を勝利」とは、信者が昨日までに40万円を献金せよということだ。なお東北地方のある教会は、信者の子供を韓国・清平（チョンピョン）の統一教会施設に、家族を千葉の中央修練所修練所に避難させるという。

宮崎にいる未知の女性からメールが来た。福島県の知人から田村市に支援物資が届かないと知らせがあったという。連絡を取り、現地近くにいる女性に電話をした。原発からの避難で５０００人が退避しているが、食料や暖をとるための生活物資などが届いていない。「殺さないでください」と悲痛な訴え。一方で宮崎からのカイロは届いている。「放射能が恐いから行くのはイヤだ」というトラック運転手の意見も聞いた。支援ボランティア準備室のメンバーになった同期の石橋通宏さんに連絡。災害対策本部と官邸に情報を届けてもらった。それぞれの県の対策本部も通信回線が限られているので、なかなかつながらない。情報が届いても優先順位をいかに判断しているのか。いくら現地の「悲鳴」を届けても、フィードバックがない。改善あるいは解決されたのかも不明のまま。やはり被災各県に政府の対策本部を設置すべきだ。

日曜日ゆえの静かな議員会館で被災地などに連絡。現地に入りたいものの、しばし我慢をしながら東京でできることを進めている。福島県で被災された方に電話をして必要な課題などをお聞きする。一気に解決することもあれば、ちょっとしたことで風評が流れていることがわかる。正確な情報を迅速に。全議員を有効に動員すべき時期ではないか。

午後1時半。議員会館にて。福島県いわき市で被災された方からメールをいただいた。「小名浜港も通れるようになり物質が届いているようですが、避難所行きで家にいる人にはまだ届いていません。毎日1日を暮らすのも大変で今は1日一食で暮らしています。水道も復旧しているようですが私の所はまたでません。ガソリンも昨日市長が何ヶ所かにタンクローリーがくるときき行きましたがすでに３００

台以上並んでいて入れられません」。被災地では避難所には救援の手が届いているようだが、他の方からの連絡でも自宅で過ごしている被災者に物資が不足している。自衛隊も救援から支援に比重を移しつつある。その移行が住民に知らされないと「見捨てられた」といった意見になっていく。情報伝達も緊急の課題だ。現地に入っている同期の田城郁さんから報告。「昨夜、JR貨物のガソリンや灯油を積んだタンク車が18両、盛岡駅に到着。40台のタンクローリーに載せて、被災地を中心に県内に向けて、輸送されました。こういう情報を県民に流すと、落ち着いて買いだめや長い列も緩和されると思います。宣伝活動、情報伝達、情報開示も、支援活動には重要ですね」。対策本部に届ける。

3月21日(月)

飯島勲元首相首席秘書官が、首相は現場視察を慎めと正論を語っている(「官邸は大局見据えビジョンを」、朝日新聞)。たしかに「いま」がその時期ではないだろう。そんな談話のなかで「被災地への物資供与でも、政治家が現地に入ってはダメだ」というところにひっかかった。「農林水産省が食料を集めて自衛隊が運んで届けるしかない」というのだ。基本はそのとおりだろう。しかし被災地には残念ながら「盲点」が多く生まれている。たとえば避難所ではなく、自宅で退避している被災者たちだ。ここに救援物資は届いていないという声が多い。ならば現地に入る条件のある議員が、本来の仕事に差し付かえない限りで行動することは必要だ。

同期の田城郁さんからの報告を紹介する。

昨日は、ケータイの通じない釜石から宮古の沿岸部に入っていたので、メールが滞ってしまいました。すみません。昨日、大槌町の城山公園にある避難所に物資を持って入りました。そこを管理している平野さんという役場の総務課の方の訴えです。ちなみに、役場の総務課10人の内、5人が亡くなるか不明。

1、とにかく、情報がほしい。電源がなく、テレビ・電話なく、不安感が増すばかり。避難民は、肉親の安否を知りたがっているが、もう限界。

2、マスコミが、無礼千万。必死に避難民のために、仕事をしている最中に、同じことを、何回も何回も聞いてまわる。自分も被災し、疲弊しているなかで、本当に頭に来る。と、憤慨していました。

3、津波の被災は、阪神の被災とは違う。倒壊なら確実にその下に、亡きがらがあるが、津波は、全てもっていかれる。みんな、津波の歴史の中で、それを知っている。捜してはいるが、覚悟している。以上。

3月22日(火)

午後6時。朝から予算委員会。野党各党の質疑がさっきまでおこなわれた。ツイッターにも書いたが、こうしたときに「ひと」がよく見える。社民党の福島瑞穂さんの原発についての質問は、8分間という短い持ち時間にも関わらず、本質をついていた。しかしもっとも印象に残ったのは、自民党の森まさこさんだった。福島県いわき市の出身。最初から涙ぐんでいた。驚いたのは、10分以上の質問時間(参議院の場合は、「片道」方式で、答弁時間を気にせずにまるまる10分質問できる)、その声はずっと悲しみに満ちていた。この10日間に実感した故郷の惨状が身体全体に沈潜しているのだろう。

いま思う。形式的な弔い言葉の空虚と内実。黙しても表現している「言葉」がある。身体そのものが語ることがある。ならば魂の感じられぬ形式言葉を無理に発することもないだろう。語るほどに揮発していく言葉。それは存在の言葉ではなく、廃虚。生きるために伝達を目的として生まれたコトバは、いつからこれほどまでに軽くなっていったのか。パフォーマンスのコトバ、パフォーマンスの出で立ち。他山の石としたい。

3月24日(木)

午後からの法務委員会。大震災適用の法律などについて質疑があったが、なかでも被災地の治安状況についての警察庁の報告が興味深かった。事件など大きな問題は起きていないという。ただし窃盗が多い。車や自転車がない状況のもとで、被災店舗からの窃盗や被災した車からガソリンが抜かれることがあるそうだ。地震発生からしばらくは「110番通報」が6倍に。内容は「不審車両を見た」というものが多かったが、いまでは通報は通常の1、2割増し程度になった。ほかには給油トラブルが多い。10リッターのガソリンを買うのに10時間待ちもあったからだ。ガソリン事情は現在では地域差もあるが改善されつつある。住民からは「パトカーを見ると安心する」との声が寄せられているので、パトロールを強化する方針が出された。これが警察庁の見解だ。しかし一方で、現地では事件についてさまざまな風評も流れている。まさに真偽不明。被災地の治安情報を正確に伝えることもまた必要な課題だ。

3月25日(金)

東北関東大震災から2週間。時間の進み方がまったく跛行的だ。最初の1週間は遅々としていたが、この数日はまたたくまに感じられる。

本会議が終わったとき、公明党の谷合正明さんに声をかけられた。昨日事務所にファクスをお送りしていたからだ。消費者問題に関する特別委員会の委員長を務める谷合さんの采配が、とても新鮮だったことを感想として書いた。ふつうは事務方が準備した書面をほぼそのまま読み上げる。したがって委員の名前を呼ぶときもたとえば「有田芳生クン」となる。ところが谷合さんは委員名を「〜さん」と語っていた。「軋轢はありませんでしたか」と聞けば「こうするといえばそれで通りました」とのこと。ある政策秘書に聞いたところ、社会党の土井たか子さんが衆院議長だったとき、議員の呼び方を「〜さん」に変えたという。ところが再び男性議長になって元に戻ってしまった。言葉とは精神。国会でももっと世間に近い言葉を使うべきだ。参議院の五車堂書房で自民党の林芳正さんと民主党の津村啓介さんによる『国会議員の仕事』(中公新書)と共産党の不破哲三さんの『不破哲三　時代の証言』(中央公論新社)を購入。

3月29日(火)

予算委員会と本会議で予算3案が野党の反対で否決された。2時55分からの本会議までの間に書いている。先日の法務委員会で江田五月法相から、被災地(青森、岩手、宮城、福島、茨城)にいた外国人は7万人と発言があった。正確な数字を法務省に問い合わせると、該当県のなかで災害救助法適用市町村に外国人登録しているのは7万5281人。警察庁に問い合わせると、岩手、宮城、福島の各県警で確認した外国人の死者は15人(3月28日午後5時現在)。外務省を通じて安否確認依頼がされているのは11人。被災した県警察(岩手、宮城、福島)で把握している行方不明者は267人(いずれも3月28日現在)。合計278人が確認されている行方不明者だ。なお予算委員会で中野国家公安委員長が報告したところでは、今回の被災者で身元確認できない遺体は2501人(国籍は日本以外の可能性もある。3月29日午前6時現在)にのぼる。7万人の外国人のうち半数以上が茨城県在住だ。工場労働者として多くが働いている。しかし激震地域で暮らしていた約3万5000人の外国人の現状は、充分に把握されていない。基礎自治体が破壊された現状で、多くの外国人の安否も確認されていないのだ。入国管理局によると、安否確認のための出国事実があるかどうかの確認は87件(3月24日現在)。入管は外国人の指紋、顔写真などのデータを把握している。遺体の人定について個人識別情報の提供を警察庁と協議中だ。海外から緊急救助隊約1000人が入国(3月12日から24日まで)している。外国人被災者の安否については報道の「盲点」でもある。

本会議で両院協議会の報告があった。与野党の意見は一致せず。憲法60条2項の規定(「衆議院の議決を国会の議決とする」)により、平成23年度予算が成立した。

会議の合間に被災地の外国人について書いたところ、さっそくある新聞社から問い合わせがあった。その延長で外国人の出国についても調べてみた。街を歩けば大震災が起きてから多くの外国人が日本を出たという話を聞く。板橋のある会社で働いていた中国人女性は、原発の放射能放出を理由に経営者にも無断で帰国。中国人だけで営んでいる池袋の中華料理店は閉まったままだ。入国管理局によれば、3月16日は出国のピークで通常の12倍、約2万人が再入国許可を取って日本から母国へ戻っている。

入国管理局の統計によれば、日本に滞在する外国人は221万7426人（2008年末）。そのうち永住外国人（特別永住者40万9565人、一般永住者53万3472人。2009年末）約94万人は基本的に出国していない。この人たちを除くと約132万人。震災が起きた3月11日から約16万人強が出国している。約8分の1である。もちろんフランス人、アメリカ人なども日本を出ているが、これまた原発の危険を理由としている。誇大な風評の影響もある。しかし外国では日本より「原発震災」（石橋克彦さんの言葉。1997年）への危機感が強いのだ。

3月30日（水） 被災地石巻を歩く(1)

マスクをした中年男女が寄り添うように眼下を見下ろしていた。そのうち女性が声にならない嗚咽をもらした。宮城県石巻市にある日和山からの残酷な風景。海辺に続く街並みがそっくり消えていた。人も猫も犬も緑萌える木々も……。生きとし生けるものほとんどすべてが失われていた。街や人間の記憶が喪失してしまった。事実はときに言葉をも奪ってしまう。あえて表現しようとすれば、現実の重さによってただちに陳腐化する。呆然と風景を見ていたら、いきなり記憶が重なった。写真でしか見たことのない光景。原爆投下後のヒロシマの街並み。あるいは大空襲後の東京。

宮城県石巻市は3・11の大震災で死者2127人、行方不明者2720人（3月29日午後9時現在）の被害を受けた。同僚の小見山幸治議員たちの車に便乗して東京を出たのは朝5時。仙台市内から支援物資を届ける女川町（死者283人。不明者826人。同前）に向う途上の石巻市で降ろしてもらった。避難所でなく、路上で出会った被災者たちから話を聞き、今後の救援・復旧に活かしていくためである。今回の震災体験は国会議員としてのあらゆる行動の「原点」になるだろうとの予感もあった。

大震災があった3月11日。私は議員会館の部屋に泊った。電車はとまり、車も大渋滞だった。余震の続く翌日に「死ぬな　生きろ」というテーマで書と写真を展示する藤原新也さんとお会いした。「人は犬に食われるほど自由だ」という衝撃的なフレーズと写真で構成された『メメント・モリ』(「死を想え」)の増補版をカバンに入れて東銀座の展示会に向った。藤原さんには言葉がいかに生まれてくるかをお聞きした。「メメント・モリ」の深くユニークな言葉群は、24時間という制約をつけて、写真を1枚1枚見つめながら口にしたものを編集者が記録していったという。

思想的な藤原さんの文章。それは考え抜いて紡ぎ出されたものでないことを知った。「それじゃあダメなんです」とも言われた。身体の奥深くから湧き上がってくるもの。魂の言葉化。「言葉は精神そのもの」(井上ひさし)である。あえてノートを取らないという取材方法論も教えてもらった。藤原さんはそれから数日して被災地に入った。現地からの報告はブログで公開された。メールでのやりとりで私はこう書いた。

藤原新也様
現地、お疲れさまでした。「円顔」を手にした女の子を見て、こちらが励まされ、同時に「このこどもたち」の今日から未来に向けての日本への責任を感じております。
諸事いろいろ。ようやく現地に向います。
「書」のアドバイス、よろしくお願いいたします。
有田芳生

藤原さんからはこんな返事が来た。

有田芳生さま
そうですか、行かれますか。

あの現場見なくしてこれからの時代の政治は出来ません。

菅さんのようにヘリコプターなぞに乗って見る光景はテレビで見るのと同じですから行っても無意味です。

これはなかなか難しいところですが、まず石巻、陸前高田など完膚なきまでに叩きのめされた場に赴き、その匂いを嗅ぎ、後にできれば避難所のようなところではなく、道行く人々に話しを聞いてください。お気をつけて。

私も個展の売り上げを持って再度向かうつもりです。

藤原新也

私はこのアドバイスに従った。政治に携わる者として、被災地の救援と復興に全力を尽すことは当然の責務だ。しかし事実＝現場に立ち、全身の感覚を開いて、一人間存在として情況に身を置くことは、その大前提になるだろう。「調査なくして発言権なし」。参議院選挙に向けた行動でも、あるいは国会という場に入ってからも、ずっと主張してきた方法である。ここにおいて藤原さんの具体的提案と私のスタイルはまったく一致した。問われるのは感性である。

車から下りた私はベージュのヤッケを着て、道路を渡ると狭い露地に入っていった。たちまち襲ったのはヘドロの臭い。堆積した泥山は果てしなく続いている。眼に入るのは道路の両脇に整然と積み上げられた生活用品の山であった。家具もあれば電気類もある。アニメのキャラクター人形もある。生活を支えた「すべて」が水に浸かっていた。「被災地のゴミ」という言葉で表現できるものではない。暮らしの温もりがついこの間まであった。住人の暮らし総体を津波が被い、引きずりだし、強奪していった。しかも一瞬で。しばらく歩いていると被災した自宅を黙々と片づける男性と眼が合った。そして声をかけられた。（続く）

3月31日(水) 被災地石巻を歩く(2)

声をかけてきた男性は、私が12年半ほど出演してきた「ザ・ワイド」(日本テレビ系、2007年9月に終了)の熱心な視聴者だった。「せっかく来てくれたんだ。どうぞ入ってこの状態を見てください」。そう言われてお邪魔をすると、玄関口、居間の家具類は大散乱。ヘドロで埋まっていた。「ここまで水が来たんです」とカーテンについた黒い汚れを示してくれた。地上から2メートルほどだ。「畳みも水で浮かび上がってきてね。びっくりしたよ。でも命があるだけでいいと思うしかないね」という。「これは珍しいものですよ」と指さされたところに眼をやれば、木製の箱がある。「日本で2台しか残っていない木製のタイムレコーダーです」。その貴重な機器も泥まみれだ。

黙々と作業を続ける奥様に話を聞いた。「避難している場所からここに来るにもガソリンがいる。足りないだけでなく、そのお金が大変なのよ。何とかして欲しい」。食料などは足りている。いまは安定して暮らすところとガソリン(代)が不足しているという。こうした切実な要望は、それからいたるところでお聞きすることになる。周辺の被災者たちもマスク姿で黙々と作業を続けている。ある住居の廃棄家具類のなかにドラミちゃんの人形があった。笑顔の人形の持ち主はどうしているだろうかとふと気になった。そのとき「向こうはもっとひどいよ」と男性が教えてくれた。

道路を左方向に曲って進む。少し広い道の左右には、やはり整然と家具類が積み上げられている。電器屋、居酒屋、スナック、葬祭店などが閉まったままだ。そんななかで花屋だけが店を開けていた。阪神大震災を経験した精神科医の中井久夫さんがまとめた『1995年1月・神戸「阪神大震災」下の精神科医たち』(みすず書房)には、作家で精神科医の加賀乙彦さんが黄色いチューリップなど、多量の花を病院に持ってきてくれたというエピソードが紹介されている。「暖房のない病棟を物理的にあたためることは誰にもできない相談である。花は心理的にあたためる工夫のひとつであった」。

中井さんは「皇居の水仙を皇后が菅原市場跡に供えて黙祷されたのは非常によいタイミングであった」と書き、政治家についても言及している。「日本の政治家のために遺憾なのは、両陛下にまさる、心のこもった態度を示せた訪問政治家がいなかったことである」。他人事でなく耳が痛い。こんどの大震災にあって天皇陛下御夫妻が日本武道館の避難所を訪問し、膝をつき、すべてのグループに声をかけられたことは深く印象に残る。

中井さんはこうも書いている。「〈花〉が大事だという発想は皇后陛下と福井県の一精神科医がそれぞれ独立にいだかれたものだという。〈花がいちばん喜ばれる〉ということを私は土居先生（注・精神科医の土居健郎さんのこと）からの電話で知った」。私が持参したのは、花ではなく、リュック一杯のホッカイロだった。鍼灸師の竹村文近さんからいただいた多くのミニカイロをまだまだ寒い石巻の被災者にお届けしようと思ったのだった。やがて海に続く旧北上川に突き当たるところまで来た。瓦礫撤去の作業車が動いている。理髪店の前だ。そこに立っていると、また男性から声をかけられた。ここでも「ザ・ワイド」の視聴者だった。話をしていると三々五々、人々が集まってきた。

そこに理髪店を一人で営む女性がいた。地震に続いていっきょに津波が襲ってきた。「あわてて2階に逃げたのよ。それで助かった。でもお隣はおばあちゃんが亡くなって、寝たきりの旦那は行方不明。きっとそこに埋まっていると思う」。

眼を向けると、破壊された理髪店の横には「TAILOR」（洋服屋）と壁に表示した店がある。家屋は破壊されて開放されたまま。廃虚と化したむごい状態だ。「ほらあっちに信号機が見えるでしょ」。示された方向を見ると、200メートルはある。女性の遺体はそこで発見されたという。おそらく瓦礫に埋まったままの被災者がまだまだいるのだろう。「もう収入がないんですよ。どうしたらいいんだろう」と理髪店の女性が言った。

阪神の大震災のときには、日本赤十字や中央共同募金会などに寄せられた義援金は、受け付け開始から1年で約1735億円。各被災者への配分は死者・行方不明者への見舞金10万円、住宅の全半壊者10万円、母子・父子世帯や重度障害者世帯など要援護家庭激励金30万円などであった。しかしこれで生きていけるはずもない。根本的には赤ちゃんからお年寄りまで毎月一定額を支給する「ベーシック・インカム」（最低生活保障）のようなシステムがあれば、まだ救われる。しかし理想は保持しつつも現実から出発するしかない。いつしか路上陳情会の様相を呈してきた。理髪店の女性に続いて横須賀に避難した女性がマスコミに対する苦情を口にした。「もうひどいのよ……」（続く）

2011年4月
APRIL

「『原発震災』回避が新政権の世界に対する責任」（石橋克彦）

4月1日（金） 被災地石巻を歩く(3)

私の両親は女川町で被災にあって、亡くなりました。あそこもひどい被害を受けているのに、あまり報道されないんです。

女性はこう切り出した。彼女のマスコミとくにテレビへの不満は、避難所なども特定のところ、もっといえば交通の便がほかに比べていいところに集中する傾向があるというのだ。これは藤原新也さんが現地に入って感じたことでもある。締め切り時間内に「絵になる」ことが求められるのがテレビ局の基本原則だ。以下、「Shinya talk」から引用する。

避難所の風景は各メディアによって飽きるほど報道されているが、避難所は無数にあるのにどこもここも同じ情景が映される。それは限られた時間に映像を収録しインタビューを行わなければならないため、勢い交通の便のよい手軽に入れる避難所に報道があつまることを表している。

そんな話を伺っているうちに中高年男女10人ほどが集まってきた。「どうして総理は来ないのかしら。ヘリで上空から見ていたって、この現状はわからないわよ」「国会議員は多すぎるんだよ。定数を減らしてくれよ」……。ここでも一致した要望は、これからの住居、生活費、当面のガソリン、避難した他府県から来るのに必要な交通費の補助であった。ひとしきり話を伺ったあとでみなさんに使い捨てカイロをお渡しした。ところが「もっと大変な人がいるから、そっちに渡して」とリュックに戻してくるのだった。眼鏡をかけた女性は「私は必要だからもらっておく」と少し微笑んだ。

さらに道を進む。右手の民家に寄り添うように大きな船が乗り上げている。破壊された車が接触している。破壊されひしゃげた家屋の下で自動車が押し潰されている。白い紙があるので近よって見れば、2人の男女の名前と無事だったことが連絡先とともに書かれていた。時計屋は斜めに崩れ、なかに乗用車が入り込んでいる。多くの人が流されたままで見つからず、助かった人たちは避難した。一瞬の判断で生死をわけたケースも多いことだろう。日和山で見渡した風景を思い出す。まるで「ヒロシマ」のような惨状はわずかな時間でもたらされた。ところが旧北上川の対岸には多くの家屋が残っている。これを「運命」の一言で現すには、あまりにも安易すぎる。言葉で表現できない現実は、身体の奥深くで納得するしかないのだろう。

さきほど話をしていた女性から橋を越えてみろといわれていた。「もっとひどいから」と。街では黙々と瓦礫を片づける人たち、マスク姿でリュックを背負っている人たち、自衛隊員、警察官が眼に入るだけだ。猫も犬も見当たらない。ごくたまに飼い犬を散歩させる姿を見るだけだ。白い服を着た3人の若者がいたので道を聞くと、愛知県警から派遣された警察官だった。パトロールが任務だ。被災地でもっとも頼りになる自衛隊員も若い。外見からはわからないが、相当なストレスが溜まっているという。遺体を捜し、発見し、ビニールでくるみ、運ぶ。なかには自分の子どもと同年齢の遺体もある。1日に3体、5体と対応することもある。夜になると精神的に変調をきたす。上司は彼らと話をするようにしているという。カウンセリングだ。

阪神大震災でPTSD（心的外傷後ストレス障害）という言葉が広く知られるようになった。自衛隊員だけではない。当然ながら被災者もまた精神の極度の緊張を持続して強いられている。PTSDはいつ顕在化するのか。中井久夫さんは書いている。

避難所のようにむきだしに生存が問題である時にはこれは顕在化しない。おそらく仮設住宅に移住した後に起こるのであろう。

3月22日の参議院予算委員会で、精神科医、看護師などで構成される「心のケアチーム」は、各都道府県から30チームの登録があり、現在は宮城県で8チーム、仙台市で2チームが活動中だと報告された。被災者の規模に比べて現状はあまりにも遅れすぎている。

西内海橋を渡って海につながる旧北上川を眺めていると、まったく何事もなかったかのように穏やかな水面が広がっている。飲食店があった。閉鎖された玄関に2枚の紙が貼ってある。左の紙には8人ほどの名前があり、無事ならば右の紙に名前を記入してくれと矢印が書いてあった。おそらくそこで働いていた人たちだろう。被災にあって仲間の安否を確認したかったのだ。そこには数人の名前が記されているだけだった。橋を渡りきった左には歩道橋がある。歪み、瓦礫に押しやられている。信号もつかないままだ。

さきほどまで歩いてきたところより広い道の両側には、さらに大きな被害が広がっていた。ある家屋の居間の鴨居で家族の記念写真が傾いていた。ご両親の遺影が掲げられている家屋もあった。かくて人間のあらゆる営みが根こぎにされてしまった。大通りから狭い道に入っていく。電気も通っていない暗い部屋で片づけをしている男性に話を聞いた。家の横にある狭い土地にも多くの瓦礫が堆積している。「ここには何があったんですか」そう訊ねると、「家はなかった。でもねえ」と声が落ちた。「ここで5人が亡くなった……」。津波の恐ろしさを男性は語り出した。(続く)

4月5日(火) 被災地石巻を歩く(4)

北海道の旭川から札幌に入り、いったん羽田空港に飛んで、福岡。山口県の周南市から博多に戻り、さらに東京というあわただしい数日。選挙も自粛ムードで、なかにはただただ被災者へのお見舞いだけを連呼する陣営もあった。政策を語らない選挙戦など延期すればよかったのだといまさらながら思う。このブログでも書いたが、被災地に住んでいた外国人は約7万5000人。そのうち約半数が茨城県だ。これまでどれほどの被害があったのか。外務省によれば、4日現在で死亡が確認されたのは19人。中国、韓国、アメリカ、カナダ、フィリピン、台湾、パキスタンの各国に加えて在日朝鮮人である。安否確認をしているのは32か国だから、まだまだ実相は明らかとなっていない。いったいどれだけの外国人行方不明者がいるのか。外務省、法務省に問い合わせているので、分かり次第ご報告する。

北海道・九州出張のため、中断した被災地・石巻を歩く――を続ける。

地震が来たとき、男性はすぐに津波が襲ってくるとわかった。1階にいるとすぐに水が入ってきたので、あわてて階段を上ったという。足を水が追いかけてくる。窓から見ていると、水かさがどんどん増してきた。海からの激流は、狭い路地に入ることによって、さらに高さを加えたのだろう。水が引いたとき、外に出てみると電信柱が途中で折れていた。斜め向かいの家の門柱には乗用車が乗り上げている。男性の家は狭い道路に面しているが、奥に家が並んでいた。そこで80代の高齢者が流され、亡くなった。60代男性は行方不明のままだ。「恐かったです。すべて瞬間のことでした」男性がつぶやいた。

軒並み押し潰された家々。道路わきに整然と置かれた家具類には、それぞれの生活の名残がある。写真、書籍、家具、布団、食器類、子供のノート……。

「こんな情況でも自宅で暮らします」という男性は、わずかばかりのホッカイロを喜んで受け取ってくれた。さらに被災地を歩く。破壊された家屋を片づける人たちのほかにはあまり人影を見なかった。みんな口数は少なく、黙々と作業を続けている。道路にたまった水のなかを進んでいると、いきなりあられが降ってきた。小さな、小さな、丸い粒。それでも大量だから顔に当たると痛いほどだ。

ラブホテルの駐車場。多くの車が置かれたままだ。車内を見ると、漫画本やCDなどが散乱している。泥だらけのものもある。自衛隊の車両や外国人の運転する乗用車が目立つ交差点を少し行くと、石巻市民会館があった。石碑の横には壊れた乗用車。小さな川の右手には、あわててハンドルを切ったまま逃げ出したことがわかる乗用車があった。歌手のクミコさんが被災したのもこの市民会館だった。3月11日に建て替え前の市民会館で行われる最後のコンサートで歌うことになっていた。地下の控室にいたときのこと。左耳にゴーッという音が聞こえたという。まるで電車が近くを通過するような轟音。「地震だ！」スタッフの1人が叫んだ。いきなり大きな揺れが襲った。

壁につかまったスタッフの背中にしがみつき、その後ろから別のスタッフが連なった。室内の電気が切れれば外に出るのが困難になる。早く外にという思いが募った。衣装も買ったばかりのパソコンも置いて外に出ると、津波の警戒警報が流れていた。「上へ、上へ」の声に市民会館の裏手にある砕石場に逃げた。「コンサートまでにと思ってお弁当を食べておいたのがよかった」とクミコさんはのちに回想している。それから車のなかで一夜を過ごした。翌日にはヘリコプターが上空を飛ぶので、みんなで手を振るのだが、気付いてくれない。携帯電話も繋がったり、繋がらなかったり。電池が無くなるので使用も控えた。

クミコさんたちが被災していると私が知ったのはツイッターだった。関係者から問い合わせが来て、被災地の情況を調べてみた。とはいえ何が為せるわけでもなかった。クミコさんたちは翌日になり、自力で石巻を脱出。4時間ほど歩いて仙台に着いた。駅に行っても新幹線はとまっている。駅前の路上で呆然としているとき、ホテルのロビーが開放されていることを知った。翌日。東京のスタッフに庄内空港から羽田までのチケットを予約してもらったものの、仙台から空港まで行ってくれるタクシーがない。ガソリン不足だからだ。そこでガソリンスタンドに行ってガソリンが満タンになったタクシー運転手に頼んだ。かくて庄内空港にたどり着くことができた。

東京に戻ってからこんどの大地震の惨状を知ったクミコさんは落ち込んだ。さらに追い討ちをかけたのはツイッターの粘着的で攻撃的な書き込みだった。衣装やパソコンを失ったと書いたところ、被災者はすべてを失っていると汚い言葉で「主張」を拡散するのだった。それに呼応する者もいた。自分はあくまでも安全地帯にいながら、匿名で攻撃を加える。ツイッターの前にはインターネット掲示板でもしばしば出没する「銃眼から敵を撃つ」たぐいだ。民主党国会議員は現地出身でないかぎり72時間は「動くな」との指示が出た。まずは政府が対応する。被災地に入れば現地の行政も対応で混乱するとの判断だった。それはわかる。しかし何かを為さねばならない。私はベテラン議員に相談した。

「情報を使うことです」。そのアドバイスを参考に、ブログとツイッターを通じて被災者の御要望をお聞きすることにした。直接間接に切実なご意見をいただき、民主党の災害対策本部あるいは被災地にも連絡を取り、ガソリン給油体制や物資供給が届いていないところなどの情報を届けた。ツイッターではデマも流されたが、透析可能な病院などを知らせる生活情報も拡がった。私がかつてお世話になった八戸にある「洋望荘」のご家族の健在を知ったのもメールでの問い合わせの結果である。政府対策本部と党内の対策本部。その連携のなかで、それぞれの国会議員と秘書たちがどのように行動するのか。課題は残されたままだ。私はクミコさんが被災した石巻市民会館からもういちど石巻駅のほうへと向った。

（続く）

4月6日（水）　被災地石巻を歩く(5)

法務省刑事局公安課の担当者たちから話を聞く。統一教会信者がストーカー規制法によって逮捕され、起訴された事件についていくつかのことを確認。信者は統一教会本部広報部の信者と連携して興信所に依頼し、関係者の車にGPS機能の付いたケータイ電話を密かに設置して動向を探っていた。現行法では違法ではないからだ。世間でいえば「盗人猛々しい」を地で行くもの。居直っているから信者が逮捕されてからも同様な行為が続いている。一般論としてストーカーが相手の動向を密かに取り付けたGPSで探ったうえで、暴力行為を働いたとしよう。そのときは傷害事件で逮捕されるが、GPS設置は違法に問えないのだ。行為を導く根拠が法律では問題なしという現実の盲点。これを規制する方法あるいは法改正の方向はないのかを調査することにした。

大震災でどれだけの外国人が被害を受けたのか。外務省領事局外国人課からの返答は次の通り。5日時点で死亡者数は19人。各県の外国籍別内訳は、▲青森県（0人）、▲岩手県（2人）中国1人、朝鮮1人、▲宮城県（13人）カナダ1人、中国6人、米国1人、韓国3人、朝鮮2人、▲福島県（2人）フィリピン1人、パキスタン1人、▲茨城県（2人）韓国1人、朝鮮1人。被災地では日本人も外国人も「紙ベース」で死者、行方不明者を照合しているので、膨大な時間がかかっているそうだ。

被災地・石巻を歩く――再び続ける。

瓦礫の街を歩いていて、ふと石川淳の小説『焼跡のイエス』を想い出した。敗戦から1年。東京・上野の闇市で逞しく生きる少年を描いたものだ。当時の日本は広島、長崎だけでなく、全国が焼土と化していた。石川はボロボロの衣服で、デキモノやウミの臭さを発していてはいても、生きるために必死の少年に、「イエス」の姿を見た。私がいささか驚いたのは、敗戦から1年経ってもなお屋台のような商店が林立し、食料も困難な様子が描かれていたことだ。石巻を歩いていて、あるいは三陸海岸に連なる広大な被災地に関する情報を聞いていて、土地による落差はあるものの、食料などはそう時間がかからずに被災者に届いていた。敗戦から66年。時代は大きく変貌しているのである。その物質文明が問われているのだと歩きつつ思い至った。

海へと続く旧北上川のほとりを歩く。ほとんど人通りがない。被災した家々の玄関に白い紙が貼ってある。自衛隊員によって「目視」したと書かれている。被災家屋に自衛隊員が入って取り残された被災者がいないかどうかを調べているのだ。スナック、居酒屋などの派手な店構えが破壊されて寂しい雰囲気を漂わせている。陥没した街路にタクシーが頭から突っ込んでいる。電信柱がなかば倒れている。そんななかを言葉もなく炊き出しに並んでいる人たちがいた。キリスト教団体が牛丼を配布していた。阪神大震災の教訓でも、乾パンで2日、カップラーメンで5日は過ごせても、1週間もすれば「美味しい」と感じるものを口にしなければ精神的に問題が起きてくると精神科医の中井久夫さんが書いていた。

日和山を探しているときに、帽子をかぶった男性から声をかけられた。「ザ・ワイド」の視聴者だった。行政に意見があるので聞いてくれという。運送業を営む男性は、もっとも被害の大きかった地域で暮らしている。避難して帰宅したら、家の横の道路に瓦礫が積まれていて、道路が閉鎖されてしまったという。「こんなときだから仕方ないです。でも被害の少ない所から電気は復旧して、大変なところが置いて行かれたようだ」と不満を語った。行政が業者に任せきりで、計画的な復興を進めていないのではないかというのだ。少なくとも復興のプロセスを行政は被災者に伝えるべきだろう。ひとこと加えておけば、阪神大震災のときにも家屋の「助かった」人たちが「負い目」で悩むケースが多かった。被害の程度は大きく異なるとはいえ、被災地の住民すべてが異常経験をしたということを忘れてはならず、カウンセリング体制を構築しなければならないのだ。

日和山への道すがら、ほとんど被害のない家屋を見ていると、被災の宿命に思いを馳せた。ほんの一瞬の偶然で生命を守れた人もいれば、まったく逆のケースも多かった。それを言葉で表現することもきわめて虚しい。「消えた街」と人々に祈りを捧げながら、この土地の将来を思った。敗戦の焼土から20年後には東京オリンピックを実現した日本と日本人の底力。東日本の復興は5年を区切って行うべきだと思う。その基本テーマは震災にも強い「成熟社会の居住モデル」だ。関東大震災や敗戦後の復興は、いわば「バラック復興」で計画的なものではなかった。残念ながら若い世代は首都圏などに流出していく傾向を見せるだろう。被災地で聞いても、年齢を重ねた世代ほど「ここに残る」との意向を示している。高齢化がさらに進むことが予想される。

さまざまな試みはあるものの、いまだ日本には高齢社会に対応した居住モデルが存在しない。ならば東日本の復興を日本全体に提示する都市構想として実現することだ。部品の標準化と量産効果によって、これまでの3分の1のコストダウンは可能だという。東日本の被災地を特区として、都市計画法、建築基準法などを再検討して、安全、公平を基本に都市創りを進めていく。そこは高齢者が安心して暮らせる居住空間である。たとえば24時間風呂が入れる施設であり、24時間介護が可能なシステムでもある。若い世代が戻ってくることができるように映画館やコンサート会場も必要だろう。産業を起すことで雇用も確保する。地表面積2パーセントの都市が世界のGDPの80パーセントを生み出しているという。空間の新しい使い方で、東日本の被災地を日本の未来を示す地域にすることはできるはずだ。

日和山では子供たちの姿を眼にした。珍しいとさえ思えた。2011年3月11日は彼らにどのような陰影を刻みながら記憶されていくのだろうか。これからの日本を背負っていく世代に限りない期待を抱く。その条件を整えるのが私たちの仕事だ。私は1人で石巻を歩いた。人間の営みはあくまでも「ひとりから」はじまる。被災者の1人。被災を受けなかった1人。東日本の多くの被災者の御霊に心からの鎮魂を捧げつつ、私たちは「ひとり」が「ひとり」と連なって、新しい日本を建設していく責務がある。私はいま岩手県出身の宮沢賢治の「生徒諸君に寄せる」という詩の一節を思い出す。「諸君はこの颯爽たる／諸君の未来圏から吹いて来る／透明な清潔な風を感じないのか」そう語る宮沢は、若者たちに強い期待を表明した。

新しい時代のコペルニクスよ
余りに重苦しい重力の法則から
この銀河系を解き放て
衝動のやうにさへ行はれる
すべての農業労働を
冷く透明な解析によって
その藍いろの影といっしょに
舞踏の範囲にまで高めよ
新たな時代のマルクスよ
これらの盲目な衝動から動く世界を
素晴らしく美しい構成に変へよ
新しい時代のダーヴヰンよ
更に東洋風静観のキャレンジャーに載って
銀河系空間の外にも至り
透明に深く正しい地史と
増訂された生物学をわれらに示せ

宮城県石巻市にある日和山。そこに立ち眼にした光景……。人間も動物もそこにあったものすべてが奪われていました。しかし悲しみを乗り越えて進んでいくしかありません。希望こそ復興の魂です。

宮城県石巻市を1人歩き、多くの被災者と会話を交わした。歴史のまさかを体験した人たちは、黙々と暮らしを再建しつつある。被災地に立てば表現が現実に追いつかない。非常時には行為が言葉だ。1人から行動しよう！

4月7日(木)

板橋から衆議院選挙に立候補したとき、少子・高齢化社会においていかなる都市が必要なのかを都市計画に詳しいKさんに聞いたことがある。そのとき首都圏直下型地震への対策についても伺った。東日本大震災後にKさんが推薦してくれたのが石橋克彦さん（神戸大学名誉教授）である。

2005年2月23日に開かれた衆議院予算委員会

公聴会で発言している。先週歌手のクミコさんの被災経験を聞き、脚本家の市川森一さん、「酒場詩人」の吉田類さんたちと被災地支援を相談したとき、音楽評論家の湯川れい子さんからいただいた資料にも、石橋さんの発言録が入っていた。石橋さんは「迫り来る大地震活動期」には、地震対策という技術的対応ではなく、社会経済システムの根本的変革が必要だと主張している。

【2005年2月23日　衆議院予算委員会での石橋克彦教授の発言（要旨）】

現在、日本列島はほぼ全域で大地震の活動期に入りつつある、ということはほとんどの地震学者が共通に考えております。非常に複雑、高度に文明化された国土と社会が、言ってみれば人類史上初めて大地震に直撃される。

それも決して一つではない。何回か大地震に襲われるということであります。従いまして、大げさでなくて、人類がまだ見たこともないような、体験したこともないような震災が生ずる可能性が非常にあると思っております。

地震という言葉と震災という言葉が普通、ごっちゃに使われておりますけども、私が地震と言っておりますのは地下の現象です。地下で岩石が破壊する、これが地震であります。これは自然現象でありまして、日本列島の大自然として淡々と起こっている。我々が日本列島に住む遙か前から、地震はそうやって起こっている訳です。

それに対して震災というのは社会現象であります。地震の激しい揺れに見舞われた所に我々の社会、あるいは文明がある時に生ずる、その社会の災害でありまして、社会現象だと思います。

将来具体的にどういう震災が起こるだろうかと考えてみますと、広域複合大震災とでもいうべきもの、それから長周期震災、あるいは超高層ビル震災とかオイルタンク震災とでも言うべきもの、それからもう一つ、原発震災とでも言うべきものが、将来起こりうると私は考えております。（中略）

そういうことからして、全国の原子力発電所の原発震災のリスクというものをきちんと評価して、

その危険度の高い物から順に段階的に縮小する、必然的に古い物から縮小される、そういうことを考えない限り、大変なことが起こって、まあ世界が一斉に救援に来て、同情してくれるでしょうけども、逆に世界中から厳しい非難を浴びるということにも成りかねないわけで、こういうことを急いでやることは日本の責務だろうと思います。

4月13日(水)

福島第一原発事故がチェルノブイリと同じ「レベル7」という最悪の評価となった。「レベル4」など事故の過小評価を行ってきた経済産業省原子力安全・保安院＝政府と東電の責任はきわめて重い。

昨夜、知人から驚くべき記事をいただいた。仙台在住の渡辺慎也さんが2007年に書いた「大津波への備え　自らの判断で命を守る」という「河北新報」に掲載された原稿である。冒頭部分を読んで愕然とした。「仙台東部に10メートル超す巨大津波　死者・行方不明者　数万人にも　逃げ切れず次々と波にのまれる」。まさに大震災の現実である。こうした警告を活かすことができなかったことは政治の責任だ。菅首相は昨日の記者会見で東日本の復興を語ったが、欠けているのは日本全体の震災対策への視点である。

大津波を4年前に「予言」した仙台の渡辺慎也さんに電話。近くお会いすることにした。参議院の会議室で危機管理都市推進議員連盟の会合に出席。神戸大学名誉教授で地震学が専門の石橋克彦さんの話を伺う。〈「福島原発震災」後の日本の原子力発電所を考える〉がテーマだった。

原発震災とは、地震によって原発の大事故と大量の放射能放出が生じて、通常の震災と放射能災害が複合・増幅しあう破局的災害。いま福島原発を中心に生じていることは最悪の状態ではないがまさに原発震災といえる。

福島第一原発一号機の設置が許可されたのは1966年。地震学は未熟な段階でプレート境界などの概念はまだなかった。原子力委員会の原子炉安全専門審査会の審査結果は、いまからすれば驚くべきものである。「福島県近辺は、会津付近を除いて全国的に見ても地震活動期（サイスミシティ）の低い地域の一つにあたっており、特に原子炉敷地付近は、地震による被害をうけたことがない」「現地における潮位は観測されていないが、小名浜港（敷地南方約50キロ）における観測記録によれば、チリ地震津波時（昭和三五年）最高三・一メートル、最低マイナス一・九メートルで（以下略）……」。現代地震学が誕生するのは1960年代末から70年代のこと。阪神大震災当時でも液状化は克服されたと耐震工学では言われていたそうだ。専門家の警告を受けとめるのは政治（政治家）の責務だ。原発震災のリスクが高い浜岡原発などの危険性を公開で「仕分け」して段階的に閉鎖すべきとの石橋提案に賛同する。

4月14日（木）

法務委員会、内閣委員会の前に。石橋克彦・神戸大学名誉教授（地震学）は、政権交代の実現した2009年に「『原発震災』回避が新政権の世界に対する責任」と題する小文を寄せていた（『科学』、岩波書店、11月号）。

いまや日本は被災地の復興とともに、首都圏直下型地震や東海大地震対策も同時に行わなければならないことを専門家の分析は警告している。

国会で行われた危機管理都市推進議員連盟の会合で石橋さんは「最悪の事態は」と質問され、「祈るしかありません」と真顔で語っていた。科学的分析をもとにして対策を講じるのは、もはや政治（政治家）と行政の重く深い責任なのである。

4月19日（火）

法務委員会が終わってから国会図書館へ。白川静『字統』と『大漢和辞典　巻7』を調べる。「災」という漢字を調べるためだ。

かつて姜尚中さんが「戦後70年はない」といっていたことがある。日本は戦争が終わってから幸いなことに時代を大きく区分する出来事がなかった。姜さんは「新たな戦争」を意識して発言したのだと思う。その「戦後」という時代区分が「3・11」で終わった。復興構想会議で議長代理を務める御厨貴さんは、東日本大震災を明治維新、敗戦に次ぐ転換点だとする。異論はあまりないだろう。電力問題を通じて私たちが当り前のように暮らしていた生活も大きく変化を求められている。「脱原発」の方向もふくめての文明史的転換だ。

あのときからわたし個人の小さな生活においても変化がある。それまで読んできた書籍に眼を通しても空々しい思いにかられることが多い。あの大震災の現実が「作り物」を受け付けなくさせているのだ。たとえば本棚から取り出した石川淳の『焼跡のイエス／善財』(講談社文芸文庫)など敗戦直後を描いた作品が感性にぴったりする。小説世界にもきっと大きな変化があるだろう。そうした時代を何と呼ぶのか。御厨さんは「災後」だとする。「戦後」から「災後」へ。しかしどうにも語感や字体がよくない。そこで国会図書館に行ったのだ。結論からいえばなかなか納得できる漢字がない。2011年3月11日からはじまった時代を何と呼べばいいのだろうか。

4月20日(水)

本会議、拉致問題特別委員会が終了。拉致特では自民党の丸川珠代さんが質問のなかで「6か国協議」について触れた。今日の読売新聞が「6か国再開　3段階構想」と書いたからだ。「3段階」とは、まず南北核協議を先行させ、米朝協議を経て、「6か国協議」を再開するというもの。これは北朝鮮の金桂寛・第1外務次官が4月7日から12日まで訪中、中国政府関係者に提案。その後、中国の武大偉・朝鮮半島事務特別代表が各国に非公式打診したとされる。丸川さんは外務省が確認しているかと問うた。しかし松本剛明外務大臣は「相手のあること」と詳細を明らかにしなかった。

実はアメリカと北朝鮮との間で「八百長」とも高度な政治手法ともいえる動きが進んでいる。4月26日にカーター元大統領が訪朝する。服役中のアメリカ人の釈放を求めるためだ。この男性は昨年11月に逮捕され、近く起訴されることになっている。ところが男性の犯罪内容は明らかにされていない。北当局は「犯罪を行った」としか発表していないのだ。北朝鮮の関係筋は「アメリカと北朝鮮のやらせです」という。「事件」をきっかけにカーター元大統領が訪朝し、米朝会談への道筋をつけるのが本当の狙いだというのである。国際政治はそうした陰謀めいたことさえ行われる。カーター訪朝は要注目だ。

4月21日(木)

北朝鮮で日本人3人が逮捕された事件は謎のままだ。韓国の発表があるだけで、いまだ朝鮮中央通信は黙している。1人は釈放されすでに帰国。麻薬密輸が理由で拘束されたと報じられているが、それも確たるものではない。容疑も明らかでなく、枝野官房長官も「事案の性質上コメントを差し控えたい」とするだけだ。

これまでにもこうした事件はあった。暴力団関係者が上部から指示されて北朝鮮に入国。そのまま拘束されたが本人は自分がなぜ逮捕されたかもわからないままというケースだ。暴力団と北朝鮮関係者の間で話が進められたため本人には何も知らされていなかった。発覚してもあくまでも日本人が麻薬を密輸したという形を取らせるためだ。北朝鮮には国防部幹部が責任者の「たいまつ団」という非公然組織があるという。国内でもさまざまな組織があり決して一枚岩ではないのだ。いずれ真相がわかるだろう。

4月28日(木)

午後9時20分。さきほど本会議が終了。自室で「時の過ぎゆくまま」を聴きながら。警察庁から東日本大地震で被災した外国人の死者数は23人(4月26日現在)と報告があった。警察で把握している外国人行方不明者は、外務省を通じて安否確認依頼がなされているもの86人、被災した県警察(岩手、宮城、福島)において現時点で把握しているもの約180人(いずれも4月27日現在)。被災地(茨城県もふくむ)には約7万5000人の外国人がいたから、行方不明者がまだ増えるだろう。ちなみに4月5日現在では、外務省への照会は12人、県警察の把握は約170人だった。

4月30日(土)

あっという間に時間が過ぎ去ってく。小田和正の新しいアルバム「どーも」を聴きながら。「どうしようもないほどの悲しみさえも」と歌っている。ブログに被災者からコメントがあった。そのまま引用する。

有田さんお疲れ様です。3月18日陸前高田市についてお願いした者です。義母、姪が3月25日ようやく見つかりました。顔もまったくわかりませんでしたが姪は最後までしっかりと鍵を握っていました。母は偶然にも入れ歯に名前があり、これで判断出来ました。先日被災地に行きました。数百体の遺体は千葉県の火葬場で火葬されたと聞き、あきらめてました。被災地の姉はこれで安置所に探し歩かなくていいんだねと言いました。私は今政治について疑問と不安があります。各党は政府に協力すると言いながらそれどころか菅降ろしなどと批判ばかり。国民は心ひとつにして助け合いしています。政治家は批判、議論をしている場合ですか、小沢さんこの時とばかりに登場して岩手が大変な時に何も言わず。政権交代など後からにして欲しい。震災地では総理が視察に来た時、涙を流して喜び、感謝したそうです。それは見捨てられてないと言う安心です。先の見えない不安といらだちです。原発被災の方々はまた違います。何故各党は政府と協力し住民を説得しないのですか?チェルノブイリを考えれば安全に戻れるには何年もかかると感じます。現に福島の方が言っていました。『わかっているんだ、ですが先の不安と落着いて考える空間さえもない』と言いました。政治家がバラバラで批判しか言わない現状が信じられません。日本の政治は何かあればすぐ批判し政権交代ばかりいつまでも変わりません。失望しました。原発処理に戦っている人のように被災地で動いてみて欲しいですが、話合い指示するのが政府なら各党の仕事は協力し全力で被災者を守って欲しい。TVでもどの場でもいいです、国民も声として伝えて欲しいです。長くなりすいません。有田さんこれからも頑張って下さい。

この心情をそのまま受けとめる。明日は朝8時50分から予算委員会。明後日は朝8時半から予算委員会。正直に言って煩悶している。

2011年5月
MAY

木村久夫
没後65年に寄せて

5月2日(月)

朝8時半からの予算委員会。第1次補正予算が全会一致で可決された。午後3時開催予定の本会議までの時間に書いている。原発についていまだ地震では安全だという俗論が、一部だが国会でも横行している。地震では安全だったが津波で外部電源が破壊されたというのだ。しかし4月7日に起きた震度6強(M7・1)の地震で、青森県にある東通原発は外部電源がすべて喪失している。そこで非常用ディーゼル発電機を使ったのだが、「全ての非常用ディーゼル発電機が動作不能」となったのである。武田邦彦さんは「とても危険な状態だった」と評価している。

5月4日(水)

今朝の高知新聞に掲載された「木村久夫　没後65年に寄せて」を紹介する。4年前に参議院選挙に出るまでの5年ほど取材を続けていたテーマだ。選挙に出ることを明らかにする直前にはロンドンの公文書館で裁判資料を入手。数日前にも木村久夫さんの妹である孝子さんから少しだけお話を伺った。「きけわだつみのこえ」に掲載された遺書の謎など、やはり書かねばならないとの思いが強まっている。「日曜作家」のように時間を作ってそろそろ書きはじめよう。

【木村久夫 没後65年に寄せて 有田芳生　2011年5月4日　高知新聞】

一九四六（昭和二一）年五月二三日。前夜降っていた雨もあがり、青空が広がっていた。シンガポールにあるチャンギー刑務所。二九歳になった木村久夫は、ほとんど眠ることができなかった。午前七時、狭い独房に教誨師の松浦覚了が姿を見せたとき、独房に置かれたコンクリート製ベッドの上には朝食のビスケットと水の入った水筒が置いてあった。法華経を信仰する木村は合掌して「南無妙法蓮華経」と唱えると松浦にこう語った。

「わたしは学者で身を立てていこうと思っていました。著書もなく死ぬのは残念でなりません」

そう言って一冊の書籍を手渡した。田辺元『哲学通論』である。木村は欄外に鉛筆で遺書を記していた。扉ページにはこう書かれている。

「死の数日前偶然に此の書を手に入れた。死ぬ迄にもう一度之を読んで死に赴こうと考えた。四年前私の書斎で一読した時の事を思い出し乍ら。コンクリートの寝台の上で遥かな古郷、我が来し方を想ひ乍ら、死の影を浴び乍ら、数日後には断頭台の露と消ゆる身ではあるが、私の熱情は矢張り学の途にあった事を最後にもう一度想ひ出すのである」（有田注、以下も原文のまま引用）。

「純情」を「単純な句法で仕立ててゆく手法」（斎藤茂吉）を用いた吉井勇の影響を受けて旧制高知高校時代からはじめた短歌が遺書にいくつも残されている。処刑前夜に書いた辞世の句は次の二首だ。

おののきも悲しみもなし絞首台母の笑顔をいだきてゆかむ

風もなぎ雨もやみたりさわやかに朝日を浴びて明日は出でまし

木村久夫が絞首刑となったのは朝九時すぎのことである。従容として死刑台に立った木村は何の罪に問われたのか。事件はインド洋のカーニコバル島で敗戦直前の七月二八日から八月一二日にかけて三回にわたって起きた。住民にスパイがいると判断した陸軍（独立混成第三六旅団）と海軍（第一四警備隊）が八一人を「処刑」したのである。木村は通訳として取り調べに関わった。そのとき「容疑者」を「殴った」ことが原因で死者が出たと検察側は追及した。しかし木村は「私は『殴る』などということはしていないのだから、そう主張する」と繰り返す。しかし被告一六人のうち無実を主張した上等兵の木村久夫など六人が死刑、取り調べを命じた参謀が無罪となる。虐殺の実行者たちはそもそも誰一人として起訴されなかった。

木村の遺書が後世に感銘を与えたのは、自らが強いられた不条理を普遍的価値へと昇華したからである。木村は戦争を起した軍部への批判に留まらず、それを許した日本人の「遠い責任」をこう記している。

「苦情を言うなら、敗戦を判っていい乍ら此の戦を起した軍部に持って行くより為方はない。然し又更に考えを致せば、満州事変以後の軍部の行動を許して来た全日本国民に其の遠い責任がある事を知らなければならない」。

木村久夫の透徹した社会認識はいかにして形成されたのか。そこには旧制高知高校での恩師たちとの出会いが深く影響していた。大正七（一九一八）年四月九日に大阪府吹田市で生まれた木村は、高知高校に入学。生徒をいじめるような教師の授業には欠席、試験にも白紙答案を出す。入学当時のクラス主任だった八波直則は「権威主義が大きらいで、威張る先生、ヒューマニスティックでない教師をきらいぬいた」と回想している（『私の慕南歌』）。

木村が香北町猪野々の猪野沢温泉に通うようになったのは昭和一四（一九三九）年夏。高校二年のときからである。吉井勇が俗世間から離れて暮らした渓鬼荘の横にある宿に、ときには一か月も宿泊した。木村は小泉信三の『経済学原論』を読んで社会科学に目覚める。読み終えたのは昭和一四年七月二七日、要した時間を「投下労働約三〇時間」と最後のページに記している。落第し三年生を二回過ごした木村は、京都帝国大学経済学部に入学。ここでも旺盛な読書は続く。昭和一七

（一九四二）年十月一日に学徒出陣。陸軍に招集されるが病気のため一年間大阪の病院に入院、そして運命の地、カーニコバル島へと派遣される。

木村久夫が処刑されたのち、高知高校の恩師だった塩尻公明は、吹田の自宅を訪れ、『哲学通論』に残された遺書を原稿用紙に書き写す。さらに木村の想い出を『新潮』（昭和二三年）に発表、のちに単行本として出版された。木村久夫を世に知らしめた『或る遺書について』である。このエッセイによって田辺元、鶴見祐輔、吉井勇なども木村の存在と運命を知ることになる。昭和三二（一九五七）年、吉井は猪野沢温泉を訪れ、木村を偲ぶ歌を詠んでいる。「益喜」とは宿の主人だった今戸益喜のことである。

　あはれなる戦犯学徒の話して最後のはがき益喜
取う出く

東日本大震災を経験した日本人にとって、「戦後」感覚はさらに遠くなることだろう。だからこそ戦争で失われたあまたの人間讃歌を結び合わせ、悼み、高らかに歌い上げよう。高知の風土で育まれた輝く青春が生命を断たれて六五年。暑い夏が再び巡ってくる。

5月10日（火）

下野新聞（5月7日付）が送られてきた。3月8日の予算委員会で質問した北関東連続幼女誘拐・殺人事件。菅首相、中野国家公安委員長の答弁をきっかけに、はじめて被害者家族が一同に介した。そのときの様子が記事に書かれている。さらなる詳細は「文藝春秋」（6月号）「五つの被害者家族が初めて会った日」（清水潔）を参照。被害者家族の行動はこれからも続くはずだ。

5月16日（月）

行政監視委員会で風間直樹議員が「足利事件」など北関東連続幼女誘拐・殺人事件について質問に立ったので傍聴。夕刻からの打ち合わせまでの間に書いている。昨日は朝から福島県相馬市の避難所へ。『はり100本』（新潮新書）の著作やタモリさんなどにも鍼を打ってきたことで知られる竹村文近さんとお弟子さん7人、患者でもあるカメラマンの長倉洋海さんとともに避難所へ。「鍼なんて怖いからいいよ」と語っていた女性たちが心地よさそうに鍼灸治療を受けているのを見てから飯舘村へ。政府は「計画的避難」を5月末までにと約6300人の村民に要求。しかし酪農家は牛を置いていくわけにはいかない。しかし放射線の問題があるから牛の移動は認められていない。「育ててきた家族同然の牛を殺処分しろというのか」と怒りの声が起きている。乳牛を飼っている長谷川健一さんと田中一正さんから実状を伺う。そのあと避難所に戻り、漁師さんたちの案内で原釜、尾浜、松川を案内していただいた。

2か月経過するのに惨状はそのままだ。家族の「想い出」の「宝」が放置されたままであることに、驚きとともに怒りを感じた。「この地区から市長になったのに、ひどいよ」と漁師さんたちの怒りの声は厳しい。

5月18日（水）

本会議が終わり国会図書館で書いている。福島県飯舘村の酪農家が抱える死活問題を20日の集会前にメモしておく。

この村の酪農家は11戸。原発事故の影響で村民は今月末までに計画的避難を求められている。長谷川健一さんは酪農を営んで35年。家族を避難させて自分だけ残る理由をこう語った。「牛に対する責任ですよ。最後の1頭がどうなるかまで見なければならない。それに区長だから、全員が避難するのを見守らなくては」。原発事故が起きてから1か月の乳量分の補償は酪農組合からあった。組合が金融機関から借り入れて、支払ったのである。組合はその金額を東電に請求する。

問題は深刻だ。これからの仕事の見通しが全くないからである。5月9日から放射線量の多い牛は殺処分がはじまった。直面しているのはこの「牛問題」だ。成牛は妊娠していると屠場で受け付けない。ところが残っている200頭ほどのうち半分ぐらいは妊娠牛だ。原乳を調べると放射線量は6・5ベクレル。基準値は100だから問題はない。したがって家畜商を入れて売却したいのだが、村からの移動は認められていない。住民は避難を求められながら、牛は移動を禁止されているのだ。厚労省と農水省は3回ぐらいのサンプリング調査を行って、村外移動を認めるべきだ。さらに長期的問題は仕事の再開の時期である。いずれ酪農は「休止」しなければならない。しかし再開の目処はまったくわからない。エサ代や必要経費を除き、借金をふくむ生活費を保障しなければ暮らしは成り立たない。このままでは転職をせざるをえないのだ。宮崎の口蹄疫では補償が行われた。しかし飯舘村の場合は精神的被害をふくめて営業損害を賠償しなければならない。補償ではなく賠償が必要なのである。

5月23日(月)

今週は法務委員会での質問、予算委員会公聴会、北朝鮮による拉致問題をテーマにBS11出演などの予定がある。15日に福島県相馬市の避難所に伺ったおりに、漁師さんたちから被災地の案内をしていただいた。仲間で亡くなった方もいると聞いたが、避難所にはそうした方々のご家族もいらっしゃった。両親を亡くした子どもたちも、相馬市には今回の災害で親を亡くした18歳未満孤児または遺児が全部で44人。市では震災孤児等支援金支給条例を制定する。

こうした取り組みを行政レベルで進めるとともに、政府も積極的に支援する仕組みを作らなければならない。避難所にはうつろな表情で子犬を散歩させる少女がいた。毎日何度もその姿が蘇る。子どもたちの精神の健康を取り戻す施策も緊急に求められている。

5月26日(木)

自分の子どもを虐待してしまった体験をもつ作家・柳美里さん。自分でも止めたいと思いながら抑えることができなかった。柳さんは自己の体験を社会的に明らかにすることで児童虐待を少しでも減らすきっかけになってほしいと願っている。児童虐待の現状から見える社会が取り組むべき課題。子どもを守るだけでなく親のカウンセリングなどの対策が必要である。柳さんの経験を縦軸に質問する。その質問要綱を紹介する。

作家・柳美里さん
――児童虐待との闘い「親権」停止の民法改正について――
5月26日　有田芳生

1）児童虐待の推移と特徴（90年に統計を取りはじめてから）
2）その内容は（身体的、性的、心理的、ネグレクト）「心理的虐待」が増え、「身体的虐待」が減ったのはなぜか
3）児童相談所が訪問するときのチェックポイント
4）「岡山事件」監禁死事件（23日逮捕）08年から虐待把握
↓どこに問題があるのか（人数か専門性か）
↓対策は（死亡事例の検証）
5）「懲戒権」（民法822条1項）への疑問（大臣）
↓「監護及び教育のために必要な範囲内」に限って認める修正
6）本人の申し立てをどう周知させるか
↓「性的虐待」は隠されているケースが多い（大臣）
6）裁判所による親への指導問題
↓行政でなく司法機関が親に直接勧告する仕組みはなぜ盛り込まれなかったのか（社会保障審議会では議論になった）（大臣）
7）「専門職がいない」（小宮山発言）？
児童相談所のソーシャルワーカー（神奈川、大阪）
8）親だけの問題ではない「子どもの心の専門医」
（まとめ）「自分は完璧な母親になろうと。お弁当も毎日ポラロイドで撮って、どのくらい食べたか記入して。そのあたりから追いこまれていった」（柳美里）

2011年6月
JUNE

原発事故避難民が直面する痛切

6月2日(木)

菅内閣に対する不信任決議案が衆議院で否決された。投票総数は445、賛成152、反対293。昨夜の段階で菅グループに安堵の雰囲気があったのと対照的に、小沢グループは可決に向けて精力的に行動していた。私は今朝になって「不信任案可決」にめどがついたと知らされた。マスコミが報じた賛成議員以外にも「隠し球」があるというのだ。そうすると菅総理は解散・総選挙に打って出るだろうし、民主党は分裂選挙となる。それは何としてでも避けなければならない。私は両院議員総会をただちに開き、菅総理の出処進退を明らかにすべきとの署名に昨夜サインをした。菅首相は午前中に鳩山由紀夫前総理との会談で、「大震災、原発対応に一定のめどがついたところ」で退陣すると表明した。不信任可決情報を知っての判断だ。小沢一郎元代表は「自主判断」を打ち出し、その後は「反対」の方針に転換した。その一声で小沢グループの判断はバラバラになる。ここにきて不信任案否決の流れができた。小沢元代表をはじめグループの31人が欠席あるいは棄権した。

そもそも菅政権は信任に値するのか。「3・11」大震災で、私には忘れることができないひとつのシーンがある。震災から9日目に倒壊家屋から祖母と孫が救出されたことだ。震災対応の初動問題では、原発だけでなく、被災地からの生命救出も重大問題だったのである。11日には8000人の自衛隊員が出動しているが、本来なら、ただちに安全保障会議を開き、自衛隊員の大量派遣をすべきだった。生命がもっと救われた可能性が高いからだ。

菅首相によるいきなりの消費税増税提案、TPP構想など、政権の政策実行プロセスには大きな問題があった。しかしそうはいっても自民党政権に戻すわけにはいかない。2年前の政権交代の熱気は、政治が変わることへの国民の熱望だったからである。鳩山政権、菅政権で民主党の国民への約束は大きく損なわれてしまった。いま求められているのは失地回復である。参議院は与野党が「ねじれた」ままだ。菅首相が退陣する「一定のめど」もはっきりしないままでは、野党の批判はさらに高まることだろう。民主党の分裂は当面はまぬかれたものの、政界の混迷は続く。今度の不信任案騒動は、政治史のなかにおいては「鳩山・小沢・菅」トロイカ体制の終焉のはじまりを意味している。

6月6日(月)

議員会館。暑い。上野を歩いていたら藤原新也さんから電話があった。「福島ですか」と聞かれたので、「いえ、昨日深夜に戻ってきました」と答える。藤原さんはいまから飯舘村に入るという。

私が一昨日から滞在したのは福島県の中ノ沢温泉。明治19年に開業した扇屋には原発被害で避難を余儀なくされた浪江町、飯舘村からの避難者が滞在していた。苦情内容はさまざまだが、「先が見えない不安」で一致している。金銭問題（仕事と補償）もさることながら、暮らしていた土地に戻ることができるのかどうかが、いちばんの問題だ。「3年だと思うよ」と語る男性もいれば、「もう戻れないんじゃないか」と悲観する男性もいる。女性のお年寄りなどは「この3か月で5か所目の避難場所よ」と諦めたようにつぶやいた。ひとりの女性からは「これからのことを考えると眠れないんです」と涙を流しながら訴えられた。

何が課題でどう解決すべきなのか。問題はすべて具体的だ。政府と行政の対応の遅れは想像以上のものがある。避難勧告を受けた双葉町の住民約780人が滞在するリステル猪苗代に向かう道すがら、小川のせせらぎの清らかな音、カエルの鳴き声などが聞こえてきた。車をとめてもらい風景を眺める。この田園風景こそ日本の美しさだ。そこに透明ビニール以上に目に見えない危機が被っている。猪苗代町が公表している放射線量では山菜などに問題は出ていない。しかし秋元湖ではヤマメから暫定規制値以上の放射性セシウムが検出された。ところがイワナ、ギンブナ、コイ、ワカサギは問題となっていないのだ。「見えない恐怖」との闘いほど困難なものはない。

6月7日(火)

原発被災地の福島県浪江町の住民から切実な話を聞いた。詳細は近く紹介したい。菅首相の退陣時期をめぐって政治的駆け引きが高まっている。菅内閣に対する強い批判を起動力とする「大連立」構想に違和感を感じている。政策的一致が困難なもとで流れができつつある連立はおかしい。そこに大義はあるのか。

昨年の夏。参議院選挙で当選したときに日本テレビの番組に出演した。そのとき自民党の石破茂議員と短い会話を交わした。石破さんは、「選挙で当選した議員が、一致する政策で政党を作るってできないですかねえ」と語った。政党政治にあって、政策の一致は基本だが、実体はそうなってはいない。政界再編も政治権力の「パワーゲーム」ではなく、「この国」を変えるための政策を基礎としなければならない。そうした視点から復興基本法だけでなく、第二次補正予算などに限定した大連立は可能か。この問題に判断を下す前提として、「内部」から見た内閣不信任決議案否決の真相を記録しておく。

(1)ハンナ・アレントに「政治における嘘」という論文がある。「国防総省秘密報告書について の省察」とサブタイトルにあるように、ベトナム戦争遂行におけるアメリカ政府の欺瞞に関わる分析である。「欺く人は、自己を欺くことから始めるものだ」とアレントは人間的精神の一面を掴み出す。ちなみにカルト教祖は「自分が教祖の能力があると思い込むことから」教祖となっていく。その道具がイメージ作りを通じての「人々の心をとらえる戦い」である。菅直人内閣に対する不信任決議案の去就は「政治における嘘」の現代版である。「退陣」というイメージ作りは成功した。しかしその瞬間から成果はもろくも崩れていった。

（2）菅首相の相談役は内閣発足から持続してただ一人閣僚を務めている北沢俊美防衛大臣である。当初は可決無理と見られていた不信任案だ。6月1日夕刻には菅グループの集まりも行われたが、そこに緊迫感はなかった。衆議院の国対レベルでも不信任案が可決されるというような雰囲気はない。誰もが否決を信じ、何人が賛成するか、その人数にだけ関心が集まっていた。ところが小沢グループの巻き返しで、菅首相は深刻な情況に追い込まれる。可決に可能な「隠し球」が用意されていたからである。打開のためには「首相辞任」を仄めかすことしかない。しかし小沢一郎元代表と交渉する道はない。そこで鳩山由紀夫前首相がターゲットとなる。「鳩山なら乗ってくるだろう」！

（3）不信任案が提出される前夜。平野博文元官房長官は民主党の衆参国会議員から署名を集めはじめた。衆院本会議がはじまる前に両院議員総会を開催し、首相退陣を求める内容である。退陣しなければ党の代表を変更することも目的としていた。鳩山前首相を切り崩すには平野元官房長官に働きかけるしかない。鳩山前首相も不信任案に賛成することを公言していたが、内心は不安が高まっていた。岡田克也幹事長が不信任案に賛成した議員は除籍（除名）すると語っていたからだ。自分が作ったと自負する民主党から除名されるのは困る。菅首相には退陣を求める。しかし除名は避けたい。それが鳩山前首相の本音だった。

（4）内閣不信任決議案が審議される6月2日午後1時から予定された衆議院本会議。その前に菅―鳩山会談が設定された。署名も退陣時期にも触れない奇妙な確認書が示された。そして代議士会が開かれ、菅首相の挨拶が行われる。そのころ共同通信や民放テレビはいっせいに「菅首相退陣へ」の速報を流し出す。いったい誰が「退陣」とリークしたのか。北沢俊美防衛大臣である。菅首相が大震災対応に一定の目処がたったとき「次世代にバトンタッチしたい」と語ったとNHKが同時に速報を流す。これで「退陣」イメージが決定的にできあがった。「退陣」時期は曖昧なのに、「ただちに退陣」と国会議員にも受けとめられた。

（5）さらに「表面の顔」として鳩山前首相が「首相退陣」のラウドスピーカー（拡声器）の役割を果すことになる。代議士会での発言をきっかけにテレビ、新聞の取材に積極的に応じて「退陣」を語り続ける。菅―鳩山会談さえなければ不信任決議が可決されていたと判断する小沢グループからは「また鳩山さんかよ」と怨嗟の声が出たほどだ。もはや不信任案否決の流れができた。不信任案可決を信じていた小沢グループでも動揺が広がり、バラバラな対応に解けていく。そこで小沢元代表が「自主判断」を打ち出し、「人々の心をとらえる戦い」（アレント）はここに収束していく。かくして内閣不信任決議案は否決された。

（6）退陣時期を菅首相は夏ごろを想定していた。ところが参議院予算委員会で硬直的な答弁を繰り返したために、野党どころか与党からも強い反発を招くことになる。福島第一原発が「冷温状態」になることを目指す来年1月まで延命を図るように見られたことも傷を深めた。6月末に野党から問責決議案が出されれば可決される。そうなれば西岡武夫議長は本会議開催のベルを鳴らさないから審議はすべてストップし、菅内閣は大往生し瓦解するしかない。自民党の長老幹部は大連立を提唱しながら、民主党の「マニフェスト」を骨抜きにしていくことを狙っている。さらには期間を限定しての大連立ののちに早ければ10月にも解散・総選挙を求める狙いがある。いま総選挙を実施すれば第一党になると判断しているからだ。もはや菅首相の脳裏にあるのは、第二次補正予算の成立まで政権を維持することだ。「あとは野となれ山となれ」。しかし国会情勢は6月末退陣の流れが加速している。もはや菅首相退陣は避けられない情況に入った。

6月8日(水)

菅首相の退陣時期、会期延長問題などをめぐって国会では水面下の動きが激しい。いま政治の原点に置くべきは被災地と被災者の復興だ。福島県の浪江町、双葉町、飯舘村から避難した住民に話を聞いて、その思いを強くした。現場には切り取られたテレビ映像などからは見えてこない現実がある。

原発被害から逃れた住民に話を聞いたのは中ノ沢温泉で明治19年から開業している扇屋旅館だ。竹村文近さんとお弟子さんたちが60人以上の被災者に鍼灸ボランティアを施している間に話を伺った。中ノ沢温泉には約230人、リステル猪苗代には約780人が避難している。東電からは5月24日ごろに仮払金(生活費)が支払われた。1人は75万円、2人以上の家族は100万円。たとえ5人家族でも一律に100万円だ。しかもいつまでの仮払金かもわからない。被災地では仮設住宅や借り上げ住宅に入れば、食料や物資の支援は打ち切られる。水道料金も電気料金も自分たちで払っていかなければならない。生活の不安があるから、仮設住宅が当たっても多くが入居しないのは、そんな理由がある。

「仮払金があったって、借金を返したり、地震で壊れたので中古車を買ったりして、先の見通しがないんだ」、と嘆く男性がいた。ある男性の母親は特養ホームから避難して、新しいホームで亡くなった。「うちに帰りたいって言っていてなあ。集団生活している場所に位牌を置くのも気が引けて、せめて自宅の仏壇に持っていきたい。でも許可が出ないんですよ」、とある男性は困惑を示した。一時帰宅の申請を出しても1か月以上かかると役場に言われたそうだ。時間がかかるのは線量計が足りないからだという。大震災が起こって家の中は混乱したまま原発事故で避難を求められた住民が多い。一時帰宅したとき瓦屋根や壁が壊れたために、雨漏りがしていることを発見した住民も多い。「その補償はどうなるのか。保険会社に聞いたら、写真を持ってこいって。屋根に上って撮れっていうんだけど、一時帰宅の2時間じゃあ無理だよ」。

放射線量の問題もあり、住民が自宅に戻れる日はわからない。「3年ぐらいかかると覚悟しているよ」「でも仕事もない。ハローワークに行ったら、39歳以下の求人ばかりで」。男性たちは口々に厳しい現状を語った。原発被害で避難した住民の家屋は全壊並で補償をすべきだ。政府と東電は放射能被害の見通しを明らかにして、住民に先行きの見通しを示すべきだ。

「3か月で3か所めなのよ」と女性が嘆けば、横にいた高齢女性は「あら、私は5か所めの避難所」と語った。「これからのことを思うと眠れないんです」と涙ながらに語った女性の言葉が、避難民の気持ちを象徴している。着の身着のままで家を追われた避難民にとって、いまいちばん必要なものは、金銭的補償や住宅の提供の前提として将来展望なのだ。

6月16日(木)

法務委員会で「いわゆるサイバー刑法」(情報処理の高度化等に対処するための刑法等の一部を改正する法律案)に対する質問を行いました。その質問メモを紹介します。

法案および附帯決議には民主党、自民党、公明党、みんなの党、無所属が賛成、共産党は反対の立場を表明、賛成多数で可決されました。附帯決議にあるように「必要に応じて見直しをすること」「保全要請の件数等を、当分の間一年ごとに当委員会に対し報告すること」との事項は重要です。

サイバーテロ時代の新しい課題
いわゆるサイバー刑法について――

2011/6/16　有田芳生

1）情報通信の発展と言論・表現の自由の課題
オバマ演説「サイバー司令部」の設置へ（2009年5月29日）
「PSN」利用者情報7700万人（過去最高）スペイン、トルコで逮捕者　米下院公聴会での社長発言
RSAセキュリティ（11年6月6日）「使い捨てパスワード」日本の金融機関や企業でも使用
↓ネット犯罪の現状と認識について（警察庁、大臣）

2）サイバー刑法は大震災の「どさくさ紛れ」の悪法か
閣議決定は3月11日午前の閣議
↓サイバー犯罪条約の批准や自民党政権時代からの議論について（大臣）

3）意図して「ウイルス」作成した場合、使われていなくとも処罰するのか
↓サイーバーパトロールの方法について　組織体制（警察庁）

4）「裁判所の令状なしに本人にも知らせず通信履歴の60日間保全」
↓「ネット検閲社会」なのか（大臣）

5）「1枚の令状で端末もサーバ情報も押収し放題」か
↓憲法35条の令状主義は崩壊するとの指摘について（大臣）
※第35条〔捜索・押収の制限〕
1　何人も、その住居、書類及び所持品について、侵入、捜索及び押収を受けることのない権利は、第33条の場合を除いては、正当な理由に基づいて発せられ、且つ捜索する場所及び押収する物を明示する令状がなければ、侵されない。
2　捜索又は押収は、権限を有する司法官憲が発する各別の令状により、これを行ふ。

6）法執行機関への不信感を払拭する課題

6月21日（火）

内閣委員会で総合特区における通訳案内士の権利

を守るための質問を行いました。以下に質問メモを紹介する。

観光立国時代の通訳ガイド――その光と影――

2011／6／21　有田芳生

▼一般的にはガイド　無資格ガイドと業者の悪徳商法　官僚との癒着
「総合特区」における通訳ガイドの課題
皇居外苑の「楠木正成像」――東京観光コースの定番

1）通訳案内士とは何か
→国家資格　歴史　試験内容（とくに歴史と地理）
10か国語　約1万2000人が登録
2）「地域限定通訳案内士」とは
3）「総合特区案内士」について
→昨年8月に具体的にどんな募集があったのか
研修内容（カリキュラム、時間など）
→研修のガイドライン、ガイド認定の条件は明らかか
→「骨格」は示されているか
→研修後に到達度などの判定をすべきではないか
4）通訳案内士の立場と名称について（36条、37条）
→研修のみで通訳案内士の名称を与えるべきではない
→3つの「通訳」の名称を区別すべき
（通訳案内士でない者の業務の制限）
第三十六条　通訳案内士でない者は、報酬を得て、通訳案内を業として行つてはならない
（名称の使用制限）
第三十七条　通訳案内士でない者は、通訳案内士又はこれに類似する名称を用いてはならない。
5）新成長戦略と特区　現実的対応の必要性
→医療ツーリズムなどの摸索と実現をなすべ

きだが、あくまでも通訳案内士の権利尊重を
基本にすべき

（以上）

6月23日(木)

過日。小沢一郎さんと話をする機会があった。「この時代に政治家でいることはやりがいがあるよ」。その発言の流れのなかで「読むべき本はありますか」と私は訊ねた。「歴史物を読む」という小沢さんが薦めてくれたのは、鄧小平の三女・毛毛が書いた伝記だった。『わが父　鄧小平　「文革」歳月』（中央公論新社）である。実は小沢さんは昨年12月6日に建設関連会社の忘年会で鄧小平の伝記を読んでいると挨拶、こう語っている。「鄧小平は私と同じ68歳のとき、文化大革命で地方に飛ばされていた。それに比べれば今の自分はまだましだ。その後、鄧小平がどうなったかご存知ですよね」。先夜は「3回失脚しても毛沢東は鄧小平を殺さなかった。それだけの評価があったんだろう」とも語っていた。「ポスト菅」にはさまざまな政治家の名前が取りざたされている。裁判の帰趨と世論の流れによっては、「小沢待望論」はありうる。延長国会の果てに菅首相が狙っている「脱原発」宣言は「反核」を謳ったオバマのプラハ演説に匹敵するものだといわれている。解散・総選挙の実現性とともに暑い夏がやってくる。

6月24日(金)

参議院選挙公示から1年。昨年のいまごろは「第一声」のために大山の事務所に向かっている時間だ。暑い夏だった。「不安定研究会」にお誘いいただいている岡田充さんが、政局についてエッセイを書かれた。そこに不信任案をめぐる私のブログを引用してくれたのでここに紹介する。

お笑い芸人「ハト」

岡田充（共同通信客員論説委員）

「うそつき!」と言ったり、言われたりした経験は誰にもあろう。親が約束を破って遊園地行きを

ドタキャンした時など、半分すねながら口をついて出る。大人になるにつれ感情を抑える術が身につき、冗談半分ならともかく、本気で「うそつき！」と非難すれば人間関係が壊れる。「You liar!」という英語の台詞は「宣戦布告」と同じ重みがある。

大人だとなかなか使いにくいこの台詞を、前首相が現首相に投げつけた。「退陣を約束したから不信任案を否決してやったのに居座りかよ！」。ハトはよほど腹に据えかねたのだろう。「うそつき！」だけじゃなく「ペテン師まがい」とまでのしった。今年の「流行語大賞」の1位、2位をかっさらう勢い。この役者の「口撃」を、観客はどう受け止めたか。「やっぱり菅はうそつきだ」とうなずくか。それとも「早期退陣なんて言っていない」ととるかで大違いだ。菅を悪役に貶めることができるか、自分が「ボケのコメディアン」になるかの瀬戸際である。

そのポイントは、不信任案の上程直前に開かれた民主党代議士会での菅発言である。目をしょぼつかせながら登壇した彼は「（復興などに）一定のメドがついた段階で若い人に責任を引き継ぐ」と述べた。その直後、ＮＨＫが「首相が退陣表明」とテロップを流した。相前後して共同通信も退陣を速報、「朝日」「読売」などは号外を配った。主要メディアが、発言を「早期退陣」と受け取ったことを示している。

ＴＶの生中継を見ていたが、退陣時期に触れず「メドがついたら」と言っただけである。「どこがニュースなの？」というのが正直な感想だった。ジャーナリストで民主党参院議員の有田芳生がブログでこの内幕を明かす。有田によれば、北澤俊美防衛相がこのミスリードの演出家だったという。北澤は代議士会の前に主要メディア記者に「退陣の腹を固めた」とリークした。有田は「菅首相が『次世代にバトンタッチしたい』と語ったと同時にＮＨＫが速報を流す。これで『退陣』イメージが決定的にできあがった。『退陣』時期は曖昧なのに、『ただちに退陣』と国会議員にも受けとめられた」と書く。

メディアを利用した巧みな演出。有田説を信じれば、騙されたハトは「ボケのコメディアン」ということになる。ただ「うそつき！」についてはハトも偉そうに言えない。普天間基地問題で最後まで「腹案がある」「最低でも県外」と言い張っていたのが誰か忘れるところだった。ところで石原慎太郎による「究極の後出しジャンケン」で、都知事の夢を潰された松沢成文・前神奈川県知事が吉本興業入りした。石原にコケにされた松沢、菅に騙されたハトもこの際、吉本デビューしたらどうだろう。松沢とコンビを組んでボケまくれば売れることは間違いない。

（マレーシアの邦人向け月刊誌『Senyum』8月号）

6月27日(月)

3月8日に予算委員会で「北関東連続幼女誘拐・殺人事件」について質問した。それをきっかけに被害者家族がはじめて一同に会したのは、4月16日。さらに相談を重ね、この29日に参議院議員会館で「家族会」が結成される。今朝の朝日新聞と下野新聞が報じた。この情報を察知したからだろう。先週末に栃木県警、群馬県警が被害者家族のもとを訪問。さらに「家族会」の記者会見当日に群馬県警が会見を開くという。横山ゆかりちゃん（1996年当時4歳）行方不明事件の懸賞金を300万円から600万円に引き上げるようだ。当日の会見には風間直樹、三原じゅん子参議院議員も同席する。

2011年7月
JULY

東日本復興私案——少子高齢社会のモデル都市を

7月8日（金）

韓国の平昌（ピョンチャン）が2018年冬季オリンピック開催地に決定した。韓国「ニューデイリー」は、「平昌誘致最大受恵者は統一教？」という記事を掲載。平昌にある龍平（ヨンピョン）スキーリゾートが、統一教会の拠点だからである。いまから数年前のこと。リゾートにあるホテルの別棟売店には「愛天愛人愛国」と書いた色紙が飾られていた。統一教会の文鮮明教祖が揮毫したものである。そこでは日本人信者も働いている。

龍平（ヨンピョン）スキーリゾートは、ソウルから215キロの距離にある韓国で最も古いスキー場だ。高原開発社によって開場したのは1975年。経営悪化で別会社に吸収されるなどして、2000年に龍平リゾート法人が設立される。それでも経営悪化は続き、2003年2月には株式の約91パーセントを1900億ウォンで統一教会系の世界日報社に売却した。この時期にたまたま「冬のソナタ」が日本でもブームになる。

ペ・ヨンジュンとチェ・ジウがレストランで食事をするシーンなどが龍平リゾートで撮影されたため、日本からの「冬ソナ」ツアーの観光客が殺到する。文鮮明教祖の揮毫が掲げられたのもこの時期のことである。統一グループは、もともと統一重工業（機械、自動車部品）、「一和」（高麗人参茶、メッコール）、世界日報などを経営していた。しかし赤字企業が続出したため、いまでは龍平リゾートなどのリゾート会社が主力になっている。2010年の龍平リゾートの売り上げ高は1152億ウォン（約88億円）、営業利益は21億ウォン（約1億6000万円）である。

龍平リゾートの最大株主は世界基督教統一神霊協会財団で、49・99パーセント、世界日報が12・59パーセントである。ここにはホテル、コンドミニアム、スキー場などがあるが、2004年2月から3月にかけて、日本の統一教会信者たち（区域のリーダー）が集まり、文鮮明教祖も出席して3度にわたって特別修練会が行われた。

冬季オリンピックの「開会式」と「閉会式」は横城（フェンソン）にあるアルペンシア・クラスターで行われるが、アルペンスキー大回転・回転は、そこからバスで30分以内にある龍平アルペン競技場で開催される。統一教会の文亨進（ムン・ヒョンジン、文教祖の7男）は、龍平リゾートなどの投資を拡大すると語っている。冬季オリンピックの「最大受恵者」が統一教会だと評される根拠である。

7月10日（日）

昨日の朝日新聞「be」に〈国会議員って「偉い」と思う?〉という読者アンケート記事が掲載された。この欄はいつもひとりの当事者からのコメントが掲載される。大嶋辰男記者から問われた「偉いか」というテーマについて答えた内容が次のようにまとめられている。見出しは「『先生』には困惑した」。

実際に国会議員になってみたら偉かったか——。ジャーナリストから参院議員になった有田芳生さん（59）はこう語る。「役人からも記者からも「先生」と呼ばれる。やっぱり異常な世界ですね。ジャーナリスト時代から付き合いのある新聞記者から「先生」と呼ばれたときは驚きました」もちろん、世のため人のため、朝から晩まで働き頭が下がる議員もいるが、公私混同して公用車を使う議員、ゴルフの話ばかりする議員、赤坂で飲み歩いている議員もいる。自身は、周囲に「先生と呼ぶな」と注意している。国会議員は市民が選んだ代表。同じ市民より偉いなんてあるはずないと思っているからだ。「でもね、医師や弁護士も「先生」と呼ばれるでしょう。国会議員の仕事も彼らと同じ人を救う仕事。働いた結果として「先生」と呼ばれることはあってもいいし、そうあるべく働くべきなんだろうね」。

7月11日(月)

【漫録】「筆のおもむくままに書くこと。また、その書いたもの」（日本国語大辞典）

参議院議員になって一年。文字通り「光陰矢の如し」の時間だった。二〇一〇年七月十一日に当選してから、実にさまざまな経験をした。国会でまず仰天したのは野次のひどさだった。それまでテレビを通じて本会議や予算委員会での審議を見ることはあった。そこでしばしば野次が飛んでいるということは知っていた。当事者の言葉にかぶさって不規則発言が聞こえるからだ。ところが現場はすさまじい。聞くに堪えない悪口雑言のオンパレードだ。菅直人首相に対して「空きかん」「すっからかん」「最低の政治家」「あんたは粗大ごみ」などなどと野党は叫ぶ。「主権は国家にある」と時代錯誤な野次まで放たれる。そんな場面を小学生や中学生が傍聴する。これほど「非教育的」な場はないだろう。これが「国権の最高機関」（憲法第四十一条）である国会の現実なのである。

戦後最初の第一回参議院選挙が行われたのは一九四七年四月。当選者には作家の山本有三、歴史学者の羽仁五郎など、知識人と呼ばれる人たちがいた。そのひとりである作家の中野重治は、議員になった感想をこう嘆じている。

はじめて国会へ出たとき私は全く閉口した。逃げたいという衝動にとらえられた。それから片手間仕事としてやって行こうというふうな考えが頭の隅にひらめいた。そういう考えがいかに非文学的だかということは次の瞬間にわかったが。

実際われわれは、つまり文学者は、国会ででもどこででもくそ真面目に働く必要がある。一般論どころではない。議院にはいった文学者なんかは、なれぬことを一心に勉強して、いっぽう政治屋連中から馬鹿にされあしらわれながらやり、いっぽう各論主義者からやはり馬鹿にされあしらわれながらやり、失敗した場合は両方の側から来る嘲笑を受け入れてそれこそ原論の正しさを証明するものとして真面目にやることを肚（はら）に入れねばならぬだろう。

（「政治と文学」一九四七年七月）

参議院選挙に当選して三か月目の志である。中野が目撃したものは「政治屋連中」や「各論主義者」の集団だったのである。おそらく文学者としての繊細かつ剛毅な精神とは遠く隔たる世界が広がっていたのだろう。当時の議事録を見れば、やはり野次が飛んでいることが記録されている。「良識の府」と評されてきた参議院は、現況で判断すれば、一部の野次集団によって「非常識の府」を世間に印象づけているのである。しかも「政治屋連中」や「各論主義者」が跋扈する姿はおそらく変わっていない。それでも参議院を「原論の正しさ」を明らかとする立法府として機能させる努力が継続して行われてきたこともまた事実なのである。（続く）

7月20日（水）（7月11日の続き）

国会議員が特権に甘んじているエピソードを紹介しよう。参議院にはいろいろな店舗が入っている。議員会館地下には食堂、コンビニ、喫茶店、タリーズコーヒー、「てもみん」（マッサージ）、写真屋、理髪店などがある。議事堂に向かえば、本館中庭に五車堂書房があり、その隣に「一茶そば」がある。驚いたのは、この蕎麦屋での習慣である。暖簾をくぐると左側に自動販売機があり、注文したチケットを従業員の女性に渡す。そして奥にあるカウンターに並ぶ。ところが議員が来ると従業員は湯のみ茶わんを持って席を取る。議員はそこに座り、蕎麦が運ばれてくるのをじっと待っている。店のサービスなのだ。

私はそうした特別扱いがイヤなので、秘書や衛視など国会職員と同じように列に並んでいる。理屈以前の感性レベルで受付けないのだ。目撃したところ、民主党、自民党、公明党、共産党の議員が恩恵を受けていた。もちろん「すべて」の議員がどのような対応をしているかは不明だ。しかし与野党ともに「小さな特権」を享受していることは、ただ「小さな」問題ではなく、議員意識を象徴しているのではないだろうか。残念ながらこれが現実だ。「院車」という世間でいう「黒塗り」の車についても、あるドライバーから私に内部告発があった。こうしたエピソードに事欠かないのが国会である。

政治は「干物」ではなく「生もの」だ。菅内閣が小幅な内閣改造を行い、いま第二次補正予算などの国会審議が行われている。巷間ささやかれているように、菅首相が「脱原発」を争点に解散・総選挙に打って出る可能性も、少ないとはいえ否定できない。まさに「政界の一寸先は闇」なのである。こうしたときこそ大局に立った判断が必要だ。いずれ菅直人首相は退陣し、民主党代表選挙が行われ、次期総理が決まる。それは誰なのか。

小沢一郎元代表と懇談する機会が最近あった。朝日新聞は小沢グループが「ポスト菅」に野田佳彦財務相を推すと書いたが、本当なのだろうか。小沢元代表に聞いた。「野田さんが増税反対の立場になれば支持するとありましたが」「そんなことは言ってないんだ。野田さんが財務省推薦候補だとは言ったけどね」。

小沢元代表にはメディアで報じられている次期総理候補について一人ひとり名前をあげて評価を伺った。結果は総じて否定だった。しかし小沢元代表の脳裏にはベテランかつ人格者の議員があるようだ。東日本大震災からの復興を課題にする日本政治の現状をいかに捉えるべきか。小沢元代表の眼にはどんな光景に映っているのだろうか。

「日本は大変なときにある。しかし政治の世界でいえば、いささかおかしな首相がいる以外は大した政局ではない。佐藤派から別れるときがいちばん苦労したよ」。小沢元代表はそれ以上を語らなかった。1972年に佐藤（栄作）派から田中（角栄）派が独立したときのことだ。97人いた佐藤派から81人が離れ、田中派が形成されたのである。派閥抗争は永田町界隈の嵐にすぎない。それでも日本政治史においては、ましてや当事者たちにとっては大きな出来事なのだ。当時に比べれば大した政局ではないという小沢一郎元代表の証言には重みがある。

小沢一郎と菅直人。私の眼が見た二人の政治家は対照的だ。

7月20日(水)

（これは、被災地・宮城県石巻市を訪れた後、5月に書いたものです〈日記3月30日から4月6日を参照〉。7月22日付の「東日本の創造的復興に向けて」の構想につながるものとして、ここに全文を掲載します。）

宮城県石巻市の日和山に登る。地震と津波に襲われ破壊された街路で眼にした光景とはまったく異なり、そこでは何事もなかったかのように家屋が整然と並んでいる。太平洋や旧北上川を見渡すことができる場所に佇み、息を呑んだ。広大なる廃虚。表現しようとすれば揮発する。言葉が現実に追いつかない。戦後世代の私にとっては経験したこともない写真のなかの世界だ。ヒロシマやナガサキ。そして空襲で焼け落ちた東京……。しかし眼前に広がるのは、まごうことなき事実である。つい先日まであまたの日常生活が続いていた実時間の強力で暴力的な破壊だ。

海岸線に長く連なって広がる被災の空間。それをいかにして復興させるのか。江戸時代には地震災害に遭ったとき、関東では「万歳楽」、関西では「世直し」と民衆は唱えた。「鯰絵」に描かれた「地震鯰」が破壊者であるとともに救済者としてのイメージを与えたことにも重なる願望の表明であった。苦境を新生へのきっかけにすることだ。そのためにはまず日本全体のなかで被災地が置かれている現状を出発点としなければならない。言葉を替えれば「少子高齢時代」における創造的復興である。日本は人類史にもまれな高齢時代に入っている。人口に占める65歳以上の比率は23・1パーセント（男性20・3パーセント、女性25・8パーセント。平成22年9月1日。推計人口概算値）。ところが岩手県は27・1パーセント、宮城県は22・2パーセント、福島県は24・9パーセント（いずれも平成22年）。朝日新聞の調査でも死者の55・4パーセントが65歳以上の高齢者であることが判明している（4月10日付）。被災地の高齢化は日本のなかでも進んでいるのだ。医療技術の発達、経済成長による豊かな食料・福祉制度の充実などによって、日本人はいままでに考えられないほど寿命が延びた。高齢化率は2050年には37・8パーセントになると予測されている。こうした時代の大きな枠組みのなかで、東日本復興を位置付けなければならない。

石巻を歩き、出会った被災者の方々に意見を伺った。ある高齢世代の男性は語った。「私たちはここで生まれ、育ってきた。これからどうなるかわからないが、この街を出るつもりはない。でも若い人たちは違うだろうね」。こうした意見が多い。高齢者は被災地に残り、若者は街を出て行く。この傾向は一時的には避けられないにしろ、それでいいわけはない。地震や津波を前提にした生命を守る復興はいかにあるべきか。私は仙台に向かった。4年ほど前の河北新報（平成19年9月4日付）に掲載されたある記事を見つけたからである。

「大津波への備え　自らの判断で命を守る」（渡辺慎也）。冒頭にはこう書かれている。

仙台東部に10メートル超す巨大津波／死者・行方不明者　数万人にも／逃げ切れず次々と波にのまれる／二〇××年×月×日、各新聞は号外にこのような大見出しを付け、未曾有の巨大大津波被害の惨状を報じる。

「仙臺文化」編集人だった渡辺さんに話を聞いた。地震と津波の予測はなぜ可能だったのか。それは東日本大地震で大きな被害を被った仙台市若林区にある弥生時代の水田跡（沓形遺跡）で津波によって運ばれた海の砂が層になって発見されたこと、貞観津波（869年）があったこと、そこから大津波の周期性を勘案したところ、2010年から2210年までの200年間に再来がありうると判断したからだ。その論考のなかで眼にとまった部分がある。「直ちに行動しても、残念ながら避難場に恵まれないことが、仙台東部の特性でもある」「町内ごとに二十メートルの津波に耐え得るよう八階建て以上の集合住宅」（拠点避難場所）を設けるべきで「最上階には津波防災設備を施した『地域民集合室』」を置くべきだと提案している。「地域民集合室」は電源と通信機能を備え、食料、毛布、医療用品、簡易トイレなどを備蓄しておく。

渡辺さんは東日本の復興防災都市構想について「住民から意見を公募すればいい」という。仙台は戦災復興が速かった。渡辺さんも「焼け跡がすごいスピードで変わっていった。とくに青葉通りの広さには驚いた」と回想する。「私権」を制限してでも復興計画を進めた当時の岡崎榮松市長の強力な指導力があったからこそできたことである。[*1] 関東大震災時に後藤新平がアメリカの都市計画家チャールズ・ビアードから「新しい街路を設定せよ、その路線内の建築を禁止せよ、鉄道駅を統一せよ」と電報でアドバイスされた手法を実行したのだという。（続く）

7月22日(金)

私は東日本の創造的復興は、これからの日本の将来を見とおしたうえで、先験的なモデル社会を建設すべきだと思っている。漁業や農業をいかに再建するか等々多くの課題があるが、ここでは二つの構想を示したい。

第一に高齢社会に対応した居住モデルを建設することであり、第二に「省エネ型」の医療、研究センターを誘致することである。関東大震災、敗戦を通じて大規模な復興が行われたが、「居住モデル」といえるようなものは建設されなかった。しかし例外的に、関東大震災後の復興では東京や横浜に同潤会アパートが建設されている。近代日本で最初の鉄筋コンクリート集合住宅である。とくに大塚女子アパート（小石川区、当時）は、エレベーター、売店、食堂、共同浴場などを備えた最先端居住施設であった。ただしコスト面から広く社会的広がりを見ることはなかった。

高齢社会に相応しい居住モデルとは何か。介護や医療施設が併設された集合住宅である。保育所も設置することで「宅老幼所」（デイサービスと保育を同じ空間で行う。高齢者は子供から元気を、子供たちは高齢者の知恵をもらう）も運営する。建築基準法の改正を伴わない「復興特区」とすることで、容積率を高め、建ぺい率を低くすることによって、高層住宅を建設する。そこでは建物の下部に公共空間、たとえば音楽や演劇などを行う舞台施設も設置する。映画館などもあればいい。高齢者が24時間好きなときに入れる浴場があってもいい。基本的には高齢者から若者や子供たちまでが「健康で文化的な最低限度の生活を営む権利」（憲法25条）を行使することのできる居住空間の建設である。高齢者が安心して暮らすこともできれば、若者たちや働く世代が地元に魅力を感じ、安定した雇用も生まれる。若者たちが都市部に移らなくてもいいような街作りである。専門家は、工場化・規格化をすれば、マンション建設費は三分の一で済むと指摘する。もちろんデザインなどは住民参加で決定していく。

渡辺慎也さんは、大津波の経験からすれば「避難所にもなる集合住宅は楕円形がいいだろう」と提案する。もしも船などが流れてきても激突することなく逸れていくからである。海岸線から100メートルほど離れたところに防潮堤になる道路を建設することも現実的だろう。住居はそこからさらに離れた土地に確保する。

第二に「省エネ型」産業の新たな誘致である。私がここ数年主張しているのは、がん治療に有効な重粒子線施設を全国に展開することである。このテーマは「朝日新聞」の「私の視点」にも掲載された。少し長いが第一稿の一部を引用する。[*2]

　重粒子線がん治療とは何か。固定された患者のがん患部に「ＨＩＭＡＣ」（重粒子線がん治療装置）で光速の十分の一程度に加速された炭素ビームを照射する。ガンマ線治療のように体表近くでもっとも線量が多くなることがなく、がん患部で線量を最大にすることができるため、正常細胞への障害を少なくすることができる。

　日本は年間総死亡者数の約三割にあたる約三五万人ががんで死亡している（二〇一〇年）。放医研ではこれまで約六千人が治療を受けた。前立腺がんの場合は、照射回数は一六回、一回が二、三分で、治療時間は二〇分ほど。非再発率は八七％にのぼる（二七二例）。第一期肺がんは一回に四方向からそれぞれ四、五分の照射をする。部屋に入ってから出るまでの治療時間は一時間ほど。非再発率は九二％（一二九例）。開腹手術ではないから日帰りで治療が終わる。この治療施設を小型化（建物をふくめて一二五億円）し昨年三月から治療を開始したのが群馬大学の重粒子線医学研究センターだ。さらに佐賀県にも九州国際重粒子がん治療センターが建設される。

「放医研」とは千葉県稲毛市にある放射線医学総合研究所のことで、一九九四年から世界に誇る独自技術で治療が行われている。問題は健康保険が利かないから、治療には一律で三一四万円がかかる。しかし全国にこの施設が建設されれば、保険適用が可能となり、患者負担も少なくなる。専門家によれば人口一千万人に一施設が望ましいという。そこで私は少なくとも全国で一二か所の建設を提唱している。この重粒子線治療施設を東日本大震災の被災地に建設する。規模は群馬大学の重粒子線医学研究センターだ。ちなみに放射線医学総合研究所ＨＩＭＡＣは毎時約3・4メガワット、群馬大学の小型装置は毎時約2・5メガワットである。東日本大震災以後、放医研では治療を朝六時から昼までに制限して電力消費を抑制している。東日本の被災地に医療・健康の拠点都市を建設し、そこで雇用も創出する。「高齢社会の居住モデル」建設とも連動していくのだ。

重点は住民が希望を抱ける産業を誘致することである。「日本アポロ計画」だ。背景に軍事目的があったとはいえ、ケネディ大統領のもとで「人類が月に行く」との国家目標は、アメリカ国民の精神を鼓舞し、団結させた。東日本地震災の復興を梃子にして、21世紀日本の国家目標を明らかにしていく。とくに高齢社会のビジョンを現実のものにしていくことである。「わたしたちの町は、わたしたちがつくる」という「フツー人の誇りと責任」(井上ひさし)で、東日本の復興を進めて行こう。

＊1　私有地を没収されたために裁判が多発したが、その問題はとりあえず措いておく。

＊2　「医療ツーリズム　呼び込め」(2月17日付)

7月26日(火)

「中井洽元拉致問題担当相が21、22の両日、中国・長春で北朝鮮の宋日昊・朝日国交正常化交渉担当大使と極秘に接触」との報道があった。25日にフジテレビがスクープ、各紙が追っている。報道では今春から接触があったというが、菅首相も中井元担当大臣も公式に否定している。これは事実ではない。フジが報じた昨25日。朝鮮労働党幹部から日本の某人物に「中井元大臣に会ったのはよかったのだろうか」との問い合わせがあった。「山崎拓ルートより悪い」が返事である。北朝鮮にとって中井元大臣は「許し難い」存在だ。強硬に批判を繰り返してきたからである。ところが菅首相の「信任状」(「首相親書」の可能性もある)を持参していたから会わないわけにもいかない。宋日昊氏は上部機関に伺いを立てて会談に及んでいる。

そもそも5月中旬に北朝鮮筋から菅首相に「非公式の打診」があった。北の基本的方針は、「強い政権」のもとでの日本との交渉である。念頭にあったのが、小泉訪朝であることはいうまでもない。しかし日本政治における菅内閣はきわめて脆弱な基盤にある。それでも交渉に引き出したいとの方向に変換したのは、経済状況の悪化である。「菅首相が電撃訪朝を狙う」との報道が、なぜいまなされたのか。交渉が決裂したからである。北朝鮮との交渉は、田中均氏がかつて25回も極秘会談を続けた末に小泉訪朝が実現したように、最後まで情報が漏れない人物と体制でおこなわなければならない。

2011年8月
AUGUST

政権交代での公約は思想の結晶

8月1日(月)

「菅首相の電撃訪朝か」と報じられた中井洽元拉致担当大臣の北朝鮮との接触。真相が少しずつ漏れはじめた。中井元大臣は「反北勢力を何とかしなければならない」と北側に申し入れ。北サイドは「そうした申し入れなら話を聞こう」と理解し、長春で宋日昊・朝日国交正常化交渉担当大使が会談。菅首相訪朝の条件などが話し合われたが、合意に至らず。中井元大臣と朝鮮労働党幹部の会談は実現しなかった。北サイドは「菅首相の訪朝」アドバルーン(観測気球)の打ち上げが目的ではなかったかと冷静で、今後は「中井ルート」での交渉はないという。残る疑問は中井元大臣の行動シナリオを「誰が」描いたのかである。

8月3日(水)

被災地に入り、あるいは報道を聞きながらずっと気にかかっていた。自殺者の推移である。

阪神大震災では仮設住宅に入居するころから自殺者は増えていった。被災直後は極度の緊張感から生命力が保たれてはいても、環境が安定していくにつれ思考は千々に乱れていく。失ったものの大きさが心奥から襲ってくるからである。「どうして自分は生き残ってしまったのか」そう自責の念にとらわれる人々も多い。家屋敷が残った被災者でさえ、多くを失った者への罪障感が生まれるという。

いま自殺対策を本格的に進める局面に入っている。内閣府に問い合わせると、被災を理由にした自殺者がどれだけいるかを警察庁と連携して調査しているそうだ。被災地での自殺者数は、次の通りである。岩手（3月27人、4月39人、5月32人、ちなみに1月48人、2月26人）、宮城（3月33人、4月35人、5月50人、ちなみに1月48人、2月33人）、福島（3月41人、4月42人、5月68人、ちなみに1月39人、2月46人）。人間が自ら選択して生を断絶する理由を単純に結論づけることはできない。ましてや数字（人数）だけでは判断できはしない。しかし被災地という特殊な環境のもとで心理的に孤立している方々が多いことは間違いがない。避難地域の先行き見通しを明らかにすることや生活保障などが基本課題ではあるが、個別の課題として精神科医の組織的派遣など、総合的対策が緊急に求められている。

8月8日(月)

読売と日経が書いたが、私たち参議院選挙10年当選組有志（13人のうち10人）は10日に小沢一郎元代表を招いて参議院議員会館で勉強会をおこなう。案内は5日に全民主党議員に配布した。報道が「菅首相退陣後の党代表選をにらみ、中間派議員との連携を強める狙いがあるとみられている」（読売）、「菅直人首相（党代表）の後継を決める代表選を見据え、党内基盤を固める狙いがある」（日経）と論評するが、大筋で間違い。主催者にそんな意図などないだけでなく、立場にもない。ましてや「小沢系」と書くのは、意図的というよりもステレオタイプ（行動や考え方が、固定的・画一的であり、新鮮味のないこと。紋切り型）のレッテル貼りである。

私が1年ほどの国会生活で確信したのは「小沢グループ」に属している議員でも、あるいは「菅グループ」などに属している議員でも、小沢一郎という政治家からまとまった考えを聞いているものは少ないことだ。私たちも同じである。あれこれ言われる小沢一郎元代表だが、日本について何を考えているかを聞こうじゃないか。そういう趣旨で2か月ほど前から構想したのが今回の勉強会だ。提案者は安井美紗子さん（愛知選出）。原発やTPPなど個別政策テーマや「政治部」ならぬ「政局部」（丸山眞男）が報じる狭い永田町話ではなく、日本にとってあるいは政治家にとって必要な大きな政治哲学を、小沢さんから聞く。少なくとも私が賛同した理由はそこにある。13人すべてに声をかけた。支援組合との関係から呼びかけ人に名前を出すことを断った議員もいる。「しがらみ」である。呼びかけ人には昨年の代表選で小沢さんに投票したものも、菅さんに投票したものもいる。そもそもの趣旨からいって当然のことだ。「小沢グループ」が小沢一郎さんを招いて勉強会を開くならば、こうした方法は取らないだろう。「グループ」外に開かれているとは思えないからだ。「グループ」の「グループ」たる所以である。これは「菅グループ」や前原誠司さんを推す「凌雲会」でも同じこと。もちろん政治の世界ゆえに政局とのからみであれこれ論評されることは仕方がない。ただ、最初の構想時からかかわっているものとして、あくまでも「大局観」を聞く会であることだけは、強調しておく。

8月10日(水)

お疲れさまです。私たち昨年の参議院選挙当選組13人のうち、呼びかけに賛同した10人でこの勉強会を開くことになりました。ここには昨年の代表選挙で「小沢一郎」と書いた者も、「菅直人」と書いた者もいます。ではなぜ「政権交代でめざしたことは何だったのか」という勉強会なのか。それは私たちはいまこそ大局観を身につけなければならないと思ったからです。

終戦直後、のちに第4代名人となる将棋の升田幸三さんは「着眼大局　着手小局」と語りました。「着眼大局」つまり大局観を持って「着手小局」地道に駒を打っていく。これは将棋や囲碁の世界だけのものではありません。私たちもまた大局観を持ち、政治に生かしていかなくてはならない。そうした思いから勉強会を持つことになりました。

政権交代で約束したスローガンは思想の結晶です。目先の小さな利益にこだわって大きな利益を失うことは許されません。いまこそ大局観が必要な局面です。そこで政権交代の立役者であり、大局観を語るのにもっとも相応しい小沢一郎元代表に講演をお願いすることになりました。

小沢元代表は私たちの申し出を快くお引き受けくださいました。ここでみなさんとともに大きな拍手でお礼を申し上げたいと思います。どうもありがとうございます。

（勉強会「政権交代で目指したことは何だったのか」での有田の挨拶）

8月10日（水、夜版）

統一教会は、反対するものの車に信者がGPS機能のケータイを取り付けてストーカーをおこなったりするなど、内部矛盾を外部の「敵」に向かうことでそらそうとしている。しかし信者たちの金銭的嘆きは深い。まるで猫じゃらしのように眼前の課題に没頭させているのである。いま統一教会では「天福函」（8つの重要教本を収めたもの）の献金が進んでいる。430万円の献金で1つが渡される。これまでに6500人の信者が献金、半額の210万円を献金した信者が3100人。合計で約345億円にものぼるという。信者の自己破産などが危惧されている。

（8月6日）

「韓流グループ」で日本でも人気の「少女時代」が、8月6日に統一教会のイベントに参加していた。「清心ミュージックフェスティバル」は「天宙清平修練苑」で開催。この施設のHPを見れば、信者の修練会などが行われている一大拠点であることがわかる。この施設では信者向けの霊感商法ともいえる金集めも行われている。文鮮明教祖の妻である韓鶴子氏の母親を統一教会では「大母様」と呼ぶ。この「大母様」が金孝南という女性霊能者（1975年にソウルで行われた1800組の合同結婚式参加者だと信者は証言）に憑依して現れた。信者たちは「127代前」の先祖を「解放」してもらう。一代解放してもらうごとにお金がかかるから多額な金が教会に集まる。信者たちの間では、日本で有名な芸能人夫婦の母（非信者）が孫を連れて修練会に出席したとの噂も数年前から内部でささやかれている。

ではなぜ「少女時代」だったのか。関係者によれば「相当のギャラですから」と答えた。日本では霊感商法の統一教会イメージだが、韓国では「財団」として世間が認知しているから、警戒心も起こらないのだろう。

8月11日(木)

「少女時代」が統一教会のフェスティバルに出席したことは、昨日のブログで報じたとおりだ。会場となった「天宙清平修練苑」で「大母様」が信者たちに新手の霊感商法を行っていることも記した。「少女時代」が出演した背景がここにある。「大母様」＝金孝南女史の息子が芸能プロダクションを営んでいる。経営は赤字で日本人信者の献金で補填されているとの噂もある。この会社が「少女時代」を招いたそうだ。日韓を行き来する信者の桜田淳子さんとは違い、「少女時代」はあくまでも「営業」で歌い、踊ったのである。

8月12日(金)

統一教会のイベントに「少女時代」が参加したことについて、以下のような読者からのご意見が届いた。たしかに日本と韓国では統一教会の社会的位置付けが異なり、国民意識(拒否感)も大きな違いがある。しかし日本の信者たちにとっては、それだけ有名なグループが「共感してくれている」といった宣伝にもなっていることを軽視してはならない。先にブログにも書いたが、著名俳優夫婦の親族が集会に出席したとの噂は、ここ数年も信者の間で語り継がれ、結束の絆となっている。とくに若い世代への宣伝、布教活動に利用されないことだ。(なお統一教会の正式名称は世界基督教統一神霊協会。略せば「統一協会」だが、教会は自らの略称を「統一教会」というので、私はそれを尊重している)。

はじめまして。ブログでの統一協会の音楽イベント、清心ミュージックフェスティバルについての二日に渡っての記事を拝見しました。

韓国社会で統一協会がここまで力を持っているとは、大変驚いています。

少女時代は韓国では、日本でいえばSMAPや嵐のような国民的大スターですから。

ただ、この音楽イベントには、毎年、韓国の有名人気歌手が多数参加しており、今年が特別だったというわけではないようです。

去年も、2AM(日本でも人気の2PMと同じ事務所)、キム・テウ、SISTARなど韓流ファンであれば日本人でもよく知っている人気歌手が出演しています。

２００６年には、日本でも大人気のKARAと同じ事務所のSS501というグループが出演しています。

このときの模様は、何とMnetという日本でも衛星放送のスカパーで見られるチャンネルでテレビで放送されたようです。

当時のSS501は少女時代にも匹敵する人気グループで、今は活動休止中ですが、リーダーのキム・ヒョンジュンさん(現在はぺ・ヨンジュンさんが設立した事務所に所属)をはじめメンバーは日本でも韓流ファンにとても人気があります。

韓流ファン以外の一般の日本人にも名前が知られているグループ(少女時代)が出演したのが今年が初めてというだけだと思います。少女時代の出演も、もし2年前だったら日本では話題になることもなかったでしょう。

歌手は自分の意思でどのイベントに参加するか決められるわけではないですから、清心ミュージックフェスティバルへの参加は所属事務所の指示によるものでしょう。

ということは、韓国の大手芸能事務所のほとんどは清心ミュージックフェスティバルに所属歌手を参加させていることになります。

一部のインターネット上で言われている、少女時代だけが特別に統一協会とつながりがあるかのような見方は、逆にこの問題の正確な理解を妨げると思います。

統一協会の音楽イベントに毎年、人気歌手が出演することが普通になっている、という問題を、ぜひブログで紹介していただけないでしょうか。

8月25日(木)

昨夜は大塚にある「北朝鮮難民定住支援日本語教育センター」へ。「北朝鮮難民と人道問題に関する民主党議員連盟」のメンバーとして参加した。同行したのは会長の中川正春さんをはじめ、川越孝洋、白眞勲、橋本勉、櫛渕万理さん。部屋に入ると14人の脱北者が日本語を勉強していた。最高齢が61歳、若い人で36歳。北朝鮮で生まれたのは4人。他の方々は帰国事業で両親に連れられて「地上の楽園」と謳われていた北朝鮮へ渡った。「日本語は難しい」といいながらも日常会話ができる人もいれば、8月5日にバンコクから日本に来たばかりでほとんど喋れない人もいる。中国・瀋陽の領事館にいた人たちにはある程度の日本語教育がおこなわれていたそうだ。

いちばんの問題は「仕事がない」ということ。脱北者はまず短期滞在ビザで日本に入る。さらに外国人登録をおこない、定住ビザを獲得する。それができなければ生活保護ももらえないし、仕事もできない。脱北者には難民認定がされない。したがって財政的援助にも限界がある。

日本語教育はNPO法人「北朝鮮難民救援基金」が開設。1回120分の講座が週3回おこなわれる。受講料は無料だが、教材費と教室までの交通費は自己負担。文科省、文化庁の「生活者支援」プロジェクトとして年間140万円の予算が支出されている。脱北者は約200人。多くの人が日本語教育を望んでいるが、現状では財政的問題も含め、まだまだ対応できていない。人道問題として国会でも取りあげていきたい。

大塚駅から池袋駅まで櫛淵さんと雑談。9月に脱北者を招いて国会内集会を開くが、内容について意見交換。池袋から大山。09年の衆院選、10年の参院選の拠点だった事務所前（家賃が負担なので参院選後に撤退）を通って「鏑屋」。名物の煮込みにハイボール。国会議員になってから試行錯誤してきたブログをできるだけ書いていくつもりだ。

8月29日（月）

窓から爽やかな風が吹き込んでくる。11時からホテルニューオータニで代表選挙が行われる。海江田さんが130票以上で1位、野田さんが70票に近くで2位、前原、鹿野、馬淵と続くのが現状のようだ。鹿野さんが2位に上がれば、「反小沢」の一点から野田、前原票が流れ込むから逆転もあるだろうが、それは困難に見える。鹿野、馬淵陣営から海江田へと態度を変更した議員もいて流動的だからだ。しかし現実は想定を覆すことがある。私は自分の判断で投票をする。その基準はもちろん大震災・原発対応と財政再建が基本だが、「隠された争点」であるスキャンダル度、さらに昨年の代表選で菅、小沢両氏に公開質問した拉致問題への対応である。スキャンダルからもっとも遠いのが馬淵さん、次に海江田さん、鹿野さん、野田さん、前原さんと続く。スキャンダル度がもっとも高いのが前原さんだ。新首相になったときの政権運営を円滑に行うにはスキャンダルが少ない候補を選ぶべきだ。

ここに各候補の政策がある。「私たちには約束がある。国民の生活が第一。」(海江田)、「基本的な考え方」(鹿野)、「政権政策〜慈しみの心で分かち合う国〜」(馬淵)、「政権構想」(野田)、「日本再生に向けて」(前原)。「拉致問題の解決に全力をあげる」との短い言葉だが、拉致問題に触れたのは海江田さんだけである。日本が直面している多くの課題のなかで、拉致問題はそのひとつである。しかしそれが視野に入っているかどうかは大きな意味がある。ひとことでも触れるかどうかは「魂」の問題である。拉致問題の解決は日本独自の課題だ。しかし国際的構図のなかで解決を図るには、中国の支援を得ることが必要だ。そこにおいて中国との人脈もある海江田さんが役割を果しうる。政策と国会議員になる前から垣間見てきた人格などを総合的に判断して、私は「海江田万里」と投票用紙に記入する。

午後5時すぎ。代表選が終わり、麹町の「松屋」で遅い昼食をとって議員会館に戻ってきた。野田佳彦さんが勝利した背景には、いわゆる「野田グループ」だけでなく、「菅グループ」をはじめとした支援があったことだ。戦線を広げた選挙運動が功を奏したということでもある。スピーチ内容に個人的色合いが濃いとはいえ、よく練られた「物語」があった。それに対して疲れもあったのだろう、海江田万里さんのスピーチは明らかに精彩を欠いていた。代表選の分析はまたぞろ「反小沢」といった視点から報道されることだろう。どんな政権運営になるにせよ、私は自分のテーマの実現を進めて行くだけだ。代表選の会場で配られた馬淵さんのチラシの裏面には「マブチネーター」の写真が掲載されていた。国土交通大臣退任時に役所の部下が記念品として贈ってくれたものだという。会館事務所には野田さんの「私の覚悟」という「かわら版」が届いていた。

8月30日(火)

参議院本会議。2回目の投票で野田佳彦さんが首相に指名された。私にとってはじめての首班指名投票。小さな紙片の投票用紙。文字と囲みはすべて赤色。「投票者」のところは氏名が判で捺されている。しっかりした厚みがあるのが意外だった。「被指名者」のところに「野田佳彦」と書いて提出した。

外出前に読んだ「読売新聞」夕刊が、昨日の代表選挙の野田演説で使われた「どじょう」話の出所を書いている。「どじょうがさ　金魚のまねすることねんだよなあ」と書いたのは詩人の相田みつをさん。野田さんは輿石東参院会長の事務所で壁に飾られた相田さんの作品を紹介されたという。野田さんは輿石さんに作品が入った単行本をプレゼントしていた。

「週刊ポスト」に「子ども手当て」についての私のコメントが掲載された。編集部が付けたタイトルは『『小沢総理』でマニフェストを問うときがくる」。

8月31日(水)

1月24日にはじまった通常国会が終わった。さまざまなことがあった。私が取り組んできたのは予算委員会（3月8日）で菅首相と中野国家公安委員長が前向きな答弁をしてくれたことをきっかけに、足利事件など5つの事件の被害者が「家族会」を結成したこと、拉致問題への取り組み、さらには被災地取材とボランティアなどなどである。とくに拉致問題への取り組みで差し支えないことは近く報告したい。

2011年9月
SEPTEMBER

「生きものを育む海は
そのままなのです」
（畠山重篤）

9月1日(木)

昨夜は御徒町の「さかえ寿司」。北海道ＨＢＣで「中村美彦の一筆啓上」を続けている中村さんと一献。オウム事件当時に筑紫哲也さんの推薦でラジオ番組の出演や講演に呼んでいただいて以来のおつき合いだ。「さかえ寿司」は中村さんの御指名だが、実はつき合いが長い。会社をクビになりフリーランスになり、数年後にはじめて海外に行った。香港だ。東京都知事選に出た毎日新聞の松岡英夫さんと競作で「ノンフィクション・ノベル」を書く予定だった。内容は終戦を目指す「日中和解工作」。その舞台が香港のペニュンシュラホテルであった。ちなみに無職になった私を松岡さんに紹介してくれたのが上田耕一郎さんだ。香港にいっしょに行ったのはデザイナーのIさん。取材半分、遊び半分。乱気流のなかを成田に降りたとき、乗客が拍手をするほどの飛行だった。その帰りにまったく偶然に立ち寄ったのが「さかえ寿司」。あれから24年。寿司職人はあのときと同じ。ほぼ同い年。回り灯籠のような人生とひとの縁。

中村さんと別れ、池袋で降りて「バー11」（イレブン）。１９５６年に開店した店のカウンターで静かにハイボールを飲む。今日は夕方から国会で佐藤優さんの勉強会。テキストはアーネスト・ゲルナーの『民族とナショナリズム』（岩波書店）。12月に公開される映画『灼熱の魂』は文字通り衝撃的だ。民族問題をとらえる視点なくして現代世界は理解できない。

今日は夕方から衆議院議員会館で石川知裕議員主

催の「思想研究会」。講師は佐藤優さん。テキストはアーネスト・ゲルナーの『民族とナショナリズム』（岩波書店）。参加者がテキストを読み、佐藤さんが野田政権誕生の意味など時評を語りつつ、解説を加えていく。国会議員だけでなく、外部からの参加者も多い。来年の正月に公開される『灼熱の魂』を見た私は、民族問題を主体的にとらえなければ、世界の重大課題であるナショナリズム問題もわかりはしないと思っていた。とくに日本人にとって民族問題を感性レベルから理解するのはなかなか困難だ。佐藤さんは外交官として民族問題の課題を実感として経験している。それゆえにアーネスト・ゲルナーの理解もまた深いのだろう。終了後に議員との懇親会があったが、参院同期会の先約があったので残念ながら欠席。多人数での食事は楽しいが、精神のクールダウンも必要。開高健さんが通ったバー「木家下」のカウンターでひとり飲む。電車のなかで「近現代　問い直す指標に」とタイトルの辺見庸さんのコメント（「日経」8月31日夕刊）を何度も読んだ。「思想としての3・11」などと観念的に語るものは多いが、必要なことは被災地の人々の苦悩に寄り添った自己のありようだ。辺見さんは語っている。

あの巨大な破壊と炉心溶融の後に、以前と同じ言葉、文法、発想は使えないという気持ちが非常に強い。書くそばから消して、死産ばかりだ。出てくる言葉が3・11前と同じであることに、どうしても納得がいかない。

地下鉄を降りたら大粒の雨。びしょ濡れのなかを心地よく歩く。

9月2日(金)

議員会館から神保町へ。「にんげん出版」の小林健治さんに紹介してもらった「萬寿堂」で整体。東京堂書店で西館好子さんの『表裏　井上ひさし協奏曲』（牧野出版）を入手。帯原稿には「誰も知らない『井上ひさし』がここにある」とあり、若き日の好子さんとサングラスをかけたひさしさんの写真がカバーになっている。ひさしさんと離婚した好子さんの複雑な心情が、ここでも表現されている。井上好子さんにインタビューしたのは、「こまつ座」が軌道に乗ったころだった。波乱があると虚実確認できない噂が伝わってきた。人生にも四季がある。

東京會舘に移動して小学館ノンフィクション大賞の授賞式。メディアの知人たちと懇談。椎名誠さんと久しぶりに懇談。椎名さんの体力作りをお聞きした。スクワットは300回、腹筋200回、腕立て伏せが100回。毎日続けているという。「夜ですか」と聞くと「いつでもいいんです。その気になったとき」。スリムな身体の秘密だ。「『波』読みました」とお伝えすると笑っていた。椎名さんは『波』(新潮社)で「ぼくがいま、死について思うこと」の連載をはじめた。

朝日新聞の岩田一平さんと築地の朝日新聞社へ。午後9時からネット配信で山口一臣前編集長と野田新政権と代表選の実体などを語る。終わってから近所の居酒屋。福島第一原発の幹部たちが菅首相の退陣が決まり祝杯をあげたことなどを話題にこちらも酒を飲む。「福島第一原発〝最高幹部〟が本誌だけに語ったフクシマの真実」(連載)は、話題にならないが重要な内容だ。深夜の築地を歩きながら「朝日ジャーナル」で原稿を書いていたころを思い出した。

9月9日(金)

霊感商法被害弁連の集会に出席。満席の会場。統一教会信者Uがストーカーで逮捕、起訴され、裁判が続いている。その被害者Kさんの証言が興味深かった。

ルポライター米本和広さんから彼女に届いた慇懃無礼な手紙が映像で公開された。ブログで被害者の名前を公開したことに対する言い訳だ。会場からは呆れたといったため息があちこちで漏れていた。私は統一教会の現状、別働隊である尾行・盗聴・盗撮グループ「白い旅団」の動向や統一教会本部職員が興信所を雇っていたこと、事実無根の名誉棄損の記述をブログで広げることで謀略勢力と連動する米本和広さんの主張を報告。さらに届いたばかりの米本さん代理人による「警告書」も紹介した。文書は私が米本さんを統一教会を利するという意味で「御用ライター」だと評価することを「虚偽」だとする。冗談ではない。虚偽ではなく事実である。根拠をいくつか示そう。

（1）統一教会本部（渋谷区松濤）の前にある「愛美書店」では教会関連書籍が販売されている。そこには統一教会のいう「拉致・監禁」（実際には反社会的行為を繰り返す組織から子供たちを脱会させる家族の営為）を批判する米本さんの『我らの不快な隣人』が平積みされている。発売当初は「配慮」（信者の証言）から置いていなかったが、キャンペーンが行われるようになってからは、大量に購入するようになった。

注　米本和広さんと依存関係にある統一教会系「光言社」の小林浩（信者）社長。ブログでつまらない詭弁を吐いている。米本さんも「爆笑」とうれしそうだが、まったく虚しいカラ笑いだ。U裁判でも傍聴席で大笑いして裁判長に注意されていたという。

「ゆとりがあると見せたいんでしょう」と傍聴者は感想を述べている。統一教会信者とはぐれ信者だけに支援されているのだから心情察してあまりある。「愛美書店」に米本さんの著作が「いま」置かれていないことは、かつて置いてあったことを現認したように、原稿を書くとき書店に確認している。それを「平積みされている」と表現したから、「いまでも」あると書いたと批判する。

日本語の時制がまったく理解できていない。「いる」とは補助動詞で「ある動作、作用が行われない状態の継続を表わす」（『日本国語大辞典』）。最初は「置かれていなかった」ものがあるときに「置かれるようになった」経過を表現しているにすぎない。後段の「なった」に対応して読むべきで、「いま」置いてあるとはどこにも書いていない。

「愛美書店」に私たちが書いた『脱会』が置かれていたこともある。そんなことは百も承知だ。米本さんに便宜を計った小林社長は、「愛美書店」で販売されていたから私も統一教会の「御用ライター」だとうれしそうだ。平常な思考があるならば低俗な詭弁だと容易にわかる水準の「忠言」だ。「愛美書店」が米本さんの著作を置いていたのは、統一教会の信者たちに肯定的に普及するためである。『脱会』を置いていたのは、統一教会に反対する私たちを批判・警戒するためのテキストとしてである。文脈が読めない懲りない面々である。狙いは問題を枝葉末節にすり替えることである。

米本さんは「1年余り深い付き合いがあった」（米本さんの文章）女性と統一教会についてしばしば語り合っていた。ところが女性から昨年8月上旬に別離されると、「なんだったのかあの一年は」「心が冷え冷えしてくる」と、5月20日に手紙を送り、「火の粉ブログ（注・米本ブログ）…、有田つぶやきへの返信などなど公開の場はたくさんありますが、その前にときおり、この住所や実家に（家人が読める）を出すことにします」と脅し、7月25日には実際に葉書（「さいたま局」消印）を送っている。不本意ながらこんなことまで書かざるをえないのは、米本さんが統一教会別動隊の尾行・盗聴専門の謀略グループ「白い旅団」と連動しているからだ。「白い旅団」は統一教会「反対派」（弁護士、牧師、キリスト教関係者）の女性スキャンダルなるものを完全に捏造、その内容をブログで紹介した。米本さんはそれを事実と判断してブログで拡散した。他人について捏造された虚偽を公開する米本さんこそそんなことが言えるのか。「白い旅団」が創り上げた下品な捏造でなく米本さんの事実を最小限明らかにした理由だ。小林社長には米本さんの手記を「光言社」から出版して「愛美書店」に平積みすることを提言する。

（2）米本さんは2009年春に足立区と荒川区の青年信者たちに「手相勧誘、頑張ってますか～」と1時間半ほど講演を行った。この集会のことを米本さんはブログでこう書いている。〈「拉致監禁をなくす会」は、青年信者を対象にした勉強会の企画を考え、会のメンバーが北東京教区の教区長さんに申し入れました。当日、主催者側として参加したのは「拉致監禁をなくす会」から2人、それにゲストとして私。聴衆者は同教区の青年信者350人弱（大半は女性）。500人の青年信者がいるそうですから、かなりの信者が集まったわけです。私が会場で配ったのは、レジュメとPTSDに関する精神科医の論文などでした。会場となったのは足立教会の大広間。教区の幹部によれば、統一教会に批判的な人間が大広間でしゃべるのは、教会始まって以来のことだそうです〉。会場では『我らの不快な隣人』を販売、50冊ほどが売れた。

(3)米本さんはこの本の一部をハングルに翻訳してもらい、文鮮明教祖の4男で「拉致・監禁」問題を指導する国進氏に読んでもらうよう依頼している。

(4)米本さんは信者が組織した「拉致監禁をなくす会」代表の小出浩久さんから顧問就任を依頼されるほどの信頼関係を築いている。それもそうだろう。メンバーしか交流できない「メーリングリスト」で会員を「指導」していたのが米本さんだ。たとえばこんなことも書いていた。「後藤さん[*1]、「~被害者の会[*2]」のサイトづくりは人不足のようです。エネルギーが余っているこの総務さんをサイトの共同管理者にし、いろいろやってもらえばいいのではないかと思います。文クッチンさんもきっと褒めてくれるに違いないと言えば、飛び込んでくると思いますが」。こんな記述は枚挙にいとまがない。

＊1　後藤徹さんのこと。「拉致監禁をなくす会」副代表。
＊2　「全国拉致監禁・強制改宗被害者の会」のこと。このサイトでも米本さんの著作は「お薦め本」として紹介されている

(5)何よりも統一教会最高幹部は私に「(米本さんは)利用できる」と語っていた。米本さんが取材の便宜を図ってもらっていた内部証言もある。

9月20日(火)

大震災から続けているボランティアと取材・調査活動。第3日曜日には竹村文近さんとお弟子さんたちの鍼灸施術による心身回復のお手伝いしている。相馬市の避難所では、帰るときに涙で送ってくれた

人たちが印象的だった。

前回の石巻に続いて気仙沼に入った。週末に車で先乗りした有田事務所スタッフとは別に新幹線で一ノ関へ。車内で内山節さんの『文明の災禍』（新潮新書）を読む。ある部分に眼がとまった。気仙沼の旧唐桑町でカキを養殖している畠山重篤さんのことが書いてあるところだ。

畠山さんは「森は海の恋人」と提唱し、仲間たちと山に落葉広葉樹を植えてきた漁師だ。被災したとき山の上にあったご自宅玄関近くまで水がやってきた。山ひとつ超えた介護施設で暮らしていた母親は被災で亡くなっている。大震災から時間もたっていないとき、畠山さんは「それでも海を信じ、海とともに生きる」とメッセージを出した。内山さんは「おそらく、津波との間で折り合いがついたのであろう」とこう書いている。

> もちろん、折りあいなどついているはずはない。多くの漁師仲間も町の人たちも亡くなった。お母さんは津波にのまれた。海辺の集落も消え、彼の養殖施設も崩壊した。どう考えても折り合いがつくような事態ではない。

ではどこで折り合いがついたのか。内山さんは「魂の次元」だと分析していく。どうしても畠山さんに会おうと思った。

翌朝早くスタッフと気仙沼に向かった。仮設住宅での鍼灸治療は9時にはじまった。続々とみなさんがやってくる。竹村さんが出したばかりの『腰鍼——心身の痛みを断つ！』（角川oneテーマ21）を読みながら順番を待つみなさん。軌道に乗ったところで自治会副会長の鈴木さんの案内で畠山さんの自宅に向かった。なにしろ前夜に知ったばかりの畠山さんの存在。早朝に出発したから約束もしていない。市街地から壊滅した地区を通って山を越えた。地元民に所在地を聞いてたどり着いたのは、リアス式海岸の入り江が見渡せる小高い山にあるご自宅だった。畠山重篤さんは上京して留守だったが、次男の耕さんが対応してくれた。名刺には「森は海の恋人」「牡蛎の森を慕う会」とある。「少し待っていてください」そう言われ、私たちは海辺を歩いていた。

「船に乗りましょう」と誘われ、養殖場を見に行った。はじめての貴重な経験だ。日差しが暑い。最初に見せてもらったのは被災後に養殖されたカキだ。牡蛎殻に小さな「粒」が付いている。ひとつの殻に20個ぐらいだ。これが成長し3年で収穫となる。さらに入り江の奥に向かう。「奇跡的に助かった石巻のカキです」と説明された。1年半ほど経ったもので、引き上げるとずっしり重たい。世界に誇る三陸のカキは、おそらく来秋から冬にかけて収穫できるだろうという。耕さんに畠山重篤さんの『鉄は魔法つかい』（小学館）をいただいた。冒頭に「東北再生への希望」という小文がある。内山さんの「魂との次元」での「折りあい」とはこういうことなのだろう。少し長いが引用する。

海面から十数メートルを越す濁流に蹂躙された海から、生きものの姿が消えていました。六十年も続けてきた、養殖業もこれで終わりかと思うと、絶望感だけが漂っていました。一か月ほどして、すこしずつ水が澄んできました。なにか動いています。目を近づけると、ハゼのような小魚です。日を追うごとに、その数がふえてきています。大津波によって海が壊れたわけではないのです。生きものを育む海はそのままなのです。森・川・海のつながりがしっかりしていて、鉄が供給されれば、カキの養殖は再開できる。そう思ったとき、勇気がわいてきました。

畠山さんは「復興オーナー」を募集しているそうだ。一口1万円。復興したときカキとホタテが合計20個送られてくる。養殖場を案内していただき、新鮮な驚きがあった。子供のときから場所は変われども都会で暮らしている者として、自然とともに生きる感覚がわからないことに気づいたからだ。畠山さんたちは苦境に陥り、絶望感にとらわれつつも、そこから回復していく。その基本原理は自然の摂理を信じているからである。都会に生活しながら畠山さんたちのような人生観、自然観を身につけることはできないだろう。ならばどうするか。重い課題をつきつけられた。

仮設住宅に戻るとき、鈴木さんがポツンと口にした。「そこが私の家でした」。そこには住宅の土台だけが残っていた。全壊だ。鈴木さんは地震が起きたとき海辺にいた。奥さんが心配で自宅に戻ろうとしたが、途中で通行どめにあい、山に向かった。再会できたのは翌日だった。奥さんは自宅から車で駅の横にある山へ。そこで自宅が流されるのを見た。やがて大きな漁船が住宅街に流れてきた。涙が出て身体が震えた。2人は四畳半の仮設住宅に暮らしている。「狭いですよ。それに将来のことがわからない……」。義援金が200万円出ただけだからだ。

石巻にしても気仙沼にしても復興が遅い。これから半年が経ってもあまり変わらないだろう。内山節さんも指摘するように、人間的感情にもとづいた復興計画が必要なのだ。机上のプランではカネは動いても生活の基本からの復興には結びつかない。ある仮設住宅では2つの住居を確保するものもいれば、狭い住居に入れられたものもいる。どうにも不透明なところが散見される。復興組織は被災者の現場に視野を置いた機能的なものでなければならない。

仮設住宅に戻ると午後5時。鍼灸を受けた人たちは約70人。ひとり30分の治療はここでも喜んでいただけた。竹村さんたちは午後7時すぎの新幹線で東京へ。私は「足利・太田幼女連続事件家族会」の行動のため、大宮で一泊、太田市に向かった。

9月23日(金)

板橋区の成増から大山へ。ハッピーロードを歩き、「街の顔」の変化を実感。歩くたびに小さな変化が進行していく。震災で歪んだというお茶屋さんが店を閉めて立て替えをしている。かつては回転寿司だった店は、いまでは週代わりの店舗になり「閉店セール」。吉田類さんの「酒場放浪記」で取り上げられ、私もたまたまそのとき飲んでいた「多奈べ」も10月末で閉店する。

小選挙区と参院選時によく通った喫茶「でぃらん」で矢崎泰久さんの『あの人がいた』（街から舎）を読む。読売新聞記者からフリーランスになった本田靖春さんが矢崎さんに語った言葉が印象的だった。

何か気に食わないんだ、オレは何をやってんだろうって、近ごろどうもすっきりしない。

「あの頃は最高だったな」というのは、察回り（警察回り）の記者時代のことだという。私もまた「何か気に食わない」。「でぃらん」店主と雑談。「あの議員、何とかやめてもらえないですかねぇ」と新聞や週刊誌で何度も賭事などが報道された民主党参院議員を名指し。

そういえば昨夜「はら田」で数年ぶりにお会いした鹿児島の福祉関係社長の藤井勝己さんからも、ある自民党参院議員について苦情をいわれた。「さっきまで会合でいっしょだったんです」と呆れていた。挨拶でこんな趣旨を語ったそうだ。「次の選挙もよろしくお願いします。実は昨年も当選するとは思わなかった……」。次の選挙など現職である「いま」の仕事の延長だろう。どれほど国民のために働くか。その結果として次の期待もあるだろう。実はこのブログとは別に「国会漫録」なるものを書いていた。あきれ果てることどもを実名で記録していた。

最近やめてしまったのは、あまりにもキリがないからだ。「人はその言うに任せよ」。私は私にしかできない課題を地道に進めていくだけだ。

9月27日(火)

北朝鮮難民と人道問題に関する民主党議員連盟の総会が終わった。難民定住支援日本語教育センター視察の報告、北朝鮮人権国際会議（9月7日開催）の報告が行われた。なお加藤博さん（北朝鮮難民救援基金理事長）が脱北者をとりまく状況を報告、さらに09年に平壌から脱北した36歳男性から証言を聞いた。

2011年10月
OCTOBER

開沼博『「フクシマ」論』の衝撃

10月4日(火)

国会が閉幕したとはいえ、議員の仕事に休みはない。昨日は千駄ケ谷の駅で降りて日本青年館に向かった。朝だからだろう。反原発の集会が行われた明治公園にほとんど人影はない。建物の近くに行くと警察官やSPなどの姿が目立った。小沢一郎元代表が講演するからである。「役職がなくなってもずっとこれなんだよ」ご本人からそう聞いたことを思い出した。たしか20年以上続いていると言っていたように記憶する。「小沢一郎政治塾」は、政治家の卵を養成するという性格ではないと知った。講演のあとで質問する塾生の発言を聞いていると、保育士、フリーライター、金融関係などの仕事などさまざまだ。なかには北海道で私の選挙応援をしてくれた松木兼公さんのM秘書の顔もあった。

質問のなかである塾生がこんな趣旨のことを語った。「先生には日本のトップリーダーになってもらいたい。これまで私たちを指導してくれたが、こんどは私たちにお願いしてください。甘えてください。何が必要ですか」。笑顔の小沢さんはこう答えた。「さっきも言ったが、インターネットは社会を変える大きな影響力を持っている。だから私に関することも、何が本当なのかをみなさんがネットで広げてもらいたい」。

小沢さんはある質問に対して「大衆のなかに、だよ。大衆の信頼をえる努力が必要だ」とも語ったが、そこには若いころに地元回りで総計3万人ぐらいと膝を突き合わせて酒を飲んだという地道な、土着的な活動とともに、ネット時代に視聴者と交流できる新しい力に可能性を見ているのだろう。「ストレスも大変でしょう」という問いにはこう答えていた。

「その日にあったことは寝る前に考えない。早く寝て早く起きることだね」。

講演内容は世界と日本の現状と対応。メモに基づいてさらに紹介する。

10月5日（水）

昨夕は議員会館から神保町に出て東京堂書店などを歩いた。「萱」で常連と話をして4年前の選挙でもポスターを貼ってくれた「Jティップルバー」にも顔を出した。ここでも出版社の常連などと雑談。「カッコいい男48歳説」なるものを聞いた。どんなに素敵な男性でも48歳になれば、女性たちが引き潮のように去って行くというのだ。ホントかな。

10月29日、30日に「２０１１　神田カレーグランプリ」が開催される。神田界隈のカレー店約20が出店して自慢の味を競いあう。「地域グルメ・東日本大震災復興支援イベント」も同時開催される。場所は小川広場で、11時から17時まで。「Jティップルバー」も出店する。駅のキオスクで「日刊ゲンダイ」を買う。「難局に小沢一郎をなぜ重用しないのか」とのタイトルで、「大マスコミが伝えない　小沢一郎優国論」という記事も掲載されていたからだ。3日に行われた「政治塾」での講演が大きく報じられている。記事を書いたK記者に電話をすると、記事に引用された発言はテープに基づいたものという。私がメモしたものから記憶をたどるより正確なので、引用させてもらう。

講演本体を紹介する前に、もうひとつだけ塾生の質問をとりあげる。


「田中（角栄）、竹下（登）、金丸（信）の人物論を語りましたが、政権交代からの3人の人物評を」というものだ。「鳩山、菅、野田」総理の評価を聞きたいという。「それは避けたい」と小沢さんは断りながら、ご自身が身近に見てきた「田中、竹下、金丸」の政治手法について語った。

「足して2で割る」政治である。小沢さんは田中角栄という政治家は「行動力や決断力が評価されるが、語られないもうひとつがある」という。それが「調整力」だ。ひとの話をよく聞き、結論では調整する。竹下登は「自分の意見があるのかと思うほど、ただただひとの話を聞いている。しかし結論は足して2で割る」。金丸信も同じ手法だったというのだ。

その話を聞きながら、6月末に小沢さんから聞いたことを思い出した。菅首相（当時）の人物評である。「政治塾」では名前を出さなかったが、やはり「調整力」の問題だ。菅政権の歴史的総括はいずれ為されるにせよ、国会「内部」から見続けて思うのは、その世代を代表する「一点突破」的手法だったことだ。そのため余計な党内対立を招き、政権交代に期待した有権者からも自民党的体質を思い起こさせた。

内閣不信任案に賛成して民主党を除籍された松木謙公さんが『日本をだめにしたこの民主党議員たち』（日本文芸社）を出した。その冒頭では、菅直人首相が代表選前夜に酔って海江田万里陣営の事務所に電話をかけ、小沢一郎批判を語ったことを紹介している。事実なら菅直人という人物を象徴するエピソードである。

10月6日（木）

広報委員会のメンバーとして『プレス民主』改革私案」を書く。夕方には銀座の伊東屋でモレスキンのルールドノートを買う。

雨のなかを汐留の劇団四季「海」へ。「オペラ座の怪人」を観る。4年前の参議院選挙前にロンドンで、昨年1月にニューヨークで観たが、劇団四季も本場にひけをとらない力演だ。「オペラ座の怪人」という名作ができて25年という。幕間にスマートフォンを見ると通信社から電話が入っていた。6日からはじまる小沢一郎裁判のコメントを求められた。東京第5検察審査会の議論そのものが――いまごろ指定弁護士が新聞取材に応じて審議内容をコメントしようと――「ブラックボックス」で信用できないこと、東京地検が二度も不起訴にせざるをえなかったこと、秘書の「推定有罪」裁判とは別で無罪だと思う、ただし客観証拠に基づく公正な裁判であること、「推認」による政治裁判でないことを望むと語った。

Y記者によると「民主党議員の多くの口が重い。中間派と言われる議員でも語りたがらない」という。

だ。

世論の批判を恐れているのだろうか。おかしなこと

「小沢一郎政治塾」の講演は約40分。その冒頭で小沢さんはとても大切な問題を取り上げた。大震災以降の日本について「未曾有」という言い方をするが、どこまで本気かという問題だ。現実認識と言葉の乖離は国会でいつも感じてきた違和感でもある。菅前首相だけでなく、野田政権になってからも枕詞として使われる「未曾有」というフレーズ。根本には認識論の課題がある。「危機だ、危機だというけれど現実の政治のなかに生かされているか」という深刻な問題である。小沢さんは大震災と原発震災を区別する。とくに原発の危機を第一義的に処理することが「最大の問題」だとする。原発問題を処理しなければ復旧も復興も進まない。政府の責任はそこにあるというのだ。

「未曾有の危機と誰もが言うが、しゃべっている本人も聞いている人も本当にそう思っているとは思えない。『ゆでガエル』の話、知ってます？　カエルは徐々に温めるとそれに適応していくが、ある段階で耐えられなくなった時にはすでにゆで上っている。日本はどうも、それと同じ状況にある」。

時代認識をこう語る小沢一郎議員に対する裁判がはじまる。好悪は別にして戦後日本の政治に深い影響力を与えてきた政治家だ。ロッキード事件以来と評される裁判は情報洪水が必至。そのなかで何が事実なのかをしっかりと見つめる必要がある。記者も政治家も有権者もまた「自立した日本人」でありたいものだ。

10月7日(金)

小沢一郎裁判がはじまった。メディアの報道内容もそれぞれだ。1面を比較すると、たとえば「毎日」は「陸山会事件　小沢元代表喚問拒否」、「朝日」は「小沢氏、検察を批判」との見出しで、さらに「検察審査会調書を誤信　弁護側」と、小沢サイドの主張を紹介。とくに社会面では記者会見の内容を詳しく報じ、

「ニコニコ動画」などについても触れている。批判的コメントもふくめ、検察官役の指定弁護士、小沢弁護団の主張がよくわかる紙面になっている。「赤旗」は「小沢氏　元秘書と共謀」と検察の主張に沿った報道で、「小沢＝悪」論による演繹的手法の報道に終始する傾向的な内容だ。客観証拠がなく、しかも強制起訴した根拠となった調書が東京地裁で却下されている。小沢裁判の根拠が破綻しているのに疑惑だけをふりまく報道は、デマゴギーといってもいい。

裁判の意見陳述で小沢さんはこう述べている。「震災や原発事故の復旧はいまだなされておらず、世界経済も混迷状態にあります。偏狭なナショナリズムやテロが台頭し、日本の将来が暗澹（あんたん）たるものになる。国家権力の乱用をやめ、民主主義を取り戻さなければなりません」。これは「小沢一郎政治塾」で語った主張でもある。そこではユーロ危機がアメリカにも波及し、不況に入りつつあると分析。中国も民主主義が成熟していないから、経済危機が政治的混乱をもたらすと断言。「この数年で政治的動乱が起こるのではないか。半年、1年で兆しが出てくる」と語った。中国の支援とコントロールがあるから北朝鮮の体制も維持されている。そこにも影響が出てくる。したがって中国がソフトランディングできるように日本が役割を果さなくてはならない。日米関係は「同盟」にふさわしい現状ではない。アメリカは大事な問題ほど情報を与えないからだ。「世界と日本は未曾有の危機に直面しつつある。何をなすべきか。政治の責任はきわめて大きい」。ある新聞は小沢さんが総選挙に触れ、いま解散すればどの政党も過半数をとれないとの予測を記事にした。しかしこの部分は世界的経済危機に関連して、選挙の結果で日本の経済も混乱に陥る、だから政治のリーダーシップが大切だという文脈のなかで語られたものだ。「政治部」ならぬ「政局部」（丸山眞男）報道の限界である。

10月8日(土)

昨夜は神保町の東京堂書店で藤原新也さんの講演を聞いた。集英社から出た『書行無常』がテーマだったので、原発震災の話はいっさいなかった。大震災翌日にお会いしたとき、名作『メメント・モリ』の制作過程や取材方法について聞いた。記された言葉はすべて即興だと聞いて驚いた。

ニンゲンは犬に食われるほど自由だ

この名言も写真を見つめながら出てきた言葉だという。出合い頭に浮かんだイメージが文字として固まる。『書行無常』もまた同じ方法で、渋谷からインド、中国へと向かった。

藤原さんの講演を聞く前に、絶望的な、しかし歴史の事実を描いた映画を見た。ワン・ビン監督の「無言歌」だ。中国の文化大革命はあまねく知られる歴史的事実だ。しかし1950年代の「反右派闘争」は、あまり知られていない。1949年の中国革命は中国人のみならず「もうひとつの世界」をめざす人たちに大きな希望を与えた。56年に毛沢東は「自由な批判」を歓迎すると発言。「百花斉放、百花争鳴」キャンペーンだ。ところが57年には党への批判を理由に100万人以上が「右派」だと断定され、「反右派闘争」が開始される。砂漠などに追いやられた人たちの多くは過酷な強制労働で生命を失う……。この作品を見ていて、政治とはかくも非情なものかと思う。

民主主義的衣装をまとうこの日本でも、形態は異なるとはいえ、「非情」がまかりとおっている。政権交代を実現した立役者は、総理を経験した鳩山由紀夫、菅直人であり、小沢一郎である。ところが小沢さんは裁判を理由に党規約にもない裁判が終わるまでの党員権停止処分が申し渡された。党員権停止処分は最長で6か月だから執行部による規約違反である。小沢さんは「政治塾」でこんな発言をしている。

「まだ民主主義が定着していない国や民主主義とは異なる政治体制の国は、経済の破綻が政治的な混乱・動乱につながる可能性がある。日本も例外ではないが、日本以上に混乱と動乱が予想されるのは中国。高成長のバブルがはじけると、政治的な自由を求めた大衆の不満に加えて、ただでさえ存在する貧富の格差に不況が追い討ちをかけ、共産党一党独裁は不可能になると私は思っている。以前から中国の指導者にも伝えているが、共産党一党独裁の政治体制と市場経済は絶対両立しない。必ず矛盾をきたす。そういう動乱の時代は私が死んでからにして欲しいと思うが（笑）、ここ数年なのか分からないが、それほど遠くない将来にそういう結果が出てくるのではないか。日本がまずしっかりして、中国のソフトランディングをはからなければならない」。

小沢一郎をめぐる現代日本の問題もまた、党内外の民主主義の成熟度が問われている。小沢問題は、日本で起きている「反右派闘争」なのである。

10月9日(日)

今日の予定は板橋区成増から練馬区小竹町あたりを歩くこと。辺見庸さんの講演を聞いたのは1年ぶりだった。昨日の午後、牛込箪笥区民ホールで行われたのは「世界死刑廃止デー」のイベントでのもの。「3・11」が起きてからははじめての講演となった。震災以降、辺見さんは「これまでの言葉では書けない」とどこかで記し、沈黙を守っていた。

いちばん印象的だったのは、辺見さんの高校時代の教師「タカハシ」さんの記憶だ。朝礼で教師が並んでいても、いつも少し離れて立っていた「タカハシ」さん。群れのただ中にあっても離れて立つ。その「タカハシ」さんが、ある授業でざわざわする生徒に向かって、大声でただ一言叫んだ。

思え〜！

ジョルジョ・アガンベンが『ホモ・サケル』であらゆる権利を剝奪された「むきだしの生」を分析したように、最後に残された思考すること。

辺見さんは、大震災後に必要なのは、美談をはじめとしたナショナルヒストリーを作ることではなく、「原真理」「哲学の第一原理」としての「思う」（想う）こと＝コギト（私は思考する）だという。

今回は辺見さんに挨拶に行くのはやめて地下鉄で新宿へ。紀伊國屋書店で辺見さんが講演で引用していた堀田善衛『方丈記私記』（ちくま文庫）を入手。池袋から東武東上線で大山下車。10月末に閉店する「多奈べ」へ。「思う」のは「思考する」こと。小沢一郎さんが記者会見で「あなたはどう思うの」としばしば記者に問うのは、「原真理」なのだ。「小沢グループ」の頂点にいながら、その集団からどこか離れているようにも見えるのはなぜか。「独立した個人」だからだろう。「小沢一郎政治塾」でリーダーシップについてこう語っていた。

「マスコミは口を開くと『リーダーシップだ』『政策だ』というが、それにいちばん関心がないのはマスコミ。少しでもリーダーシップを発揮しようとする人物が現れると、それを叩いて足を引っ張って潰す。日本はリーダーを好まない歴史的社会だった。日本的なやり方は、波風立てず、和気あいあい。政治の大事なテーマがなんとなく決まる。しかしいったん危機的な情況のときには、誰も責任を取らず、思い切った決断ができない。事なかれ主義になる」。

これは一般論を語りながらも実体としては菅政権の批判だ。私にはそうとしか思えなかった。

10月10日（月）

ある大臣経験者が「アリタはやっぱり小沢支持じゃないか」と語ったと聞いた。参議院昨年当選組の有志で小沢さんを招いて「政治原論」の講演をしていただいたことをさしている。そのときの挨拶でも語ったが、有志には代表選で小沢と書いたものもいれば、菅と書いたものもいた。永田町の狭い視野で、しかも二項対立の「小沢vs.反小沢」でしか物事が見られないものが大臣を経験するぐらいだから、政治家水準を推して知るべしだ。

昨年の代表選で「小沢一郎」と書いたのは、拉致問題への質問の回答が菅さんより具体的だったから。朝日新聞の政治欄が小沢一郎流の「三権分立」批判を書いていた。国会での証人喚問や政倫審出席と裁判とは両立するという論だ。

法律論は立場によっていくらでも解釈ができる。テレビの討論番組で政倫審を作ったのは小沢一郎だと批判する者がいた。だから出席せよとの議論だが、あまりにも単純にすぎる。政倫審とは、成り立ちを振り返っても、捜査の対象にはなっていないけれど、説明をしなければならない問題が生じたときに開くものだ。

小沢問題はすでに捜査対象となり、2度の不起訴処分を経て、「市民感覚」なる不透明な強制起訴により裁判がはじまっている。いまは裁判の進行を待てばいい。それを証人喚問だ、やれ政倫審だと騒ぐことは、語りはしない本音では党派的思惑なのだ。

外岡秀俊さんの『震災と原発　国家の過ち——文学で読み解く「3・11」』を読んでいて、原発問題だけでなく小沢問題もしかりと思う鋭い指摘があった。噂は「孵化」「増殖」「転移」の過程を経て行く。ここでは「政治とカネ」の神話的作用だ。それに対して「対抗神話」で反論することによって噂は勢いを失う。ところが噂をなかったことにしようとする忘却の「反・対抗神話」によって、地下に潜ってしまう。ことあるごとに浮上する根拠である。

外岡さんは1969年にフランスで発生した根拠なき「反ユダヤ」の噂を分析したエドガール・モランの著作『オルレアンのうわさ』を紹介。再読のきっかけは開沼博さんの『「フクシマ」論』だと書いている。テーマは原発震災だが、「現在あるものの社会学」として「小沢ケース」にも当てはまると思った次第だ。ただし執拗な一方向の報道によって、「対抗神話」はまだまだ弱いのだが。

野田政権が接近する経済界について、かつて経団連に呼ばれたときに語ったという内容を紹介して「小沢一郎政治塾」での講演メモを終わる。

結局、最後はお上頼み。昔、経済が右肩上がりのときは、「政治は三流、経済は一流」といっていたのに、ひとたび経済がダメになると何とかしてくれといってきた。それで私は「あんたたち、政治は三流なんだから、政治に頼むな」といった。だから嫌われたんだ。

10月11日(火)

3日に行われた「小沢一郎政治塾」。そこでメモしたことを、ときどきの出来事とともに紹介してきた。

ここで突拍子もないことを書いておく。3年前にはじめて小沢一郎という政治家に会った。東京11区(板橋)から民主党の推薦を受けて立候補することが決まったときである。さらに日を置いて赤坂の個人事務所でアドバイスを受けた。年が明けた新年にいきなり大山の事務所に顔を出したときにはビックリした。選挙戦の最中にも携帯電話に連絡があり、独自の世論調査にもとづいて、活動上の問題を指摘してくれた。石井一選対委員長(当時)と小沢さんの打ち合わせの結果、民主党から参議院選挙に出ることになったのは、総選挙で3000票ほど足らずに落選して、2か月ほど経ったころだった。

おやっと思ったのは『小沢主義　志を持て、日本人』(集英社文庫)を読んだころからだ。ある政治家のイメージと重なってきた。参院選に当選してすぐに代表選挙があった。そのころには小沢さんの政治理念などを聞く機会も増えていた。イメージはさらに強くなっていった。高校時代から日本の政治家をこの眼で見てきた。テレビだけでなく演説会などだ。最初に「突拍子もないこと」と書いたのは、宮本顕治氏と重なるのだ。エレベーターでいっしょになったのが、いちばん近くで見たときだった。威圧感があり、声をかけるのもためらわれた。私が最初の著作を出したときには、葉書をいただいた。2007年7月に宮本さんが亡くなったとき、私は朝日新聞にこんなコメントを出している。掲載されたなかから一部を引用する。

同じ山口県出身の岸信介、佐藤栄作両元首相と比べても、宮本さんが共産主義の道をたどっていなければ、総理になる能力を十分に持っていた。私は共産党が広く社会的に認知されるような提言を本にまとめたが、宮本さんに理解されず、90年に逆鱗に触れて除籍になった経緯があり、感慨深いものがある。とはいえ、恨みには思っていない。

小沢一郎さんとは出発点も世界観が異なることは明らかだ。小沢さんが「金権政治」の古い体質のなかから出発したところも真っ向から異なるだろう。しかし、政治家の「大きさ」という点で共通点を感じてきた。とはいえ誰にも言わなかった。あるときに60年代から70年代に宮本さんと交流を持ち、排除されたひとたちにそう伝えたところ、たいてい「そうかもな」という答えが戻ってきた。民主党支持者でないにせよ、小沢一郎待望論でデモもおこなえば、東京第5検察審査会の強制起訴に強い批判を持っている人たちだ。政治家としての「粒の大きさ」である。「カリスマ」という言葉を当ててもいい。物事の把握の仕方が「わしづかみ」で、大枠をとらえる。いわゆる「全共闘世代」に小沢支持が多いのも、そんなところに理由があるのだろう。

小沢批判に一貫する岩見隆夫さんも、戦後の政治家で印象に残るなかに、宮本さんとともに小沢さんをあげている。小沢さんから鄧小平の伝記を推薦されたときにも驚いたが、凡百の政治家とはスケールが違う。だからこそ、乱世のいまこそ埋もれさせるわけにはいかない。そう思うのだ。

10月12日(水)

表参道の喫茶店Dでブログ「誰も通らない裏道」のKさんに会った。この喫茶店はかつて沢木耕太郎さんが打ち合わせに指定した場所だという。Kさんと電子出版や原発震災などを雑談。とくにネットでも公表している「731部隊と山下俊一」は、福島の被災者たちの人体実験が行われているのではないかとの重要な指摘だ。ある課題について実現すべく約束。

議員会館に戻り、麹町から有楽町へ。拉致問題で打ち合わせ。たまたま読売新聞のO記者から特定失踪者・今井裕さん(1969年の失踪時、18歳)についての記事が送られてきた。私のコメントは調査会と警察庁との間に温度差があるというもの(記事は近く公開)。韓国からの情報で横田めぐみさん生存情報が出てくるのは、たいてい「6か国協議」や日朝交渉が動くきざしのあるときだ。2004年にめぐみさんが生存していたとの脱北者情報には疑問がある。めぐみさんを拉致した実行犯もその女性が「横田めぐみ」さんだとは知らなかった。しかもめぐみさんは朝鮮名で暮らしていた。さらに２００２年の日朝交渉で拉致を認めて以降に、北が死亡したとする「横田めぐみ」さんが、情報の漏れるような場所にいるのか。もちろん情報は必要だが、「垂れ流し」報道は、混乱をもたらすだけではないか。何よりも韓国政府（議員）が横田めぐみさんや田口八重子さんの生存情報を、十分な根拠も示さずに流すことは、横田さんや田口さんのご家族を翻弄することになる。

拉致被害者と特定失踪者が北朝鮮で生きている前提で交渉を進めることは、当然のことだ。日本政府がなすべきことは、横田滋さんが強調するように、「交渉をはじめることからしか進まない」という立場を実際に行動で示すことだ。外務省の田中均アジア大洋州局長（当時）が25回の秘密交渉をおこなったうえで小泉訪朝が実現したような体制をただちにとることである。そこからしかはじまらない。

10月13日(木)

永田町への地下鉄で詩と批評誌『ユリイカ』10月号を読む。特集は「現代俳句の新しい波」。川上弘美さんたちの鼎談が興味深い。

よし分かった君はつくつく法師である

（池田澄子）

新鮮な言葉遣いと描写だ。

9時から民主党本部で広報委員会の会議。「プレス民主」の改革案がまとまりつつある。ただし組織論が混乱したままでは根本的解決は無理だろう。自民党の馳浩議員と11月15日に北朝鮮の平壌でおこなわれる日朝戦について意見交換。馳さんはサポーターの訪朝を実現すべく主張している。11時半から民主党拉致問題対策本部の役員会。横田滋、早紀江さん、増元照明「家族会」事務局長、平田隆太郎「救う会」事務局長も参加。外務省がまとめた「横田めぐみ」生存情報などは次の通りだ。この情報の真偽については慎重に情報収集と分析を行わなければならない。めぐみさんについては間接情報、「50代後半の日本人女性」は直接の目撃情報だ。
私の判断はブログに先に書いたとおりである。

10月14日(金)

臨時国会が20日からはじまる。震災復興だけでなく、日本社会の構造にもかかわるＴＰＰ（環太平洋パートナーシップ協定）も焦点となる。昨日有楽町「とん喜」で遅い昼食を食べていた。テレビのワイドショーはＴＰＰを取り上げていたが、コメンテーターは「日米同盟があるから参加すべき」だと語っていた。きわめて単純な論理だ。「同盟」関係は「従属」であってはならない。民主党内でも２００人に近い国会議員が慎重に対応すべきという立場を表明している。野田政権は11月のＡＰＥＣで「交渉参加」を表明する方向だ。しかし「交渉」に「参加」すれば後戻りするのは困難。ＴＰＰに参加しても影響は10年単位の将来だというのは、原発放射能の影響が不明であることと同じだ。
資本主義の総本山のアメリカで「反資本主義」のデモが続いている。オバマ大統領は輸出の拡大で雇用創出を狙っている。そのターゲットが日本なのだ。政治の課題はマスコミが毎日取り上げている課題だけではない。拉致問題や特定失踪者問題でも政府を動かしていかなければならない。

10月17日(月)

大山で行われた板橋区民祭りに参加し、その足で福島へ。昨日は朝7時前に事務所スタッフとホテルを出て相馬市。竹村文近さんとお弟子さんたちの鍼灸ボランティアへの同行だ。一人30分を基本とする鍼灸。57人の治療が行われた。相馬は5月15日以来の再訪。漁師50年の吉田日出男さんたちの案内で、5か月前に見た場所を歩く。東京に着いたのは22時。新幹線でも最寄り駅への地下鉄でもほとんど読書できず。いささか疲れた。今日は「横田めぐみさん生存情報」について取材を受ける。事実確認は必要だが「伝聞の伝聞情報」が被害者家族の心痛を重ねることを危惧する。

蓮池薫さんは新潮社のPR誌「波」で「拉致と決断」を連載している。北朝鮮に拉致されてからの生活をリアリティあふれる筆致で記録。自分にかかわる核心部分（たとえばどんな仕事をしていたのか）を書くことは微妙に避けているのは事情があるのだろう。しかし当事者ならではの貴重な体験記である。その蓮池さんが『夢うばわれても　拉致と人生』（PHP研究所）を出した。テレビで語ったことを元にした著作で読みやすい。とくに拉致されたときの瞬間や船に乗せられたときの思いなどは、横田めぐみさんたちが経験したことと共通するのだろう。2002年に日本に帰国できた蓮池さんたち。最初は日本にいる家族が北朝鮮まで面会に来ると聞かされていたという。私にとってははじめて知ることである。

10月18日(火)

今日は福島で民主党参議院議員の研修会が行われる。20日からは臨時国会も控えている。

原発震災からの復興を中心にさまざまな課題があるが、拉致問題もまた忘れてはならない。北朝鮮外交に「小さな春」が進んでいるからだ。

朝鮮中央通信が非公式に菅首相（当時）の書面インタビューを求めてきたのは5月のこと。この動きとは別に首相も承認のもとで外務省出向の内閣府職員が北側とアジアの某国で交渉、その流れで中井元拉致担当大臣が中国で北側と会談を持つ。しかしフジテレビに動向が漏れ、撮影、報道が行われたことで北側は激怒。北の幹部は日本の複数の知人に電話をかけ「中井に会ったのはよかったのか」と意見を聞いている。日本の関係者は「ダメ」と否定。日朝の水面下の交渉は中断しているが、「小さな春」を活用すべき局面が続いている。11月15日には平壌で22年ぶりにサッカーのワールドカップ予選の日朝戦が行われる。日本から200人から300人のサポーターを受け入れる動きもある。かつて冷戦時代にアメリカと中国との間で「ピンポン外交」があった。いま「サッカー外交」を進めるべきだ。

10月19日(水)

福島県二本松市でおこなわれた民主党参議院議員の研修会。うかつにもすっかり風邪をひいてしまった。総理や大臣の挨拶のあとで講演があった。最初は神成淳司さんと西郷真理子さん。いずれも東日本大震災復興構想会議専門委員だ。

とくに興味深かったのは西郷さんの「人口減少社会における持続可能なまちづくり」だった。川越市(埼玉県)、丸亀町(高松市)、長浜市(滋賀県)などの街づくりのプロセスは、震災復興への重要な示唆を与えるものだった。その街らしさを歴史と伝統のなかで現代に蘇らせる試みでもある。講演を聞いていて、いま読んでいる開沼博さんの『「フクシマ」論』(青土社)に共通する問題意識を確認することができた。中央と地方の関係である。

これまで支配と従属の関係にあった「中央」と「地方」。いまや「地方」が「中央」に影響を与える時代なのだ。福島県いわき市に育った開沼さんの関心は、原発がなぜ住民に受け入れられたのかをフィールドワークにもとづいて分析した力作だ。方法はポストコロニアルスタディーズで、「多くの人たちがもつ常識や世界観への根本的な疑義」を提示する。外岡秀俊さんによれば「この本は『オルレアンのうわさ』以来の衝撃でした」という。「3・11」までは地元紙や地元民以外には意識のなかで存在もしていなかった福島第1原発。その受容は、国策だけでなく、原発そのものを無意識化する国民全体によって培われたと開沼さんは分析していく。きわめて刺激的な問題作だ。1984年生まれということにも驚かされた。

10月20日(木)

臨時国会がはじまった。本会議のあとに拉致問題特別委員会が開かれ、理事に選任された。「会議は踊れ」ど、何よりも行動が必要だ。政府の拉致問題対策本部、民主党や自民党の対策本部、特別委員会があるが、整合性はとれていない。情報分析にしても、党が異なれば独自の機能を果たすのは仕方がないが、超党派での行動を取ることはできないものか。政府に何が必要なのか。基本は２００８年の日朝実務者協議の合意に立ち戻ることだ。この年の6月11日、12日に北京でおこなわれた会議で重要な合意がなされた。「拉致問題の最終的な解決に向けた行動」である。北朝鮮側は「拉致問題は解決済み」との立場を変更し、再調査を約束した。もちろん、「生存者を発見し、帰国させるための調査である」との日本側の主張を北側も認めている。それに対して日本側は、「人的往来の規制を解除」し「航空チャーター便の規制解除」も約束。ところが福田康夫首相が9月１日に退陣を表明、日朝の合意も凍結されてしまった。野田政権は3年前の合意に立ち戻るべきなのだ。

10月22日(土)

小椋佳さんの「未完の晩鐘」を聴きながら書いている雨の週末。昨日は忙しかった。参議院拉致特別委員会の理事懇に出席。開会式があり、新橋のクリニックで風邪対策のために抗生剤を点滴。国会図書館で『新潮45』の橋下徹知事批判特集を読む。橋下徹知事は弁護士として少年事件を熱心に取り組んでいたと聞いていたが、そうではないと弁護士が証言していた。いちどだけ「ザ・ワイド」のコメンテーターに来たことやデーブ・スペクターの事務所に所属していたことを思い出した。ギャラが1円少なかったとクレームがあったことを事務所が嘆いていた。夕刻に拉致特別委員会で玄葉光一郎外務大臣、山岡賢次拉致担当大臣の所信表明。そのあと私の部屋で柿沼正明、田城郁、三原じゅん子議員と「家族会」の大澤忠吾さんをまじえて「足利・太田市未解決事件家族会」の行動について打ち合わせ。次回の署名活動は12月2日に浅草で行うことになった。

紀伊國屋サザンシアターへ。井上ひさし作の「泣き虫なまいき石川啄木」を観る。稲垣吾郎さんが主演なので、会場は女性客が圧倒的。渡辺えりさんと段田安則さんが脇を固める好演。段田さんの演出がどうなるのかと興味があったが、これまでの「こまつ座」ものとは異なる舞台の雰囲気だった。幕開きと最後は新橋演舞場のような感じといえばいいのだろうか。心が落ち着かなかったのは西館好子さんの

『表裏　井上ひさし協奏曲』を読んでしまったからだ。夫婦の危機がピークにあったときに書かれた戯曲で、ひさしさんは好子さんにこの作品を毎日観るように要求していたというのだ。井上さんは石川啄木の妻であった節子さんを好子さんとして描いていた。作家の自画像と作品との関係は観客にとって知らない方が幸せなのだが。家人と「いしかわ」で食事をして雨のなかを帰宅。

2011年11月
NOVEMBER

「いつでも楽しいの。
なぜなら楽しいことを
考えているから」
（瀬戸内寂聴）

11月5日(土)

　横田めぐみさんの娘、キム・ヘギョンさん。日本ではそう報じられているが、これは偽名だ。めぐみさんに娘がいることが明らかとなり、北朝鮮が記者会見に彼女を登場させたとき、この名前を使っている。元外務省の田中均さんも小泉訪朝の地ならしで北当局と極秘に交渉していたときに、相手が本名かどうかは気にしなかったという。そういう国なのだ。キム・ヘギョンさんの本名は金恩慶（キム・ウンギョン）。この9月に結婚したとの情報を10月30日に横田滋、早紀江さんにお知らせした。ところが11月2日にテレビ朝日がどこかから情報を入手して報じたので、差し支えない範囲でツイッターに書いた。その後もメディアからの問い合わせが続いているので、ここに経緯を記しておく。悪意ある批判を語るものもいるので、それに対する最小限の反論ものべる。まずは「拉致被害者家族のことを何だと思っているのか」という意見。

　10月13日昼前。衆議院議員会館の会議室で民主党拉致対策本部の会議が行われた。北朝鮮からの脱北者が横田めぐみさん生存情報を語ったことが韓国から報じられたことに関する会議だった。そこでは外務省による報告もおこなわれた。この集まりに横田夫妻も招かれていた。終了後に立ち話をしたとき、滋さんからこんな話を聞かされた。「中井さん（注・中井洽元拉致担当大臣）からヘギョンちゃん（ご夫妻はいまでもこう呼んでいる）が結婚したという情報があると聞きました」。

　おそらく前週に韓国を訪問した中井さんがどこか

で聞き及んだものと思われる。なぜ横田さんが私にこういう話題を語ったのか。それには理由がある。ある課題をめぐって横田夫妻とは何度も話をしてきた。そのときウンギョンさんがいまどうしているかわからないと聞いた。そこで私は彼女の消息を調べる約束をした。あるルート（朝鮮総連ではない）でウンギョンちゃんの現状が正確にわかったのは2月のこと。

金恩慶（キム・ウンギョン）
1987年9月3日生まれ
09年　金日成総合大学コンピューター科学大学卒業
現在　国家科学院開発総局研究員
家族　実父　義母と平壌在住

注　日朝政府は誕生日を「9月13日」としているが、私が入手した情報では「3日」になっている。

私はこの情報を横田夫妻にお伝えした。「これまで政府はこうした消息をお伝えしなかったのですか」と訊ねると、「まったくありません」という。おそらく被害者家族の関心を満たすきめ細かな情報収集をおこなっていないのだろう。ご夫妻のウンギョンさんに対する思いは詳しく聞かせていただいた。とくに早紀江さんの「ある願い」は祖母ゆえの、しかし私にとってはとても新鮮で重要なものであった。そして今回の中井情報である。私は情報を確認することにした。詳しいことは明かせないが、ウンギョンちゃんは9月に結婚していることが知らされた。そこで逡巡した。先日のめぐみさん生存情報についていえば私には疑問があった。間接情報の積み重ねによる曖昧な情報を横田夫妻が知ることで心痛を与えるのではないかと思ったからだ。ましてやそこに北朝鮮当局の意図が隠されている可能性もある。信頼できる「同志」の高世仁さんに相談した。横田夫妻と長年のつき合いのある高世さんは、「伝えるべき」との根拠をいくつかあげた。

札幌から電話をしたのは30日の夕刻。早紀江さんにあらましをお伝えした。お知らせするかどうか迷ったことを正直に伝えると早紀江さんはいった。「(結婚は)ありえるなと思っていました。これからも何でも知らせてください。なるようにしかなりませんから」。「なるようにしかなりませんから」……。会話のなかで早紀江さんはなんどかこの言葉を繰返した。「怒りを根拠とした達観」。私にはそう思えた。横田めぐみさんをはじめとする拉致被害者を一刻も早く日本に取り戻さなければならない。そのためには日本政府が本気で戦略的・戦術的に北朝鮮と交渉していくことだ。そのプロセスでは韓国も巻き込んだ情報戦が繰り広げられるだろう。外交とはそういうものだ。

テレビ朝日が報じ、メディアの取材が横田夫妻に殺到したため、私がお知らせしたことも知られることになった。私はウンギョンさん結婚の情報を黙しておくつもりだった。しかし取材に対して「知らない」とはいえない。そこでツイッターで要旨を書いた。

こうした経過を知らずに「北朝鮮の意図に乗るもの」などと語るものがいる。北朝鮮が意図的に情報を流したのではない。確認したことを認めただけのことである。ましてやウンギョンさんの結婚が、どうして日朝交渉を求める北朝鮮の「意図」に乗るのというのか。ましてや「超党派」で計画された訪朝(政府、民主党から反対が出て中止になった)と私は無関係だ。批判には根拠もなければ説得力もない。何でもかんでも「政治の鋳型」に流し込まなければならない思考パターンでは、現実を冷静に判断することはできない。あえていえばエゴイズム。「絶対正義」の掌の外で起こる小さな動きにもレッテルを貼り、自己のドグマを墨守する自動運動では現実を突破していく力にはならない。私はこれからも拉致被害者家族および特定失踪者家族に寄り添いながら行動していく。

11月24日(木)

法務委員会で質問。最近はなかなか『酔醒漫録』を書くゆとりがない。しかし「今日は書いておかなければ」と思った。なぜなら昨日参加した藤原新也さんの「書行無常展」で、藤原さんと瀬戸内寂聴さんの対談を聞いたからだ。「3・11」や国会(政治)の有り様にギスギスしていた気持ちがスーッと消えていき、穏やかになった。客席から観客(藤原さんの有料ブログ「CATWALK」読者)のお顔を見ていても、みなさん穏やかな笑顔をたたえていた。

午後5時からの対談に間に合わせるべく末広町駅で下車。開場前に案内されると、ちょうど藤原さんが寂聴さんを案内していた。藤原さんの熱い握手。寂聴さんとの再会。オウム事件当時、「週刊朝日」で対談していただくため、京都にでかけたことも懐かしい。そのときの内容(「私の庵を訪れた『さまよえる信者』」)は『有田芳生の対決!オウム真理教』(朝日新聞社。いまでは古書でしか入手できない)に収録されている。

おふたりの対談は、藤原さんの写真と書に囲まれた場所ではじまった。この異空間での対話が特別の空気を醸し出していたこともあるだろう。そこに「顔を見ているだけでいいから」と藤原さんが何度も強調した寂聴さんがいる。心穏やかになった理由は、メモしたこんな言葉に込められている。

「90歳になったけれど、あきらめない。」

「言霊(ことだま)って本当にあるのよ。こうなりたいって思うのは絶対に大切。」

「いつでも楽しいの。なぜなら楽しいことを考えているから。」

「現地へ行ってそこに立てば大地が語ってくれる。」

この最後の言葉は、被災地に行くことの大切さを口にしたときのものだ。寂聴さんにすれば被災地の人々は「代受苦」(だいじゅく)と理解すべきだという。私たちの代わりに「苦」を引き受けてくれている。そのためにも現地に行くべきだ。「行って話を聞くだけでも喜んでくれるのよ」。

喜ばれた被災地入りだが、原発被害を受けた飯舘村だけは違ったという。「みなさんの顔が厳しかった」という。何かを語る雰囲気ではなかった。そこで寂聴さんはみなさんの身体をマッサージしていった。3時間も黙々と。そのうちに「何か言いたいことがあれば」と水を向けると、政治に対する批判を口にするようになった。

寂聴さんは気仙沼で「若き日に薔薇（ばら）を摘め」と色紙に書いたそうだ。若い日にはトゲある美しい薔薇をいくつも摘んでいれば、きっとそれが生きてくるというのだ。「若き日に薔薇（ばら）を摘め」。失敗を恐れるなということである。

対談が終わり帰っていく聴衆を藤原さんはひとりひとりと握手して送っていた。私には「こんど書を教えなければなりませんね」とひとこと。会場をあとにして昼食をとっていなかったので銀座「ささもと」。いつまでも心穏やかなのであった。いまもなお。「書行無常展」は27日まで。

11月25日（金）

朝から本会議。昼休みに「STOP!　北朝鮮の人道犯罪」院内集会で「横田めぐみさん生存情報　平壌市民名簿と脱北者証言の評価」について報告。

青山斎場で行われた西岡武夫前議長の参議院葬に参列。会館に戻って夕刊を見ると「亀井氏、新党結成の意向」との記事が「読売」に掲載されていた。今日の記者会見で石原慎太郎都知事などとともに新党結成をめざすという。今朝の「産経」一面トップ記事（「石原知事を党首」「亀井代表が新党構想」）とほぼ同じ内容だ。亀井代表の国民新党は郵政改革法案を今国会で成立させなければ連立を離脱すると主張している。しかし石原都知事は「新党構想」を進める条件として、郵政改革法案を放棄することをあげているようだ。10月24日に都内で行われた民主党の小沢一郎元代表と亀井代表などの会談でも「新党構想」が話し合われたかのように報じられているが、そんな話はほとんどなかったと関係者はいう。亀井代表がこれからも新党の「ラッパ」を吹いていくから報道は盛り上がるだろう。だが、「新党構想」の内実はそう単純なものではない。

11月26日(土)

今朝の新聞各紙は「亀井新党」を報じている。だが私にとっては既視感が強い。小泉解散当時のことだ。自民党から出た議員たちは「国民新党」と「新党日本」を結成する。後者は都市部での受け皿としての位置付けがあった。誰に党首になってもらうか。まず話を持ちかけられたのが石原慎太郎都知事である。断られて次に働きかけたのが田中真紀子議員だ。ここでも断られる。そこで田中康夫長野県知事（当時）に声がかかった。新党代表が決まるまでにはこんな経過があった。

日本の現状打開のために「新党」が必要との亀井静香「国民新党」代表の思いは理解できる。しかしその発想が周回遅れのものに見えて仕方がない。しかも石原都知事は「郵政改革法案を諦めること」を条件としている。大阪の橋下前知事も新党参加を否定した。大阪府知事、市長選挙の結果をきっかけに亀井構想はさらに語られるだろう。政界再編は常に語られつつ、いつしか消えていく。実現する課題は黙して準備されるものだ。

昨夜は竹村文近さんに鍼を打ってもらってから同世代の議員3人で荒木町。「理想のカウンター」酒場を発見。しかもお勘定をしてもらうと高くないことに驚く。外に出て特徴あるネオンが眼に入った。新宿ゴールデン街によく通っていた30代にある店で出会った女性がひとりで営んでいるショットバーだ。10数年ぶりに入った。カウンターはほぼ満席。いきなり「あまり働きたくないのよね」の言葉。たしか同世代だった。気持ちは半ばわかる。でも議員もフリーランスも働き続けなければならないのだ。おそらく彼女もまた。

11月27日(日)

届けられた「AERA」を読む。古典芸能エッセイストの守田梢路（こみ）さんが「時代と格闘した戦士」と題した立川談志さんの追悼文を書いている。弟子たちもマスコミと同時に逝去を知らされたそうだ。談志さんはシャレで「談志が死んだ」といっていたことも紹介されている。回文でうしろから読んでも「だんしがしんだ」。

昨日はNHK-BSで2時間のドキュメンタリーがあった。談志師匠71歳のときだから、4年前の映像だ。弟子の昇進試験の現場は凄まじい緊張感だった。前座から二段目に昇進したのは5人のうち1人。廃業が1人と厳しい世界を垣間見た。驚いたのは、ある会場で「富久」を演じているときだ。物語が流れていくなかで「そこで面白い?」とひとこと語る。聴衆はおそらく誰も気づかない。高座を降りた談志さんは不機嫌だ。シンミリした場面でどうして笑えるのかという不満だった。「大衆は」という言葉で不満が語られる。気が塞いでいく素顔がいくつもの場面で記録されていた。「ガンバレ、ガンバレ、談志」と口にすることもしばしばだ。

このシーンを見ていて井上ひさしさんのことが思い出された。一日に何度も「万事において、ひるむな」とつぶやくことがあると書いていたからだ。「天才」と評価されても老いは襲ってくる。セリフが出ないこともある。それでも聴衆は談志さんの落語を待っている。闘わなければならないと自己を奮起させるしかないのだ。

夕方になり大山を歩き、ある新聞社の記者と会い、池袋「おもろ」に顔を出した。談志さんが「小ゑん」のころ小さん師匠に連れられて来たことがあるという。あまりに生意気だったので女将が「もう来なくていいよ」というと、怒って出ていったという。談志さんらしいエピソードだ。井上ひさしさんも75歳で亡くなった。談志さんの著作もこれから続々と出るだろう。しかし落語家としての肉声が二度と聞けないのかと思えば哀しい。1月18日に紀伊國屋ホールで聞いた短い話が最後になってしまった。

11月28日(月)

大阪市、大阪府のダブル選挙で「維新の会」が大勝した。とくに市長選挙では橋下徹前知事と平松邦夫市長との闘いでは、民主党の世論調査では「3ポイントの差」で平松市長が追い上げていると聞いていた。ところが開票と同時に「橋下当確」の報道。出口調査は橋下前知事の圧勝だった。

「大阪都構想」「教育基本条例案」など、橋下手法は強引かつ危険な内容をふくんでいる。しかしそれに対抗するスローガンが「独裁」や「ハシズム」でよかったのか。ずっと違和感を感じていた。

「民主主義」vs.「独裁」を対立軸にすれば、敗北したときにどう説明するのか。大阪市民は実際に「独裁」を選択した。選挙の結果は民意だから、合理的な解釈をするならば大阪市民の認識と行動を批判しなければならなくなる。それができないから「ポピュリズム」（大衆迎合）だと橋下手法を批判するか黙するしかなくなる。〈「反ファシズム論」では彼には勝てない〉（「新潮45」）と佐藤優さんが書いたとおりになった。

何が「維新の会」の勝因だったのか。言葉（政策、スローガン、演説）という側面から判断すれば、リポートトーク（情報中心）の敗北であり、ラポートトーク（情緒中心）の勝利である。橋下前知事の演説は「このまま日本が、大阪が沈没していいんですか」「変革しなくてもいいという人は平松候補に投票してください」といった内容である。

勝谷誠彦さんは「橋下徹が危ないのではない。橋下徹を生み出す民衆が怖いのだ」と喝破した。より強い「変革への意思」イメージを大阪市民は選んだのである。さらにいえば「週刊文春」「週刊新潮」の異常な「出生報道」（暴力団、同和など）への市民の反発も橋下前知事への追い風になった。「関係あらへん」。ある市民のこの一言は象徴的である。民主党も腰が引けていた。選挙戦中盤までは党を出さない戦略だったが、後半で変更。それでも国会議員の動きは鈍かった。来年にも予想される総選挙をにらめば「維新の会」を「敵」にしたくないからである。時代に寄り添った言葉を身体化（組織化）することがいかに重要であるか。大阪「秋の陣」は政治に鋭く問うている。

2011年12月
DECEMBER

金正日の死と拉致問題の今後

12月1日(木)

朝から法務委員会。明日2日の13時から浅草・雷門周辺で「足利、太田未解決事件家族会」の宣伝、署名行動をおこなう。29日にはNHKが夕方のニュースで約10分間にわたって「横山ゆかりちゃん事件」と周辺事件を報じた。

注目すべき特徴がいくつかある。(1)ゆかりちゃんが行方不明になったパチンコ店で、夏の暑いときに、長袖のニッカポッカ姿で、しかもパチンコをせず店内を物色していた不審人物を目撃した店員がはじめて証言したこと、(2)専門家の分析によれば、その姿は歩き方からしても変装の可能性があること、(3)群馬県警の捜査幹部がインタビューに応じたことなどである。

「家族会」が国家公安委員長に面談して以降、警察庁の指揮のもとで、群馬県警、栃木県警が連携を取っている事実もある。来年には足利事件の真犯人をはじめとして、連続未解決事件の解明が実現するよう、さらに行動を進めていく。

今日からの地下鉄「書斎」の読書は、辺見庸さんの詩集『眼の海』と萩原遼・井沢元彦さんの対談『朝鮮学校「歴史教科書」を読む』。小説やエッセイなどでは表現できない生の深奥に潜む未定形の混とん。それをあえて言葉にするには詩という方法しかないのかもしれない。やむにやまれぬ思いに立脚した言葉と行動によらない言説は、他者に、そして自己にも達することはありえない。したがって語るためには黙するしかない。

12月2日(金)

本会議終了。午後からは浅草で「足利、太田未解決事件家族会」の宣伝、署名行動に出かける。昨日の法務委員会である委員の質疑のなかで「片手落ち」という表現が使われた。それに対して2人の委員から「差別発言だ」と注意の言葉が飛んだ。私は確信が持てなかったので何もいわなかったが、「そうかな」というわだかまりがあった。委員会が終わったところで『差別語・不快語』(にんげん出版)を出した小林健治さんに電話をした。事情を伝えたところ、小林さんは「何の問題もありません」と断言した。

かつて部落解放同盟で「差別語」問題を担当していた小林さんは、「これまで障害者団体など、被差別団体から抗議があったという話も聞いたことがない」という。

「片手落ち」とは「片・手落ち」のことで、ここでいう「手」とは「その手があったか」などと表現する「方法」などをさすという。「そもそも片手がないとは言いますが、それを片手落ちとは言わない」と小林さんは説明した。驚いたことにテレビ界でも誤解があり、「忠臣蔵」で「片手落ち」という脚本をわざわざ「片落ち」と言わせたケースもあるという。マスコミが「片手落ち」を「差別語」と誤解したことが、いまだ誤解のまま残っているのだ。

ちなみに『新明解国語辞典』では「〈片は対である。あるものの一方だけの意〉利害などの対立する一方だけに有利になるような判断を下し、他方の立場が全く無視されている様子だ」とある。また日本でもっとも詳細な『日本国語大辞典』でも「処置や配慮だけが一方だけにかたよること。不公平なこと。片手打ち」とあり、幸田露伴や島崎藤村の作品が引用されている。「片手落ち」は差別用語ではないのである。

浅草に向かうまでの時間にもうひとつ。前防衛局長の「不適切発言」に関して「オフレコ」をどう考えるのか。昨日の東京新聞「こちら特報部」に私のコメントが紹介された。

ジャーナリストでもある有田芳生参院議員（民主）は、取材する側とされる側の双方の立場を踏まえ、「オフレコの意味が変わりつつあると思う。高度情報化時代ではオフレコの概念が崩壊し、情報が『だだ漏れ』になる恐れは常にある。発言する側は最初から内容が外に出ると思わなければならない」と語る。有田氏は「一般的にはオフレコ情報に基づき、追加取材で裏付けが取れれば、報道機関の責任で報じていい。ただ、鉢呂吉雄前経済産業相の『放射能つけちゃうぞ』発言のように、真偽があいまいなまま『言った』という情報が独り歩きするのは問題だ」と懸念する。

コメントは記者の取捨選択によって作られるので、どうしてもその価値観に引きずられたものになりがちだ。そこで、ここに説明したことを書いておく。

まず前提として、高度情報社会においては「ダダ漏れ民主主義」という言葉があるように、旧来のオフレコ概念は崩壊してしまっていることを事実として確認しておかなければならない。これまでにも「オフレコ」の約束のもとで、さまざまな「オフレコ破り」があったが、その事態はさらに進行している。オフレコと断っていても、記者はICレコーダーを操作し、その記録はメモとして上司たちに共有される。報道されるオフレコもあれば報道されないオフレコもある。私は「1対1」でオフレコとされたことは絶対に報じないし、口にもしない。「墓場まで持っていく」オフレコ発言が私にはいくつもある。取材される議員の立場からいえば、「1対1」の信頼関係のなかで、オフレコが破られれば、その相手とは二度と話すことはないだろう。

ただし複数の相手に「オフレコ」で語ったことが外に出る可能性は、最初から覚悟している。「オフレコ」であるが「オンレコ」の自覚で話している。「オフレコ」発言の二重構造だ。発言の灰色部分というものがあるからだ。

たとえば昨年10月に菅直人首相と二人だけで酒を飲んだことがある。3時間の話題の中心は拉致問題である。外には記者がテレビカメラやICコーダーを持った記者が待ちかまえている。どうするか。菅さんと相談して「昔話の雑談にしよう」となった。私は記者にそのとおりにコメントした。

しかしいまこう書くのは「時効」だからだ。何を話し合ったのかはいまや別に隠すことではない。しかし当然のことだが昨年は語ることはしなかった。

さらに「オフレコ」発言には内容がある。ある事実が語られ、それを報道する価値が相手との信義よりも高いと判断すれば、事実を確認（裏を取って）して報じなければならないときもある。相手との信頼関係よりも、社会的利益を優先しなければならないことがあるからだ。それで個人的つながりが切れたとしても仕方あるまい。


しかし、今回問題になった下品な失言レベルの発言は、オフレコ破りが是か非かというレベルの問題ではない。「琉球新報」が報じてしかるべき内容である。ただし。本当に「犯す」という言葉が使われたのかどうか。鉢呂大臣の「放射能つけちゃうぞ」発言と同じく、事実かどうかが曖昧なまま大きく報じられることには深い違和感がある。

12月9日(金)

本会議が終了。179回臨時国会が閉会した。賛成多数で可決した原子力協定についてここに所感を記録しておく。

(1)「3・11」以降、世界の原発事情は根本的に変化した。ひとことでいえば「安全神話」の崩壊である。その歴史的事態に直面しながら、新たなる「安全神話」を作り上げるわけにはいかない。

(2)世界史の流れは、アメリカをふくめて、結果として原発の廃炉に向っている。日本のすぐれた技術で輸出すべきは、いまや原発プラントではなく、「廃炉」「除染」技術などである。

(3)人類は「3・11」の原発震災を通じて新しい文明の構築を求められている。あらゆる生命が安心して暮らしていける地球環境を創造するために私は「現場」の視点から今後も行動していく。

12月12日(月)

市川森一さんが肺がんで亡くなった。数々の想い出がある。脚本家の世界では数々の成果がありながら、いっさい権威ぶらず、いつも笑顔であることが印象的だった。

最後にお会いしたのは7月13日。神保町のワインバー「ボンヴィバン」で開いた「上機嫌クラブ」でのことである。この「クラブ」は私と歌手のクミコさんが酒を飲もうとなり、ならば知人を呼ぼうというところからはじまった。音楽評論家の湯川れい子さん、酒場詩人の吉田類さん、そして市川さんにも声をかけ、「ザ・ワイド」リポーターだった杉本純子さんや私の知人など、10人ほどで楽しい時間を過ごした。

あの夜も市川さんはご機嫌だった。「あの夜も」というのは、酒場ではいつも楽しかったからだ。ちなみに「上機嫌クラブ」と名付けたのはクミコさんだ。

市川さんと出会ったのは「ザ・ワイド」に出演するようになってからだから約17年のおつき合いだった。ご自身の専門分野や周辺のコメントは群を抜いていた。正義感が強く、オウム事件や拉致問題では厳しい論調で語っていた。ただし真っすぐなものだから、「危ない」発言に向かうこともしばしば。そんなとき私は市川さんの顔をじっと見つめることにしていた。それに気づくと市川さんはいつも軟着陸。CMになると「アリタちゃんが見つめていたから危ないなと思ったよ。ハッ、ハッ、ハッ」と笑うのだった。市川さんの出演は木曜日。楽しみだったのはプロポリス飴を配ってくれることだった。いつも健康には注意している市川さんだったのだ。

10月の「上機嫌クラブ」にお誘いしたが、体調が悪いというので参加されなかった。入院が10月末だから、そのときから自覚されていたのだろうか。7月13日にワイングラスを手にして語っていた夢はかなえられないままに終わってしまった。大震災の映画化だ。宮城県南三陸町の防災無線で最後まで避難を呼びかけて亡くなった遠藤未希さん（24歳）を主人公にした作品だ。「来年は映画を作りたいんですよ。主題歌はクミコさんに歌ってもらおうと思っていてね」。市川さんは、遠藤さんが経験した勇気の発露と恐怖との闘いを讃えたかったのだ。市川さんらしいと思う。

09年の衆議院選挙に出たときには最終盤で上板橋駅、板橋駅でマイクを持って訴えてくれた。ご自身の作品にも触れてのユニークな応援演説だった。落選したときには湯川れい子さんと激励会を開いてくれた。あのときは和服だった。17年間のおつき合いの印象はいつも明るいということ。長崎でトークショーをごいっしょできるはずだった。それもかなわない。東京では20日に通夜、21日に葬儀だが、16日に長崎で行われる通夜に行くことにした。市川さんの出身地であり、最後まで愛した街だからである。お会いしてホッとする先輩がまた一人いなくなってしまった。

12月19日(月)

北朝鮮の金正日総書記が亡くなった。健康が回復していると専門家たちから聞いていたので驚くばかりだ。歴史はこうしてときにスピードを増して動いていく。

報道各社から問い合わせがあるので、ここに拉致問題との関連でメモ的に見解をのべておく。(1)拉致問題解決への道筋は、詳細な事情を知っている金正日総書記の体制のもとで前進を図るべきだった。(2)なぜならば金正日総書記は、小泉訪朝前に実際に拉致を行った組織(縦割り)を集め、拉致の全体像を把握しているからだ。(3)国際情勢の変化のなかで、拉致問題への対応にも若干の合理的変化が見え出していた。(4)それは日本政府の働きかけによるものではなく、北朝鮮当局独自の方針転換によるものである。(5)しかし金正日逝去後の後継体制で、その方針が継承されるかどうかは不確定である。(6)北朝鮮の新体制は、金正恩(国防委員会委員長に就任か)のもとで軍と張成沢国防委員会副委員長によって運営されていく可能性が高い。(7)新体制が拉致問題での合理的判断の方向を維持することを強く望む。

2012年1月
JANUARY

震災孤児の生活支援と心のケアを

1月25日(水)

近く発売される『何が来たって驚かねえ！大震災の現場を歩く』(駿河台出版社)でもふれた震災孤児の問題は深刻だ。岩手・宮城・福島の被災3県において、いきなり両親を失った18歳未満の子どもたちは240人。父親あるいは母親を失った子どもたちは1340人(2012年1月12日現在)。岩手、宮城、福島3県で作った支援基金には約62億円が、民間の「あしなが育英会」が呼びかけた募金では約38億8千万円が集まった。両親ともいない震災孤児は、ほとんどが親族に引き取られ、里親認定を受けている。子ども一人当たり、月4万7680円から5万4980円が支給される。各県の基金は遺児や孤児が大学を卒業するまで支給されるが、月額1万円から6万円。

生活問題も重要だが、心のケアは外からはなかなか見えないので、より深刻ともいえる。とくに沿岸部はもともと医療過疎地域で、小児科医だけでなく、児童精神科医、保健師や心理士が不足している。厚生労働省は昨年10月27日に「東日本大震災中央子ども支援センター」を設置、岩手、宮城、福島にも現地窓口を置く予定だ。児童精神科医の養成などは日本の遅れた分野である。この機会に抜本的対策をとる必要がある。

1月27日(金)

朝から本会議や週刊誌の取材があり、夕刻。警察庁から資料が届いた。

未解決事件を専門的に解決する専従班が警視庁にできたのは2009年秋。それ以降、各県でも未解決事件の解決をめざす取り組みが行われている。私たちが超党派で進めている足利事件など北関東で起きた5連続幼女誘拐・殺人事件の捜査も続いている。しかし被害者家族のもとへ捜査員が情報を伝えるのは必要なことだが、そのなかにネットに出ている霊媒師のことなどがふくまれているのはいかがなものか。そんなところから捜査当局の本気度が疑われてしまう。とはいえ長期未解決事件の捜査班によって、これまで9件が解決した。足利事件の真犯人もふくめた一連の事件解決のために、栃木県警、群馬県警の連携を求めたい。

1月28日(土)

電車の中で知人の共産党支持者に声をかけられた。練馬区に住んでいる研究者だ。自衛隊を憲法上どのように位置付けるのか。憲法学者の小林直樹さんが主張したように「違憲合法論」から出発すべきではないかといった会話をした。そんな流れで練馬区議会が話題になった。その折、昨年の区議会議員選挙で6期目の当選を果たした松村良一区議が共産党から除名になったと伝えると、「知らなかった」と驚いていた。熱心な共産党支持者も知らないことにいささか驚いた。たしか除名の事実さえ「赤旗」でも掲載されていないのではないか。かつてツイッターで触れたところ豊島区や板橋区の共産党関係者からも問い合わせがあった。

1月29日(日)

「AERA」が「橋下流ケンカ術の極意」という記事を掲載している。山口二郎さん、森永卓郎さん、黒岩祐治さんとのやりとりを再現。最後に「朝まで生テレビ」の議論に触れてこう書いている。「番組後半では橋下氏が田原氏らの質問に対して、答えに窮する場面が何度もあったという」。記事は「そこには案外、橋下氏攻略の糸口が、隠されているのかもしれない」と結ぶ。

何が問題なのか。それは石原都知事が新党の前提は核保有と主張していることだ。橋下市長は「公の立場と個人の表明とは違う」と逃げた。憲法改正についても同じ論法で「これから議論する」。田原さんは「個人の考えはあるけど、いまは言えないというのなら関電と同じだ」と批判。橋下市長の説明は隠ぺいだとする。

大阪市で徹底した行政改革をおこなうという主張は正論だ。大阪市では公務員の働き方や給与問題はずっとくすぶりながら手が付けられなかった。手法が粗っぽかろうと正論は正論。そこで譲らない。ところが国政レベルの問題となれば次元が異なる。核武装や憲法改正となれば、他者を攻撃するだけの手法は通用しない。「維新の会」が国政に進出するというときに「大阪都構想」の是非だけでは収まらない。「地方分権」などとともに限定された政策を打ち出すところにとどめるだろう。したがって「石原新党」との連携はとうてい難しい。

1月29日(日)

寒そうな風音が窓の外から聞こえてくる。池袋と板橋に向かう前にメモ的に書く。

朝日新聞が一面トップ記事で「石原新党」を書いた。その夜に亀井静香・国民新党代表が数社の記者と懇談、そこに出席した新聞社が「新党」をスクープ。しかしこの情報は昨年12月にも流れたもので、ここでも情報源は亀井代表だった。

ツイッターでも書いたが、消費税増税賛成の石原都知事と「たちあがれ日本」に対して増税反対の国民新党が政策的すり合わせをするのは難航する。しかも石原都知事は、核保有を新党参加の前提と主張している。報道では民主党からも新党に参加するかのようだ。これも調べてみれば実体はない。亀井代表は消費税増税に反対する小沢グループから離党者が出ると期待しているが、基本政策で一致しない「石原新党」そのものの実現性が問われていく。ましてや橋下徹市長がひきいる「維新の会」との連携は、「大阪都構想」「地方分権」のレベルの限定的なものにならざるをえない。亀井代表は「3月」をめざすが、実際には消費税法案が採決される予定の6月にかぎりなくずれ込んでいくだろう。

昨日の「東京スポーツ」に短いインタビューが掲載された。政治ジャーナリストの藤本順一さんが聞き手だ。「激論」とあるが対話は普通のやりとりだった。整理部の権限なのだが、いちばん大きなタイトルには困りはしないが、まいった。「小沢新党について行くかのようですね」とあるからだ。見出しは目立つほどに印象に残る。

藤本さんの問いに私は、「新党といいますが」と語っただけで、民主党が原点に戻るべきだと主張している。

1月31日(火)

オウム信者だった平田信容疑者、斎藤明美容疑者の起訴が報道されている。そこで捜査当局からの情報とコメントが流れている。ポイントは出頭時に800万円を持っていたから、教団の支援があったのではないかというもの。「半年で500万円ほど使った」との供述が使われている。しかし平田容疑者は「500万円」との供述はしていない。さらに17年も前の逃走資金の使途を詳細に思い出せるのかどうかの疑問もある。

ここでサリン事件実行犯だった林泰男死刑囚の逮捕時の供述調書を紹介しておく。林が平田と名古屋で会ったのは、1995年8月20日。その夜の会話を、逮捕された翌96年12月に語っている。「いま、いくら持っているんだ」との林の問いに平田は「100万円くらいだ」と答えたという。林はさらに「いままでいくらもらった」と聞く。「3月に石井(元教団大蔵省大臣)から、野田(元教団車両省大臣、平田の上司)に渡すお金を1000万円受け取った。それをそのまま野田に渡し、そこから200万円もらったんだ」。

事件からそう時間の経過していない時点での供述のほうが、より事実に近いだろう。しかも逃走資金を渡す任務を与えられていた平田は、誰にいくら渡したかを語りたくないのかもしれない。罪にもならないことで人の名前を出せば、捜査が及ぶからだ。オウム真理教と残党に対する警戒感を持つのは当然だ。しかし平田容疑者たちが「何かを隠しているにちがいない」との思いで情報を操作するのはいかがなものか。ここで斎藤明美容疑者のコメントを全文紹介しておく。

「今日、私は犯人蔵匿の罪で起訴されました。しかし私が償うべきは、オウム真理教の信者だったということから始まります。私は心も体も教団にあずけ、財産を布施し、ワークをしたことで、教団が引き起こした数々の犯罪を支えてしまいました。大変申し訳ありません。これから裁判にあたっては、真摯にすべて正直に話すことを約束します。最後に、逃亡し続けたことで、オウムの犯罪被害者の方はもとより、社会に不安感を与え、本当に申し訳ありません。また職務を全うして来られた警察関係の方々にも、お詫び申し上げます」。

2012年2月
FEBRUARY

何が民主党の核となる価値なのか

2月1日(水)

「東京・石原都知事と国民新党・亀井代表、たちあがれ日本・平沼代表が25日に会談し、3月中に新党を結成することで大筋合意したことがわかった。関係者が明らかにした」。こうした報道がおこなわれたのは1月27日。「関係者」とは亀井静香・国民新党代表である。

昨年も同じく「石原新党」が報じられたが、このときも発信源は亀井代表だ。いずれも石原慎太郎都知事を「党首」にするというものだ。しかし石原都知事は新党に「協力する」「都知事と党首は両立しない」とは語っても、「党首に就任する」とはいっていない。同床異夢。「たちあがれ日本」のなかでも異論があり、平沼代表も消費増税などをめぐり政策面で亀井代表とはあいいれない。さらに自民党の石原伸晃幹事長は、次期総裁選への出馬を狙っているから、党に影響を及ぼす「石原新党」へは批判的だ。党内からの強い反発が自身に寄せられているからである。石原都知事も伸晃氏の足を引っ張ることはしない。石原新党の前提は「核保有」を主張することなどと語るのも、ハードルをあげて実現可能性を低くするとの見方さえできる。「3月中に新党を結成することで大筋合意」とは、亀井代表の強い願望にすぎない。「石原新党」はこんどもまた蜃気楼で終わる可能性が高い。

2月6日(月)

新宿の紀伊國屋ホールでのトークショーが終わった。『何が来たって驚かねえ!大震災の現場を歩く』の定価が1000円なのに、トークショーは1500

円。大震災直後ならいざ知らず、1年近くが経過して「東日本複合震災と日本人」のテーマでどれほどの聴衆が来てくれるだろうか。そんな不安を抱えながら当日を迎えた。

結果的には京都からの来場もふくめ約200人の参加があった。数日前に藤原新也さんのご自宅で1時間ほど打ち合わせをした。それぞれの問題関心を話し合ったものの、対話の流れを詳細に決めたわけでもなかった。それでも私はいちおうテーマに沿って話が流れるように、メモを用意して臨んだ。しかし本番ではまったく予想外の方向に話は進んでいった。ツイッターや震災報道のあり方などは、まったくアドリブ的に出てきたテーマだった。

藤原さんが被災地で撮影した動画を、奄美大島の朝崎郁子さんの歌とともに流したのは圧巻だった。藤原さんとの打ち合わせでは、最初と最後に流すつもりだった。ところが3時半までのトークショーが4時近くに延びたため、会場関係者から何度も「時間だから締めろ」との合図があった。5分ばかりの映像だ。強引に流すべきだったと反省している。終了後のサイン会が終わってもまだ時間的ゆとりはあったのだから、残念でならない。一夜が過ぎても聴衆の立場に立つべきだったと悔いている。藤原新也さんの会員制ブログではいずれ見ることができるように準備中と聞いた。

2月10日(金)

朝のテレビ朝日「やじうまテレビ!」に出演して神保町。喫茶「エリカ」でモーニング珈琲。地下鉄で永田町。昼の「ワイド!スクランブル」までの時間にメモ的に書いておく。

オセロの中島知子さんの問題。これは芸能人の深刻な心の支配(マインドコントロール)という個別具体的問題にとどまらない。占いやスピリチュアルなものに魅かれる現代人の魂の課題なのだ。

そこから脱出するにはどうすればいいか。それは問題の根源(中島さんの場合は女性占い師)から離れた情況のもとで、専門的なカウンセラーと時間をかけて話をすることだ。

心を支配するには社会心理学の手法が取られている。たとえればゆで卵だ。その人が本来持っている人格が固い殻で被われている。それを破壊することだ。その役割を果たすのはカルト問題にも詳しいカウンセラーである。これは強調しておかなければならない。ただカウンセラーの資格を持っているだけではダメだ。「あなたのやっていることは間違っている」式の説得では解決しないどころか、こじれていくだけで逆効果だ。なによりも家族が諦めないことも前提となる。中島知子さんは被害者である。いずれ問題が解決したときには、テレビ界は喜んで迎えることだろう。「その日」を期待しているテレビ局もある。一連の報道が事態を打開するきっかけになることを強く望んでいる。

2月12日(日)

今朝の朝日新聞に「識者の方々、民主党を批判してください」という記事が出ている。党の機関紙「プレス民主」ではじまった企画だ。

第1回目に登場いただいたのは茂木健一郎さん。月2回刊の機関紙で、しばらく続けていく。発端は私が広報委員会に昨年所属したとき、求められて改革案を提出したなかから採用された1プランだ。いまのところ後続の4人まではご本人の承諾を受けている。

日本政治のなかで民意を反映して実現した政権交代は歴史的危機にある。民主党政権を脱皮させる道筋はあるのか。国会議員、地方議員、党員にはそれを見出す責任がある。私は「プレス民主」に「志は高く　視線は低く」と題して企画意図を書き、最後をこう結んだ。

謙虚な気持ちで「外部の声」に耳を澄まそう。反転攻勢の一助のためここに小さな「窓」を開く。

2月16日(木)

「オセロ」の中島知子さんの「心の呪縛」が大きな話題になっている。いまや社会問題だ。芸能人だからテレビ報道の量も多い。しかしこの問題は一芸能人の課題を通じて、現代社会の病理を映し出している。

そもそも日本社会がマインドコントロール問題に注目したのは、統一教会の合同結婚式騒動のときだった。脱会したスポーツ選手が自ら受けていた心の支配を振り返り「マインドコントロール」という言葉を使った。社会的認知を受けたきっかけである。

さらにオウム事件当時に多くの信者がバラバラになっていく経過で、政府は関係省庁連絡会議を開き、脱会カウンセリングをどう扱うかを検討した。だが具体的な施策が実行されることはなかった。当時私たちは全国の保健所が受け皿になり、カルトカウンセリングが可能な体制を準備したこともある。だが、政治が動くことはなく、それから17年の歳月が経過して、いまがある。

中島さんの問題解決への道筋を具体的に明らかにし、実現していくことは、程度の軽重はあれ、マインドコントロール＝心の支配に苦しむ被害者の社会的救済にもつながっている。中島さんを強固に支配している悪質霊能者IRは、多額の金銭を吸い上げ、自分たち（母や伯母）の欲望（衣食住など）を満たすために消費させている。悪質霊能者IRたちは中島さんに出会う前は、都内のワンルームマンションに暮らしていた。服装もたいてい同じで、とても質素な生活だったという。ところが「神の計画」などの言葉を駆使し、マインドコントロールのテクニックを巧みに利用して中島さんの金銭、精神を支配するに至る。そこからはまるでヤドカリのように中島さんに寄生していく。これまでにも被害者がいる。

やがて法的問題になるだろうが、それでも精神を呪縛された中島さんの抱える問題は解決しない。「オセロ」中島知子さんを悪質霊能者から脱出させる課題は、カルト問題としても消費者問題としてもきわめて現代的なのである。

2月17日(金)

メディアの「オセロ」中島知子さん報道が二分化しつつある。あくまでも芸能報道の域を出ないものと、マインドコントロール問題として、中島さんの問題にとどまらない現代的・普遍的課題として捉えようとするものである。

悪質女性霊能者はかつての被害者にも芸能人をたくさん知っていると語ることで、信頼感を与えていた。ところがあるときそのひとりの芸能人とでくわしたとき、相手は何も反応しなかった。そのとき「ウソだった」とある女性は気付き、この霊能者から離れていくきっかけになった。女性霊能者は「食べる」ことへの欲望が強烈で、朝から夜までことあるごとに何かを口にしていたという。ことは芸能人が直面しているレベルにとどまらない。

国会でマインドコントロール問題が議論されたのは、平成12（2000）年12月18日の法務委員会。公明党の倉田栄喜議員がこう質問した。「オウム真理教対策関係省庁連絡会議において、専門家によってマインドコントロールを解く手法を開発することの重要性が確認され、本年一月十九日付の警察庁、法務省及び厚生省の申し合わせにより、社会復帰を希望するオウム真理教信者等に対する精神医学的、心理学的な援助、支援のあり方についての研究会が設置されており、信者等の社会復帰に役立つ、実効性ある研究成果が得られるよう期待しております」。

倉田議員はオウム真理教についてカルトカウンセリング問題を提起したが、残念ながら政府は「精神医学的、心理学的な援助、支援のあり方」について深めることなく今日に至っている。中島知子さん問題の本質はここにある。

2月18日(土)

相馬市での被災地ボランティアのために福島へ向かう。その前に「オセロ」中島知子さんの問題が「一人カルト」と判断していい現状にあることを書いておく。

中島さんは渋谷区南平台にあるマンションに悪質霊能者と入居している。その向かい側にあるマンションには、霊能者の母と伯母、その息子が寄生している。大分の実家から住民票まで移転しているのだ。「私たちは何も悪いことをしていません」と母たちはテレビ局の取材に答えた。悪質な霊能者役の娘が中島さんから金を出させ、家賃も滞納するまで支払わせていたことに罪悪感もない。霊感商法をおこなっていた統一教会信者たちが、勝手な自分たちの教えを信じて高額な金を支出させても合理化していたように、中島さんに寄生する霊能者たちも「自分たちは正しい」と思い込んでいる。地方に行った中島さんが霊能者から「神の計画」としていくつかのものを買うように指示される。都内に戻った中島さんは、どれから買えばいいのかまでさらに指示を仰ぐ。あえていえばすべての行為を霊能者にゆだねるようになった。

これは教祖と信者の関係である。カルトの一般理論では、そこが組織であろうと、精神的には教祖と信者は一対一の関係となる。中島ケースは組織や集団ではないが、霊能者との間に構築されたものは、まさに「一人カルト教祖」と信者＝中島さんの密接なつながりなのだ。中島さんは霊能者役の「岩崎」に依存し、「岩崎」とその母と伯母は中島さんのお金に依存する。強固な共依存関係だ。中島知子さんに寄生するまでにも被害者がいる。さらに寄生したのが中島知子さんという有名なタレントだったから問題は明るみに出た。そうでなければ中島さんに至るまでの被害は「なかった」ままだっただろう。報道がようやくマインドコントロール問題として扱うようになってきたことは前進だ。

2月21日(火)

民主党機関誌「プレス民主」ではじめた「窓 民主党への建設的提言」シリーズ。すでに4人の識者にお話を伺った。その第1回が脳科学者の茂木健一郎さんだ。その全文をここに公開する。機関紙をお求めの方は03-3595-9988に電話をいただき、「プレス民主」編集部までお申し込みください。

2月23日(木)

今日は午後から法務委員会で大臣所信を聞く。カルト的な問題が大きいものから小さいものまで常態化している日本。統一教会でもさまざまな問題が噴出。いまでは文鮮明教祖派、妻である韓鶴子派、三男の顕進派に分岐している。2月2日には文教祖夫妻の「再祝福」が予定されたが、家族間の対立で中止となったという(3月に行うとの観測もある)。韓鶴子氏を宣伝する新しいビデオができた。ところが文教祖がそれを見て激怒したとの内部情報も寄せられた。韓鶴子氏は来日して全国を回るが、10月には顕進氏も来日予定。最大の経済基盤である日本を舞台に、統一教会の分岐はさらに進んでいく。

2月27日(月)

「オセロ」中島さんの問題で、ネットの「サイゾー」が私を批判するコメントを載せている。引用する。

この友人女性自身、中島が洗脳されたとは思っておらず「報道されていることにウソも多い。本人に会ってもいない政治家が洗脳されたとテレビでペラペラ喋りだしたことの影響も大きくて、そんな風に言われたらトモちゃん(中島)が何を言っても〝マインドコントロールされているから〟と言われてしまう。どっちが人を洗脳しているんだって思う」と憤っている。政治家とは統一教会やオウム事件に詳しい有田芳生参議院議員のことだと思われる。

私は中島知子さんに会ったことはない。しかし中島さんが自称霊能者にどんな相談をしていたのかを具体的かつ詳細に知っている。その内容を分析すれば、中島さんがマインドコントロールされていることは明らかである。「すごい先生がいる」という周辺支援者のトークや本人の「神の貴重な時間」「神の計画」などといったフレーズで生活の細々としたことに指示を出すことなど、典型的なマインドコントロールの手法が駆使されているのだ。なお「週刊現代」が私のコメントを使っているが、そこで「洗脳」という言葉が使われているのは間違いである。私は「洗脳」と「マインドコントロール」は違うと説明した。「女性セブン」の取材でもそこが混同されていたので、細かく説明した経緯がある。「サイゾー」記事に出てくる「友人女性」も、私が中島さんを洗脳された状態だと語ったとするが、それもまた誤りである。

2012年3月
MARCH

「小沢一郎裁判」への疑惑

3月3日(土)

朝から問い合わせが多いので、最小限のことをメモ的に書いておく。「オセロ」中島知子さんが自宅マンションから出たと「スポーツニッポン」がスクープし、さらに「東京スポーツ」が追った。見解を聞かれれば「否定はしない」。28日に向かい側マンションに移動してから自称占い師とその家族も姿を見せないのは、やはりすでに不在だからだろう。食事を配膳、提供するケータリングサービスも28日でストップしている。

問題の重要なポイントはただ一点。何度も強調してきたが残念ながら家族の力では説得できない。かといってマインドコントロールからの解放を実現するために、「新たな依存対象」になるような人物によるカウンセリングが行われるとすれば本質的解決にはならない。ことは人間の精神にかかわる。あらゆるプライドを捨て去って冷静に対処しなければ問題はこじれる。あらゆる先行ケースが教える教訓だ。

3月15日(木)

今日は法務委員会で大臣所信を聞き、そのあとに法制局からある課題についての意見を聞く。「プレス民主」ではじめた「民主党への建設的提言」シリーズ。第2回は作家の森まゆみさん。〈「コンクリートから人へ」で利益誘導型政治に終止符を〉がタイトル。

3月23日(金)

昨日の法務委員会での質問は〈歴史的危機にある検察の構造的問題点――「小沢一郎裁判」にもふれ

て――〉というテーマにした。質問準備をしていて、大きな発見があった。田代弘政・東京地検検事（現在は新潟地検）が作成した偽造捜査報告書の重大な役割である。しかし、進行中の裁判について法務大臣は答えられない。ならば検察の問題を指摘するなかで、自説を語るしかない。そう判断した。

田代検事が石川知裕議員を任意で取り調べたのは、平成22年5月17日。そこにはこんな文言がある。

ヤクザの手下が親分を守るためにウソをつくのと同じ。

ここでいう「手下」とは石川議員、「親分」が小沢一郎元代表だ。ところがこの論理が東京第5検察審査会でも使われている。審査補助員を務めた弁護士が審査員に説明した内容は、次のような内容だ。

暴力団や政治家という違いは考えずに上下関係で判断してください。

かくして小沢一郎元代表の強制起訴が決まり、議決書のなかでも田代検事作成の偽造捜査報告書が引用されている。さらに小沢元代表に禁固3年を言い渡した指定弁護士による論告求刑では、暴力団組長の銃刀法違反事件（最高裁判決）が「共謀」論の根拠とされている。

つまり小沢一郎元代表を強制起訴し、論告求刑に導いた原点が、田代検事の作成した偽造捜査報告書だったのである。「共謀」論で過激派や暴力団などと政治家を同列に置くことは刑事司法の常識を逸脱していることは、郷原信郎さんが指摘しているとおりだ。「田代検事の取調べは、個人的なものではなく、組織的なものであったとも疑われる」と、田代検事の捜査報告書などを証拠採用しなかった東京地裁決定は書いた。つまり小沢一郎元代表を起訴できなかった東京地検一部幹部が、田代検事に偽造捜査報告書を書かせ、それが検察審査会による強制起訴につながったという構図である。なお田代検事は小沢裁判に証人として出廷し、こう語った。

当時は、その危険性を自覚していなかったが、録音されているとわかっていれば、このような取調べはしなかった。

取り調べが可視化されていたなら偽造などできなかったというのである。小沢一郎裁判は、東京地検の一部幹部によって仕組まれたものである可能性が高い。法務委員会での質問を準備していてそう判断せざるをえなかった。

3月24日(土)

雨。午後から札幌へ。全国比例区から選出された議員として、北海道は最大の重点地域としてきた。候補者時代からそうしただけでなく、選挙中も、選挙後もさまざまな行動をしてきた。オウム事件が落ち着いたころから、講演にもいちばん呼ばれた土地である。さらには中村美彦さんのラジオ番組にはいままでも出演させていただき、最近では吉田類さんの番組に呼ばれることもある。私を支援してくださる知人や地方議員も多い。新党日本で参議院選挙に立候補したときより、得票も2倍に増えている。札幌に後援会連絡所を置いている理由でもある。昨年の大震災からはなかなか北海道まで足を伸ばす機会も少ないが、ようやく札幌の支援者と打ち合わせができることになった。週末も休みがないので身体はいささかつらいが、動けるときに動くしかない。

さて「オセロ」中島さんのその後。自称占い師の親族がテレビなどの取材に答え、言いたい放題だ。言い分が本当かどうかは「藪の中」(芥川龍之介)。中島さんをふくめて5人しかわからないことだ。しかし基本的構図を忘れてはならない。自称占い師が中島さんを精神的にコントロールしていたことはまぎれもない事実である。証拠はいくらでもある。コメントのなかには騙された中島さんも悪いというものもある。

しかしここでもブレてはならない。被害者は中島さんである。この基本的視点を失えば、霊感商法や巷の占い師による被害などの消費者問題は成立しない。自称占い師の親族についてもプライバシーがあるから、これ以上はあれこれ言うつもりもない。批判されれば弁明したいという気持ちはよくわかる。しかしご自身たちの生活歴をまともに振り返れば、テレビで語っているようなことは、普通ならとても言えない。

3月26日(月)

拉致特別委員会、予算委員会（代理）、夜に渋谷で行う消費税問題での車座集会の準備の合間に急いで走り書きメモとして書いておく。

「オセロ」中島さんの精神を支配してきた自称占い師がフジテレビ「特ダネ！」のインタビューに答えた。5時間だという。今朝そのうちの1時間弱ほどが放送された。私の見解は以下のとおり。（1）「オセロ」中島さんをコントロールしてきた自称占い師。「特ダネ！」での発言もメディアリテラシーがなければ司会者が「不自然さがあまりない」と語ったようにただ揺れるだけだ。占い師が「これは中島さんが書いていたノートです」と示したものの、中島さんの母が「筆跡が違う」と否定したことで証言全体の信憑性は低くなった。（2）証言を裏付ける目的のノートがあやふやな一方で、中島さんが自称占い師に相談していた数多くのメールがある。それを見れば精神的支配（マインドコントロール）を受けていたことは明らかである。事実への評価として「マインドコントロール」という言葉が使われるのは、事態を概念的に捉えるうえで必要なことである。（3）これまで霊感商法など多くの消費者問題を取材してきたが、当事者が否定をすることはこれまた一般的な対応である。問題の核心は本人の弁明ではなく、覆すことのできない事実に基づく判断である。（4）精神的整理を続けている中島知子さんが心身ともに「元」の人格に戻ることを心から期待している。

2012年4月
APRIL

調査なくして発言権なし

4月14日(土)

今日はこれから仙台へ向かう。必要があってパソコンである資料を探していたら、参議院議員になって半年目に後援会員にお送りした文書が出てきた。読み返してみて「気持ちにあまり変わりはないな」と思うと同時に、さらに切迫した気持ちも重なっているようにも感じている。かといって日々の行動では深刻になるのではなく、あくまでも楽観的に進んでいくつもりだ。ここにご紹介する。

永田町版「痩我慢の説」

２０１１年1月17日　有田芳生

(1)参議院議員になって半年。いまの思いは「時間がないぞ」というものです。たとえば北朝鮮による拉致問題。菅直人首相に何度か提言をし、一方で横田滋・早紀江さんたちと接触を続けています。しかしことはなかなか進みません。6年の任期などすぐに終わってしまう感覚です。両院議員総会ではパフォーマンスで発言をする議員がいましたが、そんな姿勢はすぐにわかってしまいます。党大会でも同じこと。目立つ行動をした議員をテレビや新聞の取材者がニヤニヤしながら話を聞いているような情況では単なるエピソードで終わってしまいます。どうやら「小沢」vs.「反小沢」という構図も崩れてきたように思われます。もはやこれまで多くの議員がとってきた「寄らば大樹」の対応も政治的力にはなりにくい局面に入ったようです。政治が変化しつつあるのです。

(2)しかしいまのどんよりした永田町では、このままでは10年単位で変わっていかざるをえないでしょう。では何をすればいいのか。自分の課題を進めていくことだと思っています。詳しいことは黙さなければなりませんが、拉致問題ではもう少し踏み込んだ行動をしなければなりません。いずれやってくるはずの予算委員会での質問は、11月から準備をしています。テーマは「生命を守る政治」。現地を歩いた成果に立って、聞く者が物語のようにわかりやすい内容にしたいと準備をしています。たとえば、がん治療に有効な重粒子線治療施設の全国展開と技術・人材の輸出です。何度も書いてきましたが、国会活動の基本は「調査なくして発言権なし」です。

(3)あれこれの議員の姿を見ていて思うことは、福沢諭吉が書いた「瘠我慢の説」をいまに活かさなければならないということです。「立国は私なり、公に非ざるなり」。「人間というもっとも基本的な価値の次元に立って考えれば、国家などは、第二義的な意味しかもたない、過渡的な存在にすぎない」(萩原延濤。藤田省三との共著『瘠我慢の精神』より)。民主党内のあれこれの動向に囚われることなく、自分に課した時代の課題を実行していきます。テレビなどの取材があるわけではない地道な活動。ここに近況などをお送りするのは、そうした意図からです。どうぞこれからもよろしくお願いいたします。最後にみなさまの健康と御健勝をお祈りいたします。

4月22日(日)

ツイッターでは「つぶやいて」きたが、ようやくブログを書くことができる。

金曜日夜にTBSの「報道特集」(土曜放送)で統一教会を取りあげると知らせがあった。

しかし残念ながら仕事が立て込んでおり、視聴できる環境ではなかった。あとで見て驚いた。放送内容は統一教会に無批判で、あえていえば宣伝番組にも見えた。社会的に明らかに問題がある団体について扱うときには、必ずバランスをとるために批判者にも取材をおこなう。それはテレビだけでなく、メディアの基本だ。某幹部からは広報局の信者への告知メールもいただいた。それを資料として保存しておく。ここにあるように「教会幹部の主張や、私たちの活動内容が視聴者に届くもの」となったのだ。「報道特集」は文鮮明教祖の4男から取材するならば、烈しく対立している3男からも話を聞かなければならなかった。それとも続編が準備されているのだろうか。その取材が為されなければ、完璧な宣伝番組である。

　担当したA氏は、かつて統一教会に厳しい対応をしていた。このままならば、当時私たちに取材したのも、そのときどきの方便だったということになる。価値判断なき「報道」は「中立」を装った屈服である。そこで勢いついたのだろう。私が入手したメールをツイッターで公開したところ、著作権があるから削除せよと、広報局の2人が居丈高に要求してきた。そんな屁理屈が通用するなら、メディアなど存在しえない。形式論理かつ粘着質に文句をいっている姿に、霊感商法など「法人としてはやっていない」という逃げ口上を繰り返してきた組織体質を見た人は多い。

教会員の皆様へ
聖恩感謝申し上げます。

本日、21日午後5時半からのＴＢＳ「報道特集」で、統一教会関係の特集番組が約30分放送されます。

番組は、北朝鮮と太いパイプを持つ統一教会という観点で、ＴＢＳはこれまで3月24日の祝福式、國進氏インタビュー、平和自動車のパク社長インタビューをはじめ、リトルエンジェルスの練習風景、ヨンピョンリゾート、佐賀の日韓トンネル現場などを撮影してきました。

これまでの「元信者の告発、反対派の証言、隠し撮り」一辺倒の番組編成と違い、正面から取材申し込みをして、当法人でも先方と話し合いながら協力をしてきたものです。

とはいえ、教会寄りの番組となるかは不明です。ただ、既存の報道と違い、ある程度は教会幹部の主張や、私たちの活動内容が視聴者に届くものと理解しております。

さらに、メディア渉外を進めながら、公正な報道の実現に努力していきます。

本部広報局

4月23日(月)

小沢一郎議員を強制起訴した東京第5検察審査会。その内実が「闇」のなかにあることを、私も法務委員会で2回質問した。

しかし当局の答弁は、「カエルの面にションベン」「糠に釘」の官僚的なものに終始するばかりだった。検察が「その気」になれば文書を偽造し、有罪に導くことができるなら、それは司法の犯罪であるとともに、私たち国民にとっての凶器でもある。

ことは一議員の問題ではない。「週刊朝日」で今西憲之さんがスクープしたように「小沢一郎を陥れた検察の『謀略』」(5月4日、11日号)は明るみに出されなければならない。そのために衆参議員が両院議長にあてて法務委員会の秘密会を開くよう申し入れた。私も午後2時から平田健二議長への申し入れに同行した。参加議員は森ゆう子、米長晴信、姫井由美子、佐藤公治、田城郁の各氏。議長は議運に申し入れがあったことを伝えると約束してくれた。

4月27日(金)

小沢一郎元代表に無罪判決がくだった。その直後からいくつかのツイートをおこなったので、ここにまとめて紹介し、3月22日に法務委員会で質問した記録も公開する(有田芳生 HP/第180回国会参議院法務委員会 平成24年3月22日を参照)。テーマは〈歴史的危機にある検察の構造的問題点――「小沢一郎裁判」にもふれて――〉である。そこでは第5東京検察審査会の疑惑、田代弘政検事の偽造「捜査報告書」の問題点を小川敏夫法務大臣に問うた。

小沢一郎元代表の無罪判決は民主主義精神の歴史的勝利だ。これは新たな闘いの「はじまり」である。検事による偽造報告書に対する第三者による検証、検察審査会制度の透明化、メディア報道の自己批判、政権交代の立役者を守ることをしなかった党の執行部の深い反省などなどを実現しなければならない。

小沢一郎元代表無罪で政治は一挙に流動化していく。政権交代の理念と政策を基準に2年半を真剣に、深刻に総括しなければならない。誰が新しい日本を創造しようとしたのか。誰がそれを阻んできたのか。09年の熱気はこの国を変えたいという国民の強い意志であった。あの熱気をもういちど実現しよう。

小沢一郎さんに聞いたことがある。「マスコミ報道は目にするんですか」。「いや、見ないね。不愉快になるだけだから」。3年にわたり偏見と政治的思惑に基づき、一方向で続けられてきた報道はいかに自己検証を行うのか。多くの国民が印象操作に影響されてきた。メディアも深刻な課題を突きつけられた。

小沢無罪報道の一般的特徴は、東京地検による捏造をふくむ意図的「捜査報告書」についてほとんど触れないことだ。ラーゲリ証言では最後に残る人間的感情は憎しみだという。この日本でも「理性なき合理化」(エルンスト・ブロッホ)が横行している。それに影響される言辞には哀しみを覚えるだけである。

「明治時代」とは維新から日露戦争までで、それからは変質したと思想史家の藤田省三さん。「立国の時代」だ。共通の時代精神は列強からの独立である。当面の課題の「一時的当面性」を明らかにしたのは福沢諭吉だ。「立国は私なり、公に非ざるなり」。いま、政権交代からの変質を食いとめる局面だ。

4月29日(日)

小沢一郎元代表は無罪判決に対して、控訴期日の5月10日に記者会見をおこなうようだ。指定弁護士が協議をおこなうのは5月2日。刑事弁護のベテランだけに、無理な控訴はしないと期待したい。昨日のツイッターにはこう書いた。

小沢裁判の控訴期限は5月10日。指定弁護士の大室俊三弁護士は「高裁で判決を覆すことは容易ではない。被告人の立場を継続させることになるので慎重に判断する」と語る。この意見をあと2人が共有すれば無罪判決は確定する。3人の協議は5月2日。政局にも影響する無理スジの控訴は行うべきでない。

無罪判決の翌日の毎日新聞夕刊に私のコメントが掲載された。記者とのやり取りの中で、字数の制限もあり、削除した内容は以下の部分である。

「元検察官の法廷証言でも明らかになったように、『小沢つぶし』が目的の捜査だった」「しかし、小沢氏は政策を政局に使うような人ではない。人間的に深みがあり、日本の政治家では大局をつかめる希有な人物だ」「小沢氏は代表選に出るべきだ。首相は若い人に任せ、党首として小沢氏は副首相などのポストで閣内に入るのでもいい。大局を見ながら力を発揮してほしい」。

統一教会と裁判を通じて闘ってきた郷路征記(ごうろまさき)弁護士が「北海道新聞」の「ひと」欄で紹介された。郷路さんには『統一協会　マインド・コントロールのすべて』(1993年、教育史料出版会)の著作もある。

1980年代後半から全国に広がった霊感商法との闘いは、「信仰の自由」を侵食する統一教会の勧誘の問題点を明るみに出すものでもあった。合同結婚式報道が霊感商法の違法性報道と結びついたことが、統一教会の暗部を照らしていった。その背景にはテレビマンの誇りがあった。生放送で霊感商法の現場を再現した日本テレビなど、その最高峰である。

ところが当時も教団に寄りそう報道をおこなうところもあった。ＴＢＳのある番組である。ディレクターの個人的資質・判断による番組編成に危ういものを感じたものだ。その再現が、先日放送された「報道特集」だ。批判精神の希薄さが、結果的に統一教会を勢いづかせている。アメリカの統一教会では「大勝利」とのメールが飛び交い、イギリスでも同じような番組を放送させる働きかけがおこなわれている。日本の統一教会は、財政的基盤であり、北朝鮮への送金の中継基地にもなっている。捜査当局の監視対象になっている根拠である。統一教会との闘いの歴史を崩していく報道には厳しい対応が必要である。

2012年5月
MAY

「老若男女が安心して暮らせる都市の再生を」森稔さんとの対話

5月19日(土)

北朝鮮による拉致問題のニュースが報じられた。「ネット記事の読み方」があることがわかる。あえていえば、誤読させられるから要注意である。ライブドアニュースなどで流れているのは、共同通信発の記事だ。タイトルは「拉致で実務者協議要請政府関係者、区議通じ伝達」。全文は以下の通り。

松原仁拉致問題担当相に近い政府関係者が拉致問題打開のため、朝鮮労働党の実務者と協議したいとのメッセージを今月中旬に訪朝した東京都渋谷区議を通じて北朝鮮側に伝えていたことが18日、分かった。北朝鮮側は「松原氏を含め日本の政権の出方を注視したい」と回答を留保したという。複数の日朝関係筋が明らかにした。メッセージが伝えられたのは北朝鮮の対外交流機関、朝鮮対外文化連絡協会の黄虎男局長（日本担当）。

これは記者が書いた原稿の要約だ。まずは元の文章を紹介する。

松原仁拉致問題担当相に近い政府関係者が拉致問題打開のため、朝鮮労働党の実務者と協議したいとのメッセージを今月中旬に訪朝した東京都渋谷区議を通じて北朝鮮側に伝えていたことが18日、分かった。北朝鮮側は「松原氏を含め日本の政権の出方を注視したい」と回答を留保したという。複数の日朝関係筋が明らかにした。メッセージが伝えられたのは北朝鮮の対外交流機関、朝鮮対外文化連絡協会の黄虎男局長（日本担当）。黄氏は

2002、04年当時、小泉純一郎首相と金正日総書記による会談でいずれも通訳を務めた。関係筋によると、この区議は地方議会関係者の訪朝団メンバーとして15日からの3日間の日程で訪朝。北朝鮮側に「拉致問題解決につながるなら北朝鮮でもどこでも行く」との政府関係者のメッセージを伝達した。北朝鮮側は「日朝関係を真剣に打開したいと考える人なら誰とでも会う」と応じた一方、松原氏が対北朝鮮強硬派であるとも指摘したという。拉致問題のほか、終戦前後の混乱で北朝鮮に残留した日本人の遺骨収集問題について意見交換。北朝鮮側は平壌市内などで遺骨が見つかり工事を止めている場所があると説明し「日本政府がこの問題に本気で取り組む意思があるのか確認したい」と語った。

いくつかの解説を加える。この記事にある「政府関係者」は、松原大臣秘書のYM氏。訪朝団は14日に日本を出発して19日に帰国する。そのメンバーのひとりが17日に帰国、北京で共同通信の取材を受けている。大臣秘書の親書は対文協の黄虎男局長から上部に伝達された。

ところが松原大臣の過去の言動が問題となった。「これまでの言動から見て共和国を破壊する目的がある。厳しく見ている」という。これは松原大臣が北朝鮮への人道支援に否定的な発言をしたことに対して「無分別な人気取り」と3月10日に朝鮮中央通信が評したことと同レベルだ。北朝鮮側はソン・イルホ対日大使が公言しているように、基本的には誰とでも会う。そこで北朝鮮側は「(松原提案)が本当なら言動で示して欲しい」「これからも注視している」と付け加える。

実は、北朝鮮側の思惑は、個々人の政治家の言動レベルにはない。民主党政権がどこまで続くのかに注目しているのだ。北朝鮮に残された日本人遺骨問題、日本人妻の帰国問題、「よど号犯」引き渡し問題の交渉を通じて拉致問題へとつなげるために、現在交渉しているラインでいいのかどうかが問題なのだ。北朝鮮との交渉は、「ミサイル」「核実験」など諸問題との関係で進めなければならない。まさに難題だ。そうした情況にあって、日本サイドがどこまで腹を据えて交渉に臨むのか。まずは福田政権時代の日朝間合意にまで戻ることだ。北朝鮮側の評価はどうあれ、松原大臣の行動は正しい。どんなルートであっても実務者協議がはじまる条件を整備していくことだ。

5月22日（火）

3月8日に77歳で亡くなった森稔さん。森ビル会長として、既成概念にとらわれない都市開発をおこなってきた。東京のシンボルとなった六本木ヒルズや中国の上海環球金融中心など、その活動はこれからの都市開発の方向性を示すものでもあった。

2010年に当時は社長だった森さんにお話を聞く機会があった。私が提案した高齢社会の居住モデルにも関心を示してくれた。印象的だったのは、専門家に作成してもらい持参した高齢者向けの高層住宅のデッサンをじっと見ていた姿だ。関心を持ってくれたことはすぐわかった。森さんはデッサンを内ポケットにしまっていた。その森さんが、斬新な発想による高齢社会に対応したモデル都市を見ることなく亡くなったことは残念でならない。

2012年6月
JUNE

消費税法案にためらうことなく反対する

6月15日(金)

【オウム特別手配犯・高橋克也容疑者の身柄確保、逮捕について】

(1)地下鉄サリン事件実行犯の送迎役、仮谷清志さん拉致監禁事件の運転手役、VX殺人・殺人未遂事件の実行犯などの容疑で逃走していた高橋容疑者が殺人容疑で逮捕された。17年間も逃走してきた平田信、菊地直子に続く高橋の逮捕で、オウム真理教事件に大きな区切りがついた。

(2)捜査当局は、高橋が居住してきた川崎を中心にローラー作戦を進めてきた。同時に警察庁は全国の警察に、インターネットカフェ(漫画喫茶)、コンビニ、路上生活者への関心を高めるよう指示してきた。高橋が東京・大田区蒲田の漫画喫茶店長からの通報で逮捕に至ったのも、こうした捜査の成果である。

(3)高橋の周到な逃走準備と運が幸いして、この10日間の逃走が可能だった。蒲田は川崎から電車に乗っても5分ほどの距離だ。渋滞を調査する防犯カメラのある幹線道路ではなく、路地などをたどって都内に入った可能性がある。神奈川県警、警視庁をはじめとした全国警察の総力捜査と世論喚起で高橋逮捕に至った。

(4)14日に参議院の法務委員会で、滝実法務大臣が所信を表明した。そこでオウム真理教について こう語った。「オウム真理教については、引き続き、団体規制法に基づく観察処分を適性かつ厳格に実施することにより、公共の安全の確保に努めてまいります」。当局がオウム分派の「アレフ」「ひかりの輪」も同根と見ていることがわかる。事件はいまだ継続中だ。

（5）オウム真理教事件は、高橋容疑者逮捕で大きなエポックを迎えた。しかしオウム事件は終わっていない。残党組織である「アレフ」には、昨年だけでも200人近い新規信者が入った。「ひかりの輪」をふくめ、いまだ1500人ほどのオウム信者がいることに注目しなければならない。なぜ若者たちがオウム真理教のようなカルト（熱狂集団）に入るのか。地下鉄サリン事件から17年経過しても問題は解決していない。

6月25日（月）

今夕、衆議院で代議士会が開かれる。野田首相が「いのちをかける」と進めてきた消費増税法案。前原政調会長が一方的な規約解釈で党内論議を断ち切ったため、多くの議員に深い不信感が残っている。私もまたその一人だ。

議論以前のルールに問題があった。採決で反対や棄権を表明する議員は70人にのぼる可能性がある。それを切り崩すため「小沢一郎夫人書簡」が利用されている。その内容の多くがデマであることはツイッターで明らかにしてきた。

夫人は数年前から自宅に不在なのに、小沢氏の行動を具体的に書けるはずがない。しかも「放射能が怖くて逃げた」というのは、まったくのデマゴギーだ。

筆跡への疑問もある。鑑定に意味がないのは政界には多くの代筆屋がいるからだ。議員や夫人は多数の支援者に直筆の手紙を出すが、なかなか執筆する時間のゆとりはない。そこで筆跡を似せた代筆屋に依頼する。そんな世界なのだ。オウム逃走犯の手配写真や似顔絵と実物がまったく異なっていたように、ここでも「市民の眼」が大切だ。ご自身の「眼」で判断していただきたい。

私の入手した夫人の文字と「週刊文春」掲載手紙

の文字は明らかに違う。

6月26日(火)

衆議院で消費増税法案が採決される。やがて参議院での審議がはじまり、いずれ採決がおこなわれることになる。ここに私の立場を表明する。

消費増税法案に反対する。理由は2つ。

第1に、理論的問題がある。財政再建をおこない、高齢社会の日本モデルを構築するために税制を改革することは当然の道である。しかしデフレ下に消費税増税をおこなっても税収は増えない。消費税が5パーセントに上がったときも、内需は落ち込み、法人税や所得税も減少したため、消費増税分が相殺されてしまった。現在のように消費が冷え込む状況で増税すれば、さらに経済は停滞するだろう。いま消費増税することは、生活=人間破壊の道である。消費増税は地方税化するなど抜本改革として提起し、国民がイメージできる社会福祉の具体的見取り図を、まず明らかにしなければならない。

第2に、「現場感覚」である。有権者を裏切ることはできない。衆議院選挙を闘った板橋区(東京11区)を歩き、商店街で話を聞けば、「上げなければ仕方ないね」の声もまれに聞こえるが、それは「財政が大変だから」という諦めのため息なのだ。

しかし、このような現実主義的意見は少数で、反対意見が圧倒的だ。渋谷や板橋でミニ集会を開いたときには、消費増税に賛成する意見は1人だけだった。札幌や福岡で聞く意見も同様だ。日々の暮らしのなかからの切実な思いを政治に反映するのが、国会議員の役割である。

原理的にいえば、政党とは国民の利益を実現するために行動する組織だ。党のために党があるのではない。私の理解と有権者(支持者)の意志が一致した以上は、ためらうことなく反対を表明する。そうしなければ有権者への裏切りである。執行部は「一般の法案とは違う」から賛成せよと言う。しかし、「この国のかたち」にかかわる法案だからこそ、賛成するわけにはいかない。

私には一つの原則がある。党の方針が現実と齟齬

（そこ）をきたしていると判断したときにどうするか。生活の香り漂う現実を選択する。なぜなら、灰色の理論よりも緑豊かな世界にこそ人間の真実があるからだ。

ら

わ

や

ま

は

な

た

か

人名索引

映画（演劇）名索引

書名索引

店名索引

有田芳生●ありたよしふ

1952年2月20日、京都府生まれ。1977年から84年まで出版社に勤務。86年からフリージャーナリストとして霊感商法、統一教会、オウム真理教による地下鉄サリン事件、北朝鮮拉致問題にとりくむ。1995年から日本テレビ系「ザ・ワイド」コメンテーターをつとめる（～2007年）。2005年『私の家は山の向こう―テレサ・テン十年目の真実』（文藝春秋）を上梓。2010年7月、参議院議員選挙に民主党（当時）比例区から立候補し、37万票でトップ当選。現在2期目。2017年12月、民進党を離党し立憲民主党に入党。以後、沖縄立憲民主党結成（2020年11月）に尽力。ヘイトスピーチが行われている現場で排外・人種差別デモに抗議、ヘイトスピーチ問題、沖縄・辺野古新基地建設問題などにとりくむ。

おもな著書に『50分でわかる! 立憲民主』『ヘイトスピーチとたたかう!』『何が来たって驚かねえ!―大震災の現場を歩く』『闘争記』『メディアに心を蝕まれる子どもたち』『有田芳生の対決!オウム真理教』『私の取材ノート』『歌屋 都はるみ』『脱会―山崎浩子・飯星景子報道全記録』『酔醒漫録』（1-4巻）『追いつめるオウム真理教』『「コメント力」を鍛える』など多数。

●参議院議員 有田芳生 公式ウェブサイト
https://www.web-arita.com
●有田芳生ツイッター
Twitter: @aritayoshifu

酔醒漫録

suiseimanroku ⑤ 2010.1▶2012.6

発行日――――――2021年4月15日 初版第1刷 発行

著者――――――有田芳生 ©Yoshifu Arita 2021 Printed in Japan
発行――――――にんげん出版
〒181-0015
東京都三鷹市大沢4-20-25-201
Tel: 0422-26-4217 Fax: 0422-26-4218
印刷・製本―――中央精版印刷(株)

ブックデザイン――千鳥組

JASRAC許諾番号2000091-001